LILITH

L'Esprit de la nuit

Patrick Bouchet

DU MEME AUTEUR

Les enquêtes de la capitaine Valentin

La Fleur du Mal
L'Ordre des Maîtres Solaires
Obsessions
Le Pacte de Baphomet

*

Khaos
Fatum
Neutrino
Hamanotha

https://www.facebook.com/Lilith.Espritdelanuit
Site web de l'auteur : www.patrickbouchet.com
Facebook : www.facebook.com/patrick.bouchet.94
Email : bouchet.patrick1@gmail.com

Couverture : © Konstantin Yuganov - https://fr.fotolia.com
Halloween day

Souvenez-vous, je vous envoie comme des brebis parmi les loups. Soyez prudents comme un serpent, mais en préservant l'innocence d'une colombe.

Matthieu 10:16

EVA

Prologue

La lumière ne peut briller que dans les ténèbres

Une lune rousse brillait dans le ciel rempli d'étoiles.

Un vent tiède faisait bruisser les feuilles des arbres.

L'ombre escalada le mur de pierres brutes et pénétra dans la luxueuse maison d'architecte de style contemporain qui se dressait au sommet de la colline, au cœur des Alpilles. L'intrus longea à pas de félin les pelouses verdoyantes bordées de chênes centenaires, remonta l'allée principale illuminée par les réverbères et s'arrêta devant l'Aston Martin garée face à la terrasse. L'individu jeta un coup d'œil à gauche, puis à droite, s'accroupit, attrapa son poignard et creva les pneus.

Le propriétaire de la demeure, Farell Lewis, savourait tranquillement un verre de Nuits-Saint-Georges dans son salon en écoutant de la musique classique. Il aimait se prélasser sur son canapé, dans la douce quiétude du soir, loin des tracas du quotidien.

Lewis fit le vide dans sa tête, prit une profonde inspiration et but une gorgée de ce délicat cépage.

Il fit tourner le vin dans son verre.

Il appréciait le pinot noir.

Une robe soutenue, une couleur intense et sombre.

Un cépage délicat aux arômes puissants.

Soudain, il se figea.

Des bruits de pas résonnèrent dans le salon.

Il se leva d'un bond et se tourna en retenant son souffle.

Un individu, vêtu de noir, ganté, cagoulé, lui faisait face.

Immobile, l'intrus tenait un poignard.

Sa lame scintillait sous la lumière des halogènes.

Farell se raidit.

Son verre lui échappa des mains et se brisa en tombant sur le carrelage. Le vin éclaboussa son pantalon en lin blanc et tacha le canapé.

— Que faites-vous ici ? demanda-t-il, les yeux écarquillés.

Silence.

Apeuré, Farell Lewis jeta un coup d'œil à son téléphone portable qui se trouvait sur la table basse. L'appareil était hors de portée, il ne pouvait pas l'attraper.

Pas moyen d'appeler les secours.

Les idées filaient à toute vitesse dans sa tête.

Il devait trouver une solution pour s'échapper.

Pour sauver sa peau, dans un élan de survie, il se précipita vers la baie vitrée qui donnait sur la terrasse. Lewis espérait avoir le temps de sauter le muret, monter dans sa voiture, ouvrir la boite à gants et attraper son pistolet automatique qui était dissimulé à l'intérieur : un Glock 35 chambré en 40 S&W.

L'intrus ne lui laissa pas le temps de prendre la fuite.

Il lui bondit dessus, effectuant un geste rapide et précis.

La lame effilée de son couteau appuyait sur sa carotide.

— Ne me tuez pas ! Mon coffre est rempli de billets. J'ai 150 000 euros en liquide. Il faut aller à l'étage, supplia Lewis qui sentait la lame tranchante sur l'artère de son cou.

Nouveau silence.

L'inconnu scrutait sa proie, Lewis aperçut ses pupilles qui se dilataient sous sa cagoule. Un regard vide, noir, dénué de toute émotion.

Farell Lewis sentit son sang se glacer.

— Mais qui êtes-vous ?

— L'Esprit de la nuit...

Une voix féminine s'éleva dans le salon.

Le timbre ne trahissait aucune émotion.

Le riche homme d'affaires tressaillit.

— Éva ? C'est toi ?

— Tu vas payer pour le mal que tu nous as fait. Je suis venue te chercher pour te conduire dans le monde des ténèbres. La peur et la souffrance seront tes seules alliées.

L'ombre plongea sa main dans la poche de son pantalon et jeta des pétales de roses rouges autour de Farell Lewis qui était tétanisé par la peur.

— Pitié ! Laisse-moi vivre... Je vais...

Il ne termina pas sa phrase.

La silhouette sombre fit un mouvement en arc de cercle avec le bras. La lame entailla profondément le cou de Lewis, faisant une plaie béante dans la chair. Une douleur vive, aiguë, intense, lui parcourut tout le corps. Un froid glacial l'enveloppa, la terreur le submergea. Il poussa un horrible râle en s'effondrant par terre.

Sa vision devenait trouble.

Il suffoquait, gémissait, crachait du sang.

Un voile sombre passa sur son visage.

L'ombre mordorée s'agenouilla, le fixa droit dans les yeux pour le regarder mourir.

Les carotides giclaient du sang sur le carrelage blanc.

Son cœur explosait dans sa poitrine.

Il haletait comme une bête sauvage, sa dernière heure était venue.

Il était terrifié, il ne voulait pas mourir.

Pas comme ça, pas maintenant, pas dans ces conditions.

Il ne voulait pas laisser derrière lui son empire, son argent, et tout ce qu'il avait mis une vie entière à construire.

Sa main racla le sol, ses ongles s'arrachèrent.

Le corps eut un dernier soubresaut.

Lewis cracha du sang, cligna des yeux et poussa un dernier gémissement avant de rendre l'âme.

Un silence funeste emplit le salon.

La faucheuse venait de l'emporter.

La tueuse saisit Farell Lewis sous les aisselles, le traîna au milieu du salon, le positionna sur le dos et écarta les bras et les jambes. D'un coup sec, elle déchira sa chemise, arracha un morceau de tissu, l'imprégna de sang et dessina un cercle autour du corps. Elle attrapa son poignard qui était fixé à sa ceinture et fit un mouvement circulaire dans l'espace.

L'arme à la lame pointue, au double tranchant et au manche noir, était appelée un athamé en sorcellerie. Il servait à repousser les démons lors des cérémonies.

La tueuse posa son sac à dos par terre.

Elle déposa son contenu au pied du cadavre : du sel fin, de l'écorce de noyer, une coupe en argent, une racine de mandragore et une boite en plastique percée de trous.

Elle versa un liquide ambré dans la coupe.

Le rituel maléfique pouvait commencer.

La silhouette sombre jeta du sel sur le corps sans vie, déposa la racine de mandragore sur des pastilles de charbon incandescent.

Une fumée à l'odeur forte et parfumée s'éleva en volutes.

Le démon devait être chassé de ce monde.

L'ombre se releva, fixa le cadavre d'un regard mauvais et prononça l'incantation sacrée pour chasser le Mal de ce lieu.

Quelques minutes s'écoulèrent dans un silence mortuaire.

Elle prit son athamé, grava sur le mur du salon une formule magique.

UN MAUVAIS ESPRIT VIT EN CE LIEU
COMBATTEZ LE FEU PAR LE FEU
BANNISSEZ SON ÂME DANS LE NÉANT
RETIREZ-LUI SON POUVOIR JUSQU'À LA DERNIÈRE TRACE
DISPERSEZ CET ÊTRE MALFAISANT
À TRAVERS LE TEMPS ET L'ESPACE

Elle ouvrit la boite en plastique, attrapa le serpent qui se trouvait à l'intérieur et le posa sur le visage de Lewis.

Le reptile se tortilla, s'allongea et siffla en se redressant.

— La Grande Déesse t'ordonne de conduire cet être malfaisant dans le royaume des Enfers. Ramène-le parmi les démons. Qu'il soit puni pour avoir offensé Lilith, et tout le mal qu'il a fait, proclama la silhouette sombre en fixant intensément l'animal au sang froid.

Telles furent les dernières paroles de l'ombre avant qu'elle ne se fonde dans la nuit noire.

1

MuCEM
MARSEILLE

Éva Ciotta venait d'arriver au Musée des Civilisations de l'Europe et de la Méditerranée pour visiter l'exposition Picasso. Elle pénétra dans le vaste bâtiment rectangulaire, à la magnifique façade en dentelle de béton qui se dressait face à la mer. Elle traversa le hall d'entrée bondé de monde, monta jusqu'au niveau 2 où se trouvait l'exposition temporaire : *Un génie sans piédestal.*

La jeune femme avait rendez-vous avec un homme dont elle avait fait la connaissance deux semaines plus tôt au bar clandestin le *1919* où elle travaillait comme serveuse. Son couple battait de l'aile, elle avait besoin de se changer les idées, de penser à autre chose. Elle ne supportait plus son quotidien et envisageait la séparation.

Ralph l'attendait devant un tableau du célèbre peintre cubiste représentant une scène de tauromachie.

Le Matador.

— Éva ! Tu es resplendissante !

Il la prit délicatement par la taille et lui déposa un baiser doux et sensuel dans le cou.

La jeune femme sentit un frisson lui parcourir le dos.

Cet homme lui faisait beaucoup d'effet.

— Je suis désolée, je suis toujours en retard, dit-elle en lui lançant un grand sourire pour se faire pardonner.

Ralph était un grand brun ténébreux, à la silhouette athlétique. Son visage était fin et régulier. Il avait beaucoup de charme, elle aimait son côté viril, mystérieux.

— J'arrive à l'instant, dit-il, en lui rendant son sourire.

Éva aimait sa manière sensuelle de la regarder.

La première fois qu'elle avait croisé son regard, elle avait été comme hypnotisée. Ce n'était pas comme avec Thomas... La magie était rompue depuis bien longtemps. Quand son petit ami revenait du travail, il s'installait dans le canapé sans même la toucher et passait la soirée devant la télévision à boire de la bière. Ils n'avaient pas fait l'amour depuis des semaines... Au plus profond de son être, Éva savait que cette relation ne mènerait à rien, elle devait passer à autre chose.

— Cette rencontre... On se connaît à peine. Je suis un peu stressée. J'espère que je ne te parais pas trop distante ?

— Ne t'inquiète pas. Nous allons apprendre à nous connaître.

Ralph en plus d'être beau et séduisant, savait la rassurer.

Il travaillait pour un grand laboratoire pharmaceutique.

Un homme avec beaucoup d'esprit, charismatique, et cultivé. Tout le contraire de Thomas qui s'occupait du rayon informatique à la Fnac, n'avait aucune ambition et passait son temps à regarder des feuilletons débiles et à jouer à sa console.

Une vie fade, sans aucun projet d'avenir.

Voilà ce qui l'attendait, si elle restait avec lui.

— Tu aimes la peinture ? demanda-t-il.

— Oui... Mais, je n'ai pas une grande culture artistique. J'aime surtout la construction, les formes, les couleurs...

— C'est un ressenti. Tu apprécies l'harmonie esthétique. Tu es intuitive.

— Oui. Tu as tout compris.

Ils continuèrent la visite et pénétrèrent dans une grande salle rectangulaire aux murs blancs éclairée par une lumière diffuse. Ils s'arrêtèrent pour contempler une sculpture en bronze représentant une chèvre.

— Je ne savais pas que Picasso sculptait...

Il la prit par la main, l'amena devant une autre œuvre.

Le contact avec sa peau, lisse et douce, faisait monter ses désirs les plus cachés. La jeune femme sentit son cœur s'accélérer, le sang dilatait les veines de son crâne. Son visage s'empourpra.

Éva avait l'envie irrésistible de s'approcher de son visage, d'effleurer tendrement sa bouche, de l'embrasser.

— Il faisait aussi des céramiques. Regarde celle-ci, elle a été créée avec Derain.

— Derain ? s'enquit Éva encore sous le coup de l'émotion, emplie de désir.

— Un peintre qui est un des fondateurs du mouvement fauvisme. Il vivait avec Picasso à Montmartre.

En voyant la grimace d'Éva, Ralph comprit qu'elle ne savait pas ce qu'était le fauvisme.

— Dans le fauvisme, le peintre s'attachait au travail de la couleur et employait des aplats pour réaliser son œuvre. Les formes étaient des ébauches. On appelait ce mouvement ainsi à cause de son caractère spontané et sauvage.

Éva était conquise.

Sous le charme, envoûtée par ses paroles, elle se laissait bercer par le timbre langoureux de sa voix.

Il s'arrêta devant un bronze de 1951.

Guenon et son petit.

— C'est une œuvre de récupération. Picasso a utilisé les jouets de son fils pour créer la tête de la sculpture.

La jeune femme ne le lâchait pas du regard.

Ralph était l'homme qu'il lui fallait.

Intelligent, tendre et attentif.

Il saurait être à son écoute.

Avec Thomas, elle ne pouvait parler de rien.

Les drames de sa vie, ses angoisses quotidiennes, les visions, la thérapie et le traitement pour ses troubles de la mémoire.

Il s'en moquait.

Le docteur Brown traversa ses pensées, le psychiatre qu'elle consultait depuis son adolescence. Le thérapeute disait qu'il lui faudrait du temps pour se reconstruire.

La mort tragique de sa mère, le suicide de sa sœur.

Tous ces traumatismes la rongeaient.

Éva avait besoin de se confier, d'avoir une épaule pour la soutenir. Depuis leur rencontre, Thomas avait beaucoup changé. Il n'était pas celui qu'elle espérait. Pourtant, au départ, il était aux petits soins pour elle et l'écoutait. Mais, au fil des mois, il était devenu une autre personne.

— Éva ? Ça va ?

— Oui ! Désolée... J'ai fini tard, hier soir. Et aujourd'hui, j'avais des cours... Je suis un peu fatiguée.

— Des cours ?

— Oui... Des études en thérapie brève.

Ralph haussa les sourcils.

— En plus de ton travail de serveuse ?

— Oui. J'ai débuté les cours en début d'année : hypnose, PNL et EMDR. Les études en psychologie sont trop longues et difficiles. Je préfère tenter un cursus court et devenir thérapeute.

— Les psychothérapies, le coaching, le bien-être... C'est dans l'air du temps.

Éva sourit.

— Oui. Malheureusement... Il y a beaucoup de dérives.

Tout en admirant les œuvres de Picasso, ils apprirent à mieux se connaître et parlaient d'eux sans retenue. Ralph évoqua son travail, ses passions et raconta ses dernières vacances en Australie.

Éva était conquise, elle buvait ses paroles.

C'était comme s'ils se connaissaient depuis toujours.

Un peu plus tard, ils descendirent au rez-de-chaussée.

Un célèbre photographe de la cité phocéenne organisait un vernissage dans la grande salle d'accueil du MuCEM. L'artiste avait pris en photo des célébrités marseillaises devant les monuments de la ville.

Les convives se pressaient autour d'un verre, donnaient leur avis sur les œuvres.

— Tu veux boire quoi ? demanda Ralph en se dirigeant vers le comptoir.

— S'il y a du rhum, un mojito. Sinon, un jus de fruits.

Il esquissa un sourire.

— Je vais nous chercher un verre.

— J'en profite pour me refaire une beauté, fit Éva avec un regard enjôleur en clignant des yeux.

Ralph glissa ses doigts dans l'épaisse chevelure de la jeune femme et déposa un tendre baiser sur sa joue. Éva sentit son cœur s'accélérer, un frisson lui parcourut le corps. Ses joues s'empourprèrent. Cet homme lui faisait tellement d'effet qu'elle ne parvenait pas à se contrôler.

Éva essaya de se ressaisir.

Elle ne pouvait pas se laisser aller dès la première rencontre. Elle esquissa un sourire, puis disparut au milieu des invités, d'une démarche gracieuse et éthérée.

Ralph la regarda s'éloigner, son expression venait de changer. Il tombait le masque, une lueur malsaine brillait dans son regard sombre. Il avait assez joué la comédie, il était temps d'agir. Il attrapa son smartphone, envoya un SMS à son complice.

CIBLE OK. PREPARE-TOI.

Le visage figé, d'un ton sec, il commanda deux mojitos au barman. Une fois servi, il s'installa derrière un groupe d'étudiants enivrés. Il jeta un coup d'œil autour de lui pour vérifier que personne ne l'observait et sortit discrètement un petit sachet en cellophane qui contenait une poudre blanche.

Du GHB, la drogue du violeur.

Il versa méticuleusement la poudre dans le cocktail, posa calmement le verre sur le comptoir et remua avec une paille pour dissoudre le produit.

— Voilà ! Il y a beaucoup de monde, ce soir ! s'exclama Éva.

Ralph sursauta, il ne l'avait pas vue arriver.

— Peter Hansen est un photographe mondialement connu, bafouilla-t-il.

Des éclats de voix, des rires s'élevaient dans la salle.

L'artiste venait d'arriver, il parlait de ses œuvres.

Ralph tendit son verre à Éva.

La jeune femme but une gorgée de rhum.

— Hmmm, délicieux !

Ralph hocha la tête.

Tendu, il était moins loquace et attendait que le produit agisse.

— J'aime beaucoup cette photo, lâcha-t-il en désignant un joueur de foot devant un bistrot du Vieux-Port.

— Moi aussi...

Il se racla la gorge, esquissa un sourire gêné.

Un silence de quelques secondes s'installa dans la conversation.

— Si on allait prendre l'air et profiter du paysage ? fit-il en déboutonnant le col de sa chemise.

Ralph était mal à l'aise, Éva s'en aperçut.

Il était distant, moins entreprenant.

La petite lueur qui brillait dans son regard s'était éteinte.

Les questions assaillaient Éva.

L'ai-je déçu ?

Ai-je fait quelque chose qui lui a déplu ?

Pour la rassurer, Ralph posa sa main au bas de son dos en esquissant un sourire enjôleur. Un frisson la galvanisa, les doutes s'envolèrent.

Éva voulait tellement croire en cette belle rencontre, soudaine et inespérée, qu'elle baissait la garde et se laissait aller aux rêves les plus fous.

Dix minutes plus tard, la jeune femme sentait son corps se relâcher. Ses membres étaient lourds, elle avait envie de dormir. Sa vue se brouillait, sa respiration et son rythme cardiaque ralentissaient.

— Ça va ? Tu es toute bizarre ?

— Le travail... La fatigue, l'alcool. Je me sens très fatiguée.

Ils longèrent une longue allée dallée, passèrent devant un grand bassin et s'assirent sur un banc face à la mer. Le temps était à l'orage, des éclairs cisaillaient le ciel. Le parfum iodé de la Méditerranée les enveloppait dans une atmosphère brumeuse.

— Ça va aller ?

Éva fit un signe de la tête, son regard était trouble.

Le bruissement des vagues la berçait.

Elle fermait les yeux, le GHB faisait son effet.

— Si tu veux, je te ramène chez toi ?

— Je... Je vais appeler un taxi, murmura-t-elle.

La jeune femme n'avait pas évoqué son petit ami.

Elle ne voulait pas que Ralph découvre la vérité.

— Je suis garé sur le parking en face le MuCEM. Ça ne me dérange pas.

La voix devenait lointaine, elle se sentait partir.

Ses membres s'engourdissaient, ses yeux se fermaient tout seuls.

— Je ne veux pas te déranger, bredouilla-t-elle.

Ralph l'aida à se lever.

Éva n'arrivait plus à tenir debout, il glissa son bras sous son épaule et la soutint pour avancer. Ensemble, ils marchèrent le long de l'esplanade.

En chemin, ils croisèrent un couple qui sortait de l'exposition. L'homme sourit en voyant l'état de la jeune femme. Il crut qu'elle avait trop bu.

— Ça va ? Comment tu te sens ?

— Fatiguée, murmura-t-elle.

Éva avait du mal à parler.

Son regard était trouble, les sons devenaient lointains.

— Il faut se dépêcher, il va pleuvoir.

L'orage grondait, l'air était humide et de gros nuages noirs s'amassaient au-dessus du Vieux-Port.

Ralph aperçut le fourgon blanc de son complice qui était garé sur le trottoir de l'avenue Vaudoyer. Le véhicule était stationné après l'arrêt de bus Fort Saint-Jean, le moteur tournait au ralenti. La vitre côté conducteur descendit, une main gantée lui fit signe d'avancer.

— On va où ? demanda Éva qui retrouvait ses esprits.

Ralph accéléra le pas, la forçant à marcher plus vite.

Le fourgon se trouvait à une dizaine de mètres.

Le chauffeur enfila ses gants, bondit hors du véhicule et ouvrit la porte arrière.

— Merde ! Qu'est-ce tu foutais ? Tu veux nous faire repérer ?

Devin Wade s'énervait.

Il n'aimait pas quand le plan ne se déroulait pas comme prévu.

— Tu crois que ça se fait comme ça ? Il y a un temps à respecter pour que la drogue agisse.

Éva croisa le regard de l'individu qui venait de l'attraper sans ménagement. Malgré l'engourdissement de son corps, elle comprit immédiatement qu'elle était tombée dans un guet-apens. Ralph l'avait bernée, il n'était pas celui qu'elle croyait. Elle était en danger. Une décharge d'adrénaline lui donna un coup de fouet et galvanisa tous ses muscles.

— Au secours ! hurla-t-elle en frappant Wade au visage.

Ralph essaya de la plaquer au sol en l'attrapant par le cou, mais elle était devenue hystérique et hurlait. Elle réussit à se dégager en lui lacérant le cou avec ses ongles.

— Ferme ta gueule, cria Devin Wade en lui assénant un violent coup de poing dans la bouche.

Éva sentit sa mâchoire craquer.

Elle fut projetée en arrière, tomba sur le dos.

Sa tête heurta violemment le bitume.

Un flash de lumière explosa dans son champ de vision.

Malgré la douleur, sous l'effet de l'adrénaline, elle se redressa immédiatement et rampa en direction de l'arrêt de bus. La soif de vivre l'emportait, elle donnait tout ce qui lui restait. Elle ne voulait pas mourir.

— Merde ! Mais, tu lui as rien filé ou quoi ? s'énerva Wade en foudroyant Ralph du regard.

Les lueurs des phares d'une voiture arrivant dans leur direction déchirèrent l'obscurité.

L'homme de main devait agir rapidement.

Il bondit sur Éva.

La jeune femme gesticulait dans tous les sens comme une furie en hurlant, puisant dans ses dernières forces. Un coup de poing atteignit le colosse au visage. Sonné, il vacilla, mais réussit à l'attraper par le cou.

Éva se débattait avec rage, criait.

Il lui plaqua la tête contre l'asphalte, la cogna jusqu'à ce qu'elle soit inanimée. Une tache de sang s'était formée autour de sa tête.

— Arrête ! Tu vas la tuer, hurla Ralph en lui bloquant le poing.

Inconsciente, le sang dégoulinait sur son visage.

Un hématome avait déformé sa pommette et sa mâchoire.

Wade l'attrapa par les bras, ses gants étaient tachés par l'hémoglobine. Il la chargea sur son dos, puis la jeta dans la fourgonnette avec une violence inouïe. Un craquement d'os retentit quand son corps frappa l'habitacle.

Ralph claqua la portière, il avait accompli sa mission.

Éva était prise dans les mailles du filet, son avenir ne lui appartenait plus.

2

Le véhicule des ravisseurs roulait à vive allure dans le tunnel du Vieux-Port en direction des Hauts de Périer. Les luminaires éclaboussaient l'intérieur de l'habitacle, à intervalles réguliers, créant une atmosphère oppressante.

— Elle est coriace, la garce. J'ai bien cru qu'on n'arriverait pas à la maîtriser ! s'exclama Devin en regardant ses gants tachés de sang.

Le chauffeur avait les cheveux rasés, la peau grêlée et le regard mauvais. Une vilaine balafre de guerre au-dessus de l'arcade sourcilière lui donnait une allure inquiétante.

— J'ai mis toute la dose de GHB dans son verre. Elle n'a pas dû assez boire, maugréa Ralph, assis côté passager.

— Le mec a dû te refiler un mauvais produit. Ce n'est pas normal qu'elle réussisse à se débattre avec autant d'énergie.

Silence.

Un voile sombre passa sur le visage de Ralph.

Il contracta les mâchoires, fronça les sourcils.

— T'as cogné fort. Elle est dans un sale état. J'espère qu'elle n'aura pas de séquelles. Demain matin, le boss doit pouvoir l'interroger.

— Elle hurlait, ça allait attirer tout le monde. Et, t'as vu comme elle se défendait ? Une vraie furie.

Ralph secoua la tête, agacé.

Il n'aimait pas la brutalité et le manque de subtilité de son comparse.

— Ralentis, tu es à 100 kilomètres-heure. Il ne faut pas qu'on se fasse arrêter par les flics.

Le garde du corps de Farell Lewis relâcha la pédale d'accélérateur, mit le clignotant et se positionna sur la voie de droite.

— Elle était hystérique. C'est une dingue, cette fille, lâcha-t-il, d'une voix rauque et cassée.

— Le boss nous l'avait dit ! Il ne faut pas se fier aux apparences. Malgré son petit gabarit, elle peut être dangereuse. Mais, tu aurais pu frapper moins fort.

— Il fallait la neutraliser. J'ai agi en conséquence.

— Tu n'étais pas obligé de lui défoncer la gueule, s'énerva Ralph.

Le fourgon jaillit du tunnel à vive allure.

Un coup de tonnerre retentit, un éclair déchira le ciel.

Une pluie battante martelait la carrosserie dans un crépitement métallique.

— Putain de temps. Un coup, il fait beau, deux heures après, il pleut ! s'exclama Devin en mettant les essuie-glaces.

Ralph attrapa son smartphone qui était dans la poche intérieure de son costume et vérifia ses messages.

— Je n'ai pas de nouvelles de Lewis... Et, je tombe sur son répondeur quand j'essaye de le joindre. Je n'aime pas ça. Il devait m'appeler ce soir.

— Tu l'as eu quand, la dernière fois ?

— Hier après-midi. Il était dans sa villa de Saint-Rémy...

— Il doit prendre du bon temps avec une des filles de Negel. S'il est là-bas, c'est qu'il y a du matos. Il y va souvent avec Julia. Puis, il ne voulait pas que je l'accompagne, il voulait rester seul. Tu sais comment il est ! Du moment qu'il t'a dit de la ramener pour demain, il y a no souci. Il sera là, le boss.

L'inquiétude se lisait dans le regard de Ralph.

Il ne partageait pas l'avis de son ami.

— Depuis le vol des dossiers des jumelles, je préfère être méfiant. On ne sait jamais. Il y a vraiment des trucs pas nets qui se passent en ce moment.

— Ne t'inquiète pas ! On va vite tirer cette histoire au clair. On l'interroge et on voit...

— Brown l'a aperçue près de son cabinet, la veille du vol ! Ce n'est pas un hasard. Je me demande ce qu'elle cherche. Et surtout, pourquoi elle a dérobé ces dossiers. Elle a peut-être découvert la vérité.

Wade fronça les sourcils.

De profonds sillons se dessinèrent sur son front.

Ralph avait raison, ils devaient rester sur leur garde. Cette affaire était peut-être plus dangereuse que prévu.

*

* *

Un nouveau coup de tonnerre éclata au loin.

Éva se réveilla en sursaut, terrifiée.

Le sang cognait dans son crâne, son visage la faisait horriblement souffrir. Une douleur lancinante irradiait sa tête. Sa lèvre inférieure avait explosé sous la violence des coups, un gros hématome déformait sa pommette et une entaille parcourait son cuir chevelu sur plusieurs centimètres.

Elle cligna des yeux, observa son environnement.

Une faible lumière éclairait l'intérieur de l'habitacle.

Où suis-je ?

Elle était allongée sur le sol à l'arrière d'un fourgon.

Ses mains recouvertes de sang étaient menottées.

Des relents d'huile et d'essence flottaient dans l'air.

Un sang poisseux dégoulinait sur son visage, sa bouche avait un goût cuivré et métallique

Qu'est-ce que je fais là ?

Son esprit était cotonneux, elle n'arrivait pas à réfléchir correctement. Elle ne se souvenait de rien, tout était embrouillé dans son cerveau.

Black-out.

Elle émergeait du néant.

Une voix rauque retentit, elle retint son souffle.

— Quand il l'aura interrogée, tu crois qu'il va vouloir qu'on l'élimine ? demanda Devin.

— Elle a vu notre visage. Il ne voudra pas laisser de traces, lâcha froidement son collègue.

Le cœur de la jeune femme explosa dans sa poitrine.
Ses carotides se dilatèrent, le sang afflua au cerveau.
L'homme avait parlé sans état d'âme.
Sa voix ne trahissait aucune émotion.
Le corps d'Éva se mit à trembler nerveusement.
Elle était pétrifiée par la peur.
Elle décida de réagir, elle ne pouvait s'avouer vaincue.
Son instinct reprenait le dessus.
Fuir au plus vite.
Ses sens étaient en alerte, elle devait s'échapper de ce cercueil roulant.
Le fourgon passa devant la basilique Notre-Dame de la Garde, qui se dressait majestueuse sur son piton calcaire dominant la cité phocéenne, et continua dans l'étroite rue du Roucas Blanc.
Éva réfléchissait à toute vitesse.
Sa vie était en sursis, elle devait agir vite.
— Arrête-toi, le feu va passer au rouge ! s'exclama Ralph.
Devin appuya brusquement sur la pédale de frein. Le fourgon fit un aquaplaning de plusieurs mètres et s'arrêta juste devant le feu rouge. La jeune femme poussa un cri de panique et fut projetéc en avant, sa tête cogna contre la tôle de la carrosserie.
— C'est quoi ce bruit ? s'enquit Ralph.
— Ça vient de l'arrière ! On devrait vérifier si elle est toujours sous l'effet du GHB.
— Avec la dose de calmants que je lui ai injectée, elle ne devrait pas se réveiller avant une heure.
Devin jeta un coup d'œil dans le rétroviseur.
— Je vais vérifier si elle est toujours inconsciente ! Il n'y a pas de voiture derrière nous.
— T'es malade ! Tu t'arrêtes en plein milieu de la route ?
Le garde du corps ne répondit pas.
Il ouvrit la portière, posa lourdement un pied à terre et se dirigea vers l'arrière du véhicule d'un pas assuré. Des bourrasques de vent chargées de pluie lui cinglaient le visage, il essuya ses yeux pour mieux voir.
Éva entendit un bruit.
Elle se redressa en sursaut : la poignée de la porte pivota.

C'est le moment !

Sans hésiter, elle se leva d'un bond, poussa de toutes ses forces sur ses jambes et envoya un coup d'épaule dans la portière. Devin n'eut pas le temps d'esquiver. Il reçut le montant en plein dans l'arcade sourcilière qui éclata sous l'impact. La peau se fendit, le sang gicla.

Éva chuta lourdement sur le bitume mouillé.

Sa veste s'était déchirée, le talon de sa chaussure arraché et ses mains égratignées. Elle se releva, les gouttes de pluie dégoulinaient sur son visage tuméfié, le vent soufflait par rafales. Par terre, une enveloppe kraft pliée en deux qui venait de s'échapper de sa veste. Éva l'attrapa rapidement et la remit dans sa poche en jetant un coup d'œil à Devin.

Le visage ensanglanté, il gisait dans une flaque d'eau. Sonné, il avait du mal à retrouver ses esprits. Une douleur lancinante irradiait sa tête, son crâne avait frappé violemment la chaussée. Il posa une main sur le bitume et se redressa difficilement en essayant de reprendre son souffle.

Éva profita de ce laps de temps pour s'enfuir.

Ralph jaillit du véhicule.

— Éva, arrête-toi, on veut juste discuter. Je vais tout t'expliquer.

La jeune femme hurlait, ses cris résonnaient dans la rue.

Les mains menottées, elle ne pouvait pas se défendre contre ses agresseurs, elle était une proie facile.

Un vieil homme, qui rentrait chez lui, avait assisté à toute la scène. Malgré la peur, il essaya de barrer le passage à Ralph. Sans s'arrêter, ce dernier lui envoya un coup de poing en plein visage. Le nez de l'octogénaire explosa sous l'impact. Il fut projeté en arrière, son crâne frappa violemment le goudron. Inanimé, il se retrouva au sol, la bouche ouverte, le visage ensanglanté.

— Éva ! s'exclama Ralph en la poursuivant.

La jeune femme avait repéré une épicerie de nuit.

Une vingtaine de mètres la séparait de ses ravisseurs.

Elle devait trouver de l'aide au plus vite si elle voulait s'en sortir vivante, car elle ne pourrait pas semer ses poursuivants.

Sous le store banne, à l'abri de la pluie et des bourrasques de vent, un client discutait tranquillement avec le gérant du magasin. Visage mat, peau burinée, l'homme au regard reptilien fumait une cigarette.

— Pitié ! Aidez-moi ! Ils veulent me tuer, cria Éva en se jetant dans ses bras.

— Qu'est-ce qui se passe, madame ? Pourquoi tu cries comme ça ?

— Ils m'ont kidnappée ! Ils veulent m'assassiner.

Voyant la jeune femme le visage en sang, l'individu jeta sa cigarette par terre, paniqué. Une ombre passa devant ses yeux.

— Rentre à l'intérieur, madame. On va te protéger.

Il fixa méchamment Ralph, dont la silhouette se découpait dans la lueur des réverbères. Il entrouvrit sa veste, attrapa un couteau à la lame effilée.

— Fais-la entrer, dit-il au gérant de l'épicerie.

L'autre type hocha la tête, prit Éva par la main et pénétra dans le magasin en refermant la porte. Une fois à l'intérieur, il la fit s'accroupir derrière le comptoir et attrapa un fusil à pompe à canon scié avec trois cartouches.

— Reste là, ne bouge pas, ordonna le gérant.

D'un geste rapide, il amena la pompe en arrière. La chambre du fusil s'ouvrit. Il inséra une à une les cartouches dans le bloc culasse en le faisant claquer bruyamment à chaque rechargement.

Devin venait de rejoindre Ralph. Le garde du corps appuyait la paume de sa main contre son arcade sourcilière entaillée. Le sang dégoulinait sur son visage, se diluant dans l'eau de pluie.

— Range ton jouet, mec. Et fais sortir la fille, dit-il, le regard mauvais.

Le gérant se figea.

Devin avait dégainé son arme : un Desert Eagle .50 AE.

Le pistolet le plus puissant au monde, tirant des balles de la taille d'un projectile de Kalachnikov.

L'homme ne chercha pas à négocier et jeta son couteau sur le trottoir. Devin ajusta sa visée sur le gérant qui venait de pousser la porte de l'épicerie. Ce dernier le tenait aussi en joue. L'affrontement devenait inévitable, il risquait de se terminer dans un bain de sang.

— Fais pas le malin. Une seule balle, je t'arrache la tête.

L'homme au fusil ne se laissa pas impressionner.

— T'as vu mon canon ? Il fait 35 centimètres. À cette distance, je te sulfate de gros plombs, toi et ton pote. J'aurai peut-être la tête en compote, mais vous deux, vous ne serez pas beaux à voir...

Devin plissa les yeux.

Le gérant ne plaisantait pas.

— Écoute, mec. Vu comme t'es fringué, je ne pense pas que tu sois de la zone. Tu dois avoir un bon boulot, une vie plutôt cool. Si tu veux la conserver, dégage de là. T'es pas dans ton quartier. Ici, c'est moi qui fais la loi.

— Les flics vont débouler, vous êtes cuits, lâcha son pote en déglutissant.

Les gouttes d'eau glissaient sur le visage de Devin, son costume était trempé. Ses yeux crachaient des flammes. Ses doigts lui démangeaient, il avait envie de descendre ces deux lascars.

— Tu vois la caméra au-dessus de ma tête ? Vous êtes filmés. Si tu laisses la fille et repars d'où tu viens, je te file le disque dur externe qui enregistre la vidéo, ajouta le gérant, essayant de négocier.

Ralph jeta un coup d'œil en direction du socle fixé au-dessus de la porte : une diode clignotait.

Une sueur glacée recouvrit son visage.

Son cœur s'accéléra, le sang afflua au cerveau.

— File-nous le disque dur. Tu gardes la fille. On en reste là ! T'as pas intérêt à nous balancer aux flics. Tu ne nous as jamais vus ? OK ? On sait où tu te trouves, mec. Si tu tiens à ta famille, tes amis et ton commerce, fais profil bas.

Devin jeta un regard furieux à son collègue.

Le patron leur avait donné une mission, elle devait être exécutée. Il se moquait des dommages collatéraux. Ancien parachutiste des forces spéciales, la mort ne lui faisait pas peur. C'était un combattant, un guerrier qui n'abandonnait jamais.

— Tu plaisantes ? Ces bouffons, je les descends. Après on récupère la fille et on la ramène au boss. Je n'ai qu'une parole.

— Tu veux buter deux types en plein Marseille ? Sois pas con ! Ta parole ? Elle sert à quoi si on se fait choper par les flics ?

Les Maghrébins regardaient les deux hommes se disputer au milieu de la rue. La scène était complètement surréaliste.

Devin cala le canon de son arme sur la tête du gérant.

Il le dévisagea et se tourna vers Ralph en gardant sa proie en joue.

— Et Lewis, tu vas lui dire quoi si on ne ramène pas la fille ? C'est lui qui va mettre un contrat sur nous.

Un groupe de jeunes venaient de tourner au bout de la rue et marchaient dans leur direction en parlant bruyamment. Ils n'avaient pas remarqué la scène qui se déroulait à quelques centaines de mètres sous leurs yeux.

— OK ! Va chercher ton disque dur. On le récupère et on se barre. Toi, tu gardes la fille. On est réglo, ordonna-t-il au gérant.

L'homme poussa un soupir de soulagement.

Il fit un signe de la tête, baissa son fusil et pénétra dans son magasin.

Éva était accroupie derrière le comptoir, terrorisée. Elle respirait bruyamment et des spasmes nerveux animaient son corps. Son maquillage avait coulé, des raies noires dégoulinaient sous ses magnifiques yeux bleus.

Le gérant lui lança un regard rassurant en débranchant le disque dur.

— Ne t'inquiète pas, tu es en sécurité. Ils feront rien.

Éva répondit en faisant un signe de la tête.

Il ressortit et tendit le disque dur à Ralph qui le lui arracha des mains.

Devin glissa son flingue dans son holster.

— Et t'as rien vu ! Si tu parles de nous, on revient s'occuper de toi et ta famille. Puis on crame ta boutique. OK ? fit-il, d'un ton agressif.

Le gérant hocha la tête.

Ralph et Devin disparurent dans la nuit sans se retourner.

Il jeta un bref regard au client qui était livide, puis il se précipita à l'intérieur de l'épicerie et composa le numéro de police secours. Grâce au courage des deux hommes, Éva avait la vie sauve. Amnésique, blessée, mais en vie. C'était le plus important.

3

Hôpital La Timone
Marseille

Éva se réveilla en sursaut.

Un voile de sueur recouvrait son visage diaphane.

Son cœur battait la chamade, elle avait du mal à respirer.

Un homme en blouse blanche, l'air préoccupé, immobile à côté du lit, l'observait d'un regard inquiet.

— Bonjour, mademoiselle. Je suis le professeur Pontal. Le neurologue qui vous a prise en charge, hier soir. Comment vous sentez-vous aujourd'hui ? Les douleurs à la tête, ont-elles diminué ?

La jeune femme cligna des yeux.

Effrayée, elle jeta des regards apeurés autour d'elle.

Murs et carrelage blancs.

Odeurs d'antiseptiques et de détergents.

Lumière laiteuse.

L'hôpital.

— Ne vous inquiétez pas, tout va bien se passer. Après les urgences, on vous a emmenée ici pour un examen approfondi. Vous avez subi un traumatisme crânien, mais l'IRM cérébral n'a pas révélé de lésion. Et nous n'avons détecté aucune pathologie ou maladie neurologique. On vous a donné un calmant pour dormir, car vous étiez très agitée.

Éva essayait de mettre de l'ordre dans son esprit.

Elle se rappelait les deux agresseurs, le gérant de l'épicerie qui lui avait porté secours et les policiers qui l'avaient prise en charge et conduite à l'hôpital. Avant, c'était le néant ! Son passé avait sombré dans les méandres de son cerveau.

— Vous ne vous souvenez toujours de rien avant votre enlèvement par les deux hommes ? Votre mémoire n'est pas revenue?

Elle secoua la tête.

— Qu'est-ce qui m'arrive ? C'est comme si tout était bloqué dans mon cerveau. Tout est flou dans ma tête. C'est grave, professeur ? demanda-t-elle, les yeux écarquillés.

Éva serrait fermement les draps, ses mains tremblaient.

Le neurologue prit une profonde inspiration.

— Lors d'un traumatisme crânien important, l'amnésie peut s'étendre de plusieurs jours à plusieurs semaines... Cependant, je pense que votre perte de mémoire n'est pas due au choc physique, mais résulterait plutôt d'un traumatisme psychologique, suite à l'agression. Dans ce cas présent, on parle d'amnésie psychogène prolongée. Cela arrive parfois après un choc émotif ou des évènements intenses.

Éva le dévisagea.

— Qu'est-ce que ça signifie ? C'est grave ou pas ?

Il ôta ses lunettes, les glissa dans la poche de sa blouse et s'approcha de sa patiente en posant une main rassurante sur son bras.

— Il faut que vous essayiez de vous calmer. Vous êtes encore sous le choc de l'agression. Il est tout à fait normal que la confusion règne dans votre esprit. Mais, au fil des jours, cela devrait s'estomper.

Éva se figea sur son lit.

Les ravisseurs traversèrent ses pensées.

Le regard mauvais de celui qui avait une balafre au-dessus de l'arcade sourcilière restait gravé dans son esprit.

— Je ne sais pas pourquoi ces hommes me voulaient du mal... Ils ont essayé de m'assassiner !

Éva était en proie à la panique.

Elle parlait vite, son rythme cardiaque s'accélérait.

— Essayez de penser à autre chose. Vous avez besoin de calme. La police a lancé un appel à témoin pour essayer de retrouver vos proches. Vous ne risquez plus rien.

— Je vais retrouver la mémoire ?

— Le cerveau est un organe complexe et capable d'une étonnante plasticité neuronale. Il peut se réorganiser après des lésions. Mais, dans le cas d'un choc traumatique, c'est un peu différent. Votre cerveau n'a pas été lésé. Le choc psychologique entraîne un stress post-traumatique.

— Je reconnais mon environnement, mais je ne me souviens pas de mon passé. Je ne sais pas qui je suis... Je ne connais ni mon prénom ni mon nom. Je ne sais pas si j'ai une famille... D'où je viens... C'est le néant, fit Éva en éclatant en sanglots.

Le professeur Pontal se sentait impuissant.

— L'amnésie psychogène est de type rétrograde. C'est-à-dire que vous avez un problème de la mémoire à long terme. Vous ne pouvez pas vous souvenir de la tranche de vie avant l'agression. Par contre, vous avez conservé la mémoire immédiate qui sert par exemple à répéter une série de chiffres, ainsi que la mémoire procédurale permettant l'apprentissage des tâches quotidiennes. Les habitudes et les réflexes acquis.

Éva dévisagea le professeur.

Elle ne comprenait rien à ce qu'il racontait.

— Un thérapeute va venir vous aider pour essayer de retrouver la mémoire. Vous effectuerez des exercices visant à faire travailler la mémoire à court terme. Ensuite, vous approfondirez celle à long terme. Au fil des jours, les souvenirs reviendront.

Des pas claquèrent dans le couloir, la porte s'ouvrit.

— Je peux entrer ? Je viens vérifier les pansements et lui faire prendre ses médicaments, dit l'infirmier en passant la tête dans l'entrebâillement.

L'homme avait le visage fatigué et les traits tirés.

— J'allais partir, je dois continuer ma tournée.

Le neurologue se tourna vers Éva.

— Je repasserai en fin d'après-midi. Si entre-temps, vous ne vous sentez pas bien, n'hésitez pas à me faire appeler. Je serai dans mon bureau.

Le médecin laissa entrer l'infirmier en le saluant.

Il classa les feuilles du dossier de sa patiente, chaussa ses lunettes et disparut dans le couloir.

— Comment vous sentez-vous, ce matin ?

Il vérifia les relevés de la feuille de soins qui était fixée à la plaque métallique accrochée au lit.

— J'ai mal à la tête. Ça me lance. Et, je me sens angoissée.

— Je vais vous donner un médicament pour la douleur et un anxiolytique pour vous détendre. Vous avez bien dormi ?

— J'ai fait des cauchemars.

L'infirmier lui lança un regard rempli d'empathie.

— C'est normal. L'agression… vous avez subi un gros traumatisme psychologique.

Il enfila des gants en latex, s'approcha de la patiente, vérifia les plaies et les hématomes.

— Vos blessures guérissent rapidement. Vous avez de belles cicatrices et l'hématome s'est déjà résorbé.

D'horribles images assaillaient Éva.

Elle était tétanisée.

— Ces cauchemars… Ils avaient l'air tellement réel. J'ai vu une femme, dont je ne voyais pas le visage, se faire abuser sexuellement. Elle hurlait, se débattait. Son agresseur la frappait avec une violence inouïe. Il cognait, cognait toujours plus fort ! Mais, personne n'était là pour l'aider. Il… C'est bizarre… Il ressemblait à l'homme qui conduisait le fourgon. C'était horrible. Je ne pouvais rien faire. J'étais là, j'assistais à la scène, impuissante.

L'infirmier l'écoutait en refaisant son bandage.

Il l'observait d'un regard incrédule.

— Ensuite, j'ai eu l'impression de sombrer dans le néant. Le noir total. Un froid intense. Glacial. Je me suis retrouvée dans une vaste demeure. Il y avait deux personnes, dont je ne distinguais pas le visage. Celui qui portait une tenue noire s'est approché de l'homme en costume et lui a tranché la gorge. C'était horrible, il y avait du sang partout. J'ai crié, il n'a rien entendu. L'assassin a dessiné un cercle sur le sol avec la chemise de la victime imbibée de son sang. Une fois qu'il a eu terminé, il a inscrit une formule magique sur le mur avec un poignard, puis a récité une incantation. Il a déposé un serpent sur le cadavre… Et, il a dit…

Éva s'est mise à trembler.

Elle était terrifiée.

L'infirmier l'écoutait raconter son cauchemar.

Il avait l'impression de vivre chaque détail de la scène.

— Je suis l'esprit de la nuit, je viens te chercher, cria-t-elle, le visage déformé par une horrible grimace.

— Restez calme ! Ne vous énervez pas. Ce n'est qu'un cauchemar. Il n'y a rien de réel.

— Ils vont revenir et me tuer. J'ai peur.

La jeune femme, paniquée, tremblait nerveusement.

— Vous êtes en sécurité. Vous ne risquez rien.

— Et s'ils revenaient ? Ces types me voulaient du mal.

Il secoua la tête.

— Ils ne se risqueraient pas à pénétrer dans un hôpital. Il y a des caméras partout.

Éva parut rassurée.

Elle prit une profonde inspiration pour se calmer.

— Voilà, j'ai terminé !

— Vous ne restez pas avec moi ?

— J'ai beaucoup de patients...

Le regard triste, elle soupira.

Soudain, en se tournant, elle aperçut une enveloppe kraft pliée posée sur la table de nuit. Une chaînette dépassait de l'ouverture et brillait à la lueur des luminaires.

— C'est quoi ? demanda-t-elle.

— Vos affaires personnelles qui se trouvaient dans votre veste. Nous n'avons touché à rien.

Éva se pencha et attrapa l'enveloppe qui était toute tâchée et froissée.

Elle vida son contenu sur le lit.

Une médaille, une photo déchirée et un bout de papier chiffonné sur lequel était notée une série de chiffres.

Elle prit le bijou dans sa main, la retourna.

Éva
210695

— C'est peut-être mon prénom ?

L'infirmier fit la moue.

— La médaille était dans votre poche. Vous ne la portiez pas autour du cou...

Elle glissa le bijou à l'intérieur de l'enveloppe et attrapa la photo en la détaillant.

— C'est vous... Mais, vous semblez plus jeune sur ce cliché.

— Je ne me reconnais pas. J'ai l'impression de voir une inconnue. Pourquoi l'avoir déchirée ?

Il haussa les épaules.

— Peut-être y avait-il un ex-petit ami à côté de vous...

Elle attrapa le morceau de papier avec la série de chiffres.

— EC/2208-0612

— Deux lettres, huit chiffres. Ce n'est pas un numéro de téléphone, ni un numéro de compte... Et ce n'est pas un code SWIFT, il n'y a pas assez de lettres, fit l'infirmier, perplexe.

Éva cligna plusieurs fois des yeux.

Sa tête tournait, ses membres étaient cotonneux.

— Vous devez vous reposer. Détendez-vous, ne pensez plus à rien, fit l'infirmier en reposant l'enveloppe sur la table de nuit.

Il prit délicatement sa main.

Éva sentit une douce chaleur remonter le long de son bras. Un étrange sentiment la submergea.

— Je continue la tournée. Je repasserai en fin de matinée. N'hésitez pas à appeler si vous ne vous sentez pas bien.

Il croisa son regard.

La jeune femme avait de beaux yeux noisette en amande, un visage délicat et fin, une peau laiteuse et une longue chevelure châtain clair.

Malgré les bandages, les cicatrices et les hématomes, elle avait gardé tout son charme et sa sensualité.

Une beauté naturelle, songea-t-il, troublé, en refermant doucement la porte de la chambre 137.

4

La capitaine Valentin et son adjoint, Alfredo Gustanzo, saluèrent le policier en faction qui montait la garde devant la demeure de Farell Lewis. Ils passèrent sous le ruban de non-franchissement, pénétrèrent dans le hall d'entrée d'un pas pressé et rejoignirent le procureur de Marseille qui les attendait dans le salon en observant les techniciens de la police technique et scientifique. Ces derniers inspectaient minutieusement la scène de crime à la recherche d'indices exploitables.

Le magistrat salua Anna d'une solide poignée de main et la regarda discrètement : grande, peau laiteuse, silhouette athlétique, visage fin, blonde aux yeux bleus.

Le charme de la policière ne le laissait pas indifférent.

— Il s'agit de Farell Lewis, le fondateur du laboratoire pharmaceutique Biotech Lewis. Une entreprise leader dans le marché des neuroleptiques et des traitements post-traumatiques. Lewis était aussi le P.D.G. du centre de recherche marseillais en épigénétique. Bref, une sommité dans son domaine, attaqua-t-il sans préambule.

Le procureur Montagnac avait la quarantaine, visage en pointe, cheveux noir corbeau coupés court, sourcils épais, regard vif et pénétrant.

Sans états d'âme, carriériste, il était froid et autoritaire.

Anna avait travaillé avec lui quelques années plus tôt.

L'enquête s'était bien déroulée, mais elle n'appréciait pas son air suffisant, son caractère condescendant et ses accès de mauvaise humeur.

— Cet assassinat n'a pas eu lieu sous ma juridiction. Pourquoi ne pas saisir la Brigade criminelle de Marseille ? s'enquit la policière, d'un air suspicieux.

Montagnac fronça les sourcils.

Il chercha ses mots, hésita avant de répondre.

— Farell Lewis était un proche du maire de Marseille, du député des Bouches-du-Rhône et du préfet de police. Il était le principal mécène de la ville. La cité phocéenne a bénéficié de son soutien financier dans le domaine de l'art et de la culture. Il a laissé plusieurs millions d'euros dans les fonds de dotations.

Il s'arrêta de parler, jeta un coup d'œil autour de lui pour vérifier que les techniciens de la PTS ne l'écoutaient pas.

— C'est le jardinier qui a appelé les secours. Farell Lewis vivait seul. Il était célibataire, sans enfants. Le préfet de police a été informé de la situation. Ensuite, ça a été le téléphone arabe. Magetti a contacté le président du TGI de Marseille... L'état-major tient à ce que cela soit vous qui soyez saisie de l'enquête de flagrance, vu l'urgence de la situation. L'affaire Baphomet, L'Ordre des Maîtres Solaires ! De très grosses affaires.

Anna le dévisagea.

Agostino Maggetti était le maire de la cité phocéenne.

L'enquêtrice l'avait rencontré à plusieurs reprises. Il connaissait ses états de service, il savait aussi qu'elle avait résolu les deux plus grosses affaires de ces dix dernières années, impliquant un tueur en série mystique et une secte templière. La policière faisait régulièrement la une des journaux et passait pour une spécialiste en ésotérisme.

— Vous avez récemment obtenu un master de psycho-criminologie et vous travaillez en étroite collaboration avec le célèbre professeur Donnard, un universitaire spécialiste du milieu ésotérique. Vous êtes celle qu'il nous faut pour cette enquête !

Anna hocha la tête.

Elle se méfiait de Montagnac, il était fourbe et manipulateur. Le magistrat était prêt à tout pour parvenir à ses fins.

— Tout le monde va nous attendre sur cette affaire... J'espère que vous en avez conscience, ajouta-t-il, d'un ton sec.

Anna savait que d'après l'article 53 du code de procédure pénale, elle aurait les pleins pouvoirs pendant une durée de huit jours. Ensuite, un juge d'instruction serait nommé, et elle devrait agir sous commission rogatoire.

Elle fixa Montagnac.

— Le légiste n'est pas encore arrivé ?

— Il ne devrait pas tarder.

— Qui avez-vous contacté ?

— Le docteur Sapeney de l'institut médico-légal de Nîmes.

Le regard de la policière s'illumina :

— Nous avons collaboré ensemble sur plusieurs enquêtes. Il est efficace. Une pointure dans son domaine. Il fait du très bon boulot.

Gustanzo n'avait pas ouvert la bouche, il observait la scène de crime. Il détailla le salon et jeta un coup d'œil en direction de la large baie vitrée.

— Et le jardinier, il n'a rien vu, ni entendu ? demanda-t-il, subitement.

— Non. Il est arrivé à 18 heures. Il ne devait pas travailler, mais Lewis voulait qu'il taille la haie autour de la piscine. Comme vous pouvez le voir, la première habitation est à deux cents mètres. Il ne faut rien attendre du côté du voisinage, ajouta-t-il.

Montagnac soupira.

— Il ne manquait plus que ça. J'espère qu'il n'y a pas encore une secte derrière ce crime, dit-il en scrutant le cercle ensanglanté autour de la malheureuse victime.

Le regard d'Anna se posa sur le cadavre.

Une plaie béante entaillait le cou de Farell Lewis.

L'homme était allongé sur le dos, les bras écartés, les mains crispées par la rigidité cadavérique. Il avait la bouche ouverte, du sang séché maculait son visage et sa chemise blanche était déchirée. Il semblait pousser un grand cri d'effroi qui se perdait dans le néant.

— C'est Gustanzo qui va faire les constatations. Malerme, le procédurier du groupe, est en repos.

Montagnac jeta un regard en coin au lieutenant.

Il ajusta la veste de son costume Armani.

— Je rentre à Marseille. Un crime a été commis dans le VIIe arrondissement. Un règlement de compte entre bandes rivales. Le crime n'attend pas, nous ne sommes pas en crise, plaisanta-t-il en esquissant un sourire goguenard.

Anna resta de marbre.

Elle n'appréciait pas l'humour malsain de Montagnac.

— Tenez-moi au courant des moindres avancées de l'enquête. Et, n'oubliez pas de m'envoyer le dossier technique de l'IJ. Je veux aussi les résultats des analyses toxicologiques et anatomopathologiques, déclara-t-il, d'un ton sec en se dirigeant vers le hall d'entrée.

Une fois qu'il fut parti, la policière s'approcha des techniciens en combinaison blanche qui effectuaient les prélèvements sur le corps de Farell Lewis en attendant l'arrivée du légiste.

Les flashs crépitaient dans le salon, créant une étrange atmosphère. Le photographe de l'IJ prenait des clichés de la scène de crime sous différents angles. La pièce était éclairée par la lumière crue des projecteurs. L'odeur nauséabonde de la chair en décomposition empestait l'air.

Anna et Gustanzo enfilèrent une combinaison, des gants en latex, des surchaussures, un masque de protection et une charlotte en papier. Une fois habillés, ils s'approchèrent du corps du riche homme d'affaires et détaillèrent sa blessure. L'entaille au cou était nette et bien délimitée. Le tueur avait agi avec une extrême précision en tranchant la carotide. Farell Lewis s'était vidé de son sang en quelques minutes. Son assassin ne lui avait laissé aucune chance.

Gustanzo photographia la victime, ainsi que les indices indiqués par des plots jaunes numérotés : l'écorce de noyer, la coupe d'argent, la racine de mandragore, les pétales de roses rouges.

Immobile au milieu du salon, Anna lisait l'inscription sur le mur laissée par le tueur :

— Un mauvais esprit vient en ce lieu. Combattez le feu par le feu. Bannissez son âme dans le néant, dit-elle à haute voix.

Pensive, elle recopia l'inscription sur son carnet.

— Qu'est-ce que ça veut dire ce message ? Un mauvais esprit ? s'enquit Gustzanzo en dévisageant sa collègue.

Pas de réponse.

Anna réfléchissait.

— Retirez-lui son pouvoir jusqu'à la dernière trace. Dispersez cet être malfaisant. À travers le temps et l'espace, ajouta-t-elle.

L'enquêtrice plongea son regard dans celui de son adjoint, puis mit la main devant la bouche. Elle resta silencieuse quelques secondes.

— Retirer le pouvoir de l'être malfaisant... Farell Lewis était-il cet être malfaisant ? Le mobile du crime... La vengeance ?

— Ce meurtre, c'est quand même assez bizarre. Un rituel incantatoire, de la sorcellerie, et le P.D.G. d'un laboratoire pharmaceutique. La victime n'a certainement pas été choisie au hasard...

— Oui. Ce n'est pas un simple rituel. Pourquoi Farell Lewis ? C'est ce que nous devons déterminer.

Gustanzo sortit un carnet à spirales.

Il dessina le plan de la pièce, plaça avec précision le mobilier, la position du corps et des plots en indiquant les différents indices laissés par le tueur.

Anna réfléchissait au mode opératoire.

— Le tueur a utilisé une arme blanche. Il voulait un contact physique avec Lewis. Le sentir, le toucher, déclara-t-elle, concentrée sur son environnement.

Plusieurs flashs crépitèrent, créant d'angoissants clairs-obscurs dans le salon.

— C'est le grand luxe ici. Farell Lewis vivait dans l'opulence. Il ne devait pas connaître la crise, fit l'enquêteur en détaillant le salon moderne et design.

Table en marbre Angello Mangiarotti, meubles Calligaris, luminaires vénitiens style Rezzonico Voltolina.

Ce luxe ostentatoire agaçait le lieutenant.

Il pensait aux employés de Biotech Lewis certainement payés un salaire de misère, ayant des difficultés pour boucler les fins de mois, alors que Le P.D.G. vivait dans l'abondance.

La coordinatrice de l'IJ, Natascha Bales, s'approcha de Gustanzo et le sortit de ses pensées. Elle enleva ses gants en latex et baissa son masque de protection. Elle finit de numéroter un des scellés, remplit la fiche de renseignements, et le rangea dans une mallette chromée.

— La victime ne s'est pas défendue, il n'y a pas de traces de défense sur son corps. Le tueur a dû le surprendre pendant qu'il se reposait dans le salon. Le visage de Farell Lewis n'est pas cyanosé, il n'y a pas de pétéchies dans les yeux. Par conséquent, il n'y a pas eu de tentatives d'étranglement, ni d'asphyxie. C'est la blessure à la carotide qui a entraîné rapidement son décès, lâcha-t-elle.

— Des traces papillaires, ADN ? demanda Anna.

— Oui. Mais, je doute que ça appartienne au tueur. Notre homme est trop précautionneux et méthodique. Nous n'avons pas affaire à un amateur.

— Et, l'heure de la mort ?

— Il faut attendre le légiste. Mais, le cadavre est souple sur sa partie supérieure et rigide au niveau des jambes. Sachant, que la *rigor mortis* commence par durcir le haut du corps, cela signifie que la rigidité cadavérique s'estompe. La mort remonte à plus de 24 heures.

— Et à moins de 36 heures, sinon le corps aurait retrouvé sa souplesse et commencerait la putréfaction. De toute évidence, il a été assassiné au cours de la soirée. Lewis était encore habillé, il n'a pas été surpris dans son lit, continua Anna.

La directrice d'enquête s'approcha du canapé et désigna les morceaux de verre éparpillés sur le sol.

— Il savourait un bon cru, quand on l'a assassiné.

— Quelle belle mort ! Il dégustait un Nuits-Saint-Georges, fit Gustanzo en photographiant les indices.

— Il avait déjà dîné. On a trouvé les restes du magret de canard dans une assiette sur la table de la cuisine.

— Une seule assiette ?

Natascha Bales hocha la tête.

— Le tueur connaissait l'emploi du temps de Farell Lewis, ses habitudes. Par où est-il passé pour s'introduire dans l'habitation ?

— Il a découpé un carreau de la vitre de la porte-fenêtre de la cuisine avec un diamant. L'alarme a été neutralisée... Du travail de pro.

Un policier éteignit les lumières et coupa les halogènes, la scène de crime fut plongée dans l'obscurité. Les techniciens passèrent le Crimescope sur la victime. L'appareil produisait des lumières de longueurs d'ondes variables permettant de mettre en évidence des traces papillaires ou biologiques invisibles à l'œil nu.

Anna et Natascha Bales s'isolèrent dans le couloir et fermèrent la porte du salon.

— On a réussi à isoler des empreintes de chaussures en 40 dans le jardin. D'après la profondeur, notre homme est un petit gabarit. Il ne doit pas dépasser les 60 kilos, continua Natascha Bales.

Un policier de la PTS sortit du bureau de Lewis.

Il tenait un ordinateur entre les mains.

— Ce PC va être emmené au service de l'informatique et des traces technologiques. Les techniciens inspecteront le disque dur et les traces laissées par la victime en surfant sur Internet. Nous analyserons sa boîte e-mail, et ses différents comptes facebook, tweeter ou autre. J'espère que nous trouverons des indices qui pourront nous permettre de remonter jusqu'au tueur, fit la coordinatrice de l'IJ.

— Parfait. Envoyez-moi le rapport technique le plus tôt possible. J'en aurai bien besoin pour essayer de déterminer les motivations de notre tueur...

— De toute évidence, nous avons encore affaire à un mystique... L'enquête s'annonce compliquée.

Le regard d'Anna s'assombrit.

Elle savait que l'assassinat du riche homme d'affaires allait la conduire dans les bas-fonds de la psyché humaine. Là où la folie dirigeait les pensées et contrôlait le mental des individus égarés dans un autre monde.

— Je vais avoir besoin de l'aide d'un spécialiste dans ce domaine. Excusez-moi, mais j'ai un coup de téléphone à passer. Le professeur Donnard va devoir reprendre du service. J'aurais bien besoin de ses connaissances du milieu ésotérique, déclara Anna en se dirigeant vers la sortie.

5

Anna pénétra dans l'enceinte de l'université Paul Valéry. Elle traversa une longue allée gravillonnée bordée par de larges étendues de pelouses verdoyantes parsemées de mimosas et de chèvrefeuilles. L'air doux charriait un parfum enivrant. La jeune femme leva la tête, elle aperçut des mouettes qui tournoyaient dans un ciel bleu céruléum au-dessus des immeubles. À proximité de la mer, Montpellier était une ville agréable à vivre, où régnait une douce quiétude. Les étudiants révisaient assis dans l'herbe. Loin des tracas du quotidien, dans l'insouciance de la jeunesse.

La policière traversa le hall d'entrée, se frayant un chemin parmi la cohorte d'étudiants bruyants et monta au deuxième étage. Le professeur Donnard l'attendait dans son bureau, il corrigeait des copies.

— Anna ! Ça me fait plaisir de vous voir.

Il se leva et la prit dans ses bras.

— Je suis désolée, mais depuis l'affaire Baphomet, je n'ai pas eu de temps à moi. J'aurais aimé venir vous voir avant que ne tombe cette nouvelle enquête, lâcha la jeune femme, gênée.

— Vous m'appelez régulièrement, c'est le plus important.

Le professeur Donnard avait la soixantaine, longiligne, cheveux grisonnants coiffés à l'arrière, yeux vifs et perçants. Il portait un costume Neil Barrett qui lui donnait beaucoup de prestance.

Il la contempla d'un regard bienveillant.

Il considérait Anna comme la fille qu'il n'avait pas eue.

Les années avaient passé. Accaparé par son travail, il était resté célibataire et n'avait pas eu d'enfants. Un choix mûrement réfléchi et complètement assumé. Mais en vieillissant, la solitude devenait de plus en plus difficile à vivre. Son quotidien était triste et terne. Alors, quand la policière venait lui demander conseil, il n'hésitait pas à s'investir corps et âme dans son enquête.

— Dites-moi tout. Qu'est-ce que c'est cette nouvelle affaire ?

Le visage d'Anna s'assombrit.

Elle tira une chaise et s'assit en poussant un soupir.

— Encore un meurtre sordide. J'ai bien peur que nous ayons à nouveau un psychopathe dans la nature. Et, il risque de recommencer si nous ne l'arrêtons pas.

Elle sortit de sa veste les photos de la scène de crime prises par le photographe de l'Identité judiciaire. Donnard les étala sur son bureau et les fixa attentivement. Il détailla le premier cliché sur lequel apparaissait le corps sans vie de Farell Lewis au centre d'un cercle tracé avec son propre sang.

— Qu'est-ce que vous pouvez me dire sur la symbolique de ce rituel ? Quel message veut faire passer le tueur ?

Le professeur se passa la main sur le visage.

Perplexe, il resta plusieurs secondes à analyser chaque détail photographié sur la scène de crime.

— Le cercle représente le divin, le monde invisible. Utilisé en sorcellerie, c'est un symbole très puissant qui sert de barrière d'énergie et empêche les démons de passer, expliqua-t-il.

— Une protection pour celui qui pratique la magie ?

Donnard hocha la tête.

Inquiet, il observa les autres photos.

— De l'encens... Des pastilles calcinées de charbon. Une coupe d'eau. Le tueur a formé un autel constitué d'éléments nécessaires au rituel magique. Vous n'avez pas retrouvé du sel ?

— Oui. Sur la victime.

Il dévisagea l'enquêtrice.

— Le sel, l'encens, la coupe d'eau et la chandelle représentent les quatre éléments : la terre, l'air, l'eau et le feu, déclara-t-il.

Le professeur Donnard passa à la photo suivante et déglutit en voyant la formule magique gravée sur le mur derrière le cadavre.

— L'inscription, c'est une incantation qui sert à chasser le démon. Il pratique la magie noire. C'est un Wiccan.

Anna écarquilla les yeux.

— Un Wiccan ?

— Un sorcier. Plus précisément, un adepte de la Wicca. Un mouvement religieux basé sur l'ancienne religion. Le nom vient du verbe Wiccian qui signifie en vieil anglais : ensorceler. La plupart des pratiquants croient en une Grande Déesse et un Dieu cornu considérés comme l'incarnation des forces de la nature. Les Wiccans sont tolérants et tiennent à vivre en harmonie avec leurs semblables.

Anna fit une moue dubitative.

— Je n'ai pas l'impression que le tueur soit adepte de cette philosophie, fit-elle en observant la photo du cadavre.

— Il existe un autre type de magie qu'on appelle la Wicca luciférienne ou Wicca international Witchcraft. Les sorciers effectuent un rituel sabbatique, des messes noires. Ils ont des relations sexuelles pendant les cérémonies.

Anna dévisagea le professeur Donnard.

— Qu'est-ce que vous pouvez me dire sur la Wicca internationale qui aurait un lien avec cette affaire ?

— Les adeptes pratiquent une religion éloignée de la Wicca anglo-saxonne, mêlant rituels wiccans et luciférisme. La Wicca luciférienne est une religion polythéiste dont les divinités sont Lucifer, le porteur de lumière et Lilith qui représente la Déesse-Mère.

Donnard se leva et se dirigea vers sa grande bibliothèque remplie de livres ésotériques.

— Je vous conseille de lire ces deux ouvrages. Le premier est de Jules Boucher. C'est un manuel de magie pratique.

Il le donna à la policière.

— Celui-là, c'est *Dogme et Rituel de Haute Magie*, il a été écrit par Eliphas Levi. Un célèbre magicien. Il vous permettra d'y voir plus clair.

Anna mit les deux livres dans son sac.

Le professeur se rassit et détailla le cliché suivant.

Son regard se figea.

Il nota sur une feuille de papier la signature qui se trouvait au bas de la formule magique.

— Si nous parvenons à décrypter la signature, nous réussirons peut-être à comprendre la scène de crime et les motivations du tueur.

Le professeur prit une profonde inspiration.

— C'est de l'hébreu.

Il s'installa derrière son ordinateur, cliqua sur son moteur de recherches et entra la série de caractères dans un logiciel traducteur.

Quelques secondes s'écoulèrent.

La traduction apparut à la droite de l'écran.

— Lilith !

— La Déesse-Mère des Wiccans lucifériens.

Le professeur mit ses lunettes et lut l'article concernant sa recherche.

— Lilith est la forme hébraïque de l'Akkadien lilitu. C'est un démon femelle associé au vent et à la tempête. Une mauvaise traduction a donné : l'Esprit de la nuit. Lilith représente la femme serpent. Dans la Kabbale, elle est la première femme d'Adam. Elle a été chassée du paradis par Yahvé, parce qu'insoumise à son époux, et sexuellement libérée. Elle est la reine des démons. Elle est un avatar déchu de la grande Déesse-Mère universelle qui a un serpent comme animal.

Anna poussa un soupir.

— La présence du reptile sur le cadavre semble être liée à la signature.

— Le serpent est associé à la lune et à l'idée de la mort. Mais, en changeant de peau, il symbolise aussi la vie éternelle à travers la régénération.

Le professeur pianota sur le clavier de son ordinateur et se connecta à un site d'ésotérisme.

— Dans la mythologie égyptienne, Apophis, le netjer des ténèbres, est représenté par un serpent de grande taille. Il a parfois l'apparence d'un dragon, il fut l'ennemi de Râ, et personnifiait les forces du mal.

Donnard cliqua sur un autre lien.

— L'Uræus ornait la couronne du pharaon. Il représente le cobra femelle qui le protège des ennemis en utilisant son souffle brûlant.

Anna inscrivit les informations sur son carnet.

— Vous devriez aussi vous documenter sur la Goétie. C'est en quelque sorte la science de la démonologie. Une branche de la magie où on invoque les démons, et qui puise ses origines dans les temps anciens, remontant à l'antiquité grecque. Je pense que votre tueur puise ses connaissances dans plusieurs domaines de la magie occulte.

Soudain, Anna se figea.

— Le tueur signe avec le nom du démon femelle. Vous ne trouvez pas ça étrange ?

Donnard fronça les sourcils.

Il attrapa la photo et relut la formule magique.

— Combattez le feu par le feu, Bannissez son âme dans le néant, Retirez-lui son pouvoir jusqu'à la dernière trace, Dispersez cet être malfaisant.

Il s'arrêta de parler.

— Il ordonne aux démons d'emporter l'âme de la victime... Il les contrôle... Vous avez raison, il a pactisé avec Lilith, il est devenu la Grande Déesse. Il ne choisit pas le nom d'un démon mâle, car tout simplement, l'assassin n'est peut-être pas un homme, déclara-t-il, brusquement.

— Une femme ?

— C'est fort possible.

Silence.

Anna et le professeur Donnard s'échangèrent un regard rempli d'incrédulité.

L'inquiétude se lisait sur leur visage.

Cette nouvelle enquête s'annonçait difficile.

Le tueur pratiquait la magie noire, invoquait les démons.

La cruauté de son crime laissait entrevoir un psychopathe sanguinaire aguerri, à la personnalité organisée, en quête d'une œuvre encore mal définie.

6

L'infirmier, qui avait pris en charge Éva, s'installa dans son canapé avec une chope de bière et un joint de cannabis. Après le travail, ce rituel lui permettait de décompresser, d'oublier les drames de la vie.

Il but une gorgée et fit défiler les chaînes.

Encore rien à la télé, maugréa-t-il.

Par dépit, il choisit BFM TV.

Les journées de travail étaient interminables, le personnel réduit au minimum, Arthur faisait de plus en plus d'heures pour un salaire de misère.

Manque de temps et d'argent.

Misère affective.

Fatigue.

Telle était la vie d'un infirmier hospitalier au XXIe siècle.

Épuisé, il n'avait plus la force de réfléchir.

Il termina son verre et alluma son joint.

Il aspira une bonne bouffée, recracha une épaisse fumée grisâtre.

Les molécules de THC, le principe actif du cannabis, commençaient à activer les récepteurs spécifiques des neurones.

Une légère sensation d'euphorie l'envahit.

La dopamine inondait son cerveau.

Détendu, dans une espèce d'état second, il écoutait le journaliste qui parlait du meurtre de Farell Lewis, le fondateur de Biotech Lewis.

Il n'aura pas pu profiter de tout son argent, songea-t-il.

Soudain, il se figea et laissa échapper son joint.

Le cercle de sang, le rituel incantatoire, le serpent.

Le cauchemar de la patiente de la chambre 137.

Les pensées se bousculaient dans son cerveau.

A-t-elle assisté au meurtre ? Est-elle la tueuse ?

Il se leva d'un bond, récupéra le joint qui se consumait sur le canapé du salon.

— Merde ! Merde ! Quel con ! Un peu plus je faisais tout cramer.

Il posa le mégot dans le cendrier, puis il essaya de mettre de l'ordre dans ses pensées.

Son cauchemar serait-il une simple coïncidence ? Après tout, cela arrive des coïncidences improbables dans la vie, pensa-t-il.

Il réfléchit un instant, secoua la tête.

Non. Ce n'est pas possible. Il y a trop de similitudes. Le meurtre, les indices, l'état de la patiente et son cauchemar.

Il attrapa sa tablette numérique qui était posée sur le meuble du salon et vérifia la date où les policiers avaient retrouvé le corps de Farell Lewis dans sa maison de Saint-Rémy-de-Provence.

Un frisson glacé le galvanisa

Le P.D.G. de Biotech Lewis avait été retrouvé mort le lendemain de l'admission de la patiente aux urgences.

Je dois prévenir les enquêteurs en charge de l'affaire, songea-t-il.

Il n'y avait pas de temps à perdre.

Il attrapa son portable qui était dans la poche intérieure de sa veste, et les mains tremblantes, composa le numéro de la police.

7

Avignon
Brigade criminelle

L'affaire Lewis faisait la une de l'actualité.

Les rumeurs les plus folles circulaient sur les réseaux sociaux. Certains journalistes d'investigation n'hésitaient pas à affirmer que le P.D.G. de Biotech Lewis était le grand prêtre d'une secte luciférienne adepte de la sorcellerie. Le directeur de l'hôtel de police d'Avignon tenait à ce que l'enquête soit résolue rapidement, car la réputation de la Brigade criminelle était en jeu. Le directeur de l'Évêché n'avait pas apprécié que le procureur ait saisi les enquêteurs d'Avignon. Si l'affaire s'enlisait, le patron de la Crim' de Marseille n'hésiterait pas à montrer l'inefficacité des policiers de la cité des Papes.

La capitaine Valentin se tenait debout devant le grand tableau blanc de la salle de réunion. Une photo satellite grand format de la région était scotchée sur le mur, une punaise indiquait l'habitation de Farell Lewis. À côté, l'enquêtrice avait affiché la liste de ses amis, de ses proches collaborateurs, ainsi que son emploi du temps de la semaine précédant son assassinat. Le dossier d'enquête et le rapport technique de la police scientifique étaient posés sur le bureau plaqué contre le mur qui donnait sur le boulevard Saint-Roch.

Anna attrapa un feutre noir et écrivit sur le tableau les éléments clés de l'affaire.

AFFAIRE LEWIS
Cellule WICCA

Analyse du meurtre

Le tueur connaissait l'emploi du temps de sa victime : Farell Lewis se trouvait seul le soir du crime. La résidence secondaire est isolée au sommet d'une colline située au cœur des Alpilles. Deux cents mètres la séparent de la première habitation.

Le tueur a utilisé la même arme pour crever les pneus de l'Aston Martin et assassiner Farell Lewis. Une arme blanche ayant une lame d'une longueur approximative de 25 cm et d'une largeur de 3 cm.

L'alarme a été désactivée.

Le tueur connaissait le plan de l'habitation.

Il est passé par la porte-fenêtre de la cuisine pour s'introduire dans la demeure. La vitre a été découpée à l'aide d'un outil à pointe de diamant.

Mode opératoire

La victime a été égorgée à l'aide d'une arme blanche a double lame pointue et tranchante appelée un athamé en sorcellerie.

(Recherche de contact avec la victime)

Le tueur a agi avec précision, tranchant la carotide.

(Connaissance de l'anatomie humaine)

La mort a été rapide, brutale.

Pas de traces de défense sur le corps.

Farell Lewis a été surpris dans son salon.

Signature

Le cercle dessiné autour de la victime avec son propre sang. (Moyen de protection du sorcier pour se protéger des énergies négatives)

Les pétales de roses rouges dispersés dans le salon.

La formule magique.
(Incantation pour chasser le démon)
Le sel, l'écorce de noyer, la coupe d'eau, la racine de mandragore.
(Représentation des quatre forces de la nature)
La signature en hébreu : Lilith.
(Lilith est un démon femelle)

Lieux du crime

Saint-Rémy de Provence.
Une maison d'architecte isolée en haut d'une colline située au cœur des Alpilles.

Type d'arme

Un poignard à double lame appelé athamé.
Longueur de lame : 25 cm.
Largeur : 3 cm.
Le tueur s'est servi de son arme pour inscrire la formule magique sur le mur du salon.

Indices retrouvés sur la scène de crime

Empreintes de chaussures taille 40.
Poids de corps estimé aux alentours de 60 kilos.
Fibres synthétiques.
Traces papillaires ne figurant pas au FAED.
Empreintes génétiques ne figurant pas au FNAEG.

En cours

Profil du tueur
Profil et enquête de personnalité de la victime.

Anna s'arrêta d'écrire, posa le feutre sur le rebord du tableau et s'approcha du bureau. Elle attrapa son carnet de notes et détailla son entrevue avec le professeur Donnard. Elle expliqua en détail, aux membres de son groupe, le symbolisme de ce meurtre sordide d'après l'analyse du spécialiste en ésotérisme. Quand elle eut fini de parler, elle glissa son carnet dans la poche de sa veste en cuir et conclut en disant :

— Je vais essayer d'approfondir le profil psychologique du tueur en m'aidant des indices laissés sur la scène de crime, et en les analysant d'après la symbolique Wicca que m'a détaillée le professeur Donnard, précisa-t-elle.

— Il y avait 150 000 euros dans son coffre, le tueur n'a rien dérobé. Le mobile n'est pas l'argent. Farell Lewis est un riche homme d'affaires qui a fait fortune grâce à son laboratoire pharmaceutique. Un concurrent pourrait vouloir l'éliminer pour s'accaparer le marché de certains médicaments. Quelqu'un a peut-être payé un tueur pour maquiller le crime en faisant croire à un meurtre mystique, déclara Malerme.

Grand, large d'épaules, trapèzes saillants et cou épais.

Le troisième de groupe surnommé Bœuf était un ancien pilier de rugby.

Anna fit une moue sceptique en l'observant.

— Je ne pense pas. La scène de crime parle d'elle-même. Nous avons affaire à un spécialiste de la sorcellerie et de l'ésotérisme. Le choix de l'arme, l'incantation, la formule magique, les objets qui ont servi au rituel. J'imagine mal un tueur connaître tous ces détails.

Malerme n'était pas convaincu.

— Ce qui est sûr, c'est que ce n'est pas son premier crime. Tout est calculé, méthodique. Le tueur avait tout planifié dans les moindres détails. Et, il a réussi la prouesse de partir comme il est venu, sans se faire repérer, ni déclencher l'alarme, continua l'enquêtrice.

— Tu penses que nous aurions affaire à un tueur en série ? demanda Driss Sidhi, le procédurier de la Crim.

— L'hypothèse n'est pas à écarter. Gus a interrogé le SALVAC. Il s'est intéressé à tous les types de meurtres en lien avec la sorcellerie. Pour le moment, cela n'a rien donné. Il n'y a rien eu de comparable ces dernières années.

— Quels sont les éléments psychologiques qui pourraient faire penser que l'assassin est un tueur en série ? demanda le cinquième de groupe.

Maxime Rice était le dernier arrivé à la Brigade criminelle.

Surnommé le Furet, il était vif et alerte.

Champion de Street Workout, un style de musculation de rue, Rice avait participé au dernier championnat européen.

— Tout d'abord, le tueur est de type organisé. Il n'a rien laissé au hasard. Il connaissait sa victime, son habitation et son emploi du temps. Tout a été calculé dans les moindres détails. Le meurtre parfait. Ce qui tend à prouver que ce n'est pas la première fois qu'il tue. Pour le moment, il nous manque le mobile, précisa Anna.

Elle ouvrit son carnet, lut ses notes :

— La plaie à la gorge a été causée par un athamé. Une arme blanche à lame effilée tranchante utilisée en sorcellerie. La formule magique gravée sur le mur a été réalisée avec un objet pointu. Les spécialistes de la police scientifique ont réussi à démontrer que le tueur s'est servi de cette arme pour l'inscription.

Anna se dirigea vers le rétroprojecteur et sélectionna une image sur l'ordinateur qui s'afficha sur la partie droite du tableau.

— Voici un athamé. C'est un poignard à double lame utilisé par les Wiccans lors de leurs rituels. Le manche doit être en bois, car c'est un matériau isolant.

Malerme fronça les sourcils.

— L'athamé permet de détruire les énergies néfastes. En magie, il est important qu'elles ne pénètrent pas dans le corps du sorcier lors du rituel.

Le troisième de groupe secoua la tête.

Cartésien, il ne croyait pas aux forces occultes.

— On peut s'en servir pour délimiter un cercle magique, tracer des symboles, canaliser les énergies et repousser les démons.

— Et, ça fait quoi de plus de savoir que le tueur a utilisé un athamé ? demanda Malerme.

— Ça nous conforte dans l'idée que ce n'est pas un maquillage. Le tueur pratique réellement la sorcellerie.

Anna afficha les autres indices à l'aide du rétroprojecteur. Elle détailla le rôle du sel fin, de l'écorce de noyer et de la racine de mandragore.

— Et les pétales de roses rouges ? s'enquit Gustanzo.

— Certains Wiccans les utilisent dans les rituels amoureux. Il est également possible de s'en servir comme moyen de protection. Le professeur n'a pas vraiment pu se prononcer. Puis, il y a la signature et la présence du serpent sur la scène de crime…

Les policiers fixèrent leur supérieure.

— Lilith est la Déesse-Mère. Dans certaines croyances, elle est la reine des démons, l'Esprit de la nuit. Mais, dans les textes anciens sumériens, elle représente la femme libre, le pouvoir féminin et prend les traits de la sagesse. Elle a donc un double visage. Il est étrange que le tueur ait utilisé cette signature.

— Qu'est-ce que tu en déduis ?

— La signature, la taille des empreintes de chaussures relevées dans jardin, le poids de corps estimé d'après l'enfoncement dans la terre. Il est possible que le tueur soit une femme.

— Une femme ? s'enquit Malerme, abasourdi.

— Le tueur est agile, rapide et précis. À aucun moment, il n'a eu besoin de recourir à la force physique.

Les regards se figèrent.

Un masque d'incrédulité se dessina sur le visage des policiers.

— Ça serait notre première enquête avec un tueur en série féminin, fit Malerme, dubitatif.

— Max, tu vas me recenser toutes les sectes de la région qui sont en lien avec la sorcellerie. Tu fais des recherches plus particulièrement sur la Wicca luciférienne. Ça serait bien d'obtenir une liste des adeptes et de la croiser avec les fichiers de la police. Rapproche-toi de l'organisme d'état la Miviludes, ils sont spécialisés dans les dérives sectaires, ils pourront t'apporter leur aide. Et vois avec le SDIG – Sous Direction Information Générale, s'ils n'ont pas des individus appartenant à la Wicca sous surveillance. Driss, tu as terminé l'enquête de personnalité de Lewis ?

Le procédurier de la Brigade criminelle fit un signe de la tête en tournant les feuilles qu'il avait entre les mains.

— Farell Lewis est né en 1960 à Marseille. Son père était un cardiologue réputé. Il exerçait à l'hôpital la Timone. Sa mère était chercheuse au centre de cancérologie de Marseille. Fils unique. Célibataire. Sans enfants.

Il s'arrêta de parler, relut ses notes :

— On lui connaît une réputation de coureur de jupons. Il n'a jamais eu de liaison fixe. Il rencontre régulièrement les call-girls de Negel Barett, un proxénète qui trafique dans le milieu marseillais des machines à sous.

— OK. Tu auditionneras Barett. Je veux la liste de toutes les filles qui ont couché avec Farell Lewis. Il faut les interroger. Quoi d'autre ?

— Point de vue professionnel. C'était un jeune homme brillant. Il a passé un doctorat en biologie cellulaire à l'ENS Paris, ainsi qu'un diplôme en neurologie à l'ENP pour se spécialiser dans la neuro-épigénétique. Biotech Lewis produit les principaux neuroleptiques en France.

— Il faut que tu voies si du côté des médicaments Biotech Lewis, il n'y a pas eu d'accident médical avec un patient. Le mobile du tueur pourrait être la vengeance.

— Tu penses à un accident médicamenteux de type médiator ?

Anna acquiesça.

— Renseigne-toi auprès de la CRCI – Commission Régionale de Conciliation et d'Indemnisation. Je sais qu'ils s'occupent des litiges à la suite d'un accident médical. Ils ont les dossiers des patients, ils connaissent exactement les préjudices subis. Vérifie l'assureur de santé de Farell Lewis.

Le commandant Herlin entra dans la salle de réunion sans frapper. L'air préoccupé, il s'approcha d'un pas alerte de la capitaine Valentin.

— Il y a du nouveau au sujet de la mort de Farell Lewis. On vient de recevoir un appel troublant de la part d'un infirmier de l'hôpital la Timone. Vous devez vous y rendre pour questionner une patiente amnésique qui aurait des visions de la scène de crime, annonça-t-il, d'un ton sec.

— On s'y rend tout de suite avec Gus. Ensuite, on ira au centre épigénétique pour interroger le professeur Valois et nous perquisitionnerons le bureau de Lewis. Son ordinateur peut contenir des indices importants. Il y a aussi ses affaires personnelles et ses dossiers.

— Et sa demeure principale ?

— Pour le moment, ça n'a rien donné. L'Identité judiciaire analyse ses ordinateurs et ses téléphones.

Le chef de la Brigade criminelle fronça les sourcils.

Son regard s'assombrit.

— Il faut que ça avance. Aujourd'hui, le préfet a appelé plusieurs fois. Il veut savoir où nous en sommes. Le maire de Marseille est lui aussi sur les dents... Farell Lewis, ce n'était pas n'importe qui. Je vous rappelle que c'était un mécène important et qu'il avait des amis haut placés. Ne déconnez pas Valentin, tout le monde nous attend... Si ça n'avance pas, le procureur nous retirera la saisine pour saisir l'Évêché.

Anna ne put s'empêcher de sourire.

— Ça va aller ! Il faut se relâcher, chef. Vous n'arriverez pas à la retraite si vous continuez à stresser.

Herlin soupira.

Elle se tourna vers ses hommes.

— OK, les gars. Vous savez ce que vous devez faire. Nouveau briefing demain en fin d'après-midi pour faire le bilan des investigations. Je pars à la Timone avec Gus. Si vous avez du nouveau, appelez-moi sur mon portable.

8

Anna et Gustanzo franchirent le seuil de l'hôpital de la Timone, d'un pas pressé. L'accueil était bondé de monde. Un vieil homme, qui patientait depuis le début de la matinée, s'énervait contre une infirmière. Celle-ci essayait de le calmer. En vain. Les enquêteurs se frayèrent un chemin à travers la file d'attente et prirent l'ascenseur pour se rendre au sixième étage dans le service de Neurologie et Neuropsychologie dirigé par le professeur Pontal. Le médecin était un éminent neurologue, un pionnier des opérations robotisées.

Le chef de service les attendait dans son bureau.

Il se leva, les salua d'une solide poignée de main et les invita à s'asseoir.

Gustanzo laissa promener son regard autour de lui.

Des dossiers médicaux s'entassaient sur le bureau. Les diplômes et les médailles honorifiques, ainsi que plusieurs clichés représentant le cerveau recouvraient les murs blancs. Des ouvrages médicaux s'alignaient sur les rayonnages d'une bibliothèque métallique de style contemporain.

Agacé, le neurologue posa les mains sur le bureau et entrecroisa les doigts.

— J'aurais préféré que l'infirmier passe par les voies hiérarchiques avant de vous prévenir. Vous trouvez normal que cela soit la police qui m'informe qu'une de mes patientes est peut-être impliquée dans un meurtre ?

— Il a agi dans l'urgence, c'est une bonne initiative. Le recours à la voix hiérarchique nous aurait fait perdre un temps précieux, fit Anna en haussant le ton.

Elle ne le lâchait pas du regard.

Le professeur Pontal souffla.

Il n'avait pas l'habitude qu'on lui tienne tête.

— De quoi souffre cette jeune femme ?

— Elle est amnésique. Nous avons fait un bilan complet pour poser un diagnostic. Il n'y a pas de maladie neuro-dégénérative. L'amnésie n'est pas organique, mais très certainement psychogène.

Anna agitait nerveusement sa jambe.

Gustanzo esquissa un sourire, car il savait qu'elle était en train de perdre patience.

— En clair, professeur ? Évitez-moi ce charabia médical.

La policière n'appréciait pas l'air suffisant et l'attitude condescendante du chef de service.

Le neurologue se redressa fièrement.

— C'est le choc psychologique qui a causé l'amnésie psychogène. La mémoire autobiographique a été touchée. Plus précisément la mémoire rétrograde, la mémoire des souvenirs acquis avant le traumatisme. Dans le cas de cette patiente, elle est en fugue dissociative. La perte d'identité est totale.

— Elle est capable de mémoriser de nouveaux souvenirs ?

— Oui.

— Mais, elle ne se souvient de rien avant son agression ?

— Le néant. Le flou total. Elle voit le monde avec un regard neuf.

Le professeur Pontal glissa sa main dans ses cheveux.

Il réfléchit un instant et ajouta :

— L'agression n'est pas l'unique facteur déclenchant de l'amnésie. Je pense que ce choc psychologique cache un évènement bien plus traumatisant qui a engendré une fuite dissociative. Et ce processus inconscient a joué un rôle prépondérant dans le maintien de la perte d'identité. J'ai connu une jeune femme violée régulièrement par un membre de sa famille au cours de son enfance. Elle n'avait pas le moindre souvenir, jusqu'à ce qu'un évènement traumatique vienne déclencher une fuite psychogène. Et, quand sa mémoire est revenue, les drames de son existence ont refait surface comme par magie.

Anna dévisagea le neurologue.

— En clair ?

Il se racla la gorge, posa les mains à plat sur le bureau.

— Son agression a pu activer un processus de refoulement des contenus mentaux sous-jacents. Le refoulement est un processus défensif qui assure la protection du Moi. Markowitsch parle d'un syndrome de blocage fonctionnel de la mémoire. Une sorte de dysconnexion qui bloquerait l'accès à certains sites de stockage. Une perturbation du réseau des régions frontales et du cortex temporal antérieur.

Anna regarda Gustanzo et fronça les sourcils.

— Vous voulez dire que son agression aurait réactivé un traumatisme ancien et que le cerveau aurait fait un black-out ?

Le professeur grimaça.

Il dodelina de la tête et déclara :

— On peut le résumer de cette manière.

— Combien de temps peut durer son amnésie ?

— De quelques jours, à plusieurs années.

— L'enlèvement, le meurtre... Les visions de votre patiente sont en lien avec la mort de Farell Lewis. Nous ne pouvons pas attendre des années. Il faut réactiver sa mémoire.

Le professeur Pontal se redressa sur sa chaise.

— Vous pensez qu'elle l'a tué ?

— Je ne pense rien. Une enquête est en cours, seules les traces ADN et les empreintes relevées sur la scène de crime permettront de déterminer si cette jeune femme était présente le soir de l'assassinat du P.D.G. de Biotech Lewis.

Le neurologue faisait tourner nerveusement son stylo.

Les révélations de l'enquêtrice l'inquiétaient.

— Nous devrions peut-être la placer sous surveillance ? Il ne faudrait pas qu'elle s'en prenne au personnel médical.

— Un policier montera la garde devant sa chambre. Nous devons aussi la protéger. Les hommes qui ont essayé de l'enlever pourraient vouloir l'éliminer.

Le professeur sentit son rythme cardiaque s'accélérer.

Il inspira profondément pour se calmer, se passa la main sur le visage.

— Quand pourrons-nous l'interroger ?

— Vous pourrez peut-être la voir en fin d'après-midi. Pour le moment, elle est encore très fatiguée et doit se reposer.

— Je comprends. Nous n'allons pas vous faire perdre plus de temps.

Elle se leva et posa sa carte sur le bureau.

— Prévenez-moi si vous avez de nouvelles informations. Cette jeune femme est un élément clé dans l'affaire Lewis. Nous devons lui parler au plus vite.

L'esprit perdu dans ses pensées, le professeur les raccompagna jusqu'à la porte, il appuya une main sur le chambranle et demanda :

— Et pour le policier ? Vous n'oubliez pas.

— J'informe ma hiérarchie. Normalement, il devrait être en faction demain, fit Anna en disparaissant dans le couloir de l'hôpital, sous le regard inquiet du neurologue.

9

CENTRE EPIGENETIQUE ET TRANSMISSION TRANSGENERATIONNELLE
Boulevard Sainte Marguerite
Marseille

Anna stationna son véhicule sur le parking du centre de recherche. Un vaste ensemble de verre et d'acier réparti sur plus de mille mètres carrés situé à côté des Hôpitaux Sud, dans un grand espace de verdure. Gustanzo s'arrêta devant l'entrée principale pour observer les six bâtiments construits de manière à former les initiales du fondateur : FL.

— L'empire Farell Lewis ! Ce type était leader sur le marché des neuroleptiques et des traitements post-traumatiques. Un pionnier dans la recherche épigénétique. C'est trois cents salariés. 300 millions d'euros.

— Un empire qui ne lui sert plus à rien là où il se trouve. Et, sa fortune ne l'a pas protégé de la folie des hommes. La mort est venue le chercher jusque dans son antre.

Gustanzo fit une grimace.

Anna lui répondit par un clin d'œil.

Les enquêteurs pénétrèrent dans le bâtiment d'accueil, composé d'une structure de verre et d'acier répartie sur cinq niveaux, qui regroupait plus de cent cinquante chercheurs appartenant à l'élite française de la génétique, de la neurologie et de la biologie moléculaire. Aux étages, on pouvait apercevoir des hommes en blouse blanche qui s'activaient derrière d'épaisses cloisons vitrées. La mort du P.D.G. ne semblait pas avoir perturbé le quotidien des employés.

Anna tourna à gauche et s'engagea dans un escalier métallique suspendu. Elle poussa une double porte battante. Dans le couloir, une femme d'une trentaine d'années, belle et élégante, moulée dans un tailleur Dolce & Gabbana, était penchée sur la photocopieuse. Elle portait des lunettes aux montures noires et des boucles d'oreilles créoles Tifanny & Co. Quand elle vit Anna et Gustanzo, elle se redressa et esquissa un large sourire.

— Je suis Laetitia Davani, l'assistante du professeur Valois. Que puis-je pour vous ? demanda-t-elle, d'une voix douce et sensuelle.

— Capitaine Valentin de la Brigade criminelle d'Avignon. Nous enquêtons sur l'assassinat de M. Lewis. Nous avons rendez-vous avec Paul Valois, fit la policière en mettant sa carte sous le nez de la secrétaire.

La jolie brune se figea.

Son sourire venait de disparaître.

— Quel horrible meurtre ! Nous sommes encore sous le choc. M. Lewis était un homme plein d'énergie, le moteur de l'entreprise ! Il est difficile d'imaginer sa disparition. Plus rien ne sera comme avant.

Anna fit un signe de la tête.

— Je vais prévenir le professeur Valois de votre présence.

La jeune femme disparut dans un long couloir aux murs blancs recouverts de peintures abstraites. Quelques minutes plus tard, elle revint accompagnée de Paul Valois. Le neuro-épigénéticien marchait d'un pas traînant. Grand, mince, les joues creuses. Une mèche de cheveux poivre et sel était rabattue sur son crâne dégarni. Le regard vide, les yeux cernés, il semblait porter tous les malheurs du monde sur ses épaules.

— Capitaine Valentin ! s'exclama-t-il, la voix emplie d'une profonde tristesse.

— Nous sommes désolés de venir vous déranger dans un moment aussi pénible, mais pour les besoins de l'enquête, nous aimerions en savoir un peu plus sur les activités du centre.

Un voile sombre passa devant le regard du professeur Valois. Son visage changea d'expression.

— Vous pensez que la mort de Farell pourrait être liée à nos recherches ?

— Il ne faut négliger aucune piste ! s'exclama-t-elle, d'un ton péremptoire.

— Suivez-moi. Je vais vous montrer notre travail. Vous allez être immergés dans notre quotidien.

Ils montèrent au deuxième étage, traversèrent un dédale de couloirs illuminés par des appliques créant une atmosphère froide, funeste. Ils croisèrent des chercheurs en blouse blanche, le regard perdu dans le vide, marchant comme des automates. Paradoxalement, ces scientifiques qui travaillaient sur des briques moléculaires, l'essence de la vie, se comportaient comme des robots.

Le professeur poussa une porte battante percée de hublots. L'endroit sentait le plastique polymère et les produits désinfectants.

— Nous sommes dans l'unité Neurophénotypage qui est unique en France. Le centre est le pionnier dans ce domaine de recherches. Une trentaine de scientifiques travaillent ici. Voici, Fred. Il est neurobiologiste cellulaire et moléculaire. C'est un des premiers à avoir intégré l'unité.

Un grand échalas pianotait sur un clavier. Mal rasé, les cheveux en bataille, il semblait avoir passé la nuit sur son ordinateur. Concentré, il était en train de piloter une machine spécifique qui sondait le cerveau des animaux.

— Nous travaillons avec une machine révolutionnaire appelée micro TEP. Elle permet de montrer les variations fines de la structure et du métabolisme du cerveau des souris transgéniques dont le phénotype a été modifié par l'environnement.

Gustanzo scrutait l'animal installé dans le scanner.

La souris avait la tête enfoncée dans un cylindre.

— Qu'est-ce que le neurophénotypage ? demanda Anna.

— Le neurophénotypage consiste à essayer d'identifier la manière dont les gènes, soumis à des influences environnementales, affectent notre comportement. Le phénotype est l'ensemble des caractères observables de l'individu : la couleur des cheveux, des yeux, la taille ou le groupe sanguin.

Il s'approcha de la machine et désigna l'écran.

Autour de lui, des diodes clignotaient.

— Vous pouvez voir la coupe cérébrale à haute résolution de la souris, expliqua-t-il.

— Fred, change l'axe et montre les différentes zones activées.

Le chercheur s'exécuta.

Une série d'images 3D s'afficha, sous le regard admiratif du professeur Valois.

— Nous sommes les pionniers dans ce domaine !

— Qu'est-ce que l'épigénétique ? demanda Anna, perplexe.

Le professeur Valois se redressa.

Il rejoignit les mains devant sa poitrine et croisa les doigts.

— Le corps humain est composé de milliards de cellules ayant chacune un noyau. C'est dans ce noyau que se trouve l'information génétique. Celle-ci est répartie dans nos 46 chromosomes constitués de 25 000 gènes. L'épigénétique se caractérise par l'étude des changements dans l'activité de ces gènes. Ce changement est directement lié au facteur environnemental. Il faut savoir que les gènes ne sont pas affectés et l'ADN n'est pas modifié. Nous parlons d'une information supplémentaire, transmissible par hérédité.

Gustanzo l'observait, les yeux écarquillés.

Il n'avait rien compris aux explications.

— Suivez-moi, je vais vous faire découvrir l'unité épigénétique et traumatisme transgénérationnel. Ça sera plus clair pour vous, lâcha le chercheur.

Les enquêteurs lui emboîtèrent le pas.

Ils longèrent un couloir sombre, franchirent une nouvelle porte à hublots et pénétrèrent dans une grande salle remplie de machines électroniques dernier cri. Paul Valois salua un petit homme replet arborant des lunettes avec des verres épais. Il désigna une cage dans laquelle se trouvaient des souris qui poussaient des couinements et s'agitaient nerveusement.

— Les effets de la modification des gènes sur la fonction du système nerveux central sont complexes et peuvent affecter le comportement animal. Nos travaux ont permis de démontrer que la protéine phosphatase 1 et la calcineurine sont des catalyseurs de l'oubli et de la perte des facultés cognitives chez la souris. Quand nous réprimons leur production, les souris d'âge mûr ont une mémoire aussi fonctionnelle que les plus jeunes.

Il désigna un récipient rempli d'eau.

Une dizaine de rongeurs apeurés scrutaient les enquêteurs avec de petits yeux ronds et noirs.

— Nous séparons une souris et ses petits, de la naissance jusqu'à deux semaines. Pendant la séparation, la mère est soumise à un stress intense. Les résultats ont montré que ce stress traumatique précoce induit des symptômes dépressifs sur trois générations.

— Vous noyez les souris ? s'enquit Gustanzo, en prenant un air choqué.

Un rictus se dessina sur le visage de Paul Valois.

— Non. Il s'agit de provoquer un stress intense pour étudier les modifications épigénétiques. Lors des premières phases, nous avons découvert que les souris dont les parents ont été traumatisés se comporteront avec moins de vigueur lorsqu'elles seront soumises à la nage forcée.

Anna et Gustanzo observaient le professeur, les yeux écarquillés. Ils ne comprenaient rien à ce que le scientifique racontait.

— Le stress traumatique précoce altère la mémoire sur deux générations. Mais, le plus étonnant, c'est que le processus peut être inversé si les souris issues de lignées traumatisées sont mises dans des environnements enrichis : roue pour courir, labyrinthe avec récompense. Ainsi, les marqueurs biologiques disparaissent.

— En modifiant leur environnement, vous avez réussi à contrecarrer le traumatisme épigénétique ? s'enquit Anna, stupéfaite.

Le professeur Valois acquiesça.

Il s'approcha d'une autre cage vitrée.

— Ce deuxième groupe de souris a été soumis à des odeurs pendant qu'on produisait un stimulus douloureux. Quand on fait sentir la même odeur à leur descendance, les souriceaux réagissent avec panique. Il y a transmission du danger par épigénétique.

— Mais, quel est le but de ces recherches ?

— Nous essayons de mettre au point une molécule qui effacerait ces marques épigénétiques présentes sur l'ADN. Dès que les résultats d'expérimentation animale seront positifs, nous passerons à la phase 1.

— En quoi consistera la phase 1 ?

— Nous administrerons des quantités croissantes de la molécule à des militaires ayant subi un stress traumatique. Nous sélectionnerons aussi un groupe de jeunes femmes victimes de viols et de violences conjugales. Le but sera d'évaluer la tolérance du futur médicament et de son activité pharmacologique. Et, par la suite, nous suivrons leurs enfants pour vérifier l'efficacité de la molécule.

— Vous allez essayer sur des humains ! Mais, ce n'est pas dangereux ?

— Non. Nous travaillons en collaboration avec les équipes du célèbre neurobiologiste Michael Meaney du centre de recherche de l'hôpital Douglas à Montréal. Nos travaux sont suivis dans le monde entier par les plus grands spécialistes, fit Paul Valois, le regard fier, d'un ton condescendant.

— Si je comprends bien, le but de ces recherches, c'est de développer un médicament qui pourrait effacer les traumatismes épigénétiques modifiant la structure de notre ADN ?

Le professeur secoua la tête.

— La structure de l'ADN n'est pas modifiée. Ce sont les gènes qui sont activés ou désactivés en fonction de l'environnement. Nous cherchons à savoir comment se fait la transmission par l'hérédité, et grâce à ce mécanisme, nous essayons de développer une molécule capable d'effacer le traumatisme.

— C'est vraiment passionnant. Je vous remercie de nous avoir éclairés sur l'activité du centre.

— J'espère que cela pourra vous aider pour l'enquête. La mort de Farell ne doit pas rester impunie. C'est un homme qui a fait beaucoup pour la science. Vous devez retrouver son assassin.

Anna hocha la tête.

— Nous souhaiterions perquisitionner son bureau. Pouvez-vous nous y conduire ?

Le professeur Valois fronça les sourcils.

— Vous avez une commission rogatoire ?

— Nous sommes dans le cadre d'une enquête de flagrance. Par conséquent, selon l'article 53 du code de procédure pénale, je n'ai pas besoin de CR pour la perquisition.

Le visage du neuro-épigénéticien se ferma.

Il ne fit aucun commentaire et emmena les policiers dans un dédale de couloirs.

— Quel est le statut juridique du centre ? demanda Anna.

— La société est une SASU. Une Société par Actions Simplifiée Unipersonnelle. Farell était le président et l'unique actionnaire.

— En cas de décès, qui reçoit les actions ? La mort de Farell Lewis profitait-elle à quelqu'un ?

— Son cousin. Alexandre Lewis. Mais, pas la peine de chercher de ce côté-là. Alexandre est chercheur au CNRS Aix-Marseille. Il dirige le laboratoire de biorobotique. Avec son équipe, il a mis au point le premier robot aérien capable de suivre un terrain accidenté sans accéléromètre.

Anna fit un simple signe de la tête et nota discrètement les informations sur son carnet.

— Farell aurait pu profiter de ses millions accumulés par le laboratoire, mais il préférait promouvoir les résultats de nos recherches dans le monde entier. Il était persuadé que nous faisions avancer la science. Dans un futur proche, il espérait pouvoir mettre au point des épimédicaments capables de soigner de profonds traumatismes transmis par hérédité, ajouta-t-il , d'une voix brisée.

Ils prirent un ascenseur et se rendirent en silence au dernier étage, celui de la direction.

Le bureau de Farell Lewis se trouvait au fond du couloir.

Le professeur s'approcha d'une grande porte en bois capitonnée, sortit une clé et l'inséra dans la serrure.

Un clic retentit.

Il poussa le battant et appuya sur l'interrupteur.

— Je n'y suis pas revenu depuis sa mort, fit-il en pénétrant dans la salle d'un pas hésitant.

L'endroit était un vaste ensemble moderne et lumineux aménagé par l'architecte belge Johan Van Staeyen. Sur la gauche, séparé par une paroi de verre dépoli, un espace de réunion avec rétroprojecteur. Sur la droite, un coin déjeuner : un frigo américain et une grande table en verre, ainsi qu'un simulateur de golf Golf-O-Max. Un grand écran occupait tout un pan de mur. Au sol, un tapis vert remplaçait le green.

Au fond, le bureau de Lewis.

Le professeur traversa la salle et ouvrit la porte en passant son badge devant un boîtier électronique.

— Je ne pense pas que vous trouviez grand-chose ici.

— Nous allons tout vérifier. Chaque détail peut permettre de faire avancer l'enquête.

— Le code de l'ordinateur est epi3C1-2017. Farell me laissait son accès. Si vous avez besoin de quoi que ce soit, n'hésitez pas à m'appeler. Je serai à l'unité de neurophénotypage, nous avons encore des essais à terminer. Dans une semaine, je dois rendre une publication pour une revue scientifique.

Le professeur Valois referma la porte et laissa les enquêteurs seuls dans le bureau. Gustanzo s'installa devant l'ordinateur, pendant qu'Anna observait les cadres accrochés aux murs. Farell Lewis avait mis sous verre un article du biologiste anglais Conrad Waddington datant de 1942. Le scientifique était le premier à parler du paysage épigénétique.

Elle s'approcha et lut l'article à son collègue :

— T'as vu ça ? En 1942, Conrad Waddington avait observé que des chocs thermiques induisaient chez la mouche des malformations transmises aux générations suivantes. Le biologiste supposait que ces chocs révélaient des mutations cachées, héritées sous leur nouvelle forme.

— Super ! Demain, je me lèverai moins con, fit le lieutenant qui fouillait le bureau de Lewis.

Anna ne put s'empêcher de sourire.

Gustanzo ouvrit les tiroirs les uns après les autres et inspecta méticuleusement l'intérieur.

Des cartes de visite. Des revus scientifiques sur lesquelles Farrell Lewis apparaissait le regard triomphant. Il y avait aussi un écrin contenant une montre de luxe Chopard, plusieurs stylos Montblanc, et dans le dernier tiroir, à l'intérieur d'une boite en bois laquée, des liasses de billets de 500 euros. Il les compta rapidement.

— Il y a plus de 100 000 euros en liquide ! J'ai envie d'en prendre la moitié pour les redistribuer à des SDF. Ça me dégoûte ! Tu te rends compte, c'est presque dix ans de travail au SMIC. Ce type laisse tranquillement ce pognon dans son bureau...

Son regard s'arrêta sur une série de photos encadrées.

Sur tous les clichés, Farell Lewis se donnait en spectacle.

Un piolet à la main, il gravissait le Mont Blanc. Au volant d'une Ferrari, il faisait la course avec d'autres bolides sur le circuit Paul Ricard. Un club de golf à la main, il disputait un tournoi de l'open de France.

— Non, mais... J'y crois pas ! Quel mégalo ! Il était le centre de son propre univers.

Anna ne répondit pas.

Elle traversa la pièce et s'arrêta devant un tableau.

Des aplats de couleur vermillon représentaient une femme vêtue d'une robe rouge. L'arrière-plan était composé essentiellement d'un bleu intense.

— Un Van Dogen ! s'exclama-t-elle, le regard brillant.

— Van quoi ? fit Gustanzo, en levant la tête.

— Un peintre hollandais. Une figure du Fauvisme. J'adore cet artiste.

— Ça coûte cher ?

— Très...

Sidéré, Gustanzo se leva pour admirer l'œuvre.

Anna vérifia sa cote sur son smartphone.

— C'est bien ce que je disais... 950 000 euros. Et, tu sais quoi ? Le plus marrant, c'est le titre. Ton surnom... Portrait de Guus... C'est la femme du peintre. Augusta Preintinger.

— Prends-moi en photo à côté du tableau. Je le montrerai aux potes. Ça me fera un souvenir de l'enquête, dit Gustanzo en prenant la pose.

Elle mit le flash, ajusta l'appareil et fit un cliché.

Les deux policiers se lancèrent un regard de connivence.

— Bon ! Finie la rigolade. Je vais jeter un œil à ses dossiers.

Anna alluma l'ordinateur et entra le mot de passe.

Farell Lewis avait son Aston Martin en fond d'écran.

Pendant un long moment, elle passa en revue les différents dossiers, sans rien trouver d'intéressant. Ensuite, elle vérifia les liens Internet, les sites visités et cliqua sur sa messagerie.

— C'est étrange. Il n'a presque pas d'e-mails ce mois-ci.

Elle inspecta la corbeille.

Vide.

Elle fit défiler la page et sélectionna l'onglet détail qui indiquait l'activité du compte.

— Le lendemain de sa mort, à 7 heures du matin, quelqu'un a accédé à ses derniers messages. L'individu a pris la peine de les supprimer. Ensuite, il a vidé la corbeille… Il faut embarquer l'ordinateur et le faire vérifier par l'Identité judiciaire. Ils sauront faire parler le disque dur. Et, peut-être, récupérer les e-mails effacés.

— Tu penses que c'est le professeur Valois ?

Le visage d'Anna s'assombrit.

— Je ne sais pas… Mais, c'est fort probable.

— Qu'est-ce qu'on fait?

Elle jeta un coup d'œil à sa montre : 17 heures.

— Je dois filer à l'hôpital interroger la jeune femme amnésique. Tu continues d'inspecter l'ordinateur, tu fouilles tout le bureau. On ne sait jamais. On se retrouve à la brigade plus tard et on fait le point.

10

Anna frappa à la porte de la chambre 137.

Une petite voix fluette lui dit d'entrer.

Hésitante, la policière pénétra dans la pièce.

L'odeur des produits médicaux s'engouffra dans ses narines et lui rappela de douloureux souvenirs. Elle essaya de faire le vide dans sa tête et de chasser les images qui l'assaillaient.

Anna salua Éva et sortit sa carte de police.

— Je suis la capitaine Valentin de la Brigade criminelle d'Avignon.

La jeune femme était confortablement installée sur un petit lit métallique. Un coussin calé dans son dos, elle tenait un livre entre les mains. Son visage au teint diaphane était tuméfié, des cernes noires soulignaient ses jolis yeux noisette et un bandage faisait le tour de sa tête.

Éva referma son livre et observa la policière.

Silhouette athlétique, cheveux blonds coupés en carré plongeant, regard vif. L'enquêtrice portait un jean slim noir, des bottes et une veste en cuir. Elle dégageait assurance et charisme.

— Le neurologue m'a dit que vous deviez m'interroger au sujet de la mort du riche homme d'affaires, annonça la jeune femme.

Anna hocha la tête, son regard se posa sur l'ouvrage.

Elle voulait détendre l'atmosphère et rassurer la patiente qui semblait stressée par sa présence.

— Vous lisez un livre sur l'art ? demanda-t-elle, en lui souriant.

— Oui. C'est la biographie du peintre Franco Magnani qui est célèbre pour son incroyable mémoire visuelle. L'artiste souffrait d'amnésie, mais ses rêves ravivaient les détails d'un passé oublié. Il était exilé aux États-Unis à cause de la guerre. Des années plus tard, il a fait revivre ses souvenirs en peignant la ville de son enfance, un village médiéval de Toscane.

Éva hésita, puis elle lut un passage :

— L'artiste tenait la main de sa mère. Devant son désespoir, il prononça les mots qu'il retiendra, bien plus tard, dans sa propre légende, comme l'annonce de son destin de peintre : « Je le reconstruirai ; je recréerai Pontito pour toi».

Anna s'assit à côté du lit, sur une chaise en inox, et s'exclama :

— Le cerveau est un organe incroyable. Il est capable de prouesses prodigieuses !

Curieusement, Éva se sentait en sécurité avec l'enquêtrice.

Son calme, le timbre de sa voix et sa bienveillance la rassuraient.

— Les chercheurs expliquent que la mémoire hors du commun du peintre vient du processus d'encodage. Les souvenirs liés à des états émotionnels intenses sont encodés plus profondément.

Anna sourit.

Elle appréciait le caractère spontané de la jeune femme.

Sincère, naturelle, elle évoquait librement ses lectures.

— Vous aimez la peinture ? demanda Éva, subitement.

— Oui. Le fauvisme, l'impressionnisme et l'art abstrait. Van Dogen, Manet, Monet, Kandinsky, Klee, Chagall. Ce sont mes peintres préférés.

Éva prit un air émerveillé.

Sous son regard candide, Anna sortit son carnet de notes.

La jeune femme aperçut la crosse de son pistolet qui dépassait de sa veste.

Elle se figea, son sourire disparut.
— Vous vous en êtes déjà servi ? demanda-t-elle en désignant le Sig-Sauer.
L'enquêtrice referma son carnet et le posa sur ses genoux.
— Malheureusement... Oui. Le métier de flic n'est pas toujours facile.
— Vous avez tué des gens ? s'enquit Éva, paniquée.
Anna hocha la tête.
Son regard se voila.
— Je ne souhaite à personne de tuer quelqu'un. Ôter une vie vous marque à jamais. Cela laisse une empreinte indélébile, vous enlève une partie de votre être. Je me rappelle de chaque détail, chaque circonstance. Le regard des victimes me hante encore. J'essaye de ne pas y penser. Il faut vivre avec.
Éva l'écoutait, les yeux grands écarquillés.
Elle triturait les draps du bout des doigts.
— Si nous parlions un peu de vos cauchemars. Il y a des détails que nous n'avons pas donnés aux journalistes. J'aimerais comprendre comment vous sont venues ces étranges visions.
Éva hocha nerveusement la tête.
— Tout avait l'air si réel... C'était horrible.
Anna posa la main sur son bras pour la calmer.
— J'ai vu cet homme en costume se faire égorger... Il y avait du sang partout. Sa gorge était profondément entaillée. Le tueur... Il a déchiré sa chemise, l'a imbibée de sang... Oh, non !
Elle s'arrêta de parler quelques secondes.
Le souvenir de ces terribles images était éprouvant.
— Il a dessiné un cercle autour du cadavre. Le sang maculait le sol, les habits de la victime... Ensuite, il a fait une sorte de cérémonie. Un rituel étrange. Quand ça a été terminé, il a gravé une formule magique sur le mur avec son couteau, et il a récité une incantation. Avant de partir, il a déposé un serpent sur son corps, expliqua-t-elle, d'une petite voix tremblante.
— Vous n'avez pas vu son visage ?

— Tout était flou, en mouvement. Je n'ai vu qu'une silhouette sombre… C'était comme si j'oscillais entre réel et imaginaire.

— Et la victime ?

— C'était l'homme de la télévision. Farell Lewis ! s'exclama-t-elle, terrifiée.

— Et, sur le crime, rien d'autre ? Rien n'a attiré plus particulièrement votre attention ?

— La voix du tueur… Elle semblait inhumaine. Une voix d'outre-tombe. J'en ai froid dans le dos rien que d'y penser. Puis, il a fixé l'homme qui baignait dans son sang et il a dit : « Je suis l'esprit de la nuit. » Une voix spectrale… Terrifiante. Elle semblait presque irréelle.

Anna se figea.

Ce nouveau détail n'était connu que des enquêteurs.

Lilith.

À moins d'avoir assisté au meurtre ou d'être parmi les enquêteurs et les policiers de l'Identité judiciaire qui étaient présents sur la scène de crime, personne ne pouvait savoir que la signature de l'assassin représentait le démon féminin, l'Esprit de la nuit.

— Et vous n'aviez jamais vu ces personnes avant ?

Éva secoua la tête.

— Je ne pense pas… Mais, vu que je ne me souviens pas de mon passé… Tout est flou dans ma tête.

Anna nota tous les détails, elle ne comprenait plus rien.

Cette frêle jeune femme n'avait pas l'allure d'une tueuse.

Elle imaginait mal en train d'égorger Farell Lewis.

Alors, comment connaissait-elle ces détails sordides ?

— Rien d'autre ?

Éva hésita.

Elle prit une profonde inspiration et se lança :

— Il y a un autre cauchemar que je fais… Je vois une femme… Elle se fait violer. C'est terrible. Elle hurle, pendant que ce sale type abuse d'elle.

— Vous pourriez faire un portrait-robot de l'agresseur ?

— Non. Tout est flou, granuleux. Je distingue juste la silhouette de l'homme et une partie de son visage. Il est grand, costaud, les cheveux rasés. Il me semble qu'il a une longue cicatrice au-dessus de l'œil. D'ailleurs... C'est troublant.

Anna s'arrêta d'écrire et fixa Éva.

Elle semblait avoir vu un fantôme.

Elle était livide.

— Allez-y, vous pouvez tout me dire.

— Son allure générale, sa silhouette... La balafre sur l'arcade sourcilière. La peau abîmée. Le violeur ressemble à l'individu qui m'a agressée... Mais, il est plus jeune, lâcha-t-elle, terrifiée.

Anna plissa les yeux.

— Vous voulez dire que le violeur qui est dans votre cauchemar et votre kidnappeur serait la même personne ?

— Ils se ressemblent. Mais, comme je vous dis, l'homme qui m'a agressée est plus vieux.

Anna prit un instant de réflexion.

Cauchemars et réalités se mélangeaient-ils dans son inconscient ? Le cerveau essayait-il de décompenser ?

Elle nota toutes les informations.

— Vous pensez que mes cauchemars sont réels ? J'aurais vu la mort du riche homme d'affaires ?

L'enquêtrice mit quelques secondes avant de répondre.

Elle ne voulait pas déclencher un choc psychologique chez la patiente. Elle fit tourner le stylo entre ses doigts, se mordilla les lèvres.

— C'est possible. Vous avez peut-être assisté au meurtre... Vous n'êtes certainement pas la tueuse. Vous étiez au mauvais endroit, au mauvais moment.

Anna cherchait ses mots.

Le professeur Pontal lui avait demandé de ne pas la brusquer.

— Les deux hommes qui ont voulu m'enlever seraient les tueurs ? demanda Éva, les yeux écarquillés.

— Tout est envisageable. Mais, il ne faut pas s'alarmer. Ici, vous êtes en sécurité. Il ne peut rien vous arriver.

Éva était tétanisée dans son lit.

Prostrée, elle ne parlait plus.

— Il ne faut plus penser à tout ça. Pour le moment, vous devez vous reposer. Je vais devoir vous laisser... Mais, avant je dois prélever votre ADN. C'est pour les besoins de l'enquête.

Anna glissa son carnet de notes dans sa poche et sortit un kit de prélèvement. Elle enfila des gants en latex, posa la nappe en papier stérile sur la console près du lit et prit le tube en plastique qui contenait la tige en coton. Elle dévissa le bouchon, attrapa l'écouvillon et s'approcha de la jeune femme.

— Vous pouvez ouvrir la bouche, s'il vous plaît ?

Éva s'exécuta.

L'enquêtrice introduisit l'écouvillon buccal dans sa bouche et le frotta longuement contre la joue en le tournant sur lui-même.

— Ça va, je ne vous fais pas mal ?

— Hmm. Noonn, répondit Éva, d'une voix nasillarde.

Anna sortit la tige cotonnée, la glissa dans le tube en plastique et numérota l'échantillon.

— Voilà ! Nous avons votre ADN. Il ne reste plus qu'à le faire analyser. Ensuite, il sera comparé au FNAEG, le Fichier National Automatisé des Empreintes Génétiques. Nous le comparerons aussi aux ADN retrouvés sur la scène de crime.

— Vous pensez que j'ai assassiné cet homme ? s'enquit-elle, affolée.

Anna posa sa main sur le bras de la jeune femme pour la rassurer.

— Non. C'est surtout pour vous disculper. Puis, l'ADN peut aussi permettre de savoir votre identité. N'ayez aucune crainte, je suis persuadée que vous allez retrouver la mémoire. Ce n'est qu'une histoire de temps. Tout va s'arranger.

Paniquée, Éva était figée dans le lit.

Elle ne parlait plus.

— Ne vous inquiétez pas. Tout va bien se passer. Dès demain, un policier sera posté devant votre chambre. Il contrôlera l'identité de toutes les personnes qui entrent dans cette pièce. Vous êtes en sécurité. Si jamais des souvenirs vous reviennent, n'hésitez pas à me faire appeler ! s'exclama Anna en se levant.

Éva parut rassurée.

L'inquiétude et la crainte qui se lisaient sur son visage, un peu plus tôt, s'étaient envolées. La policière avait su trouver les mots pour la mettre en confiance et l'apaiser.

— Merci, capitaine. Je n'ai personne à qui parler. Ça m'a fait plaisir de discuter avec vous et de me confier. J'espère que les analyses ADN permettront de savoir qui je suis.

11

Ralph Korb s'engagea dans le plus vieux quartier de Marseille : le Panier. Il gara sa voiture au bout de la rue Caisserie, à proximité du Pavillon Daviel, l'ancien palais de justice où autrefois les condamnés étaient guillotinés. D'un pas rapide, stressé, il longea la place de Lenche, appelé le petit Montmartre marseillais. En ce début du mois de mai, les soirées étaient douces et agréables. Un vent tiède chargé du parfum des embruns marins soufflait sur les clients qui sirotaient une bière à la terrasse des cafés, sous un magnifique ciel étoilé.

La démarche raide, les mains enfoncées dans la veste de son costume, il avait l'esprit embrumé par l'assassinat de son patron. Les questions et les doutes l'assaillaient depuis le début de la matinée.

Qui avait pu commettre un tel acte ?

Éva était-elle dans le coup ?

Serait-il le prochain sur la liste ?

Les enquêteurs de la police judiciaire avaient interrogé les dirigeants et les employés de Biotech Lewis.

Tôt ou tard, il serait lui aussi auditionné.

Absorbé par ses pensées, il emprunta la montée des Accoules, gravit une série d'escaliers en pierre et bifurqua dans l'étroite et escarpée rue Baussenque.

Des bruits de pas résonnèrent dans son dos.

Il se retourna brusquement.

Une silhouette sombre se découpait dans la faible lueur mordorée des réverbères.

Ralph s'arrêta de marcher, tous les sens en alerte.

Il souleva le pan de sa veste, glissa la main à l'intérieur et posa la paume sur la crosse de son révolver Smith&Wesson. Si sa vie était en péril, il n'hésiterait pas à se servir de son arme.

L'ombre s'immobilisa, puis tourna à gauche.

Fausse alerte.

Ralph souffla.

Son cœur cognait fort dans sa poitrine, le sang battait dans ses tempes. Il ne se sentait pas en sécurité depuis l'assassinat de son patron. Le tueur était en liberté, il craignait pour sa vie.

Ralph ne savait pas ce qu'il allait devenir.

Depuis dix ans, il travaillait avec Devin Wade pour le riche homme d'affaires. Ensemble, ils effectuaient sa protection, surveillaient ses demeures et faisaient les sales besognes.

Inquiet et nerveux, il poussa la porte d'un bel immeuble d'après-guerre construit par l'architecte Fernand Pouillon, monta au deuxième étage et pénétra dans son duplex avec loggia et vue sur le port. Un agréable logement avec poutres apparentes et tomettes d'époque qu'il avait pu s'acheter grâce aux rallonges de son patron.

Il enleva sa veste, posa son arme sur la console d'entrée.

Dans la foulée, il attrapa son téléphone, s'installa dans son canapé et appela Devin Wade.

L'homme de main répondit à la dernière sonnerie.

— C'est Ralph. T'es seul ?

— Oui.

— On peut se voir, ce soir ?

Silence.

— J'arrive du parc Borély. Je me promenais avec mon fils... Je le laisse chez sa mère et j'arrive.

— Pas chez moi. On se trouve au même endroit que d'habitude dans une heure.

— OK. Pas de soucis ?

— Pour le moment, c'est calme. Un peu trop...

— Je fais gaffe quand je suis avec mon fils. Je ne me sens pas en sécurité depuis ce qui est arrivé à Farell...

— Chut. Pas de nom, on ne sait jamais… Même si nous sommes sur une puce anonyme avec un téléphone sécurisé, je préfère en dire le moins possible. Je raccroche, sois à l'heure.

Ralph se leva, le sang cognait dans ses tempes.

Il posa son téléphone sur la table du salon, se dirigea vers la salle de bain. L'esprit ailleurs, tourmenté, il se déshabilla rapidement et se glissa sous la douche. Les jets d'eau chaude coulaient sur sa peau laiteuse, dégoulinant sur ses muscles saillants. Il essayait de se détendre, de faire le vide dans sa tête et de ne plus penser à rien.

Après avoir passé plusieurs minutes sous l'eau, il sortit de la douche et se sécha en s'observant dans le miroir.

Le visage de son père qu'il avait à peine connu lui apparut.

Traits fins, pommettes saillantes, regard froid.

La haine le submergea.

Un père absent, alcoolique et violent, qui avait disparu du jour au lendemain sans donner signe de vie. Sa mère disait qu'il était reparti en Allemagne, d'autres pensaient qu'il avait été assassiné par la mafia marseillaise avec qui il trafiquait pour quelques milliers d'euros.

La mort de Lewis refaisait surgir les drames de son passé.

Il enfila un vieux jean et une veste en cuir, attrapa son arme, la glissa dans son holster et claqua la porte d'un geste sec.

*
* *

Ralph longea le quai du Port, envahi par les touristes, et prit la direction de La Canebière. La nuit était agitée, la douceur du printemps exaltait les humeurs. Deux jeunes sans casques zigzaguaient sur les trottoirs avec leur scooter. Ils insultaient les passants, sifflaient les jeunes femmes. Le passager jeta sa bouteille de bière contre la façade d'un magasin, manquant de fracasser le crâne d'un riverain. Une voiture de police enclencha la sirène et les gyrophares en se mettant à leur poursuite. Le scooter tourna à gauche et disparut dans une ruelle sombre et étroite.

Ralph ne put s'empêcher de sourire.

Il aimait ce chaos incessant qui animait la cité phocéenne.

Une ambiance étouffante, manichéenne, mais tellement vivante.

Les habitants des beaux quartiers et les enfants du pays cohabitaient avec la racaille issue des quartiers pauvres. Des individus sans foi, ni loi. Des bêtes humaines n'ayant aucune morale, vivant des revenus de la drogue, du proxénétisme et des vols en tous genres.

Ralph passa devant une épicerie arabe.

Des jeunes fumaient un joint en narguant les flics.

L'air empestait l'alcool, le tabac et le cannabis.

Il bifurqua dans la rue du Marché-des-Capucins.

Il aimait Noailles, le ventre de Marseille.

Dans ce quartier populaire haut en couleur se mêlait une population accueillante et cosmopolite. Il pouvait se fondre dans la faune locale et passer inaperçu.

Le parfum des épices remplaçait celui du cannabis.

Il poussa la porte du bistrot.

Un brouhaha emplissait la salle. Des odeurs de bière et de sueur flottaient dans l'air. Installés au comptoir en zinc, les habitués commentaient un match de football qui était en train de se jouer au vélodrome.

Les esprits s'échauffaient, les voix s'élevaient.

La bière coulait à flots.

Ralph s'arrêta pour saluer le serveur.

Un grand type sec à la peau laiteuse, d'origine irlandaise.

Le jeune homme contrastait avec les autochtones.

— Salut, Jess, ça va ?

— Au top ! On est blindés en ce moment. Et les clients sont plutôt cool niveau pourboire... Tout baigne. Et toi ? J'ai appris pour ton boss... Sale histoire. Je suis désolé.

— Ouais. Putain de taré... J'espère que les flics vont le retrouver...

— Ça fait froid dans le dos. Les journalistes parlent d'un tueur luciférien. Tu y crois ? C'est flippant.

Ralph plissa les yeux et se passa la main sur le visage.

— J'en sais rien. Et, je ne préfère pas y penser. Les flics sont payés pour trouver l'assassin.

— Il y a du monde, ce soir, fit Ralph pour changer de sujet.

— C'est le grand rush. L'OM joue à domicile, le bistrot est plein, les clients sont surexcités.

Ralph jeta un coup d'œil autour de lui.

— T'as vu Devin ?

— Oui. Il est à votre table habituelle.

Ralph fit un clin d'œil en lui tapant sur l'épaule.

— Tu m'apporteras une pression.

Il se fraya un chemin à travers les supporters et se dirigea vers le fond de la salle.

Devin l'attendait, un verre de whisky à la main.

Il lâcha d'un ton sec, de sa voix grave et éraillée :

— On est dans la merde grave. Lewis fait la une de l'actualité. J'espère que ces putains de flics ne vont pas remonter jusqu'à nous... Sinon, on est mal. Ils vont nous charger.

— Je m'inquiète plus pour le tueur. On est peut-être les prochains sur la liste, lâcha Ralph en s'asseyant.

— Je lui avais dit de ne pas rester seul. Mais, il se croyait plus fort que tout le monde. Voilà ! Il s'est fait buter comme un con, et nous... Maintenant, on est dans la merde ! Cette histoire de sorcellerie et de tueur en série. Conneries ! Ce meurtre est maquillé...

Devin frappa avec son poing sur la table.

— Calme-toi ! On va se faire oublier. Avec la rallonge qu'il nous a fait, on a de quoi tenir plusieurs mois.

— Et la fille, ils ont lancé un appel à témoins... Elle pourrait nous reconnaître.

— Elle est amnésique...

— Je préfère m'en occuper. Si la mémoire lui revient, on est cuits.

Ralph hocha la tête.

— Si c'est elle qui a volé les dossiers chez le docteur Brown, ils pourraient tomber entre les mains des flics. Alors, ils feront le lien avec Lewis. Puis, ils viendront nous coffrer. C'est ça que tu veux ? Qu'on finisse en tôle. Cette salope, je vais la buter avant qu'elle balance tout.

— Tu fais ce que tu veux, mais te fais pas choper. L'hôpital est certainement surveillé par les policiers... Et, c'est truffé de caméras vidéo.

— T'inquiète pas pour ça. Je gère l'affaire. Après, je disparais...

Devin fit craquer ses phalanges, but d'un trait son whisky.

Il appela le serveur et en recommanda un autre.

— T'es sûr de ton coup ?

— Quand j'étais dans les forces spéciales, mon groupe a décimé des hommes armés et surentraînés, alors ce n'est pas une gonzesse de 20 ans, seule et amnésique, qui va m'empêcher d'accomplir ma mission, lâcha froidement Wade, le regard mauvais.

L'ancien militaire était réputé dans le milieu pour faire le ménage. Il n'était peut-être pas le plus subtil dans ses méthodes, mais il était d'une redoutable efficacité. Quand un contrat était passé sur un individu, le commanditaire pouvait être certain que la cible serait éliminée.

Ralph termina sa bière.

— Tu me laisses un message, dès que tu l'as éliminée. En attendant, sois prudent. Lewis avait beaucoup d'ennemis. Et, certains ne voyaient pas d'un bon œil ses recherches épigénétiques.

— Et si la fille était derrière la mort du patron ?

— Le vol des documents, la mort de Lewis. C'est une étrange coïncidence. Elle est peut-être derrière tout ça. Mais, je n'imagine pas un seul instant qu'elle ait pu le buter.

— Un ennemi invisible qui peut frapper n'importe où, n'importe quand. C'est le pire de tout ! Il va falloir disparaître quelque temps. Fais gaffe à toi. Évite les lieux publics, et essaye de ne pas dormir régulièrement au même endroit.

— T'inquiète pas pour moi. Je sais où aller.

Il glissa sa main dans la poche de sa veste et sortit un téléphone.

— Nouvelle SIM anonyme. Balance tous tes smartphones. Ils sont peut-être déjà piratés. Tu te connectes uniquement dans des lieux publics. Les flics vont sniffer toutes les bornes-relais, il ne faut pas qu'ils établissent une concordance avec nos numéros.

Ralph se leva, posa la main sur l'épaule de son comparse.

— Sois prudent.

Il posa un billet de 20 euros sur la table et disparut dans le bar en se frayant un chemin à travers les clients qui sirotaient une bière devant le grand écran.

*

* *

L'esprit ailleurs, Devin Wade remontait la Canebière légèrement enivré. La crosse de son arme dépassait de sa veste. Malgré l'ivresse, il restait vigilant. L'assassin pouvait surgir de nulle part et lui ôter la vie en une fraction de seconde. Une voiture qui s'arrête à un feu rouge, une moto au bord de la route... Le danger était partout. Contre un ennemi inconnu, Wade savait qu'il devait redoubler de vigilance.

L'église Saint-Vincent-de-Paul se dressait majestueuse au bout de l'avenue. Le regard du garde du corps s'arrêta sur les imposantes portes en bois ornées de panneaux de bronze et la magnifique rosace au centre de l'édifice.

Wade bifurqua dans l'allée Léon Gambetta.

Des jeunes des quartiers nord, ivres et drogués, fumaient un joint devant la devanture d'une épicerie sans se soucier de la police. Il aimait cette ville pour ce mélange des catégories sociales. Les bas fonds de la société se mêlaient aux bourgeois, aux commerçants et aux vieilles familles locales. Un melting-pot qui rendait l'ambiance électrique, et parfois tournait au drame. Récemment, il avait vu une vieille femme se faire traîner sur plusieurs mètres par une racaille en scooter qui avait voulu lui voler son sac.

Dans certains quartiers, Marseille by night pouvait être un coupe-gorge pour le non-initié qui s'y aventurait aux heures tardives. Règlements de comptes à coups de Kalachnikov, vols de voitures, bus incendiés, rackets, toxicos en manque de shoot...

Mais, le colosse s'était toujours fait respecter. Une seule fois, il avait dû se servir de son arme. À la sortie d'une boite de nuit, un homme ivre et drogué lui avait planté un couteau dans l'épaule. Wade n'avait pas réfléchi, il avait dégainé son pistolet et lui avait tiré une balle de 357 magnum dans le genou, arrachant le ménisque de son agresseur et le laissant dans une mare de sang. L'ancien militaire des forces spéciales était un vrai dur, un cogneur qui n'avait peur de personne et préférait mourir plutôt que de perdre son honneur.

Le colosse se dirigea vers l'entrée du parking où était garée sa voiture. Deux prostituées bulgares l'interpellèrent, il les ignora. Il prit les escaliers jusqu'au niveau - 2.

Un silence funeste l'accueillit.

L'endroit était mal éclairé et désert.

Dans l'obscurité, il sortit ses clés, marcha en titubant jusqu'à la place 237. Devant son véhicule, il appuya sur la télécommande pour déverrouiller les portières, inspira profondément pour s'oxygéner le cerveau et se glissa dans l'habitacle sombre.

Une fois à l'intérieur, une étrange sensation l'envahit.

Une odeur inhabituelle flottait dans la voiture.

Une silhouette floue apparut dans son rétroviseur.

L'ombre venait de se redresser. Dans l'obscurité de la nuit, il ne l'avait pas aperçue à travers les vitres. L'individu ne lui laissa pas le temps de sortir son arme, il plaqua les électrodes de son Taser sur son cou et appuya sur la détente.

Un grésillement retentit.

Un arc électrique déchira l'air.

Wade se raidit, ses muscles se contractèrent violemment.

Il poussa un cri de douleur et s'effondra sur le côté.

L'ombre le réveilla en le giflant.

— Sale enfoiré, grogna-t-il, en essayant de se redresser.

L'agresseur prit une seringue et enfonça l'aiguille dans son cou.

— Qu'est-ce tu m'as fait, enculé ?

Pas de réponse.

Wade sentait ses muscles s'endormir et se paralyser.

Il avait de plus en plus de difficulté pour parler et respirer.

Il sentit le souffle de la mort sur sa peau et cela lui glaça l'échine.

— Qu'est-ce... Que...

Il ne pouvait plus bouger ses membres.

Sa bouche se paralysait.

— Me... Faire, bafouilla-t-il.

Le piège venait de se refermer sur la proie.

Devin Wade s'était fait avoir comme un débutant.

Le garde du corps allait bientôt rejoindre le royaume des ombres. Mais, avant de mourir, son tortionnaire lui réservait un cruel châtiment.

12

Irish Doney Avignon

L'été approchait, l'air tiède charriait le doux parfum des fleurs du rocher des Doms. Les touristes commençaient à affluer, la cité des Papes se préparait à accueillir le plus grand festival de théâtre d'Europe. Dans quelques semaines, les murs de la ville seraient recouverts d'affiches. Chaque salle de spectacle, ou lieu capable d'accueillir une troupe d'acteurs, deviendrait l'espace d'un instant, un endroit féerique et envoûtant.

Installés sur la terrasse du pub irlandais, en face du Palais de Papes, les enquêteurs de la Brigade criminelle faisaient le point sur l'affaire Lewis. Gustanzo n'arrêtait pas de bâiller. Sa fille faisait ses dents, elle avait pleuré toute la nuit.

— Alors, ça fait quoi d'être papa ? s'enquit Anna.

— Finies les sorties dans les night-clubs et les after torrides dans les bras de plantureuses filles, plaisanta son adjoint.

Malerme fit la grimace.

Depuis que son collègue s'était mis en ménage avec Claire, il sortait seul le soir. Célibataire, sans enfants, à plus de quarante ans, il enchaînait les déboires sentimentaux et les déconvenues. Après plusieurs rencontres sur les sites Internet, il avait décidé de tout arrêter. Le policier tombait soit sur des hystériques ou des illuminées qui ne correspondaient en rien à ce qu'il recherchait, soit sur des femmes qui ne pensaient qu'à faire la fête et s'amuser.

Désabusé par le net, sans illusions, il avait décidé de se remettre au rugby pour se changer les idées en attendant de trouver celle qui partagerait sa vie.

— Et toi avec le bel enquêteur du Quai des Orfèvres ? Ça donne quoi ? demanda Gustanzo avec un sourire goguenard.

Anna n'aimait pas parler de sa vie sentimentale.

C'était son jardin secret.

La police était un monde d'hommes, viril et machiste, où il n'y avait pas de place aux états d'âme d'une femme qui dirigeait un groupe d'enquêteurs à la Brigade criminelle.

Depuis la très médiatique affaire Baphomet, la capitaine Valentin continuait à voir le commandant Éthan Waren, chef de groupe au Quai des Orfèvres. Toutefois, cette liaison à distance n'était pas simple. Leur emploi du temps difficilement malléable, au fil des mois, la relation s'était vite essoufflée. À présent, ils ne se voyaient qu'une fois par mois.

— Disons que c'est compliqué les relations à distance. On vit au jour le jour sans se prendre la tête. Nous avons un travail prenant qui ne laisse pas beaucoup de temps à une vie personnelle, rétorqua-t-elle.

— Toi à Avignon, lui à Paris… C'est vrai qu'il y a plus facile comme relation. Et vu que tu es attachée à ta ville et ton boulot, et surtout qu'il ne peut pas se déplacer… Ça devient très vite compliqué, fit Malerme en buvant une gorgée de bière.

— Pour une fois que tu trouves un mec qui te plaît ! C'est dommage, enchaîna Gustanzo.

Anna ne répondit pas, elle se contenta d'acquiescer d'un simple hochement de tête.

— Et cette fille amnésique ? T'en penses quoi ? demanda son adjoint pour changer de sujet.

— C'est très troublant. Ces types qui ont essayé de l'enlever, son cauchemar… Elle voit Farell Lewis se faire assassiner et les indices retrouvés sur la scène de crime.

— Aucun des proches de Lewis ne la connaît. Tant que nous n'aurons pas son identité, nous n'en saurons pas plus.

— Pourtant, tout l'accuse. Elle chausse du 40 pour un poids de corps de 58 kilos. Ça correspond aux empreintes retrouvées sur la scène de crime. Mais, je ne sais pas pourquoi, je ne l'imagine pas commettre un tel assassinat. Elle a peut-être été complice du tueur. Le procureur a demandé un appel à témoins pour découvrir son identité. Nous devons d'abord savoir qui elle est.

Gustanzo fronça les sourcils.

Cette enquête lui plaisait de moins en moins. Il y avait trop de zones d'ombre et l'affaire partait dans toutes les directions. De plus, tout le monde attendait les policiers au tournant. Cet après-midi, le directeur de l'hôtel de police d'Avignon devait rencontrer le préfet des Bouches-du-Rhône et le maire de Marseille. La pression était à son comble à la Brigade criminelle et les enquêteurs étaient stressés. Chacun devrait mettre sa vie entre parenthèses tant que l'affaire Farell Lewis ne serait pas résolue.

— Si les agresseurs apprennent qu'elle se trouve à la Timone, ils risquent de vouloir terminer leur travail. Elle est en danger, dit-il, d'un air préoccupé.

— J'ai demandé qu'un policier surveille sa chambre. Cette jeune femme est notre principale piste. Si elle retrouve la mémoire, elle pourra peut-être nous en apprendre plus sur la mort de Farell Lewis. T'as interrogé le gérant de l'épicerie qui l'a recueillie ? demanda Anna en scrutant Malerme.

Enfoncé dans son siège, une bière à la main, le lieutenant observait un groupe de breakdance effectuer une chorégraphie sur la place du Palais des Papes. Carpe diem, prenant la vie comme elle venait, il était le seul à ne pas s'inquiéter. Sa devise préférée, tirée d'un poème d'Horace, était : « Cueille le jour présent sans te soucier du lendemain. »

— Oui... Mais...

Il posa son verre sur la table et se redressa.

— L'épicier nous a donné une vague description... Deux individus de type européen, la quarantaine, en costumes-cravates, plutôt costauds. Je pense qu'il a peur des représailles. Il avait une caméra vidéo, mais elle n'était pas en marche.

— Oui. C'est ça ! Il se fout de nous, le gars, s'énerva Gustanzo.

— J'ai réquisitionné toutes les vidéos des caméras dans cette zone. Les images ne sont jamais bien nettes la nuit, mais nous parviendrons peut-être à voir les agresseurs. Puis avec les descriptions que tu as obtenues de la jeune femme amnésique, nous arriverons bien à fournir des portraits-robots qui collent à la réalité, ajouta Malerme en tapotant la table du bout des doigts, d'un air détaché.

Anna fit un signe de la tête et but une gorgée de bière.

— Et du côté de l'Identité judiciaire ? Ils ont fait parler les disques durs ?

— Oui. On a récupéré tous les dossiers importants et les sites Web visités. Pour le moment, on n'a rien trouvé qui pourrait nous apporter quoi que ce soit pour l'assassinat de Farell Lewis. Par contre, la Miviludes nous a donné une liste de sectes pratiquant la Wicca luciférienne, dont ils jugent les membres potentiellement dangereux. Rice et Lunze travaillent sur les profils les plus à risques et essayent de faire des recoupements avec le P.D.G. de Biotech Lewis.

— OK. De mon côté, j'ai rendez-vous avec Nina. Elle doit me présenter une personne qui pratique la Wicca. Bœuf – le surnom de Malerme à la Brigade criminelle, tu continues de visionner les vidéos et tu te renseignes sur les sectes lucifériennes listées par la Miviludes. Gus, je te laisse poursuivre l'interrogatoire des proches de Farell Lewis. Tu m'épluches minutieusement son emploi du temps de ce mois. Il ne faut rien négliger. Écoute tout ce qu'ils te disent, note tout. À ce niveau de l'enquête, chaque détail a son importance.

Gustanzo acquiesça d'un signe de la tête.

L'enquêteur devait interroger le cousin du riche homme d'affaires, un chercheur émérite en robotique, qui héritait de toutes les actions et prenait les commandes de l'Empire Lewis. Le lieutenant aurait préféré que sa collègue soit avec lui pour le questionner, car elle avait un sens inné pour déceler les mensonges.

Anna but une gorgée de bière.

Son regard glissa sur la magnifique façade gothique du Palais des Papes. L'édifice, qui était l'âme de la ville, resplendissait sous les rayons du soleil.

Elle se sentait apaisée devant un tel joyau.

L'ancienne capitale de la Chrétienté avait été jadis la plus grande ville de France après Paris. C'était dans cette belle région, au cœur de la Provence, qu'elle avait ses racines, son cœur y resterait pour toujours. Un court instant, le commandant du Quai des Orfèvres, Éthan Waren, traversa ses pensées. Anna réalisa combien elle était attachée à sa ville, ses hommes et son métier. La jeune femme n'était pas prête à tout quitter pour une simple relation amoureuse.

13

L'esprit perdu dans ses pensées, le regard dans le vide, Arthur poussait le chariot de soins dans le couloir du service de neurologie. Depuis la prise de son service, il ne cessait de penser à son appel passé à la capitaine Valentin. Un certain malaise l'étreignait. Il avait des remords, il se demandait s'il avait bien fait de contacter la Brigade criminelle. Il aurait peut-être dû en parler à la jeune femme amnésique avant de prendre cette initiative. Arthur avait le sentiment d'avoir trahi sa patiente en racontant son cauchemar sans son consentement.

Hésitant, il ouvrit la porte de la chambre 137.

Éva dormait.

Elle avait les traits tirés, son visage encore tuméfié était faiblement éclairé par la lueur pâle du soleil matinal qui filtrait à travers le rideau. Arthur tira le chariot près du lit, la contempla un instant. Il la trouvait belle, irrésistible, elle avait un charme naturel qui ne le laissait pas indifférent.

Il tapota doucement sur son épaule.

Éva se réveilla, cligna des yeux.

— Bonjour, fit-elle, d'une petite voix douce et mélodieuse.

— Bonjour, répondit-il en sortant une compresse de gaze.

Un silence s'installa dans la chambre.

Il voulait parler du cauchemar, des policiers, mais il ne savait pas comment aborder le sujet.

— Vous avez bien dormi ? Pas de douleurs particulières ?

— Je me sens beaucoup mieux. Je n'ai plus ces douleurs lancinantes à la tête. Il n'y a que la mémoire qui me fait défaut ! C'est toujours le néant avant mon réveil dans le fourgon, dit-elle en se redressant.

Sans un mot, il attrapa les ciseaux et coupa le bandage.

Il nettoya la cicatrice, posa une nouvelle compresse.

— Ça va, Arthur ?

L'infirmier fut troublé.

Il n'avait pas l'habitude qu'une patiente l'appelle par son prénom. Il laissa échapper le flacon antiseptique qui coula sur le drap. Une tache rouge vif macula le tissu bleu.

— Mince, je suis, désolé. Je ne suis pas trop dans mon assiette ce matin. J'ai...

Il s'arrêta de parler.

Éva plongea son regard dans le sien.

Il baissa la tête.

— Qu'est-ce qu'il y a, Arthur ? Quelque chose ne va pas ? Je ne vous sens pas comme d'habitude.

La jeune femme possédait une intuition innée et un sens de l'empathie plus développé que la normale. Son extrême sensibilité lui permettait de ressentir les émotions des personnes qui l'entouraient.

— C'est au sujet de votre cauchemar. Je suis désolé d'en avoir parlé à la police sans vous avoir consultée. Mais, j'ai vu le reportage sur Farell Lewis aux informations... Le couteau, le cercle de sang, la formule magique et le serpent. Tout correspondait. J'ai cru... Enfin, j'ai été stupide ! Je me suis fait remonter les bretelles par le professeur Pontal... Mon initiative n'a pas été appréciée par le chef de service et le directeur.

— C'est vous qui avez appelé les policiers ? Je croyais que c'était le neurologue.

Éva ne comprenait plus rien.

Un masque d'étonnement se déposa sur son visage blême. L'enquêtrice lui avait parlé de son entretien avec le chef de service. Elle pensait que c'était lui qui avait appelé la police.

— Vous ne le saviez pas ?

— Non. La capitaine Valentin n'a pas parlé de vous.

Silence.

— Je suis désolé. J'espère que ça ne va pas vous attirer des ennuis. Je suis stupide.

La jeune femme tressaillit.

— Des ennuis ? Pourquoi en aurais-je ? s'inquiéta-t-elle.

— Le meurtre… Vous avez évoqué des détails similaires troublants… Vous allez être placée sous surveillance. Un policier en faction sera posté devant votre chambre.

Éva réalisa que si les journalistes parlaient d'elle aux informations, sa vie serait en danger. Ses agresseurs essayeraient de la retrouver pour terminer leur mission. Et, la présence du policier ne servirait à rien. Ces hommes étaient déterminés.

— Les médias vont être informés que je me trouve ici ?

— Je ne sais pas du tout. On ne m'a rien dit. Mais, il est possible qu'il y ait des fuites. Il faut rester vigilante.

La jeune femme se crispa, serra fermement le drap de lit.

La peur la tétanisait.

— Vous êtes en sécurité. Il ne peut rien vous arriver.

Éva sentait l'angoisse monter en elle.

Un étrange pressentiment l'envahit.

— Éva ?

L'air absent, elle n'écoutait plus Arthur.

Son rythme cardiaque s'accéléra.

Elle avait du mal à respirer.

Les images de son agression l'assaillaient.

— Je suis en danger. Je ne peux pas rester là. Ils vont venir pour me tuer.

Elle commençait à s'agiter nerveusement sur son lit.

L'infirmier lui prit la main et tenta de la rassurer.

— Essayez de vous calmer. Respirez profondément. Ne pensez plus à rien. Je vais parler au professeur Pontal, il vous prescrira un anxiolytique.

Nouveau flash.

Violent, puissant, intense.

L'homme au visage grêlé la plaquait au sol, lui martelait le visage de coups de poing. Sa tête rebondissait contre l'asphalte. Sa mâchoire craquait, sa lèvre supérieure se fendait et son cuir chevelu s'entaillait profondément. Sa bouche s'emplissait d'un goût métallique.

L'angoisse réveillait ses souvenirs.

— Je ne peux pas rester plus longtemps. Je dois continuer la tournée. Je repasserai en fin d'après-midi pour voir si tout va bien. Une infirmière va venir s'occuper de vous, elle vous donnera des médicaments pour faire partir vos angoisses. Ça va aller ? demanda l'infirmier, inquiet.

Éva essaya de se ressaisir.

Elle fit un hochement de tête et esquissa un sourire pour le rassurer.

— Parfait. Alors, à plus tard. Si ça ne va pas, n'hésitez pas à me faire appeler.

Arthur poussa son chariot jusqu'à la porte.

Les cliquetis des roues résonnèrent dans la chambre.

Quand il fut parti, Éva sursauta.

Je ne peux pas rester ici. C'est trop dangereux.

Que faire ?

Où aller ?

Des dizaines de questions l'assaillaient.

Elle bondit hors du lit, se précipita dans la salle de bain.

Elle s'observa dans le miroir.

Regard terne, yeux cernés, visage tuméfié, peau diaphane.

La glace lui renvoyait l'image d'une inconnue.

Je dois m'échapper au plus vite.

Éva avait décidé de s'enfuir, elle ne se sentait plus en sécurité.

Elle retourna dans la chambre, ouvrit le placard.

Une robe noire tachée de sang se trouvait à l'intérieur.

Sans hésiter un seul instant, elle enleva sa blouse blanche, la jeta sur le lit, défit son bandage et enfila la robe de soirée.

Pas de chaussures.

Elle se pencha, vérifia sous le lit.

Rien.

Pieds nus, elle s'approcha de la table de nuit, attrapa l'enveloppe qui contenait ses affaires personnelles et la glissa sous son bras.

Éva était terrifiée à l'idée que ces monstres la retrouvent.

Elle ne faisait confiance à personne, encore moins aux policiers. Même si l'enquêtrice avait su la rassurer, un doute l'envahissait. Au plus profond d'elle, Éva redoutait qu'on l'accuse de meurtre et que les flics l'emprisonnent pour un crime qu'elle n'avait pas commis. Mise au pied du mur, la fuite était devenue une évidence.

Elle prit une profonde inspiration, tourna la poignée de la porte de sa chambre.

La serrure émit un clic.

Elle hésita un instant, passa la tête dans l'entrebâillement.

Son cœur bondissait dans sa poitrine.

Ses mains étaient moites, sa respiration saccadée.

Éva partait vers l'inconnu, elle n'avait plus rien à perdre.

Sa vie avait volé en éclats.

Son existence n'était que néant.

Un infirmier venait de pénétrer dans une chambre voisine, la voie était libre.

C'est le moment.

La peur au ventre, le cœur cognant fort dans sa poitrine, elle remonta le couloir désert à grandes enjambées, essayant d'être la plus naturelle possible.

Passer inaperçue, se fondre dans le décor.

Les odeurs d'hôpitaux flottaient dans l'air.

Des relents d'urine s'engouffrèrent dans ses narines.

Elle eut un haut-le-cœur.

Elle passa devant une chambre entrouverte, une vieille femme était allongée dans un enchevêtrement de câbles et de tubulures. Un peu plus loin, une cloison vitrée. À l'intérieur, le personnel médical faisait une pause et parlait bruyamment.

Elle stoppa net.

Regard devant, derrière.

L'adrénaline inondait son corps.

Ses mouvements étaient saccadés.

Un infirmier venait dans sa direction, le nez plongé dans des relevés d'analyses.

Elle poussa la première porte qui se trouvait à sa droite.

Nouvelle chambre, nouveau patient.

Un homme inconscient dans un lit.

Chauve, visage creusé, peau laiteuse et lèvres bleutées.

L'individu blafard ressemblait à un mort-vivant.

Elle attendit quelques instants, jeta un œil dans le couloir.

L'infirmier avait disparu.

Elle se précipita vers l'ascenseur.

Voyant rouge : occupé.

Elle poussa la double porte battante qui donnait sur une série d'escaliers qu'elle dévala à toute vitesse.

Nouveau couloir.

Elle le traversa en courant.

À bout de souffle, elle ouvrit une porte qui permettait d'accéder aux urgences. L'endroit ne désemplissait pas, il y avait des blessés partout.

Une mère de famille tenait son bébé dans les bras.

Il avait fait une vilaine chute du lit, elle était affolée.

Un peu plus loin, un couple de retraités s'impatientait. La femme gesticulait dans tous les sens, s'énervant que son mari ne soit pas pris en charge par les infirmiers. Le vieil homme s'était mis un coup de tronçonneuse dans le mollet en voulant élaguer les arbres de son jardin. La blessure était impressionnante, mais ses jours n'étaient pas en danger.

Éva en profita pour se fondre dans la masse.

Elle emboîta le pas à un vieux gitan qui sortait pour passer un appel à sa famille.

Un vent frais la cueillit sur le seuil de l'entrée.

Le mistral soufflait fort et faisait osciller les arbres.

Au-dessus d'elle, dans l'angle des portes coulissantes, elle aperçut une caméra vidéo.

Elle baissa la tête pour ne pas être reconnue.

Sans trop savoir où aller, elle marcha jusqu'au parking. En chemin, elle croisa l'ambulance du SAMU qui arrivait sirène hurlante.

Elle descendit jusqu'à la rue Saint-Pierre et s'arrêta devant le bâtiment tout en béton des marins pompiers, surmonté d'une longue antenne radio.

Perdue, seule au milieu de nulle part, Éva ne savait pas où aller. Prenant son courage à deux mains, elle prit une courte inspiration et s'engagea dans le boulevard Jean Moulin, sans réfléchir.

14

Les Baux-de-Provence
Mas des Coquelicots

Anna était assise à l'ombre d'un platane centenaire.

La stridulation des cigales emplissait la campagne.

Le soleil illuminait le ciel, mais des nuages sombres apparaissaient à l'horizon. L'orage se préparait, Météo-France avait prévu une fin de soirée pluvieuse et ventée.

L'enquêtrice était venue pour parler de l'affaire Lewis avec Nina qui était médium. Elle avait fait sa connaissance deux ans plus tôt grâce à Ludmilla Bowen, son amie voyante, emportée tragiquement par un cancer. Nina connaissait une personne qui pratiquait la Wicca, elle avait organisé une rencontre avec la policière.

La quarantaine, petite et mince, de longs cheveux noir corbeau tressés, le corps recouvert de tatouages polynésiens, Nina avait la beauté exotique des femmes des îles. Originaire de Tahiti, elle pratiquait la voyance et la sorcellerie. Elle avait été initiée par sa mère qui vivait sur l'archipel Tuamotu.

— Tu veux que nous attaquions la séance avant que Lise arrive ? Je vais essayer de me connecter au tueur.

Anna fit un signe de la tête.

— Tu as pensé à prendre une photo de la scène de crime ?

L'enquêtrice entrouvrit sa veste et sortit le cliché qu'elle posa au centre de la table. Nina l'observa en silence. Elle passa sa main au-dessus pendant quelques secondes pour capter l'énergie de l'assassin, puis elle positionna ses pierres magiques entre les mains, des cailloux sacrés de corail transmis par ses ancêtres.

— Je sens ses vibrations.

Elle ferma les yeux et fit le vide dans sa tête.

Des spasmes animaient son corps, ses mains bougeaient nerveusement.

La voyante entrait en transe.

Une quinzaine de minutes s'écoulèrent sans que rien ne se passe. Soudain, Nina ouvrit grand les yeux. Le corps figé, les mains à plat sur la table et le regard fixe.

— Je suis connectée ! Mais, je ressens deux êtres... Le premier pratique la magie noire. Le muki : le sorcier du Mal. Son énergie... Elle est mauvaise, puissante. Le sang coule autour de lui. Il est très malfaisant.

Elle s'arrêta de parler et se concentra.

Elle secoua les cailloux d'un geste oscillatoire rapide.

Un bruissement sourd retentit.

— L'autre personne...

Nina déplaça sa main au-dessus de la photo.

— Elle possède de grands pouvoirs, elle a le don de guérir. Elle est comme ma mère. Un tahua. Un bon sorcier.

— Tu vois deux individus ? Un complice du tueur ?

Silence.

Nina se concentrait.

— Je ne peux pas te répondre. L'autre énergie vibre autour de l'assassin. La personne n'était peut-être pas avec le tueur... Mais, ces deux êtres sont liés par un lien énergétique très puissant.

Nouveau silence.

La médium respirait bruyamment.

— Je n'arrive pas à aller plus loin. Quelque chose ou quelqu'un bloque mon pouvoir.

Le regard d'Anna se perdit à l'horizon.

Le mas de Nina, entouré d'ormes et de micocouliers, était situé sur un plateau rocheux. De la terrasse, elle avait un panorama exceptionnel sur le massif des Alpilles, Arles et une partie de la Camargue.

— Est-ce que le tueur pourrait être une femme ?

— Je ressens uniquement l'énergie. Je ne peux pas dire si c'est une femme ou un homme.

Les yeux de Nina se fermèrent à nouveau.

Elle inspira profondément, se redressa sur son siège, ouvrit les yeux et poussa un étrange bruit. Son visage avait changé d'expression, la peur se lisait dans son regard.

— L'assassin est en contact avec le démon, le grand tupapa'u. Je ressens sa force malfaisante qui vibre puissamment autour de lui.

— Le tueur va encore assassiner ?

Son corps trembla, un voile passa devant ses pupilles.

La respiration de Nina était saccadée.

— Oui. Et, il n'en est pas à ses débuts. Je perçois les énergies des défunts qui entourent sa puissante aura. Prends garde à toi. Le muki manipule des forces occultes que le commun des mortels n'est pas capable de contrôler. J'ai rarement ressenti une telle puissance destructrice. Tu dois te protéger.

Anna entrouvrit sa veste et désigna son Sig-Sauer.

— Le démon contrôle la matière. Ton arme ne te sera d'aucune utilité. Tu sous-estimes le pouvoir de ces forces. Notre société moderne ne croit pas en ces énergies qui influencent le monde. Pourtant, de plus en plus de scientifiques s'aperçoivent que l'univers tel que nous le concevons n'existe pas. La matière, le temps et l'espace ne sont qu'une création de l'esprit : la conscience. L'énergie sombre, qui compose soixante-dix pour cent de l'univers, est une énigme pour les chercheurs. L'intrication quantique a montré que deux particules jumelles interagissent entre elles quelle que soit la distance. Ces particules ne forment qu'un seul ensemble... Nous sommes à l'aube d'une aire nouvelle.

Nina porta la main à son cou.

Elle détacha son collier de pierres.

— S'il te plaît, porte-le jusqu'à la fin de ton enquête. Tu en auras besoin pour affronter les forces du mal. Le tueur n'hésitera devant rien pour parvenir à ses fins. Si tu es sur son chemin, il t'éliminera. Tu ne peux rien contre une telle puissance.

La voyante se leva et mit le collier autour du cou d'Anna.

— L'améthyste protège des esprits malfaisants. Le corail contre la magie noire, l'émeraude éloigne les mauvais sorts.

L'œil du tigre et la tourmaline noire agissent contre les forces négatives.

Anna toucha le collier.

Un frisson parcourut son corps.

— Le bien de l'humanité passe par le sacrifice de certains d'entre nous. C'est ainsi, il faut l'accepter. La mort ne me fait pas peur, elle fait partie de mon métier, dit Anna, d'une voix douce et calme, dénuée de toute émotion.

Nina prit sa main.

— Tu es un être bon. Très peu de personnes ont cette bonté d'âme. Tu rayonnes le bien. Je suis heureuse de t'avoir rencontrée. À la fin de ta mission terrestre, tu auras droit au bonheur que tu mérites. Tu quitteras la noirceur de ce monde pour retrouver les tiens, lâcha-t-elle, émue.

La cloche du portail retentit.

Nina regarda sa montre.

— C'est 15 heures. Ça doit être Lise.

Anna avait demandé à Nina de lui présenter une personne qui pratiquait la Wicca. La médium avait rencontré Lise à un forum sur la voyance et les arts divinatoires. La wiccan était connue dans le milieu de la sorcellerie, mais elle préférait rester discrète. Elle vivait très simplement dans un petit village de Provence, proche de la nature.

Nina se leva pour ouvrir à son amie.

Lise était une femme menue. Elle avait de longs cheveux châtains bouclés, des yeux de biche et une bouche pulpeuse. Elle portait un pantalon sarouel et un débardeur qui laissait entrevoir une série de tatouages sur ses épaules.

Lise salua Anna et s'installa à la table du jardin.

Ses mouvements étaient éthérés et gracieux.

Une force mystérieuse se dégageait de la wiccan.

Anna remarqua autour de son cou un pendentif en forme de demi-lune. Une pierre rouge brillait au centre du bijou.

— Enchantée de faire votre connaissance, fit l'enquêtrice en la saluant d'une chaleureuse poignée de main.

— J'ai préparé du thé au jasmin, ça te dit ? demanda Nina.

— Oui. Avec plaisir, répondit son amie, d'une petite voix douce et rassurante.

Un léger vent soufflait sur la terrasse.

Les esprits étaient détendus et apaisés.

— Comme a dû vous l'expliquer Nina, j'enquête sur le meurtre de Farell Lewis. J'aimerais que vous m'éclairiez sur le monde des wiccans. Votre expérience me sera fort utile pour retrouver l'assassin. D'après le mode opératoire, le rituel et les indices relevés dans la maison, tout porte à croire que le tueur pratique la sorcellerie, déclara la policière en posant une série de clichés de la scène de crime sur la table.

Lise se pencha pour les observer.

Son front se plissa, ses yeux s'agrandirent. Elle mit la main devant sa bouche et détailla longuement chacune des photos.

Nina posa la théière sur la table et servit ses invitées.

Le parfum du thé et du jasmin se mêlait aux effluves suaves des fleurs de micocoulier.

Lise plongea son regard clair dans celui de l'enquêtrice.

— Quand Nina m'a dit que vous enquêtiez sur le meurtre de Lewis, j'ai regardé les sites Internet pour obtenir plus d'informations sur le mode opératoire de l'assassin et les détails de la scène de crime. En vérifiant la date, j'ai découvert que le meurtre a eu lieu un soir de pleine lune au cours de la période de Beltane. Cette fête marque le début de la saison estivale, expliqua-t-elle, le regard brillant.

— Beltane ?

Lise but une gorgée de thé et continua :

— Il existe huit sabbats dans la Wicca. Imbolc, Ostara, Beltane, Litha, Lughnasadh, Mabon, Samhain et Yule. Ce sont des fêtes solaires qui suivent le cycle des saisons. Chacune de ces fêtes a un thème particulier. Le sorcier est en harmonie avec la nature. Tout est Un, le divin est partout et en chaque chose.

— Donc, le tueur a assassiné Farell Lewis la nuit de la fête de Beltane, un soir de pleine lune, fit Anna en fronçant les sourcils.

Le regard de la policière se perdit en direction des Alpilles noyées sous les rayons du soleil.

— Beltane signifie : Feu de Bel. La fête fait référence au dieu Bel, connu aussi sous le nom de Bélénos qui est un dieu solaire. C'est également appelé : la nuit des sorcières. Les wiccans fêtent la renaissance de la nature et le pouvoir de la lumière et de la vie nouvelle. C'est aussi le passage de la période froide à chaude, des ténèbres à la lumière. La renaissance spirituelle. Mais, c'est surtout le moment de chasser les démons.

— Cela devient plus clair à présent. Je comprends mieux le message laissé sur le mur.

Anna prit la photo sur laquelle l'Identité judiciaire avait photographié l'inscription et lut le texte à haute voix :

— Un mauvais esprit vit en ce lieu. Combattez le Feu par le Feu. Bannissez son âme dans le néant. Retirez-lui son pouvoir jusqu'à la dernière trace. Dispersez cet être malfaisant. À travers le temps et l'espace. En dessous, une signature : Lilith. D'ailleurs, de nombreux éléments nous laissent penser que le tueur pourrait être une tueuse... Enfin, nous n'avons rien de concret... Ce sont de simples suppositions.

Nina écarquilla les yeux.

— Une femme pourrait commettre un acte aussi horrible ?

— La monstruosité n'est pas l'apanage de l'homme. Certaines femmes sont capables d'actes barbares. Bien évidemment, le plus souvent, ces horribles meurtres sont commis par des hommes. Il est rare que les femmes tuent avec une telle barbarie. Elles sont plus sournoises et subtiles quand il faut assassiner quelqu'un.

Choquée, la médium mit les mains devant sa bouche.

Anna croqua dans un biscuit, but un peu de thé et fixa Lise avec ses grands yeux clairs :

— Qu'est-ce que vous pouvez me dire sur cette inscription et la signature qu'il y a en dessous ?

— La Wicca est une religion polythéiste. Les wiccans croient en plusieurs dieux et déesses. Après son initiation, l'adepte choisit une déité tutélaire, et peut s'identifier à cette divinité. Mais, en général, le sorcier préfère un démon secondaire. Lilith est la Déesse Mère, la reine des démons. Elle est le double féminin de Lucifer. De toute évidence, l'assassin en s'identifiant à Lilith exprime sa puissance et sa connaissance.

Lise réfléchit.

— Les wiccans tiennent un journal. On l'appelle *Le journal des ombres*. Si vous avez un doute sur un suspect, vous trouverez forcément ce journal chez lui. Il y détaille tout à l'intérieur… C'est très personnel.

Anna sortit son carnet pour prendre des notes.

— Le tueur pratique la magie noire. Ce n'est pas un adepte de la Wicca traditionnelle. Il appartient certainement à un courant luciférien. J'ai été initiée à la Wicca gardnérienne créée par Gérald Gardner que la plupart des sorciers considèrent comme le père fondateur, expliqua Lise sous le regard bienveillant de Nina.

— Vous ne pratiquez jamais la magie noire pour jeter des sorts ?

Lise parut surprise de la question.

Un masque d'étonnement se dessina sur son visage.

— Jamais. Cela va à l'encontre de la philosophie de la Wicca traditionnelle. Je suis en accord avec la nature. Les cycles lunaires régissent ma pratique. Et, je célèbre les huit sabbats au cours de l'année. Je médite chaque jour, j'œuvre pour le bien, j'envoie des énergies positives dans l'univers. La principale règle est de ne faire que ce que je veux si je ne fais de mal à personne.

— La Wicca peut être considérée comme une religion ?

— Bien sûr. Mais, c'est aussi, et surtout, une façon de vivre. Une philosophie et une croyance. Il faut comprendre que pour le wiccan, nos pensées représentent des choses et génèrent de l'énergie. Si elles sont répétées avec intention, elles sont de puissantes sources d'énergie. Les wiccans traditionnels essaient chaque jour de méditer, créer, jardiner, être en harmonie avec la nature, pratiquer des rituels et communiquer avec les animaux. La prière est importante. Elle permet de communiquer et d'être en lien avec la Déesse ou le Dieu qui est en toute chose. Elle est aussi un acte magique, car elle nous permet de libérer de l'énergie et de l'envoyer vers le Dieu et la nature. Il est important de faire des offrandes. Cela peut être de la nourriture, des bijoux. Vous pouvez remplir un bol d'eau, source de vie, mais aussi faire brûler de l'encens. Nous croyons en la règle de trois. Tout ce que nous faisons nous sera rendu avec trois fois plus de force.

Nina écoutait attentivement son amie.

Elle aimait sa douceur, sa voix mélodieuse et sa manière de s'exprimer.

— Le tueur ne semble pas connaître cette règle, rétorqua Anna, pensive.

— Il ne pratique pas la Wicca traditionnelle. Sa philosophie est différente. Il utilise les forces du mal.

Anna désigna la photo de la scène de crime.

— Qu'est-ce que vous pouvez me dire sur le rituel et les indices laissés par le tueur ?

— Le cercle, c'est l'espace sacré. Une fois qu'il est créé, le wiccan active l'énergie avec son athamé. Il doit visualiser cette énergie, la sentir au plus profond de son être et créer l'intention. La force de cette énergie est libérée dans l'univers et devient créatrice. Il est important d'invoquer le Dieu ou la Déesse pour que la pensée créatrice se réalise. Lorsque le rituel est terminé, il faut récupérer l'énergie avec laquelle on a créé le cercle. C'est très important.

Anna notait toutes les informations sur son carnet. Ces révélations étaient très importantes pour la suite de son enquête.

— Mais, avant de commencer le rituel, le wiccan doit purifier la pièce. Ensuite, il monte l'autel, allume les bougies et l'encens, remplit la coupelle d'eau et bénit le sel qu'il saupoudre autour du cercle. Ainsi, les quatre éléments de la nature sont réunis. Le feu, l'eau, la terre et l'air.

— Pensez-vous que le tueur fasse partie d'une secte ?

— Je ne crois pas. J'ai le sentiment que c'est un wiccan solitaire. Par contre, il est possible qu'il ait été initié dans une secte luciférienne. Mais, il ne faut pas exclure que votre assassin ait des adeptes. Ce genre d'individu est capable d'endoctriner les gens, de les séduire et les manipuler. Les créateurs de la Wicca luciférienne, Jacques Coutela et Diane Lucifera, étaient charismatiques. Certains de leurs disciples auraient pu assassiner des gens s'ils leur avaient demandé.

— Avez-vous déjà rencontré des lucifériens ?

Lise secoua la tête.

— Nous n'avons pas la même philosophie. J'œuvre pour le bien de ce monde. Je ne fais jamais le mal.

— Ce sont des individus dangereux. C'est la face sombre de la Wicca traditionnelle. Si je comprends bien.

— Pas tout à fait. La plupart des lucifériens sont à la recherche de la connaissance. Ce n'est qu'une minorité de ces individus qui est dangereuse.

Anna hocha la tête.

Elle nota les informations sur son carnet.

— Il existe très peu de wiccans lucifériens qui ont le profil de votre tueur. D'ailleurs, je n'ai jamais entendu parler de sectes wiccanes effectuant des rituels sacrificiels sur des hommes ou des femmes. Ce sont des légendes. Et si ce type de coven existe, ils pratiquent en cercle fermé. Rien ne filtre. Ils doivent se réunir en secret, loin du monde, ajouta Lise.

Anna referma son carnet.

Perplexe, son regard se perdit à l'horizon.

L'enquête s'annonçait compliquée.

— Je vous remercie pour toutes ces explications. J'y vois un peu plus clair à présent. Le profil du tueur commence à prendre forme.

— Je suis contente d'avoir pu vous éclairer. Vous êtes ouverte d'esprit, c'est rare. J'espère que vous arrêterez le tueur avant qu'il ne commette un autre crime. Et, si c'est un peu grâce à ma modeste contribution, j'en serai d'autant plus ravi.

Anna esquissa un sourire.

Cet après-midi passé avec Nina et Lise avait été bénéfique pour l'enquête, et elle avait pu prendre quelques heures de détente au cœur des Alpilles. Malgré tout, elle savait que ces moments-là seraient rares. L'affaire Lewis n'en était qu'à ses débuts, elle se préparait à ce que le tueur wiccan frappe à nouveau.

15

De gros nuages sombres s'accumulaient au-dessus du Vieux-Port. Les remous des vagues claquaient contre la coque des bateaux. L'orage grondait au loin, des éclairs zébraient le ciel noir d'encre et illuminaient les deux hautes tours de l'abbaye Saint-Victor. Un vent humide s'engouffrait par l'épais portail en bois qui donnait sur la nef centrale.

Une ambiance électrique planait sur la cité phocéenne.

Le visage dissimulé sous une capuche, vêtue d'une longue robe noire, l'ombre moirée se tenait immobile à l'intérieur de la crypte. Le grimoire magique en main, le *Livre des ombres*, Lilith récitait un rituel incantatoire dans la chapelle Saint-André. L'endroit était une ancienne nécropole du Ve siècle, un sanctuaire des premiers temps chrétiens, où se trouvait le tombeau de saint Victor taillé dans la roche. Au cœur de l'ancien cimetière, l'Esprit de la nuit appelait les démons de l'obscurité. Elle engendrait l'égrégore, l'entité psychique autonome qui allait l'aider à poursuivre son destin funeste et semer la mort autour d'elle.

La salle en voûte était plongée dans un inquiétant clair-obscur.

Un cierge se consumait sur l'autel.

L'odeur des pierres ancestrales flottait dans l'air.

L'humidité collait à la peau.

La colère brillait dans ses pupilles.

Jamais je n'oublierai. Vous payerez tous.

Elle tourna la tête, fit un signe avec l'athamé en direction des arcades qui abritaient les sarcophages en pierre contenant des reliques de martyrs chrétiens morts violemment, dont l'âme allait suivre le démon de la nuit.

Le rituel terminé, Lilith traversa la crypte, d'un pas éthéré.

Elle monta des marches en pierre brute, pénétra dans la chapelle Notre-Dame de Confession et s'arrêta devant la Vierge noire en bois de noyer illuminée par un cierge dont la flamme vacillait.

Un souffle frais fit onduler son vêtement.

La déesse de la Wicca observait la sainte.

La maîtresse des sortilèges, la reine de la nuit, se pencha et déposa de l'encens au pied de la statue, puis elle alluma une bougie noire.

Lilith allait invoquer son alter ego, le grand Lucifer.

— Lucifer, qui es sous terre, reviens vers nous. Archange de lumière, que Dieu sans vergogne a jeté du haut de son ciel bleu. De ce cruel Seigneur, nous rejetons le joug. Lucifer, tu étais une étoile plus brillante que tous les astres tournoyant dans les cieux. Ta lumière était si aveuglante que de ta clarté, Dieu est devenu envieux.

Elle releva sa capuche, relâcha sa longue chevelure et écarta les bras :

— Seigneur Lucifer, tout puissant, Père divin de toutes choses et créatures, que vienne sur moi ta faveur, afin que je sois exaltée par toi, pour que tu me défendes contre mes adversaires et que tu me confirmes dans tes faveurs, que tu me protèges par ta main toute puissante. Toi, qui vis et règnes, dans les siècles des siècles, amen.

16

Gustanzo rentrait son rapport dans le logiciel des procédures, pendant qu'Anna relisait les PV d'auditions des personnes récemment interrogées au sujet de l'assassinat de Farell Lewis. D'après les derniers témoins entendus, le riche homme d'affaires ne manquait pas d'ennemis : employés licenciés, sociétés concurrentes, maris jaloux. La liste était longue et s'agrandissait de jour en jour.

— Farell Lewis avait plus d'ennemis que d'amis. Ça part dans tous les sens ! Heureusement que le mode opératoire et la signature du tueur nous orientent vers un individu pratiquant la sorcellerie, fit Anna en observant le ciel terne tapissé de nuages gris, à travers la fenêtre du bureau.

Le temps était maussade, à l'image de l'humeur des policiers.

Gustanzo leva le nez de son ordinateur.

— T'as une piste plus sérieuse que les autres ?

L'enquêtrice soupira.

— Paradoxalement, si je prends en compte les paramètres de ce crime : le mobile, le mode opératoire et les indices laissés par le tueur, il ne me reste plus aucun suspect.

Le lieutenant fit une grimace en secouant la tête.

— Comment on fait pour être toujours saisi de ce type d'enquête improbable ?

— En plus, j'ai rendez-vous avec le maire de Marseille et le préfet de Police. Ils veulent savoir où en est l'affaire Lewis. Et, les journalistes fouinent pour trouver un suspect idéal. Ils sentent qu'on ne leur dit pas tout. Un tueur en série mystique, ça ferait de l'audience et monter les ventes. Mais, pour le moment, le procureur a décidé de lâcher les indices au compte-gouttes.

— Putain d'enquête merdique ! Le divisionnaire est tendu. J'ai croisé Herlin, il m'a dit qu'il avait la pression… Cette affaire peut lui coûter sa place de contrôleur. Il ne va pas nous lâcher.

Anna lui lança un regard en coin, un sourire goguenard se dessina sur son visage.

— Si tu savais comme je m'en moque de ce que pense le big boss. Son problème d'ego, je m'en tape complètement. L'appel à témoins pour la patiente amnésique, ça n'a rien donné ?

— Que dalle ! Pourtant, c'est passé dans tous les journaux de la région. Cette fille, c'est un fantôme. On n'a toujours pas réussi à l'identifier.

Des bruits de pas claquèrent dans le couloir.

La porte s'ouvrit. Le commandant Herlin apparut dans l'entrebâillement. Les cheveux en bataille, haletant, il avait du mal à reprendre son souffle.

— Le proc' de Marseille vient de nous appeler, un nouveau meurtre a été commis. Le tueur a encore frappé !

Anna se leva d'un bond, elle attrapa sa veste et glissa son arme dans son holster.

— Qu'est-ce qu'on a exactement sur le crime ?

Herlin mit quelques secondes avant de répondre.

Il avait monté les escaliers trop vite, son cœur cognait dans sa poitrine et la douleur liée à son point de côté irradiait jusqu'à son épaule.

— Mode opératoire, signature identique. Un cercle de sang, et les mêmes indices que chez Farell Lewis.

— On connaît la victime ?

Le commandant fit un signe négatif avec la tête.

— Je ne sais rien de plus. Montagnac vous attend à cette adresse. Bougez-vous, il est déjà sur place.

Le chef de la Brigade criminelle tendit à la policière un morceau de papier chiffonné.

Anna l'attrapa en esquissant un sourire.

— C’est le directeur qui va être content. Il va pouvoir faire la star dans les médias quand on aura résolu l’affaire Lewis.

Herlin soupira.

La capitaine Valentin était un électron libre, et elle avait la fâcheuse habitude de dire ouvertement ce qu’elle pensait.

Anna avait été la première femme chef de groupe à la Brigade criminelle d’Avignon. En la nommant à la tête d’une bande d’enquêteurs chevronnés, ses supérieurs ne s’attendaient pas à découvrir une policière au caractère bien trempé, pugnace et rebelle.

Pensif, le chef de la Crim’ la regarda s’éloigner.

Diplômée d’un master en psychocriminologie, intéressée par l’évolution des techniques de la police scientifique et passionnée de nouvelles technologies, la capitaine Valentin avait apporté de nouvelles méthodes d’investigations à la Brigade criminelle d’Avignon. L’enquêtrice ne lâchait rien. Elle allait jusqu’au bout d’une enquête, mettant sa vie privée entre parenthèses. Le chef de la Criminelle savait qu’Anna ne s’arrêterait que lorsque le tueur serait sous les verrous.

17

Marseille
Quartier Mazargues

Le procureur Montagnac fixait le cadavre exsangue.

La scène était terrifiante.

La victime gisait nue, dans une flaque de sang, au milieu du salon, éclaboussée par la lumière vive des projecteurs. La gorge tranchée, la bouche grande ouverte, comme pour pousser un dernier cri de terreur, la langue turgescente, la cornée opaque. Ses mains raides et crispées s'élevaient au-dessus du corps et donnaient l'image symbolique de vouloir s'agripper à la vie. Son regard pétrifié d'effroi semblait avoir croisé celui de Méduse, l'une des trois Gorgones de la mythologie grecque.

— Son ex-femme l'a trouvé en début de matinée. Il devait partir pour Londres dans la journée. Son fils voulait le voir, dit-il d'une voix monocorde, sans la moindre émotion.

La capitaine Valentin contracta les mâchoires.

Les enquêteurs de l'Évêché de Marseille étaient déjà sur place, ils effectuaient l'analyse de la scène de crime et procédaient aux premières constatations.

Le magistrat soupira.

L'air grave, les traits durs, le visage sévère.

— Il s'agit de Devin Wade. Un ancien commando-para des forces spéciales appartenant au 1er RPIMa. Il s'était reconverti depuis une vingtaine d'années dans la protection rapprochée et travaillait comme garde du corps de Farell Lewis.

Circonspecte, sans un mot, Anna laissa promener son regard sur la scène de crime.

Un cercle de sang entourait la victime.

Sur le carrelage gris : des pétales de roses rouges, de l'encens, du charbon dans une coupelle en cuivre, de l'eau dans un bol en bronze et des grains de sel. Gravée sur le mur blanc du salon, la même formule magique incantatoire et la signature du démon femelle.

Dans un silence funeste, sous les lumières crues des halogènes, accroupis autour du cadavre, les hommes de l'Identité judiciaire s'activaient pour récupérer d'éventuels indices encore exploitables. Leurs silhouettes se découpaient en ombres chinoises sur les murs, créant une atmosphère sinistre. Derrière eux, à côté des mallettes à scellés, il y avait une boite en polymère percée de trous. Elle contenait un serpent.

— Le reptile était entortillé sur le visage de la victime quand nous sommes arrivés. Ça fait froid dans le dos ! s'exclama le magistrat en faisant une grimace de dégoût.

Les mains enfoncées dans la veste de son costume Armani, il demeurait immobile au milieu du salon et observait les techniciens de la police scientifique.

— Mode opératoire et signature du meurtre identiques à la première scène de crime. Nous sommes en présence du même tueur. Il poursuit son œuvre mystique. Et cette fois-ci, en s'en prenant à son garde du corps. Le mobile de ces crimes semble être la vengeance, annonça Anna.

Montagnac la dévisagea.

— Cherche-t-il à nous laisser un message ?

— Je ne pourrais pas vous répondre avec certitude. La mise en scène est symbolique. Il pratique un rituel de sorcellerie et communique avec les forces occultes.

Anna s'approcha du mur blanc sur lequel était inscrite la formule magique et désigna la signature. Les grains de sel craquaient sous ses semelles.

— C'est de l'hébreu. Cela signifie Lilith. La Déesse-Mère. La reine des démons. D'après mes entrevues avec des spécialistes en magie, il semblerait que notre tueur en série soit un adepte de la Wicca luciférienne.

Le magistrat fronça les sourcils, énervé.

Son visage s'empourpra.

— Merde, Valentin ! Je ne veux pas entendre parler de serial killer. Et, ces conneries de magie satanique, il faut éviter que cela ne s'ébruite. Pour le moment, on en dit le moins possible et on met ça sur le compte d'un schizophrène et d'un délire mystique. OK ?

Anna lui lança un regard glacial.

— Vous voulez semer la panique en ville ? Le maire tient à préserver l'image de Marseille. Vous imaginez, si au journal de 20 heures, le présentateur annonce la présence d'un tueur en série luciférien dans les rues de Marseille ? Vous croyez que les actes terroristes ne suffisent pas à faire fuir les touristes étrangers ? Le préfet et le maire espèrent que nous appréhenderons rapidement ce psychopathe avant que ces informations ne filtrent dans la presse.

Le procureur ne parvenait pas à dissimuler sa colère.

Montagnac était souvent en proie à des accès d'humeur.

Cependant, devant la capitaine Valentin, il essayait de se contenir. Il connaissait ses réactions et savait qu'elle était capable de rentrer dans une colère noire.

Anna prit une longue inspiration pour se calmer.

Le sang commençait à lui monter à la tête et cognait dans ses tempes. La policière n'appréciait pas que Montagnac lui parle de cette manière.

— Et la piste de la patiente amnésique ? Vous m'aviez laissé entendre qu'elle aurait pu assister au meurtre de Farell Lewis ? Voire être la tueuse ? demanda-t-il pour changer de sujet et faire retomber la pression.

— De toute évidence, elle ne peut pas être l'assassin puisqu'elle est à la Timone, lâcha-t-elle, d'un ton sec.

Elle s'approcha à proximité du cadavre.

La rigidité cadavérique était déjà bien installée et des lividités apparaissaient sur les membres de la victime.

L'odeur de la mort imprégnait l'habitation.

L'air empestait la chair en décomposition.

Des bruits de pas résonnèrent dans son dos.

L'enquêtrice se retourna.

Elle aperçut un grand type sec, dégarni, le regard terne.

Il portait une combinaison en coton.

Il baissa son masque de protection, enleva ses gants en latex et les jeta dans un sac en plastique.

— Capitaine Valentin ! Je suis le commandant Filippi ! s'exclama le chef de groupe de la PJ marseillaise qui semblait complètement détaché de la violence du crime.

— Pas d'empreintes de chaussures en taille 40 comme sur la première scène de crime ? demanda Anna en lui serrant la main.

— Rien. Le tueur est très précautionneux. Pour le moment, nous n'avons même pas réussi à isoler la moindre empreinte ! Par contre, d'après l'aspect de la blessure, il semble avoir utilisé le même type d'arme.

Silence.

— Pour un ancien membre des forces spéciales, il s'est fait avoir comme un bleu. Pas de traces de lutte, ni de défense. L'assassin devait être planqué dans l'appartement quand Wade est rentré. C'est la seule façon d'expliquer qu'il n'ait pas réussi à se défendre, ajouta-t-il.

— Il pourrait avoir été drogué. Son corps a pu être transporté. L'analyse toxicologique nous en apprendra un peu plus sur les conditions de son assassinat.

Un individu de taille moyenne, large d'épaules, cheveux rasés, mâchoire carrée, regard noir, s'avança d'un pas lourd.

— Au niveau du cou, il y a une toute petite marque ronde et rouge. C'est une trace de seringue. L'assassin a peut-être utilisé un hypnotique de type Rohypnol ou un paralysant musculaire comme le bromure de pancuronium.

— Mon adjoint, le lieutenant Spano, annonça le commandant de la Crim' de Marseille.

L'homme fit un signe de la tête pour saluer la policière d'Avignon. L'œil mauvais, le regard torve, il ne semblait pas apprécier sa présence.

— La capitaine Valentin est la directrice d'enquête. Vous travaillerez en co-saisine. Je ne veux pas de guéguerre entre flics. OK, Spano ? s'énerva le procureur Montagnac en défiant du regard l'enquêteur.

Spano hocha la tête sans faire de commentaire, mais une femme directrice d'enquête, et de surcroît appartenant à la Brigade criminelle d'Avignon, ça ne lui plaisait pas du tout.

Il désigna le cercle de sang.

— Le tueur s'est servi de son sang, après l'avoir égorgé ! Putain de psychopathe. Je n'aime pas ces tarés, il me file la gerbe.

Il s'arrêta de parler et observa un technicien de l'Identité judiciaire qui récupérait un morceau de fibre sur la victime avec une pince brucelles. Le policier déposa l'indice prélevé dans un scellé judiciaire et le plaça dans une petite mallette chromée après l'avoir renseigné.

— Mes hommes ont interrogé le voisinage. Personne n'a rien vu, ni entendu, fit le chef de groupe.

— Comme pour Farell Lewis, nous avons affaire à un tueur méthodique, préparé et organisé, déclara Anna sans le lâcher des yeux.

Le regard de Filippi s'assombrit.

Il s'approcha de Devin Wade et observa longuement la chair profondément entaillée autour de la gorge. L'odeur du sang et du cadavre en décomposition s'engouffra dans ses narines.

Le commandant fit une grimace et recula d'un pas.

— Salopard ! Il ne l'a pas raté. Et toute cette mise en scène ! Ça fait froid dans le dos de savoir que ce malade est dans la nature.

La policière ne répondit pas.

Elle détaillait attentivement le visage du garde du corps.

Un détail troublant venait d'attirer son attention.

Elle se figea, son visage changea d'expression.

La victime avait une cicatrice au-dessus de l'œil.

— C'est bizarre… Cet homme… Il correspond à la description de l'individu qui a agressé la patiente amnésique ! C'est aussi le type qui viole la femme dans son cauchemar. Costaud, rasé, une cicatrice au-dessus de l'œil. Ce n'est certainement pas un hasard !

Les policiers de la Crim' de Marseille s'échangèrent un regard incrédule.

— Qu'est-ce qu'elle raconte ? De qui elle parle ? demanda Spano en dévisageant Montagnac.

Le procureur leva les paumes en direction du ciel.

Il n'en savait pas plus lui aussi.

Anna évoqua son entrevue avec Éva et répéta ce que lui avait dit la jeune femme au sujet de ses cauchemars.

Les enquêteurs de l'Évêché semblaient perplexes.

— Vous êtes en train de me dire que cette fille aurait été victime du garde du corps de Farell Lewis qui lui-même a été assassiné... Dans les mêmes circonstances... Par le même tueur...

Elle acquiesça.

Filippi se passa la main dans le peu de cheveux qui lui restaient au sommet du crâne. Une mèche filandreuse et terne formait un épi rebelle.

— Et cette fille a eu des visions du crime ? demanda Spano, ahuri.

Anna hocha la tête.

Il la dévisagea, en colère.

— C'est quoi ces conneries ? Pourquoi elle n'est pas en garde à vue ?

— Je vous l'ai dit ! Elle souffre d'amnésie et doit rester à l'hôpital pour être soignée. Son analyse ADN est en cours. Il sera comparé avec les traces biologiques retrouvées sur la scène de crime. Mais, pour le moment, nous n'avons rien contre elle, s'énerva Anna en haussant le ton.

— Merde ! Valentin ! Qu'est-ce que vous branlez ? Il ne faut pas lâcher cette piste. Retournez la voir et montrez-lui la photo du garde du corps. Peut-être que des souvenirs lui reviendront. Je ne vous trouve pas très réactive ! C'est le problème des gonzesses, elles parlent plus qu'elles ne réfléchissent. Bla bla bla !

— Ça va pas ou quoi, Spano ? Vous avez perdu la raison ? fit le procureur, en haussant la voix.

Montagnac était choqué par les propos tenus par l'enquêteur de l'Évêché.

— Je ne comprends pas que vous lui ayez refilé l'enquête ! En plus, la Brigade criminelle d'Avignon... Quelle honte pour la Crim' de Marseille.

Anna le dévisagea.

Elle n'en revenait pas de la stupidité de ce type qu'elle ne connaissait pas et qui se permettait de lui manquer de respect en tenant des propos sexistes.

— Vous savez ce qu'elle vous dit, la gonzesse ? Je connais mon boulot ! OK ? Je suis la directrice d'enquête. Et, je n'ai aucune leçon à recevoir d'un type comme vous.

Spano la foudroya du regard, ses yeux crachaient des flammes. Il fit un signe de la main en signe d'agacement et disparut dans le salon en baragouinant des insultes.

— Il ne faut pas faire attention à ces accès d'humeur. C'est un sanguin, il est coléreux et a le verbe haut. Mais, ce n'est pas un vrai méchant, rétorqua Filippi, embarrassé.

— OK. Mais, qu'il ne recommence pas. La prochaine fois, ça ne sera pas la même histoire, fit Anna en essayant de se calmer.

Filippi fit un signe de la tête.

— Je vais devoir vous laisser. J'ai un rapport à taper.

Il se tourna vers Montagnac et le salua.

— Ce sont de grandes gueules, mais ils sont de bons enquêteurs. Il faut savoir les prendre, lâcha le procureur quand ils furent seuls.

— Ce Spano, c'est un gros con. Je n'hésiterai pas à le remettre à sa place et lui dire ce que je pense s'il me manque encore une seule fois de respect.

— Valentin ! Je vous fais confiance depuis le début. Vous avez été saisie de cette affaire. Vous travaillez en co-saisine avec la police judiciaire de Marseille. J'espère que vous n'allez pas me faire regretter mon choix.

— C'est quand même une sacrée demeure pour un simple garde du corps, lâcha Anna en observant les lieux.

Devin Wade vivait dans une belle maison bourgeoise du quartier Mazargues, située rue Émile Zola, en face de l'église saint Roch.

Le procureur fit un signe de la tête.

— En effet... Il faudra éplucher ses comptes. Mazargues est un quartier huppé du IXe arrondissement. Pour un simple garde du corps, il me semble qu'il vivait bien au-dessus de ses moyens.

Le salon était décoré avec goût, dans un style vintage.

Canapé martelé, buffet en sycomore, chaise rocking-chair Eams, fauteuil club rouge et lampadaire Jacques Adnet.

Un mobilier design harmonieusement combiné avec des meubles des années soixante.

— Vous me tenez informé des avancées de l'enquête. J'ai rendez-vous avec le maire pour faire le point. Cette affaire lui tient à cœur. Farell Lewis était un ami et un mécène important de la ville. Il tient à savoir ce qui se passe, fit Montagnac en serrant la main de l'enquêtrice.

Le procureur était une figure médiatique de la vie marseillaise. À chaque grand crime, il faisait la une de la presse et on le voyait sur toutes les chaînes de télévision. Reconnu par ses pairs pour sa perspicacité et son efficacité, il avait bien conscience d'être la star du tribunal de grande instance.

Anna s'approcha de la baie vitrée.

La rue était déserte.

Le ciel était noir, il pleuvait à verse.

Les gouttes de pluie frappaient violemment les vitres de la demeure et claquaient contre les tuiles du toit, remplissant les gouttières qui débordaient et dégoulinaient sur la façade.

Le printemps était à la traîne, l'ambiance était morose.

Les mains enfoncées dans son trench-coat, Anna se demandait où l'affaire Lewis allait la conduire. Les morts s'accumulaient, le tueur était dans la nature et la presse se déchaînait.

Elle prit une profonde inspiration et marcha jusqu'à la scène de crime. Elle observa le corps glabre et blafard de la victime baignant dans son sang.

Un frisson glacé remonta le long de sa colonne vertébrale.

Devin Wade était un ancien des forces spéciales.

Un homme grand et costaud qu'une personne sensée n'oserait pas défier. Pourtant, l'assassin était venu le chercher jusque dans sa demeure, bravant tous les dangers.

Anna laissa promener son regard autour d'elle.

Qui es-tu ?

Quel est ton message ?

Lilith.

Le démon femelle, l'esprit de la nuit.

Pourquoi cette signature ?

Anna essayait de faire le vide dans sa tête pour organiser ses pensées. Dans cette affaire, le tueur les baladait. Mais, elle avait une certitude, il ne s'arrêterait pas là. Si la police ne l'appréhendait pas, il continuerait ses crimes. Mais, tôt ou tard, il commettrait une erreur, et elle lui serait fatale.

18

Recroquevillée sur une dalle de ciment craquelée, derrière un caveau funéraire, Éva s'était réveillée au milieu des tombes dans le cimetière Saint-Pierre. Ne sachant pas où dormir, ni où aller, après avoir erré dans les rues de Marseille, elle avait décidé de se cacher dans un lieu isolé des curieux. La veille, alors que la nuit s'installait sur la cité phocéenne, elle s'était endormie sur un banc en pierre sous un ciel orageux entremêlé d'éclairs. Par moments, Éva avait eu l'impression de se réveiller ailleurs, dans un endroit complètement différent, sombre et inquiétant.

D'étranges visions la hantaient.

La jeune femme se voyait marcher à l'intérieur d'une grande salle illuminée par des cierges. Des sarcophages l'entouraient, l'odeur de la vieille pierre flottait dans l'air.

Elle se redressa, ajusta sa robe et se frotta le visage.

Ses cheveux ondoyaient au vent.

Le mistral soufflait fort, la cime des cyprès se courbait.

Une feuille tournoyait à ses pieds.

De nouvelles images l'assaillirent.

L'homme au visage grêlé apparut au centre d'un cercle de sang, des pétales de roses rouges jonchaient le sol. Dans une sorte d'état second, paralysé, il implorait la grâce de l'ombre qui lui faisait face. Éva distinguait vaguement une silhouette moirée se découpant dans la lueur des cierges. L'individu avait la tête dissimulée sous une capuche et prononçait un rituel incantatoire. Soudain, il brandit un poignard et trancha la gorge du colosse d'un geste rapide et précis.

Un assassinat froid, sanguinaire.

Terrifiée, Éva se prit la tête entre les mains.

Aurais-je la vision d'un nouveau crime ?

Les idées fusaient à toute vitesse dans son esprit tourmenté.

Un terrible mal-être l'envahit.

Dans une sorte d'état second, d'horribles images plein la tête, elle se leva. Les jambes cotonneuses, elle traversa une longue allée gravillonnée et marcha jusqu'au portail d'entrée en fer forgé du cimetière.

Fuir cet endroit mortuaire, partir loin des morts.

La jeune femme voulait chasser ces visions de son esprit.

Elle filait sans savoir où aller.

Elle remonta la rue Saint-Pierre, longea l'hôpital de la Timone et emprunta le boulevard Jean Moulin.

Klaxons, rugissements de moteurs, crissements de pneus et brouhaha ambiant.

Éva ne supportait pas ce chaos urbain.

Son mal de crâne se réveilla, l'angoisse la saisit.

Une douleur lancinante irradiait le long de sa colonne vertébrale. Elle n'était pas tout à fait remise de ses blessures.

Angoissée, paniquée, elle s'engouffra dans la rue du Camas pour échapper à la foule et au bruit de la ville. Pieds nus, en robe de soirée, elle réussissait à passer inaperçue dans cette petite rue du Ve arrondissement.

En chemin, elle croisa de jeunes cadres dynamiques en costume-cravate, une mallette à la main. Les yeux rivés sur leur téléphone, absorbés par leur travail, ils marchaient comme des automates.

Que faire ? Où aller ?

Les questions l'assaillaient, les doutes l'envahissaient.

Se laissant guider par son instinct, elle prit la direction du Vieux-Port. Là-bas, quelque chose l'attirait. Son intuition lui disait de s'y rendre. Une fois sur place, elle aviserait. De toute manière, elle devait s'enfuir et se fondre dans la masse pour se faire oublier. Ses agresseurs et la police ne devaient pas la retrouver. Quand elle croisait quelqu'un, elle baissait la tête de peur d'être reconnue. En prenant la fuite, elle était devenue la principale suspecte.

Quartier Noailles.

Éva descendait la rue du Marché-des-Capucins en essayant de faire émerger des souvenirs qui auraient pu la conduire vers une connaissance ou un proche vivant à Marseille, mais son esprit demeurait brumeux, plongé dans un sombre néant. Elle avait l'impression qu'un gigantesque trou noir avait englouti son passé.

La rumeur matinale la tira de ses pensées.

Un doux parfum d'Orient et d'épices embaumait l'air.

Les étals de fruits et légumes des vendeurs se déployaient à ciel ouvert dans une ambiance exotique. Africains, Asiatiques et Malgaches peuplaient la place du marché dans un brouhaha incessant.

Un Maghrébin en survêtement Adidas, la tête dissimulée sous une capuche, s'approcha d'elle, un paquet de cigarettes de contrebande à la main.

— Vazy, c'est pas cher.

Effrayée, Éva accéléra le pas sans lui répondre, faisant semblant de ne rien avoir entendu.

— Fais pas ta pute ! Tu m'réponds ou quoi ?

Le jeune homme au faciès de racaille s'énervait.

Il ne supportait pas d'avoir été ignoré par une femme.

Il marcha rapidement dans sa direction et l'attrapa par la manche de sa robe.

— Vazy, mais t'as pas de pompes ! Qu'est-ce tu fous les ieps à l'air ?

Elle tira sur son bras pour échapper à son agresseur.

Sa manche se déchira, un morceau de tissu resta dans les mains de l'individu.

— Sale connasse ! s'exclama-t-il, en lui faisant un doigt.

Un grand Black massif, vêtu d'une djellaba verte, émergea de la foule, poussa un clodo qui se trouvait sur son passage et posa son épaisse main sur l'épaule du lascar. Il portait une bague en or à chacun de ses doigts.

— Reste tranquille, mec. Tu parles pas comme ça à une dame, s'énerva-t-il d'une voix puissante et grave, avec un accent congolais.

— T'es qui, toi ? Je fais ce qu'j'veux, postillonna la vermine en lui envoyant un coup de coude dans les côtes.

Le colosse, qui le dépassait d'une tête, l'attrapa à la gorge et le décolla du sol. Tous les regards se tournèrent dans leur direction.

— Lâche-moi ! Bâtard ! Enculé.

Affolé, le jeune gesticulait dans tous les sens.

Éva était terrorisée.

Elle s'était dissimulée derrière la devanture d'un petit Asiatique qui vendait des plats cuisinés. L'homme l'observait d'un regard inquiet, ne sachant pas comment réagir devant une telle violence.

Un bruit sourd retentit.

L'Africain venait de plaquer la racaille contre le mur d'un immeuble, sa tête avait rebondi contre le crépi. Il approcha à quelques centimètres de son visage et planta son regard noir dans le sien.

— Ouvre ta bouche encore une fois pour m'insulter, je te défonce !

Le lascar lui donna un coup de poing dans le ventre.

Le mastodonte ne broncha pas d'un pouce, son corps était dur comme l'acier. Il le gifla violemment et lui porta un coup de tête. Le vendeur à la sauvette perdit l'équilibre, s'affala dans un tas de cartons, la bouche en sang et le front entaillé sur plusieurs centimètres. Sonné, choqué, le regard dans le vide, il se redressa difficilement, glissa la main dans sa veste et sortit un couteau tranchant à la lame effilée.

Éva poussa un cri de panique.

Sur le marché, tout le monde regardait la scène, d'un air ahuri, les yeux écarquillés, mais personne n'osait intervenir.

— Bâtard ! Je vais te saigner, hurla le jeune en se jetant sur son agresseur, la lame en avant dirigée vers son abdomen.

Le Black ouvrit l'étui accroché à sa ceinture et déploya une matraque télescopique en acier trempé. D'un mouvement rapide, il la déplia, s'avança en diagonale, pivota sur le côté et porta deux coups secs et précis. Le premier atteignit le lascar à la main qui lâcha son couteau en poussant un cri de douleur. Le second lui brisa le nez dans une gerbe de sang. Il tomba à genoux en hurlant, tenant son visage entre les mains. Le Black l'attrapa par la capuche et le traîna le long de la place du marché.

En sang, pantelant, le jeune n'en menait pas large.

L'Africain le releva avec une force surhumaine.

D'une main, il le saisit par son pantalon de jogging.

De l'autre, il l'empoigna par le revers de sa veste.

Il se redressa brusquement, fit un mouvement de hanche et jeta sa proie dans la rue Feuillant sous le regard médusé des passants.

— Dégage d'ici, et ne reviens pas. Si je te revois, je te défonce ta gueule de petite salope, cria-t-il en le menaçant du poing.

Le jeune se releva en se tenant la tête, du sang dégoulinait sur son survêtement. Son front, qui était entaillé, avait doublé de volume. Son nez n'était plus qu'une masse informe de chair et de sang, sa bouche et son front saignaient abondamment. Humilié, il disparut dans la Canebière sans oser répondre, ni regarder son agresseur.

L'Africain s'approcha d'Éva.

— Tu vas bien ?

Elle hocha timidement la tête.

Le colosse devait avoisiner les 2 mètres et peser 150 kilos.

Elle avait l'impression d'avoir un Titan en face d'elle.

— Tu ne devrais pas traîner ici dans cette tenue. Il va t'arriver des histoires.

Éva baissa la tête, tout le monde l'observait.

— Pourquoi tu es pieds nus ?

— Je...

Je ne peux pas lui dire la vérité, songea-t-elle.

— C'est compliqué... Je ne peux pas trop parler... Excuse-moi, mais je dois partir.

— Et, tu vas où comme ça ?

— Je ne sais pas, lâcha-t-elle.

— Tu ne sais pas ? demanda-t-il en la dévisageant.

Éva acquiesça.

Le colosse l'observa.

— Qu'est-ce que t'as fait à ton visage ? On t'a frappée ?

— C'est une longue histoire... La police m'a retrouvée errante dans la ville, je suis amnésique, lâcha-t-elle, gênée.

— Amnésique ? Tu ne peux pas passer la nuit à traîner dans les rues de Marseille. Il va t'arriver des histoires.

— Je sais mais… J'ai pas d'argent pour l'hôtel.

— J'habite à côté. Quartier Belsunce. Si tu veux venir te changer, il n'y a pas de soucis. J'ai les vêtements de mon ex qui traînent dans l'armoire. Elle a ton gabarit. Puis tu pourras soigner tes blessures au visage.

Silence.

Éva ne savait pas quoi répondre.

— Tu n'as rien à craindre avec moi. Tout le monde me connaît.

Cet homme l'avait protégée, elle n'avait rien à perdre.

Éva décida de lui faire confiance.

— OK.

— Je m'appelle Yavan.

Il lui tendit la main.

— Éva. C'est le prénom qu'il y avait d'inscrit sur la médaille quand on m'a retrouvée.

Le Black ne put s'empêcher de sourire.

— Décidément, je pensais avoir tout vu ! Tu es un phénomène. Je sens que je ne vais pas m'ennuyer avec toi. Allez ! Suis-moi.

Ils descendirent la rue Longue-des-Capucins.

Au milieu des épiceries arabes et des boutiques, les regards se faisaient insistants. Une belle jeune femme, pieds nus, la peau laiteuse, en tenue de soirée, marchant à côté d'un grand Black massif, ce n'était pas ce qu'il y avait de plus discret dans le quartier.

Rue Vacon.

Des clochards, buvant au goulot d'une bouteille de vin, traînaient parmi les ordures. Les déchets et les détritus jonchaient le sol crasseux, des odeurs nauséabondes empestaient l'air. L'un des SDF se leva et s'approcha d'Éva en agitant les bras dans tous les sens. Il voulait un peu d'argent pour s'acheter de l'alcool. Yavan le repoussa vivement et fixa ses acolytes d'un air mauvais.

Aucun d'eux ne broncha.

Avec son physique imposant et son regard effrayant, le Congolais savait se faire respecter.

Un peu plus loin, Yavan bifurqua dans la rue de Rome.

Il s'arrêta à l'angle du Cours Belsunce et de la Cannebière.

— Nous sommes au point zéro. Le centre de Marseille, c'est ici que tout commence, dit-il, le sourire aux lèvres.

Éva le fixa intensément.

— Et, c'est peut-être là où tout va recommencer pour moi.

— Je te le souhaite du fond du cœur. Tu ne peux pas rester le fantôme de ton passé.

— Le fantôme de mon passé ? J'aime cette expression.

Yavan laissa passer un bus, traversa le Cours Belsunce et se dirigea vers un immense bâtiment gris de dix-huit étages, face au musée d'Histoire et au Palais de la Bourse, à cinq cents mètres du Vieux-Port.

— Je ne serai pas là cette nuit. Je suis videur dans une boite. Mais, tu peux rester chez moi. Ça ne me dérange pas.

Son appartement se situait au dernier étage.

Ils prirent l'ascenseur, Éva l'observait à la dérobée.

Le colosse rentrait à peine dans la cabine.

Il avait un regard vitreux, des yeux injectés de sang, un nez épaté, un cou de taureau et des bras de bodybuilder.

Malgré son physique atypique et impressionnant, la jeune femme se sentait en sécurité avec son protecteur.

Les portes s'ouvrirent dans un sinistre grincement.

Des odeurs de cumin et de coriandre flottaient dans le couloir aux murs cloqués, recouverts de tags.

Il sortit son trousseau de clés, Éva aperçut une tête de diable sur laquelle étaient gravées les lettres B et P à la place des yeux. Cet étrange porte-clés représentait le gang ultra violent auquel avait appartenu Yavan dans sa jeunesse : les Black Power.

Des années de délinquance dans les quartiers nord. Des années d'insouciance où le Congolais se croyait invincible. Mais, après avoir échappé à la mort lors d'un règlement de compte, reçu deux balles dans la poitrine et passé plusieurs mois à l'hôpital, il avait décidé de changer de vie et de se ranger.

Yavan déverrouilla la porte d'entrée de son appartement sur laquelle étaient gravés dans le bois un étrange symbole et une mystérieuse inscription.

— Par la Providence de Dieu, tout ira bien, traduisit-il.

Éva le regarda d'un air incrédule.

— En dessous, c'est le symbole de la Providence et de la foi. Il fait partie des symboles africains, les adinkras.

Il pénétra dans son appartement, posa les clés sur une console en tek à côté de l'entrée et appuya sur l'interrupteur.

Des statues et des masques africains décoraient le salon.

Éva ressentit immédiatement l'atmosphère envoûtante qui planait dans ce vieil appartement aux murs patinés couleur terre de Sienne.

Elle tira un tabouret en bois et s'installa à la table du salon de création artisanale typiquement africaine.

— Tu es ici comme chez toi, fit Yavan.

— Je te remercie. Sans toi, je ne sais pas ce qui me serait arrivé.

Il l'observa attentivement et s'exclama :

— Je dois vérifier quelque chose !

Il s'approcha d'Éva, la jeune femme eut un mouvement de recul.

— N'aie pas peur. Je ne vais pas te faire mal.

Incrédule, Éva le laissa faire.

Le colosse fit des passes autour d'elle avec ses grosses mains.

— Mais, qu'est-ce que tu fais ?

— J'ai été initié à la magie africaine, déclara-t-il en souriant.

Il s'arrêta de parler, se concentra.

— Une mauvaise énergie vibre autour de toi. Quelqu'un t'a jeté un sort. Explique-moi ce qui t'est arrivé. Je dois en savoir plus.

Éva soupira.

Elle ne pouvait pas lui mentir plus longtemps.

Dans quelques heures, sa photo serait certainement affichée dans tous les journaux. D'ailleurs, les policiers étaient peut-être déjà à ses trousses.

Elle devait lui dévoiler la vérité.

Elle raconta ce qu'elle avait vécu ces derniers jours.

La tentative d'enlèvement devant le MuCEM, son amnésie, les cauchemars horribles où elle voyait Farell Lewis se faire assassiner. Elle expliqua que tous les détails coïncidaient avec la scène de crime. La policière de la Crim' d'Avignon lui avait dit que personne, hormis les enquêteurs, ne connaissait la présence des indices.

— Le rituel, les cercles de sang, l'inscription sur le mur et le serpent, répéta-t-il, abasourdi.

Yavan n'en croyait pas ses oreilles.

Il avait vu toutes sortes de choses incroyables, assisté à des règlements de compte sanguinaires et croisé le chemin d'individus dangereux. Il avait aussi entendu des histoires sordides et farfelues. Mais, ce que venait de lui raconter Éva le laissa sans voix. Il prit quelques secondes de réflexion et considéra le petit bout de femme qu'il avait devant lui.

— Les esprits de tes ancêtres veillent sur toi, ils t'ont conduite jusqu'à moi pour que j'exorcise le démon. Tu as été envoûtée.

Stupéfaite par les propos de Yavan, Éva mit la main devant sa bouche.

— Tu crois que quelqu'un me veut du mal ?

— Une personne cherche à te contrôler en utilisant la puissance d'un démon.

— Mais, comment sais-tu tout ça ? demanda-t-elle en le dévisageant.

— J'ai passé mon enfance au Congo, à Kinshasa. Ma grand-mère était une nganga-nkisi, une sorcière féticheuse. Elle est issue d'une tribu crainte et respectée, les Woyo. Elle manipulait les fétiches et chassait les mauvais esprits. Elle m'a initié au mystère de la sorcellerie et fait découvrir le monde invisible.

— Et, tu es arrivé dans les quartiers nord après l'Afrique ?

— Oui. Et, ça n'a pas été toujours facile. J'ai dû me battre et m'accrocher pour ne pas m'égarer. Heureusement, les esprits de mes ancêtres m'ont guidé sur le droit chemin.

Le colosse s'arrêta de parler et ferma les yeux.

Il passa les mains autour d'Éva.

— C'est une énergie très puissante qui essaye de te posséder. Tu as été exorcisée par un mauvais sorcier. Veux-tu que je pratique un rituel pour chasser le mal et enlever l'envoûtement ?

La jeune femme l'observa avec de grands yeux écarquillés.

— Tu sais faire ça ?

Yavan acquiesça d'un signe de la tête.

— Après tout, je n'ai rien à perdre.

— Je vais préparer la cérémonie. Pendant ce temps, tu peux déjeuner tranquillement. Mon ex-copine a laissé ses affaires dans l'armoire. Si tu veux les essayer, je pense que ses habits t'iront.

— Je n'ai rien à me mettre et je n'ai pas d'argent... Mais... T'es sûr que ça ne te dérange pas ? On se connaît à peine...

— Si je te le propose ! Tu es mon invitée. Tu es ici comme chez toi.

— Merci...

— Tu chausses du combien ?

— Euh. Je ne sais pas...

Yavan observa ses pieds nus.

— On essaiera celles de mon ex. Si elles ne te vont pas, nous irons en acheter. Je ne peux pas te laisser comme ça.

Éva sourit.

— J'ai vraiment eu de la chance de te rencontrer. Je ne sais pas comment j'aurais fait sans toi.

Elle porta la tasse à sa bouche, but une gorgée et croqua dans un croissant. Le regard de Yavan s'arrêta sur l'enveloppe posée sur la table.

Éva grimaça en poussant un soupir.

— On t'a retrouvée avec cette enveloppe et tu as des visions de Farell Lewis en train de se faire assassiner. Rien que ça. Un des hommes les plus riches de France. Et les flics pensent que tu as participé à son assassinat ?

— Je ne sais pas.

Le colosse observait la jeune femme, médusé.

Il avait du mal à l'imaginer complice d'un crime aussi barbare, et encore moins en tueuse sanguinaire.

— Il doit certainement y avoir une explication. Tu ne te rappelles rien du tout ?

Éva secoua la tête.

— Cette enveloppe contient tout ce qui reste de mon ancienne vie. Une photo déchirée, une suite de chiffres et une médaille avec mon prénom... Enfin, je suppose que c'est mon prénom, expliqua-t-elle.

Elle ouvrit l'enveloppe Kraft froissée et sortit son contenu.

Yavan détailla le cliché.

— C'est l'église Saint-Victor ! Et, tu ne te souviens pas des personnes qui t'accompagnaient ?

— Non. C'est le flou le plus total. Tout est bloqué dans ma tête. C'est terrible. J'ai peur. Un infirmier m'a dit que les flics voulaient laisser quelqu'un devant ma porte pour me protéger. Mais, je suis persuadée qu'ils me suspectent. Je n'avais pas confiance et ne me sentais pas en sécurité. C'est pour ça que je me suis enfuie.

Le regard de l'Africain s'assombrit.

— Je comprends. Tu te méfies de tout le monde.

— Oui.

— Tu crois que je devrais me rendre à la police ?

Il prit un instant avant de répondre.

Ses yeux se perdirent dans le vide.

— Laisse passer quelques jours. Il ne faut pas réfléchir à chaud. Tu attends, tu agiras en conséquence.

Le Black se dirigea vers un meuble en bois sculpté qui se trouvait au fond du salon et sortit une belle boite en ébène.

La jeune femme ne le lâchait pas du regard.

Elle se demandait ce qu'il avait en tête.

— Pour pratiquer le rituel, je dois me mettre en condition.

Il inséra une petite clé dorée dans la serrure, souleva le couvercle en bois et attrapa un sachet en cellophane.

Des effluves de cannabis se répandirent dans la pièce.

Il s'assit sur un tabouret ethnique, vida le sachet d'herbes sur la table, prit des feuilles de papier à cigarettes et roula un joint avec un peu de tabac.

Stupéfaite, Éva le regardait fumer.

Les yeux fermés, il tirait calmement sur son joint et recrachait une épaisse fumée grisâtre. Sans un mot, dans une sorte d'état second, il se leva brusquement et déploya son imposante carcasse.

Yavan ouvrit la porte située au fond du salon et disparut dans un long couloir décoré par des masques et des statues africaines. Sa démarche était lourde, ses pas claquaient bruyamment contre le sol.

Le colosse réapparut avec une nouvelle boite en bois.

Il tourna la tête et regarda l'horloge accrochée au mur.

10 heures.

Il ouvrit la boite et sortit une statuette africaine de forme humaine appelée Nkondi. Il la posa méticuleusement sur la table. Des clous étaient enfoncés dans le bois et des morceaux de verre irisés recouvraient les yeux. À l'intérieur du fétiche, il y avait une cavité qui contenait une charge magique. Un miroir dissimulait l'ouverture.

— La cérémonie se déroulera de la manière suivante. Dans un premier temps, je vais pratiquer un rituel pour te protéger des forces maléfiques. Ensuite, j'enverrai le mauvais esprit du Nkondi frapper celui qui te veut du mal. Son pouvoir destructeur est immense.

Éva dévisagea le colosse.

Ce qu'il lui racontait semblait surréaliste.

Yavan agita dans toutes les directions la statuette recouverte de clous rouillés et prononça une formule magique dans la langue de sa tribu.

Le rituel commençait.

Ses mains épaisses se mirent à trembler, son corps tout entier s'anima de spasmes nerveux.

Il ouvrit les yeux en grand.

Le regard fou, comme possédé par l'esprit du Nkondi, le sorcier poussa un son guttural.

Éva se figea, effrayée.

Le Black prit un clou qui était dans la boite et le planta dans la statuette en bois.

La jeune femme ressentit une vive douleur dans l'estomac.

Son regard se troubla, la voix de Yavan se déformait.

Une étrange sensation la submergea.

Un court instant, elle eut l'impression que le fétiche prenait forme humaine et que ses yeux de verre scintillaient. Elle cligna des yeux. Un voile laiteux voletait autour du Black. Une atmosphère particulière régnait dans le salon.

— L'énergie de l'esprit démoniaque, enfermée à l'intérieur de la statuette, se dirige vers celui qui te veut du mal. Sa puissance est immense.

Éva était bouche bée, elle n'osait plus parler.

— Cette statuette est dans notre famille depuis plusieurs générations. C'est un héritage inestimable, celui qui contrôle le Nkondi, contrôle les hommes, déclara Yavan en fermant les yeux.

Le colosse fit quelques passes avec les mains autour du fétiche recouvert de clous, souffla dessus et prononça une nouvelle formule magique.

Un long silence s'installa dans la pièce.

Une fine pellicule de sueur recouvrait le visage de Yavan.

Sa respiration était saccadée.

Il mit un certain temps avant de retrouver son état normal.

— La cérémonie est finie. Tu n'es plus envoutée. Celui qui veut te contrôler subira les foudres du mauvais esprit.

Éva avait l'impression qu'un voile brumeux l'enveloppait.

Un sentiment de flottement.

— J'ai une étrange sensation. C'est comme si j'étais dans une bulle et qu'une puissante énergie m'entourait.

— C'est normal. Cela va durer encore quelques minutes, puis tu te reconnecteras au monde. Le Nkondi contrôle l'esprit et la matière quand je lui ordonne.

La jeune femme le regarda d'un air circonspect.

Elle ne savait pas trop que penser de l'expérience qu'elle venait de vivre.

— Je vais aller au marché te chercher de quoi te préparer un repas typiquement congolais. Je ne pourrai pas rester bien longtemps avec toi. Cet après-midi, je dois voir un pote pour le business. Après, je bosse à partir de 19 heures jusqu'à 5 heures du matin. Tu devras rester seule. Ça ne te dérange pas ?

— Bien sûr que non ! De toute manière, j'ai besoin de repos. Demain, je retournerai à l'hôpital pour parler à l'infirmier. Il est le seul à pouvoir me venir en aide.

— Tu veux aller là-bas avec tous les risques que ça comporte ?

— Oui. Je serai discrète. Personne ne me reconnaîtra.

— Mais, tu le connais à peine ! Comment peux-tu lui faire confiance ?

— Je le sens au plus profond de mon être.

Yavan n'insista pas.

La jeune femme était déterminée, elle ne changerait pas d'avis.

— Puisque c'est ton choix, demain, je t'accompagnerai à l'hôpital. En attendant, repose-toi. Je vais acheter des légumes et te préparer un bon poulet au mbika comme ma grand-mère le faisait. Tu vas te régaler.

*
* *

Le lendemain, après avoir passé une nuit agitée, rêvant de démons et de morts, de sang et de serpent, Éva se tenait immobile devant l'entrée de l'hôpital la Timone avec son protecteur. La jeune femme portait une robe légère qui flottait au vent et avait mis des lunettes noires pour ne pas être reconnue.

— T'es sûre de ce que tu veux faire ? Tu y fais vraiment confiance à ce mec ? demanda le Black, d'une voix puissante et rauque.

— Oui. J'ai vu son regard. Puis, il travaille dans le médical. Il pourra m'aider à retrouver la mémoire. Je dois suivre mon intuition. Je sais qu'il m'aidera.

Peu convaincu, Yavan hocha la tête.

Il considéra un instant Éva :

— Si tu as le moindre problème, tu sais où me trouver. N'hésite pas.

Il posa son épaisse main calleuse sur son épaule et déposa un baiser sur sa joue.

— C'est mon numéro de téléphone. S'il y a un souci, tu m'appelles, ajouta-t-il en lui donnant un morceau de papier froissé.

Éva lui fit son plus beau sourire et partit vers sa destinée.

Inquiet, Yavan la regarda s'éloigner.

Le Black attendit quelques secondes, laissa passer une vieille dame qui poussait un chariot de courses et monta dans le bus qui venait de s'arrêter. En silence, il valida son billet et lança un dernier regard en direction de l'hôpital. Il avait désenvouté la jeune femme. Il avait fait tout ce qu'il pouvait pour l'aider. Elle était maintenant libre d'agir à sa guise et devait voler de ses propres ailes. Il espérait qu'elle réussirait à retrouver la mémoire.

Éva traversa l'accueil d'un pas pressé, les yeux rivés sur le sol pour ne pas être reconnue. Dans un brouhaha incessant, elle se faufila entre les blouses blanches et les malades. Le personnel médical était débordé, personne ne lui adressa un seul regard. Elle était une anonyme parmi tant d'autres.

Elle poussa une porte à hublot et sauta dans l'ascenseur : direction le service de Neurologie et Neuropsychologie. Un bip retentit. Les vantaux de la cabine s'ouvrirent. Elle inspira profondément, enleva ses lunettes de soleil pour ne pas se faire remarquer et pénétra dans un long couloir éclaboussé par une lumière aveuglante. Une infirmière poussait un chariot de soins, les roues produisaient un cliquetis métallique.

Éva s'immobilisa et attendit quelques secondes.

L'infirmière entra dans une chambre.

Éva remonta le couloir à grandes enjambées et se dirigea vers la salle de repos où elle attendrait l'arrivée d'Arthur.

Elle s'approcha de la machine à café et fixa la pendule.

11 h 50.

Bientôt l'heure du déjeuner.

Elle glissa une pièce dans la fente et choisit un thé.

Ensuite, elle s'installa derrière un palmier artificiel et observa discrètement la salle de pause. Une infirmière hilare sortit, elle plaisantait avec un de ses collègues

Par instinct, la jeune femme baissa la tête.

12 h 05.

Les minutes s'égrenaient, Arthur n'était toujours pas là.

Elle commençait à perdre patience.

Le doute la submergea.

Et, s'il ne travaillait pas aujourd'hui ? Puis… Voudra-t-il m'aider ? Que j'ai été stupide… Pourquoi prendrait-il un tel risque ?

Son ventre se noua, l'angoisse la saisit.

Les questions l'assaillaient.

Sans Yavan, elle se sentait perdue, et surtout fragile.

Toutes ses belles résolutions, ses certitudes, s'étaient subitement envolées.

12 h 25.

Elle était de plus en plus stressée.

Le doute ne la quittait plus.

Yavan avait peut-être raison. Je ne le connais pas… Je me suis peut-être trompée, songea-t-elle.

Soudain, elle se figea et fut prise d'une bouffée de chaleur.

Au bout du couloir, elle l'aperçut.

Le pas nonchalant, le regard perdu dans le vide.

Arthur marchait dans sa direction et discutait avec une collègue. Éva ne pouvait pas lui parler pour le moment, elle devait attendre qu'il soit seul. Quand il arriva à son niveau, elle baissa la tête par réflexe et retint son souffle. Son cœur explosait dans sa poitrine. Ses jambes se mirent à chanceler. Il ouvrit la porte de la salle de repos d'un geste brusque et pénétra à l'intérieur.

Éva expira tout l'air de ses poumons.

Elle prit un autre thé et l'attendit devant la machine à café. Arthur était le seul à pouvoir l'aider, elle n'avait pas d'autres solutions si elle voulait échapper aux flics.

Une demi-heure s'écoula avant qu'il ne ressorte.

Le regard ailleurs, il semblait dans son monde.

Elle se planta devant lui.

— Arthur… Je suis désolée…

— Éva ! Mais, qu'est-ce que vous faites là ? Tout le monde vous cherche ! s'exclama-t-il, affolé.

— J'ai besoin de votre aide… Je ne sais pas où aller. Vous êtes le seul en qui j'ai confiance. Vous devez m'aider.

L'infirmier devint livide. Il jetait des regards paniqués autour de lui pour voir si personne ne l'observait. Il prit Éva par la main et poussa la porte des toilettes.

— La police vous cherche ! On m'a posé plein de questions. Je risque ma place si on me voit avec vous. Vous devez vous rendre au commissariat.

— Je ne peux pas ! Ils vont me mettre en prison.

— La fuite n'est pas une solution. Vous devez vous défendre. On vous attribuera un avocat. Si vous êtes innocente, ils vous relâcheront.

— S'il vous plaît ! J'ai besoin de temps pour retrouver la mémoire et prouver que je n'ai pas assassiné Farell Lewis.

Arthur la considéra.

Cette fille avait un charme fou, il avait des frissons rien qu'en la regardant.

— S'il vous plaît ! Aidez-moi.

Éva éclata en sanglots.

De grosses larmes ruisselaient sur ses joues.

— D'accord. Pour commencer, on va se tutoyer.

La jeune femme hocha la tête et sécha ses yeux humides.

— Mon service se termine dans deux heures. Ma voiture est garée sur le parking, mais tu ne peux pas m'attendre à l'hôpital. C'est trop risqué. Le mieux, c'est que tu restes à l'arrêt de bus. Tu ne parles à personnes et tu essayes de ne pas te faire remarquer.

Il vit la paire de lunettes noires qu'elle tenait à la main.

— J'habite dans un appartement situé au Prado. Là-bas, c'est calme et personne ne te remarquera. Ce que je te propose, c'est de t'héberger le temps que tu retrouves la mémoire et que tu saches qui tu es.

Les yeux d'Éva scintillèrent.

Elle lui sauta dans les bras en le serrant très fort.

— Je savais que je pouvais compter sur toi. Tu es formidable.

19

Avignon
Brigade Criminelle

Le commandant Herlin était debout devant la fenêtre, dans le bureau de la capitaine Valentin. Il contemplait le ciel qui s'assombrissait au fil des minutes. La nuit prenait lentement possession de la cité des Papes. La statue de Notre-Dame des Doms venait de s'illuminer sous les puissants projecteurs halogènes et brillait au-dessus de la cathédrale.

Après une longue journée de travail, le chef de la Crim' avait du mal à garder les yeux ouverts. Il avait passé tout l'après-midi à éplucher les dossiers de l'affaire Lewis pour préparer la conférence de presse qui devait avoir lieu à Marseille en présence du procureur de la République et du préfet de police.

Une mèche de cheveux rebelle flottait sur son crâne dégarni. Mal rasé, son bouc argenté se noyait au milieu des poils grisonnants. Son costume était froissé, son ventre bedonnant saillait sous sa veste à moitié boutonnée.

— Je ne la sens pas, cette affaire. Ça pue à plein nez. Le proc nous a refilé un crime merdeux. La fille amnésique a disparu de la circulation et on retrouve le garde du corps assassiné.

Gustanzo ne put s'empêcher de sourire en observant son chef. L'homme avait des similitudes physiques avec Coluche, mais il avait le regard de Sean Connery.

— C'est quoi, le problème ? s'énerva Herlin en foudroyant du regard son subalterne.

— La fatigue, chef. La fatigue.

Le commandant était sur les nerfs.

Les résultats toxicologiques et anatomopathologiques auraient dû tomber dans l'après-midi, mais il n'avait toujours rien.

— Je retourne dans mon bureau. Je vous appelle dès que le légiste m'a envoyé les résultats, fit Herlin en traversant la pièce d'un pas lourd et chaloupé.

Il n'avait pas posé les pieds dans le couloir que sa secrétaire l'interpella sur le seuil de la porte.

— Un homme vient de contacter le commissariat. Il s'appelle Thomas Gaultier. Il a reconnu sa petite amie dans le journal. Elle s'appelle Éva Ciotta, dit-elle.

Elle lui tendit une feuille de papier sur laquelle étaient inscrits le numéro et l'adresse de l'individu. Il mit quelques secondes avant de réaliser. D'un seul coup, il se retourna et interpella la chef de groupe.

— Ça y est ! On a l'identité de la jeune femme amnésique !

Anna, qui était en train de terminer son rapport, se redressa les yeux écarquillés.

— Éva Ciotta ! s'exclama-t-il fièrement en brandissant le morceau de papier.

20

Ralph Korb tourna la clé dans la serrure et poussa la porte d'entrée de son appartement. L'esprit ailleurs, il appuya sur l'interrupteur. Une douce lumière tamisa le salon d'un halo mordoré, dévoilant un mobilier moderne et design. Depuis plusieurs jours, il essayait de joindre Wade qui ne donnait plus signe de vie. L'inquiétude et la peur le submergeaient. Les flics lui tomberaient bientôt dessus pour l'interroger, ce n'était plus qu'une question de temps avant qu'ils ne fassent le lien entre lui et Farell Lewis.

Son patron était mort, Wade envolé, Éva toujours en vie.

Les rats allaient tous quitter le navire.

Le centre de recherches était sous le feu des projecteurs, ce n'était pas Valois qui le couvrirait.

Ralph prit une profonde inspiration pour se calmer.

Il dégrafa son holster, posa son arme sur la console près de l'entrée, ôta la veste de son costume et la mit sur un cintre qu'il accrocha sur la barre de son dressing. À bout de nerfs, fatigué de se terrer comme un animal, il pénétra dans la salle de bain et se mouilla le visage avec de l'eau froide pour se détendre et évacuer la pression.

Il retourna dans le salon et se servit un verre de whisky.

Il appela à nouveau Devin Wade.

Répondeur.

Le verre à la main, il marcha jusqu'à la terrasse en fixant l'horizon. Notre-Dame de la Garde brillait de mille éclats au-dessus de la ville et protégeait les Marseillais.

Il fit tourner les glaçons dans son verre et avala une gorgée d'alcool.

Son univers s'écroulait, mais il essayait de garder le cap.

Ralph était un ancien joueur de poker compulsif.

Le business, c'était comme dans le jeu : quitte ou double.

Pendant longtemps, il s'en était toujours sorti, mais le vent venait de tourner. Fin de la partie, la donne avait changé, il rendait les cartes. Bankroll à zéro. Il était temps de disparaître, de tout laisser derrière lui et de ne pas se retourner. Le jeu recommencerait ailleurs.

Nouveau lieu, nouvelle identité.

*

* *

L'ombre poussa la porte de la chambre et s'enfonça dans l'obscurité du couloir. Elle s'immobilisa devant l'entrée du salon sans lâcher sa proie du regard.

Un vent tiède soufflait sur la terrasse et faisait ondoyer les rideaux de la baie vitrée. Ralph se passa la main sur la nuque qui se mit soudainement à lui picoter. Perdu dans ses pensées, il ne sentit pas le danger venir dans son dos. La matraque télescopique s'abattit violemment sur son crâne, un flash de lumière occulta son champ de vision.

Il s'effondra par terre, tête la première.

Le noir total.

Le néant.

*

* *

Usine désaffectée. Avenue Dr Heckel. Marseille.

Ralph ouvrit les yeux péniblement, un sang poisseux dégoulinait sur son visage exsangue. Son crâne le faisait horriblement souffrir. De violentes pulsations cognaient derrière sa tête. Suspendu par des cordes à un vieux tuyau rouillé, les bras écartés, il avait du mal à respirer. Effrayé, en état de choc, il détailla son environnement.

Murs de béton crasseux, fissurés, recouverts de graffitis et de toiles d'araignées. Sol en béton jonché d'immondices. De larges fenêtres aux vitres brisées. Des morceaux de verre s'étalaient par terre, éparpillés sur le ciment poussiéreux. Le vent mugissait à travers les ouvertures, produisant un son lugubre. La salle sombre était faiblement éclairée par une dizaine de bougies noires disposées en cercle autour de lui. L'air empestait le moisi, la fiente de pigeon et les odeurs nauséabondes des égouts et de l'eau stagnante.

Tout à coup, une horde de rats traversa les décombres et remonta la tuyauterie rouillée qui serpentait le long des murs délabrés.

Ralph tressaillit.

Un voile de sueur recouvrait son visage

Il était terrifié.

Soudain, il se crispa en apercevant une silhouette fine qui se dessinait dans l'obscurité. Vêtue d'une longue robe noire, le visage recouvert par une capuche, l'ombre marchait lentement dans sa direction.

Ralph comprit qu'il était retenu prisonnier dans la tanière du diable. Pris au piège, impuissant, il ne s'en sortirait pas vivant.

L'Esprit de la nuit s'arrêta face à lui, sortit son athamé qui était glissé dans l'étui accroché à sa ceinture et le désigna avec son arme. Les lueurs orangées des flammes des bougies se reflétaient sur la lame.

Ce sont les mains d'une femme, songea-t-il.

Il n'eut pas le temps d'ouvrir la bouche.

D'un geste vif et précis, elle trancha sa chemise en arrachant tous les boutons.

Une balafre de plusieurs centimètres scarifiait son torse.

Ralph se raidit, hurla.

Du sang avait giclé sur le sol, formant une tache rouge vif.

— Éva, c'est toi ?

Silence.

— Tu as assassiné Lewis ? Pourquoi tu fais tout ça ? Réponds-moi, hurla-t-il en se débattant.

Sa voix résonnait dans la salle et produisait un léger écho dans le vieux bâtiment en ruine.

L'ombre le fixait sans lui répondre.

Il se débattit violemment, fit onduler son corps d'avant en arrière, mais il ne parvint pas à défaire ses liens. Ses mains frottaient contre la tuyauterie, sa peau s'entaillait. Ses poignets le brûlaient. Dans un dernier élan de survie, il tenta de lui envoyer un coup de pied, mais sa jambe fouetta le vide.

— Laisse-moi partir, je te donnerai tout l'argent que tu veux. J'ai du pognon chez moi ! supplia-t-il, à bout de souffle.

Lilith répandait des pétales de roses rouges sur le sol.

— Aidez-moi ! Au secours !

Elle l'observa, silencieuse.

Elle savourait cet agréable moment de vengeance, laissant les doutes assaillir sa proie et la peur l'envahir. Elle voulait voir Ralph Korb la supplier et s'accrocher à ses derniers instants de vie.

Son sort était scellé.

Méthodiquement, avec une précision chirurgicale, elle planterait la lame dans son cou, l'égorgerait lentement et laisserait cette ordure se vider de son sang.

— Sale pute ! Si je m'en sors, je te buterai. De mes mains, je t'arracherai la langue et te l'enfoncerai dans la gorge jusqu'à ce que tu t'étouffes.

Lilith posa le poignard sur le sol, s'accroupit et fit brûler de l'encens dans une coupe en argent. Ensuite, elle se releva et récita une formule magique dans une langue inconnue.

— Sale connasse ! Tu te crois plus forte que moi ? Libère-moi, tu vas voir qui je suis ! Les salopes comme toi, je les défonce.

Imperturbable, Lilith continuait de réciter l'incantation maléfique en fixant sa proie droit dans les yeux.

Ralph comprit que cela ne servait à rien de s'égosiller.

Il prit une profonde inspiration.

Même s'il était terrifié, il ne voulait pas mourir en lâche. Il savait que le sort que lui réservait l'ombre serait long et douloureux.

Un courant d'air frais souffla sur sa nuque.

Il frissonna.

La tueuse leva le bras, sa lame siffla dans l'air.

Deux balafres superficielles scarifièrent à nouveau le torse de Ralph qui cria en se tordant de douleur.

— Pourquoi ? Qu'est-ce que j'ai fait ? Je veux savoir pourquoi je vais mourir, gémit-il, le visage déformé par la peur.

Lilith s'approcha, l'arme à la main.

Il sentit son souffle frais sur sa figure et comprit que c'était fini pour lui, l'ombre n'avait pas besoin d'en dire plus. Il ferma les yeux, prit une profonde inspiration.

Des coups de feu retentirent à l'extérieur.

Lilith se figea.

Les sirènes de la police résonnèrent en bas de la rue.

Elle n'avait plus le temps de s'amuser avec sa proie et devait agir vite. Elle essaya de lui porter un coup de couteau à la gorge, mais il déploya ses jambes et lui envoya un coup de pied en plein visage.

La mâchoire de la wiccane craqua, sa tête pivota sur le côté. Elle fut projetée en arrière et chuta lourdement. Son athamé lui échappa des mains, glissa dans un trou béant qui lacérait le sol et rebondit à l'étage inférieur.

Il y eut un nouvel échange de tirs.

Un individu tirait sur la police avec un Kalachnikov.

Sonnée, Lilith se releva en lançant un regard haineux en direction de Korb. Elle chercha son arme, mais ne la trouva nulle part. Elle le fixa avec rage. Elle n'avait plus le choix, elle devait prendre la fuite. Disparaître sans se faire repérer par les flics.

— La prochaine fois sera la bonne, lâcha-t-elle, d'une voix glaciale en s'enfonçant dans l'obscurité.

Sa robe noire bruissait dans les courants d'air.

Elle disparut dans le vieux bâtiment délabré.

De nouvelles détonations et des cris déchirèrent la nuit.

Le dealer gisait dans un bain de sang au pied de l'immeuble. Les premiers badauds s'amassaient autour du cadavre. L'ombre sortit de l'usine désaffectée par une porte dérobée. Elle enleva sa capuche et se fondit discrètement dans la foule sans attirer l'attention.

Ralph Korb était sauvé.

Pendu par les bras, la poitrine comprimée par l'étirement, il avait de plus en plus de mal à respirer. S'il restait dans cette position, il savait qu'il ne passerait pas la nuit. La mort était inévitable.

Non ! Ce n'est pas possible ! Je ne peux pas crever au milieu de ces gravats et de ces immondices, songea-t-il en voyant les rats qui lui tournaient autour.

Il hurla, attendit plusieurs minutes.

À l'extérieur le brouhaha couvrait sa voix.

À la lueur des bougies, il se balança d'avant en arrière.

Ses acrobaties durèrent une bonne heure.

Ses poignets, brûlés par les frottements, saignaient.

La douleur était de plus en plus vive, mais il ne voulait pas capituler.

La corde qui le maintenait à la tuyauterie était en train de s'effilocher. Les craquements réguliers indiquaient que ce n'était qu'une histoire de temps.

Il s'arrêta quelques secondes pour reprendre son souffle.

À l'extérieur, il y eut à nouveau des cris.

Les proches de la victime venaient d'arriver sur la scène de crime.

Ralph contracta ses biceps et fit un mouvement de balancier avec son corps. Il y eut un nouveau craquement, la corde qui retenait sa main droite se rompit. Suspendu par un seul bras, il attrapa son poignet gauche avec sa main libre. Il prit une profonde inspiration et se balança d'avant en arrière. La dernière corde qui le retenait céda sous son poids. Il chuta lourdement sur le sol. Un nuage de poussière s'éleva au-dessus de lui. Il se releva en se tenant le dos, ses vertèbres le faisaient souffrir.

La chute avait été brutale, mais il était vivant.

Encore sonné, les jambes chancelantes, il enjamba un tas de cartons, passa sous une chaîne en acier qui lui barrait le passage. L'endroit était faiblement éclairé par la pâle lueur des lampadaires extérieurs.

L'atmosphère du bâtiment était sinistre.

Une odeur d'urine et d'excréments s'engouffra dans ses narines. Il retint sa respiration et descendit à tâtons un vieil escalier en béton plongé dans la pénombre.

Ses poignées et son torse le faisaient souffrir.

La peur au ventre, Ralph traversa sans s'arrêter l'usine désaffectée. L'ombre était peut-être encore dans les parages, mais il ne pouvait pas faire autrement. Il n'avait pas le choix. Se terrer dans les décombres ne lui servirait à rien. Le cœur battant la chamade, il poussa une porte métallique rouillée qui grinça en s'ouvrant. Un vent violent rempli de poussières s'engouffra dans ses vêtements et lui fouetta le visage.

Hésitant, il jeta un regard acéré à droite, puis à gauche.

Personne.

La rue était déserte de ce côté-là.

La tueuse s'était envolée.

Enfin libre et vivant, songea-t-il, rassuré, en s'enfuyant.

21

La Joliette
Marseille

Anna et Gustanzo étaient bloqués dans la circulation sur la place Jules-Guesde aussi appelée porte d'Aix. Des Roms, qui avaient élu domicile sur les pelouses des espaces verts, s'approchaient des voitures et quémandaient de l'argent aux conducteurs. Agacé par l'un d'eux qui se faisait insistant et menaçant, Gustanzo sortit sa carte de police et désigna ses menottes. Le mendiant détala rapidement sans demander son reste.

L'enquêtrice passa devant le bâtiment du conseil général, s'engagea sur le boulevard des Dames et gara sa voiture sur une place de stationnement située au pied d'un immeuble de cinq étages à la façade crème. L'appartement de la jeune femme amnésique était au troisième. La policière sonna à l'interphone et se présenta. Une voix hésitante les invita à monter.

Thomas Gaultier les accueillit sur le palier.

Taille moyenne, cheveux en bataille, mal rasé, regard vide et inexpressif. L'allure négligée, nonchalant, il portait un survêtement délavé et des chaussures de sport.

Anna trouva que le couple n'était pas assorti.

Éva était une jolie fille avec beaucoup d'esprit et du charme, son compagnon passait inaperçu.

— En début d'après-midi, je me suis rendu à la Timone pour parler au chef du service de neurologie. Il ne comprend pas comment elle a pu réussir à s'échapper sans que le personnel médical ne s'en aperçoive. Les deux hommes qui ont essayé de la kidnapper ont peut-être réussi à l'enlever à nouveau, fit Thomas, d'un air relativement détaché, sans grande conviction.

Le jeune homme les invita à entrer dans le salon.

Il ferma la porte et leur proposa de s'asseoir sur un canapé d'angle au design ethnique en cuir et velours. La pièce était mal éclairée, il planait dans l'air une étrange atmosphère.

— Les hommes de mon groupe visionnent les images des caméras de l'hôpital. Nous devrions l'apercevoir sur les vidéos et savoir ce qui s'est passé, annonça Anna en le fixant intensément pour analyser sa réaction.

Thomas hocha simplement la tête, peu convaincu.

— Éva n'a jamais eu de problèmes avec personne. Ces types qui ont essayé de l'assassiner, c'est incompréhensible, dit-il en s'installant à la table du salon.

Gustanzo sortit son carnet de notes pour retranscrire l'interrogatoire en vue d'établir le procès-verbal d'audition. Anna rentra immédiatement dans le vif du sujet.

— Vous êtes ensemble depuis combien de temps ?

— Un peu plus d'un an. Nous nous sommes rencontrés au bar de la salle de sport qui est en face de son travail. Le courant est passé entre nous. On s'est vus plusieurs fois à l'extérieur… Nous étions sur la même longueur d'onde, et nous sommes rapidement devenus inséparables. Quelques mois plus tard, on emménageait ensemble.

Gustanzo fronça les sourcils en scrutant Thomas.

Le jeune homme s'agitait sur sa chaise et paraissait mal à l'aise. Le ton était monocorde, il n'y avait pas d'émotion dans sa voix. Sa copine s'était fait agresser et kidnapper par deux individus, pourtant cela ne semblait pas l'affecter plus que ça.

— A-t-elle fréquenté d'autres hommes à cette salle ?

— Pas du tout. Vous la prenez pour qui ? Ce n'est pas une fille facile, s'offusqua-t-il.

— Ce n'est pas ce que je veux dire… Je cherche à savoir qui est Éva pour établir l'enquête de personnalité.

Méfiant, Thomas hocha la tête en accusant le coup.

Il n'aimait pas la tournure que prenait cet interrogatoire.

— Au sein de votre couple, vous n'aviez pas de problèmes particuliers ?

Thomas semblait s'être subitement ragaillardi. Il bougeait nerveusement les jambes. Agacé, il n'appréciait pas les questions indiscrètes de la policière.

— Qu'est-ce que vous sous-entendez ? Vous croyez que j'ai manigancé son enlèvement ? Je suis diplômé en informatique. Je travaille à La Fnac comme chef de rayon... Si vous pensez que je suis lié à son agression et son kidnapping, vous faites fausse route.

Il se leva brusquement et marcha jusqu'à la fenêtre du salon qui donnait sur le boulevard des Dames. Il tira nerveusement le rideau. À l'extérieur, la circulation se densifiait, les voitures roulaient lentement, pare-choc contre pare-choc.

— Nous cherchons une piste permettant de faire le lien entre sa tentative d'enlèvement et la mort de Farell Lewis. D'après ses cauchemars, il semblerait qu'elle ait assisté à son assassinat.

Le regard du jeune homme se perdit dans le vide.

— Éva ne connaissait pas ce type ! Vous voulez que je vous le dise comment ? Vous feriez mieux de vous inquiéter de sa disparition. Elle est peut-être en danger.

Il secoua la tête et ajouta :

— Les flics... Je comprends pourquoi les enquêtes n'avancent pas.

Anna ne prêta pas attention à ses propos pour ne pas envenimer la situation. Elle voulait établir un rapport de confiance avec lui.

— Elle a fait une description parfaite de la scène de crime et du mode opératoire du tueur : la blessure mortelle à la gorge, le rituel, le cercle de sang, le serpent. Personne ne pouvait connaître tous ces indices sans assister au meurtre.

Abasourdi, ébranlé par ces révélations, Thomas se rassit en prenant son visage entre les mains. Il releva la tête, fixa les policiers, les yeux écarquillés.

— Je ne comprends pas. Sa présence chez Farell Lewis... C'est carrément impossible. Lundi et mardi, elle travaillait au *1919*. Mercredi, elle dînait avec ses amies. C'est une fille dynamique qui court après le temps.

— Lewis a été assassiné mercredi, en début de soirée… Si Éva était avec ses amies, ça ne peut pas être elle. Vous confirmez sa présence à ce dîner ? s'enquit Anna, perplexe.

Le jeune homme réfléchit quelques instants avant de répondre, car Gustanzo prenait des notes.

— Tous les quinze jours, elle pose son mercredi soir pour sortir au cours Julien avec ses copines. Mais, je n'y vais pas… Normalement, elle était censée y être.

— Vous ne l'accompagnez pas ? demanda Anna, étonnée.

Silence.

Thomas se passa la main sur le visage, jeta un coup d'œil en direction du policier et expliqua :

— Je préfère les laisser entre filles. Les conversations de nanas… C'est pas vraiment mon délire. Mon kiff, c'est être devant la télé à boire tranquillement une bonne bière. Des trucs de mecs, quoi. Vous comprenez ?

Gustanzo le dévisagea, il s'arrêta d'écrire :

— Et vous ne vous êtes pas inquiété quand elle n'est pas rentrée ? Pourquoi ne pas avoir signalé sa disparition depuis tout ce temps ?

L'ambiance était devenue électrique.

La tension était palpable entre le petit ami et les policiers.

— Nous nous étions disputés la veille. J'ai cru qu'elle était restée chez une copine. Disons que ces derniers mois, notre relation était compliquée. Elle voulait sortir, faire la fête… Je préférais rester tranquille à l'appartement. Le boulot me demande déjà beaucoup d'énergie et de relationnel.

— Vous n'avez pas essayé de la joindre ?

— Si. Je n'ai pas eu de réponses… Son téléphone était éteint. Ce n'est pas la première fois que nous nous disputions. Il lui arrivait de ne pas dormir à la maison, quand elle était fâchée contre moi. Elle restait chez sa copine et revenait le jour suivant. Parfois, elle ne rentrait pas de plusieurs jours. C'était sa manière à elle de me faire comprendre que j'allais trop loin.

— Je croyais que tout allait bien dans votre couple.

Thomas foudroya du regard l'enquêtrice.

— Ça arrive les disputes. Elle me prenait la tête, car je jouais à la console vidéo. Je ne voulais pas sortir avec elle. Je me suis énervé. Je lui ai dit de dégager, qu'elle me gonflait. Et que si elle n'était pas contente, elle n'avait qu'à trouver un autre mec.

Perplexe, Gustanzo nota l'information.

Anna décida de ne pas poser de questions pour laisser le jeune homme se confier et vider son sac. Un silence de quelques secondes s'immisça dans la conversation.

— Ça ne lui a pas plu, j'ai eu droit à une scène. Un truc de nana, ça se prend la tête pour rien. Les gonzesses, toujours à nous emmerder pour un rien, s'énerva Thomas en haussant le ton.

Il serra le poing en dévisageant Anna.

Son regard était vide, inexpressif.

— On se calme, jeune homme, dit Gustanzo.

Menaçant, le lieutenant fit les gros yeux. Il ne supportait pas qu'on manque de respect à sa collègue. Thomas était en train de dépasser les limites.

L'enquêtrice hocha simplement la tête en essayant de garder son calme. Elle ne voulait pas rentrer dans une discussion de comptoir sur les relations entre les femmes et les hommes.

— Qui l'accompagnait mercredi ? demanda-t-elle, posément, sans s'énerver.

La pression retombait.

Le petit ami d'Éva avait retrouvé son calme.

— Normalement, il devait y avoir Lou-Anne et Clarisse. Elles travaillent ensemble au *1919*.

— Elles n'étaient que toutes les trois ?

Il plissa les yeux, réfléchit quelques secondes :

— Éva est sélective en amitié. Ses deux meilleures amies ne sont plus à Marseille. Amélie est partie vivre au Canada, et Alexandra travaille sur Paris. Du coup, elle sort avec ses copines de boulot.

— Vous avez prévenu ses parents de sa disparition ?

Thomas soupira.

Son visage changea d'expression.

— Il y a vingt ans… Sa mère est morte dans un tragique accident de voiture. Éva et sa sœur jumelle ont été élevées par leur grand-mère. Élisabeth.

Anna le dévisagea.

— Éva a une sœur jumelle ? s’enquit-elle, surprise.

Le jeune homme fit un signe de la tête.

Elle jeta un regard interrogateur à Gustanzo

Le policier haussa les épaules et nota l’information.

— Vous avez prévenu sa sœur de sa disparition ?

— Liane s’est suicidée, il y a cinq ans. Elle s’est jetée de la falaise où sa mère a eu son accident.

Anna posa la main sur sa bouche.

Elle ne s’attendait pas à une telle révélation.

— Cela n’a pas dû être facile… Sa mère, puis sa sœur…

— Elle a mis plusieurs années avant de s’en remettre. Mais, la relation avec sa sœur était compliquée. Liane avait des problèmes psy. Pas de père, ni de mère, ce n’est pas très équilibrant. Ça ne tournait pas très rond dans sa tête.

Silence.

L’enquêtrice prit un instant de réflexion.

— Et son père ? Pourquoi ne s’est-il pas occupé de ses filles après la mort de sa femme ?

— Il est parti avant leur naissance… Je crois qu’il vit en Italie. Mais, je ne sais rien sur lui. Éva n’aime pas parler de son enfance. C’est très dur. Elle est suivie par un psy depuis longtemps. Et, sa sœur aussi… Liane a dû être internée plusieurs fois au cours de son adolescence… C’est lors de sa dernière crise qu’elle s’est jetée de la falaise.

Gustanzo observait Thomas du coin de l’œil.

Il n’y avait aucune émotion dans sa voix, ses paroles sonnaient creux. Le lieutenant sentait que quelque chose clochait dans son comportement, mais il n’arrivait pas à déterminer quoi.

— Éva continue-t-elle à voir le psychiatre ?

— Oui. À cause de ses cauchemars et des problèmes de mémoire qui la perturbent au quotidien.

— C’est quoi son nom ?

— Ryan Brown. Son cabinet est situé rue de la République. Si vous voulez en savoir plus, interrogez-le.

— Nous n'y manquerons pas. Et ses cauchemars, quels étaient-ils ?

— C'est toujours le même. Une femme se fait violer... Elle ne voit jamais son visage, tout est flou. Mais elle entrevoit le violeur.

Les policiers se regardèrent.

— Un type costaud, cheveux rasés, peau grêlée avec une balafre sur l'arcade sourcilière ? s'enquit Anna.

Thomas se figea.

— Elle vous en a parlé ? Elle s'en souvient alors.

— Éva a refait ce même cauchemar à l'hôpital, expliqua l'enquêtrice.

— Et, elle ne se souvient de rien d'autre ?

Anna secoua la tête.

— Ses problèmes de mémoire, comment se caractérisent-ils ? demanda-t-elle.

— Des oublis au quotidien. Des pertes de repères, sentiments d'irréalité... Ces derniers mois, elle a subi des examens neurologiques qui n'ont rien révélé d'anormal. Le psy pense que c'est dû à ses crises d'angoisses. Il a parlé d'un symptôme psychologique dissociatif. Je ne sais plus le terme exact... Il lui a expliqué que c'était un mécanisme de protection de l'esprit après un stress intense.

— La dépersonnalisation ?

— Oui, c'est ça !

— D'après lui, ce n'est pas grave...

Gustanzo nota l'information sur son carnet.

— Connaissez-vous sa pointure de chaussures ? demanda subitement Anna, en changeant de sujet.

Thomas fit les gros yeux.

Il ne voyait pas où l'enquêtrice voulait en venir.

— Quel rapport avec son enlèvement ?

— Des empreintes de chaussures en taille 40 ont été prélevées sur la scène de crime.

— Elle fait du 40... Mais, je ne vois pas le rapport... Ce soir-là, elle ne pouvait pas y être. Éva n'a assassiné personne ! Ce n'est pas une tueuse.

— Son poids ? le coupa Anna.

— 58, 60 kilos... Il me semble.

Thomas souffla, se frotta le visage.

— Mais, où voulez-vous en venir ? Vous devriez plutôt vous intéresser à sa disparition.

Anna enchaîna les questions pour ne pas lui laisser le temps de réfléchir.

— S'intéressait-elle à la Wicca ?

— Merde ! C'est quoi, ces conneries ?

— S'intéressait-elle à la sorcellerie ? Je ne vous demande pas votre avis, je veux des réponses ! s'exclama-t-elle en haussant le ton pour le déstabiliser.

Il fit une grimace.

— Non... Je ne pense pas... Du moins, elle ne m'en a jamais parlé. Elle préfère la lecture. Elle lit des trucs de psycho, d'hypnose et de PNL. Elle se passionne aussi pour l'art japonais, la philosophie.

— OK. Nous allons en rester là pour aujourd'hui. Nous allons devoir fouiller ses affaires personnelles et placer son matériel informatique sous scellés. Son ordinateur sera envoyé au laboratoire des traces technologiques de la police scientifique pour l'analyse du disque dur.

Résigné, son petit ami hocha la tête sans s'y opposer.

— Éva a l'habitude de s'isoler dans le bureau pour travailler ses cours. Il y a ses affaires personnelles, dit-il, le regard dans le vague.

— Ses cours ? Elle étudie ?

Thomas se leva et invita les policiers à le suivre.

— Elle en a assez de son boulot de serveuse. Elle veut devenir thérapeute et suit des cours d'hypnose, PNL et EMDR. C'est en plus de son travail. Elle est très motivée, expliqua-t-il en traversant un couloir sombre décoré par des peintures japonaises.

Il poussa une porte en bois de couleur mauve sur laquelle étaient peintes des pousses de bambou et appuya sur l'interrupteur. Une douce lumière tamisée nimba le bureau.

— Éva s'isole ici tous les soirs. C'est son petit coin à elle où elle se retrouve en toute intimité. Pendant ce temps, je mate la télé. Elle n'apprécie pas vraiment les séries télés. Game of throne, the Walking dead... C'est pas son délire ! J'aime les séries fantastiques, les histoires de zombis... Éva, c'est plus la littérature, l'art et la psychologie.

Quel naze, ce type ! Tu m'étonnes qu'elle se barre avec ses copines, songea Gustanzo, dépité.

Anna laissa promener son regard autour d'elle et s'approcha d'un tableau représentant un paysage japonais peint à l'encre de Chine.

— Éva suit des cours de calligraphie et pratique la méditation zen Rizai. Je ne sais pas d'où lui vient cette passion pour l'Asie... C'est plutôt bizarre. Sa famille est originaire de Marseille, de vrais Méditerranéens.

Il désigna une toile accrochée au mur.

— C'est son préféré. Une peinture représentant un moine bouddhiste. C'est comment son nom déjà...

Le jeune homme leva les yeux au plafond et posa son index devant sa bouche.

— Hakuin Ekaku. Elle m'en parle souvent. Ce moine était terrifié par l'Enfer. Il pratiquait une méditation acharnée pour éviter les tortures de l'au-delà.

Il s'approcha du tableau et soupira.

— Je ne sais pas ce quelle y trouve, mais bon... Je ne suis pas amateur d'art. Et, la philosophie japonaise, c'est encore moins mon truc. Moi, c'est plutôt le binaire : 0 et 1. Ça fonctionne ou ça ne fonctionne pas ! C'est bien plus simple. Les trucs métaphysiques... Je n'y comprends rien. Il faut être un peu tordu pour comprendre ces trucs.

Les enquêteurs s'échangèrent un bref regard qui en disait long sur ce qu'ils pensaient du petit ami.

Anna appréciait cet endroit, il dégageait une agréable douceur de vivre. Éva avait su aménager son petit cocon. C'était sa bulle, elle s'y retrouvait pour être au calme, en toute intimité.

— Nous allons prendre du temps pour tout inspecter. Nous vous appellerons quand on aura fini, fit Gustanzo en l'invitant gentiment à sortir.

— OK. Je dois m'absenter pour faire quelques courses. Je n'en ai pas pour longtemps.

Le lieutenant fit un signe de la tête et referma la porte.

Il se retourna, fixa Anna.

— Comment elle fait pour supporter ce type ? Il est lourd et pas intéressant. Et, en plus, il a une tête à claques. J'avais envie de le baffer.

Sa collègue contemplait une calligraphie japonaise placée sous un cadre en verre.

— C'est quoi, ce texte ? demanda Gustanzo.

— Le sutra du Lotus. L'enseignement que le bouddha a délivré à la fin de sa vie terrestre.

Surpris, il écarquilla les yeux et haussa les sourcils.

— Tu connais ça ?

— Tu sais bien que je m'intéresse à la culture asiatique !

Le lieutenant la regarda d'un air dubitatif.

— Allez ! On arrête de philosopher. Il faut se bouger, c'est déjà 18 heures. Nous devons encore passer au bar de nuit où bosse Éva, s'exclama Anna.

Elle s'installa devant l'ordinateur portable, appuya sur une touche. L'écran d'accueil s'afficha.

— Pas de mot de passe.

Une fleur de Lotus s'afficha en fond d'écran.

En dessous un texte bouddhiste :

Ce que tu penses, tu le deviens
Ce que tu ressens, tu l'attires
Ce que tu imagines, tu le crées

Anna ne put s'empêcher de sourire.

Ce texte bouddhiste caractérisait parfaitement Éva.

Une jeune femme ouverte d'esprit et spirituelle.

Elle déplaça le curseur de la souris et vérifia les dossiers.

« Cours », « livres », « photos », « musique », « recettes».

Elle passa plusieurs minutes à inspecter chaque fichier.

Pendant ce temps, Gustanzo fouillait l'armoire de style japonais dans laquelle Éva rangeait toutes ses affaires personnelles.

Il déposa son contenu au centre de la pièce.

Au milieu de ce fatras, une boite en carton décorée par des cœurs attira son attention. Il l'ouvrit précautionneusement et inspecta son contenu. Il y avait plusieurs pinceaux pour la calligraphie, de l'encre de Chine, des feuilles de dessin et des photos de famille.

Il attrapa le premier cliché.

Deux fillettes en maillot de bain prenaient la pose au bord d'une rivière, dans un cadre idyllique. Un beau soleil illuminait le ciel, les rayons se reflétaient à la surface de l'eau turquoise.

Au dos de la photo, une inscription :

Liane et Éva, 2000
Le Vallon des Carmes

— Ce sont les jumelles, fit Gustanzo en désignant la photo à sa collègue.

Liane et Éva souriaient, elles semblaient heureuses.

C'était l'époque de l'insouciance.

Il observa le cliché suivant.

Une femme d'une soixantaine d'années jetait des miettes à des pigeons. Elle était assise entre les deux sœurs sur un banc en bois, à côté d'un plan d'eau. Elle avait des cheveux grisonnants attachés en chignon, un visage fin et délicat, un regard vif, son teint était légèrement hâlé.

Il tourna la photo.

Mami Élisabeth, 2005
Parc Borély

— La grand-mère, ajouta Gustanzo.

Circonspecte, Anna observait Élisabeth Ciotta.

Son collègue détailla la photo suivante.

Une belle jeune femme enceinte posait à côté d'un voilier.

Mince, aérienne, longs cheveux bruns, regard noir.

Visage fin et harmonieux.

Au dos, une inscription écrite à la main :

Maman, port des Goudes, 1995

Gustanzo contemplait la belle Italienne à la plastique parfaite et au regard envoûtant. Le cadre était idyllique, le temps magnifique. Un détail troublant attira son attention. Louise Ciotta semblait triste.

— Tu mets tout sous scellés, lâcha Anna.

Il fit un hochement de tête et s'exécuta.

Anna se remit devant l'ordinateur et vérifia l'historique des sites Internet visités.

— La calligraphie, l'hypnose, la PNL, la psychologie, l'art japonais, les voyages. Elle est plutôt éclectique dans ses centres d'intérêt, dit-elle en vérifiant sur chaque lien.

Soudain, elle se figea.

Le visage crispé, elle tomba sur un lien qui la dirigea sur un site de sorcellerie.

— Gus, viens voir. Les prières, les rituels, les jours de sabbat. Apparemment, Éva s'intéressait à la magie, fit Anna en se mordillant les lèvres.

L'enquêtrice n'en revenait pas, elle ne s'attendait pas à une telle découverte en fouillant l'ordinateur. La jeune femme visitait des sites sur la Wicca. Ce détail risquait de faire d'elle la principale suspecte pour la suite de l'enquête

— Gus ! Qu'est-ce tu fais ? Viens voir. Ces derniers mois, elle a consulté plusieurs sites.

Anna se retourna, son adjoint avait les yeux rivés sur un livre à l'épaisse couverture noire.

— Qu'est-ce que c'est ? T'as trouvé ça où ?

— Sous les photos...

Décontenancé, il lui tendit l'ouvrage.

ARADIA

L'ÉVANGILE DES SORCIERES

— Mince ! Ça ne sent pas bon pour Éva. Si on la retrouve, Montagnac risque d'en faire le suspect numéro 1 et de la placer en détention provisoire, après la garde à vue.

L'enquêtrice ouvrit l'ouvrage à l'épaisse couverture.

À la première page, une note manuscrite :

Je ne t'oublie pas
Bientôt, nous serons réunis.

— Qu'est-ce que ça veut dire ? Il n'y a même pas de signature, fit-elle, abasourdie.

— Fais voir.

Gustanzo compara l'écriture avec celle des photos.

— C'est une écriture de femme, mais ce n'est pas Éva.

— Je n'aime pas la tournure que prend cette enquête. On se fait balader de tous les côtés. Si les journalistes apprennent qu'Éva s'intéressait à la sorcellerie, ils ne vont pas la lâcher.

— Et, ils ne vont pas nous rater. Ils diront qu'on avait la tueuse et qu'on l'a laissée s'enfuir. Et, je ne préfère pas imaginer si un meurtre est commis…

Anna déglutit.

Elle se préparait au lynchage médiatique si l'information filtrait dans la presse.

— Allez, on garde son calme. Il faut se reprendre. Ne nous laissons pas détourner de nos recherches.

Elle feuilleta rapidement le livre.

L'odeur des vieilles pages lui chatouillait les narines.

— C'est une très ancienne édition. Les feuilles sont toutes jaunies par le temps.

Éva avait souligné plusieurs paragraphes.

Anna les lut à voix haute.

Ceci est l'évangile des sorcières

Diane aimait profondément son frère Lucifer, le Dieu du Soleil et de la Lune, le Dieu de la Lumière qui était si fier de sa beauté que cela lui avait valu d'être expulsé du paradis.

De son frère Diane eut un enfant, une fille, à qui elle donna le nom de Aradia.

En ce temps là, sur la Terre, vivaient beaucoup de riches et beaucoup de pauvres.

Les riches faisaient des pauvres leurs esclaves.

En ce temps-là il y avait beaucoup d'esclaves, qui étaient durement traités. Dans chaque palais des tortures, dans chaque château des prisonniers.

Beaucoup d'esclaves s'échappaient. Ils s'enfuirent vers une contrée où ils devinrent des voleurs et des hommes mauvais. La nuit, au lieu de dormir, ils fomentaient des plans, volaient leurs anciens maîtres et les tuaient. Ils sillonnaient les montagnes comme voleurs et assassins, et cela uniquement pour échapper à l'esclavage.

Un jour Diane dit à sa fille Aradia :
« En vérité tu es une immortelle
Mais tu es née pour redevenir mortelle
Il faut que tu descendes sur Terre
Enseigner aux hommes et aux femmes
Qui voudront apprendre l'art de la sorcellerie dans ton école
Mais tu ne dois jamais devenir comme la fille de Cain
Ni comme cette race
Qu'elle a laissé devenir amère et vulgaire
Telle que les Juifs et les zingaris errants
Qui tous sont des voleurs et des malfaisants, telle qu'eux
Tu ne dois pas devenir

Et tu seras la plus grande des sorcières
Et ton nom sera connu sur la Terre entière
Et tu enseigneras l'art de l'empoisonnement
Pour empoisonner quiconque se serait cru au-dessus des autres
Oui, dans leurs palais tu dois les faire mourir
Et tu emprisonneras l'âme des dictateurs
Et si tu trouves un paysan qui serait riche
Alors tu devras apprendre à la sorcière, ton élève
Comment elle pourra détruire toute sa récolte avec des orages
Avec les éclairs et le tonnerre
Avec la grêle et la tempête…

— Ce texte parle d'une sorcière qui venge les pauvres...

— C'est troublant le passage où Diane demande à Aradia d'empoisonner quiconque se serait cru au-dessus des autres et de les faire mourir dans leur palais. La ressemblance est frappante avec la wiccane qui assassine Farell Lewis dans sa luxueuse demeure, poursuivit Gustanzo.

Il pianota sur son smartphone.

Après une rapide recherche sur Internet, il avait trouvé un site sur la sorcellerie qui parlait de *L'évangile des sorcières*.

— Ce livre est un des textes fondamentaux de la Wicca. Il traite des croyances et des rituels religieux d'une tradition italienne liée à la sorcellerie.

Anna ne répondit pas.

Elle était plongée dans un chapitre écrit à la main à la fin de l'ouvrage. Éva y décrivait des conjurations, des rituels magiques et des charmes.

— Elle a utilisé les pages blanches pour inscrire des sortilèges. On dirait un *Livre des ombres*.

— Excuse-moi, mais je ne te suis pas. Tu me parles de quoi ?

— Le *Livre des ombres* est le journal personnel du magicien. Je t'en avais parlé, après ma visite chez Nina.

— Ah, oui... J'avais oublié.

— Lise m'avait dit que si je trouvais cet ouvrage, j'aurais le coupable.

Gustanzo fit une moue dubitative.

— Elle possède un livre sur la sorcellerie... Elle y a noté quelques sortilèges... Cela ne fait pas d'elle la coupable. Et, si ça se trouve, cet ouvrage remonte à l'adolescence. Beaucoup de jeunes s'intéressent aux esprits et aux pouvoirs occultes. Tu n'as jamais invoqué les esprits ?

Anna sourit.

— Oui. Tu as raison. Avec des amis, on faisait les cartes et on se mettait autour d'une table pour appeler les esprits.

Gustanzo s'accroupit et finit d'inspecter les affaires personnelles de la jeune femme. Sous un tas de livres, il découvrit un carnet en cuir rouge.

— T'as vu ça ? s'enquit Gustanzo.

Des initiales dorées « E. C. » apparaissaient sur la couverture.

Éva Ciotta.

Il l'ouvrit méticuleusement, le feuilleta rapidement.

Une jolie écriture, ronde et délicate.

— C'est son journal intime.

Les premières et dernières pages avaient été arrachées.

— Elle parle de ses visions et de ses cauchemars, de l'accident de sa mère et du suicide de Liane. Elle évoque les disputes avec son petit ami.

— Il n'y a pas de dates ?
— Non. On dirait qu'elle écrit comme ça vient. Une sorte d'exutoire.
— Montre-moi ça.
Gustanzo lui tendit le carnet.
— Il manque la moitié des pages !
— Tu crois que c'est l'autre bouffon ?
— S'il ne voulait pas qu'on les lise, il aurait été préférable qu'il fasse disparaître le journal intime. C'était quand même plus judicieux.
— T'as raison. Ce n'est pas très discret.
— Elle a peut-être tout simplement décidé de les enlever pour que personne ne puisse les lire.
Gustanzo leva les paumes au ciel.
— Elle est la seule à savoir.
En pleine réflexion, Anna feuilletait le journal intime.
Des bruits de pas résonnèrent dans le couloir.
Thomas frappa à la porte et pénétra dans le bureau.
— Pourquoi ne nous avez-vous pas dit que votre petite amie s'intéressait à la magie ? demanda Anna, sans lui laisser le temps d'ouvrir la bouche.
Thomas regarda l'enquêtrice, incrédule.
Il avait les yeux grands écarquillés.
— Mais, de quoi parlez-vous ?
Elle lui tendit *L'évangile des sorcières.*
— Ah ! Ce livre !
Il marqua une pause et prit un air pensif.
— Je n'y pensais même plus. Éva fait parfois des rêves étranges où elle voit une magicienne effectuer des rituels. C'est comme ça que tout a commencé. Mais, elle ne parlait pas de rituels sataniques. C'est plus par curiosité qu'elle s'y est intéressée.
Anna le dévisagea.
Elle avait envie de l'attraper et de le secouer dans tous les sens, tellement il l'énervait.
— Et son journal intime ? Vous saviez qu'elle en tenait un ? demanda-t-elle en le lui collant sous le nez, énervée.
— Euh ! Bah, non. C'est un truc de femme, ça. Je ne fouille pas dans ses affaires, lâcha-t-il, en prenant un air ahuri.

Gustanzo s'immisça dans la conversation pour faire retomber la pression. Sa collègue montait dans les tours, il savait qu'elle allait vite perdre patience face à ce genre d'individu lymphatique.

— Nous allons emporter les photos, le journal intime et l'ordinateur, dit-il en posant la main sur le bras d'Anna pour la calmer.

— Si ça peut aider à la retrouver ! Ça ne me dérange pas. Bon... Je vais me préparer, je dois passer chez un pote. Je vous laisse les clés si vous voulez rester. Vous n'aurez qu'à les laisser dans ma boite aux lettres. J'ai un double.

— Non. Merci. On a terminé la perquisition. Nous allons renseigner et classer les sacs à scellés. Nous en avons pour une quinzaine de minutes.

— Je vous attends dans le salon.

Thomas referma la porte et laissa les policiers continuer leur travail.

— Il me fait perdre mon calme ! Apathique, sans réelle présence, aucune ouverture d'esprit. Tout ce que je déteste. Je crois qu'avec ce type, je deviendrai violente, fit Anna en essayant de retrouver son calme.

Gustanzo ne put s'empêcher de sourire.

— Ça fait du bien de voir un peu tes failles, ça te rend plus humaine. Parfois, ton statut de chef de groupe t'étrique dans un rôle qui n'est pas toi.

— Je dirige un groupe d'enquêteurs composé de cinq hommes. Je ne peux pas me permettre de me laisser aller. Je dois me maîtriser. Il n'y a que devant toi que je peux me lâcher un peu.

Gustanzo fit un clin d'œil à sa collègue, puis il regarda sa montre. Il était déjà 20 heures.

— Allez. On embarque les scellés et on passe au *1919*. J'ai encore toute la paperasse à faire. Ce soir, je ne pourrai pas voir ma fille. Être un papa enquêteur, c'est difficilement conciliable avec une vie de famille harmonieuse, dit-il, le regard triste.

— Nous devons laisser les soucis du quotidien au pas de la porte, quand nous arrivons chez nous. Nos proches n'ont pas à subir l'horreur de ce monde que nous vivons chaque jour, fit Anna en rangeant les indices dans une pochette plastique contenant les scellés judiciaires.

22

La lune était cachée derrière d'épais nuages sombres.

La nuit engloutissait la cité phocéenne.

Noire, dévorante, envoûtante.

La mer était agitée, les éclairs zébraient le ciel.

Une atmosphère électrique planait sur la ville.

Les enquêteurs longèrent le cours Julien qui était animé et bondé de monde. Plusieurs boutiques d'artistes locaux étaient encore ouvertes malgré l'heure tardive. À l'intérieur : des tableaux de style contemporain, des poteries et des sculptures. Au centre de la place, près de la fontaine, un gitan andalou, vêtu d'un gilet noir, d'une chemise blanche et d'un pantalon campero avec revers, jouait de la musique flamenco avec entrain. À côté de lui, une chope de bière à la main, des étudiants ivres dansaient et chantaient à tue-tête.

Le mistral faisait bruisser les feuilles des platanes.

Des gobelets en plastique tournoyaient sur le gravier.

Anna releva le col de sa veste et bifurqua dans la rue Pastoret, plongée dans un inquiétant clair-obscur.

Des tags et des graffitis colorés recouvraient les murs des façades des vieux immeubles à l'architecture typiquement marseillaise.

Le quartier transpirait le street art.

De magnifiques fresques et des portraits réalisés à la bombe aérosol s'offraient aux regards ébahis des passants.

La rue abritait plusieurs boutiques : un bistrot culturel, un magasin d'habits vintages, un vieil entrepôt, un tatoueur et plusieurs boutiques de déco.

La chef de groupe aimait venir se perdre dans ces ruelles au charme atypique, révélant à ciel ouvert les œuvres de ces artistes underground, des génies de l'art urbain.

La Plaine.

Les noctambules se préparaient à faire la fête jusqu'au petit matin dans ce quartier cool et branché prisé par les jeunes Marseillais.

Le bar *1919* se situait près de la place Jean-Jaurès.

Anna se présenta au portier.

Regard fixe, visage inexpressif, l'Espagnol au corps massif les laissa passer d'un simple hochement de tête.

Les policiers longèrent un couloir nimbé par des halogènes encastrés dans le faux plafond, franchirent une porte rouge capitonnée et pénétrèrent dans une pièce à la décoration cosy et feutrée. Une dizaine d'individus buvaient des cocktails sans alcool assis au comptoir.

Anna sortit sa carte de police, salua le barman et demanda à parler à Lou-Anne. Suspicieux, l'homme en costume-cravate, au regard vitreux et éteint, hésita un court instant, puis il désigna le rideau rouge au fond de la pièce.

— L'établissement est construit comme les bars clandestins américains. Derrière ce rideau, une porte en bois vous conduira jusqu'au sous-sol. En bas, il y a une pièce secrète où l'on peut boire de l'alcool, expliqua-t-il, d'une voix éraillée.

Les policiers empruntèrent un escalier en colimaçon métallique et accédèrent à une salle éclairée par une douce lumière tamisée. La décoration ressemblait au Chicago des années 30, période où la vente d'alcool était interdite aux États-Unis. Papier peint d'époque, fauteuils Chesterfield, larges banquettes, comptoir en bois de style américain. Le volume de la musique était au minimum, comme au temps de la prohibition. À l'époque la discrétion était de mise, sous peine de finir en prison. L'ambiance était festive. L'alcool coulait à flots. Les jeunes s'amusaient, plaisantaient et draguaient. La piste de danse était bondée de monde.

Une jeune femme s'approcha.

Grande brune aux cheveux longs et raides, yeux de biche, sourcils noirs et regard de braise.

Elle portait un short noir zippé qui dévoilait ses jambes halées, fines et musclées, un tee-shirt blanc Burberry galbait sa petite poitrine.

Gustanzo fut troublé par son étonnante ressemblance avec l'actrice Pénélope Cruz.

— Capitaine Valentin, Brigade criminelle d'Avignon. Vous êtes Lou-Anne ?

La serveuse acquiesça.

Anna l'emmena au bout du comptoir pour l'interroger.

— Qu'est-ce qui est arrivé à Éva ? C'est quoi, cette histoire d'enlèvement ? Je ne comprends rien !

— Vous ne suivez pas l'actualité ? s'enquit la policière, étonnée.

La jeune femme s'appuya contre le bar sous le regard de Gustanzo. Un voile de sueur recouvrait son visage.

— Je passe mes soirées au *1919*, et la journée je bosse dans un McDo. Je n'ai pas le temps de regarder la télé. C'est difficile à notre époque de payer un loyer toute seule.

— Éva a été agressée par deux individus dans la soirée de mercredi. Ils l'ont kidnappée, mais heureusement, elle a réussi à s'échapper du fourgon dans laquelle elle était enfermée. Le gérant d'une épicerie lui a porté secours. Il a appelé la police, elle a été emmenée aux urgences. Elle est amnésique et ne se souvient de rien. Avant-hier, elle s'est enfuie. À l'heure actuelle, nous ne savons pas où elle se trouve.

Lou-Anne mit la main devant sa bouche.

— C'est pas possible ! s'exclama-t-elle en se figeant.

Anna entrouvrit sa veste en cuir et glissa la main dans la poche intérieure. Elle sortit une photo qu'elle tendit à la serveuse.

— Avez-vous déjà vu cet homme ?

La jeune femme observa longuement le cliché.

— On croise beaucoup de personnes dans notre boulot… Mais, ce visage. Ça ne me dit rien du tout. C'est qui ?

— C'est le garde du corps de Farell Lewis. Le riche homme d'affaires qui a été assassiné la semaine dernière. Il s'appelle Devin Wade. Il pourrait s'agir de l'individu qui a essayé de kidnapper Éva. Il a été, lui aussi, assassiné. La signature et le mode opératoire laissent penser qu'il s'agit du même tueur.

Lou-Anne rendit la photo à l'enquêtrice, cligna des yeux plusieurs fois. Le regard dans le vide, elle semblait complètement ailleurs.

— Je ne comprends pas ce que vient faire Éva dans cette affaire de meurtres. Elle ne connaît pas ce type. Quel est le lien avec ces deux assassinats ?

Anna considéra un instant la serveuse.

— Je ne peux pas vraiment rentrer dans les détails, car l'enquête est en cours. Mais, quand j'ai interrogé votre amie, elle m'a fait la description de la scène de crime. Il semblerait qu'elle ait assisté au meurtre de Farell Lewis.

Lou-Anne écarquilla les yeux.

— Mais, comment c'est possible ?

— C'est ce que nous essayons de comprendre pour tirer au clair cette affaire.

Un court silence s'immisça dans la conversation.

Un couple s'installa à côté des policiers pour prendre un verre de whisky.

— Quand avez-vous vu votre collègue pour la dernière fois ?

— Mardi. On a bossé toute la nuit ensemble. C'était relativement calme. Il n'y avait pas beaucoup de clients. Les fins de mois sont toujours difficiles, répondit la serveuse, confuse.

— Attendez... Vous n'êtes pas sortie avec Éva, mercredi ? Son petit ami nous a dit que vous deviez vous retrouver au cours Julien et passer la soirée ensemble.

Lou-Anne prit un air étonné.

— Non. Nous avons reporté la soirée. Elle m'a appelée dans l'après-midi pour me dire qu'elle avait autre chose de prévu. La soirée était reportée. C'est bizarre, cette histoire.

— Éva a dit à son petit ami qu'elle était au cours Julien avec ses copines. Pourquoi aurait-elle menti ?

Lou-Anne haussa les sourcils.

— Ah, non ! J'y étais avec Clarisse. Une autre copine nous a rejointes et on a fini la soirée au *Best Jump* une boite de nuit qui est sur la Corniche. Vous pouvez demander au patron, c'est un pote à nous.

Perplexe, Anna jeta un regard d'étonnement à son adjoint.

— Nous allons essayer de retracer sa soirée... Il semblerait qu'Éva ne tenait pas à ce qu'on sache ce qu'elle faisait ce soir-là. Ces derniers jours, il ne s'est rien passé de particulier dans le bar ?

— C'est-à-dire ?

— Un évènement inhabituel, un problème avec un client...

— Non. Il y a rarement des problèmes ici. Ce n'est pas le genre d'établissement où traîne la racaille. C'est un endroit sélect ! Pas de lascars. On fait le tri à l'entrée.

— Jamais de bagarres, d'embrouilles ?

— Très rarement. Dès qu'un client commence à foutre le bordel, j'appelle Rico. Il intervient immédiatement. Et croyez-moi, c'est vite réglé.

— Rico ?

— Le portier. Il est champion de boxe. L'année dernière, il a fini cinquième au world's strongest man. Une épreuve de force qui rassemble les hommes les plus forts de la planète. Autant vous dire qu'on a rarement des problèmes. Une fois, il a chopé un gars de 100 kilos et lui a fait traverser la salle. Ce type, il a une force surhumaine.

Gustanzo essayait de se concentrer sur ses notes, mais il avait beaucoup de mal à ne pas se laisser distraire par les courbes harmonieuses de la jolie serveuse. L'enquêteur n'était pas insensible au charme de la belle Espagnole.

— Que savez-vous sur Éva qui pourrait nous permettre de comprendre pourquoi ces deux hommes ont essayé de l'enlever ?

Lou-Anne inclina la tête sur le côté et glissa la main dans ses longs cheveux bruns.

Gustanzo sentit une vague de chaleur l'envahir.

— Éva ne se confiait pas vraiment. Elle est discrète sur sa vie privée. Tout ce que je sais, c'est qu'en ce moment c'est tendu avec son mec. Il ne s'occupe pas vraiment d'elle et s'intéresse à rien. À part son ordi et ses séries bidon. Il ne veut jamais rien faire, se plante dans son canapé et mate la TV en buvant de la bière. Je lui avais dit de le larguer. Éva, c'est une bombe. Putain ! Elle peut se taper qui elle veut. En plus, c'est une fille intelligente et spirituelle. Je ne comprends pas qu'elle s'emmerde avec ce gars.

— Nous n'avons pas eu le même son de cloche quand on a interrogé Thomas Gaultier.

— Vous connaissez les mecs ! Ils ne comprennent la situation que lorsque leur nana se barre. Il faut les mettre devant le fait accompli… Moi, je ne me prends pas la tête. Je prends, je vire quand ça ne va pas. On a qu'une vie, il faut en profiter ! Je suis une girl power. Je suis une militante de l'épanouissement féminin.

Gustanzo soupira.

Lou-Anne était belle, mais il détestait la mentalité de ce genre de fille, remettant sans cesse en cause la place de la femme dans la société et son besoin de reconnaissance. Il pensait que c'était à cause de ce genre de comportement que la gent masculine ne parvenait plus à trouver sa place dans un monde où régnaient des conflits permanents entre les femmes et les hommes.

Le regard de la serveuse se mit à scintiller.

— Attendez ! Je viens de me souvenir d'un truc. La semaine dernière, un type lui a donné rendez-vous. Il me semble qu'Éva le kiffait bien. Ils ont discuté plusieurs fois ensemble.

— Il était quand, ce rendez-vous ? C'était où ?

— Éva ne m'en a pas parlé… Avec les mecs, elle est plutôt discrète. C'est peut-être pour ça qu'elle a annulé notre sortie… La cachottière…

— Pourriez-vous me le décrire ?

— Un grand brun, regard ténébreux. Beau gosse. Bien gaulé ! Trop craquant. Il portait un costume Hugo Boss. Le genre de type classe.

— Il venait souvent ?

— Non. Je ne l'ai vu que deux ou trois fois.

— Seul ?

— Toujours.

— Qu'est-ce qu'il faisait ?
— Il s'installait au comptoir, prenait un whisky et discutait avec les serveuses. Enfin... Surtout Éva. J'ai de suite vu qu'elle lui avait tapé dans l'œil.
— Vous savez quoi de lui ?
— Célibataire, sans enfant et un bon boulot ! C'est tout... Il me semble qu'il aimait le poker. Sur son smartphone, il regardait les résultats des tournois.
Anna leva les yeux et aperçut une caméra de surveillance de l'autre côté de la salle.
— Qui c'est qui s'occupe des enregistrements vidéo ?
Lou-Anne haussa les sourcils.
— Il faut voir Tonio.
— C'est qui ?
— Le boss ! Mais, les vidéos ne sont pas terribles... La qualité est moyenne et dans le noir, on ne voit pas très bien les visages. Ça pixélise.
— Et il est où Tonio ?
— Il est à Toulon pour l'inauguration d'une discothèque d'un de ses amis. Il sera là demain. Si vous voulez le voir, repassez dans l'après-midi. C'est lui qui gère le matos électronique. C'est un perfectionniste. Il n'aime pas qu'on trifouille dans l'informatique.
Gustanzo glissa son carnet de notes dans sa poche.
— OK. Demain, j'enverrai un de mes hommes pour récupérer les vidéos. Ça sera tout pour ce soir. Si du nouveau vous revient, ou que vous vous souvenez d'un détail important qui pourrait nous permettre de retrouver Éva, n'hésitez pas à me contacter à ce numéro, fit Anna en lui tendant une carte de visite.

23

Avenue du Prado.

Mains crispées sur le volant, regard aux aguets, Arthur conduisait stressé. Coup d'œil à gauche, coup d'œil à droite. Le danger pouvait surgir de toute part, il ne devait pas relâcher son attention. Gyrophare en action, sirène hurlante, une voiture de police les dépassa.

Arthur se raidit.

Son cœur s'emballa dans sa poitrine, un frisson glacé remonta le long de sa colonne vertébrale et un voile de sueur recouvrit son visage.

Le véhicule continua sa route sans s'arrêter.

Fausse alerte.

L'infirmier savait qu'il faisait une erreur en aidant Éva à prendre la fuite, mais c'était plus fort que lui. Cette fille, il l'avait dans la peau, depuis le premier jour de son entrée à l'hôpital.

— Je ne sais pas si c'est une bonne idée… Je vais avoir des problèmes avec les flics… Un avis de recherche a été diffusé dans les journaux. Tu es suspectée du meurtre de Farell Lewis. On fait une connerie, Éva.

— Ce n'est pas moi qui ai tué ce type ! s'exclama la jeune femme, en plongeant son regard clair dans le sien.

— Tu es amnésique. Comment peux-tu en être sûre ?

— Je le sais, c'est tout. Et, si tu ne m'aides pas, les deux gars qui veulent ma peau vont m'éliminer. Je n'aurai pas une deuxième chance.

— Qu'est-ce que tu comptes faire toute seule ? Tu crois que tu feras mieux que les flics ?

— Je veux découvrir la vérité. La police ne m'aidera pas. Ils vont me foutre en taule, c'est tout ce qu'ils feront.

— Tu devrais laisser faire l'enquêtrice. Fais-lui confiance. Je lui ai parlé, elle a l'air efficace. Elle me parait droite et honnête.

Déçue, Éva secoua la tête.

— C'est bon, j'ai fait une erreur en venant te demander de l'aide. Gare-toi, et laisse-moi là. Je vais me débrouiller toute seule. Tu n'as pas confiance en moi. Je me suis trompée.

La jeune femme posa la main sur la poignée de la porte.

— Excuse-moi... Je ne voulais pas te blesser, bredouilla Arthur, décontenancé.

Il appuya sur la pédale d'accélérateur sans s'arrêter.

— Laisse-moi, là ! s'exclama-t-elle.

— Je t'ai dit que je t'aiderai quoi qu'il arrive. Je n'ai qu'une parole.

Tout en conduisant, il posa une main sur son bras.

— Fais-moi confiance.

Éva prit une profonde inspiration.

Elle souffla et lâcha :

— Excuse-moi... Je n'avais pas à te parler comme ça. Je suis désolée. Tu as déjà fait beaucoup...

Arthur mit son clignotant, tourna à gauche et s'engagea sur le boulevard Pebre. Il gara son véhicule sur une place de parking qui venait de se libérer et marcha en direction d'un luxueux immeuble en crépi blanc situé à quelques centaines de mètres du parc Borély et à proximité de la plage du Prado. À la mort de son père, il avait hérité d'un bel appartement dans une résidence moderne de standing.

Dans l'ascenseur, Arthur salua une femme en tailleur Gucci tenant un yorkshire dans ses bras. L'animal avait une barrette à pompon rose glissée dans ses poils et portait un collier argenté.

Éva s'était calmée, la pression était retombée.

Elle appréciait cette ambiance calme et rassurante des beaux quartiers.

À Noailles, elle se sentait en insécurité permanente.

La peur au ventre, à chaque coin de rue, elle se méfiait des passants et des habitants.

Ici, c'était différent.

Les murs de ciment, sales et craquelés, des quartiers populaires, avaient laissé place à des matériaux modernes et design. Il n'y avait plus de racailles en survêtement qui traînaient dans la rue, de clochards ivres en train de mendier pour s'acheter une bouteille d'alcool, de toxicos en manque de came, mais seulement des petits bourgeois soucieux d'étaler leur richesse. Les odeurs d'urine et de détritus avaient laissé place à un agréable parfum de fleurs et d'iode.

Arthur inséra la clé dans la serrure, tourna la poignée et poussa l'épaisse porte d'entrée en chêne. La grande baie vitrée était ouverte, un vent tiède chargé d'embruns soufflait dans le salon noyé sous la lumière crue du soleil. Les mouettes tournoyaient dans un magnifique ciel clair, au-dessus des immeubles, et poussaient de petits cris stridents.

Le parfum boisé des conifères embaumait l'air.

Éva marcha jusqu'au balcon, s'appuya contre la rambarde et regarda en contrebas. Elle aperçut une grande piscine et de larges étendues de pelouses verdoyantes. Une splendide créature au corps d'ébène bronzait sur une chaise longue. L'huile de monoï faisait briller sa peau. À côté d'elle, sur un transat, un éphèbe, grand et blond, pianotait sur son téléphone portable.

— Installe-toi, je vais nous préparer un thé, fit Arthur en se dirigeant vers la cuisine.

La jeune femme inspira à pleins poumons l'air méditerranéen. Une douce chaleur l'enveloppait, le soleil réchauffait sa peau. Revigorée, elle s'assit à la table du balcon, sortit l'enveloppe pliée qui était dans sa poche et attrapa la photo déchirée sur laquelle elle apparaissait. Elle détailla longuement le cliché.

Pourquoi est-ce que je l'avais sur moi ?

Où est l'autre moitié ?

Elle prit délicatement la médaille et l'attacha autour de son cou. Ensuite, elle observa le papier froissé sur lequel était inscrite une série de chiffres.

EC/2208-0612.

Ce numéro ne représentait rien pour elle.

Malgré tous ses efforts, sa mémoire lui faisait défaut.

Arthur posa le plateau sur la table et servit le thé.

— La photo, la médaille et ces numéros... C'est tout ce qui reste de mon passé. Je suis incapable de me souvenir de quoi que ce soit.

L'infirmier détailla le cliché.

— Le paysage en arrière-plan, c'est l'abbaye Saint-Victor. Il faut que tu essayes de te rappeler qui t'accompagnait ce jour-là.

— Je ne comprends pas pourquoi j'avais cette photo sur moi. Si on l'a découpée, c'est qu'il doit y avoir une raison. Je cherche peut-être à oublier quelqu'un. Ou alors... Est-ce un indice... La personne qui était à mes côtés ne veut pas être reconnue. Un message caché qui m'est destiné.

Arthur soupira.

— J'ai assisté à des séances d'hypnose où le thérapeute se servait de photos de la patiente pour l'aider à se remémorer des souvenirs oubliés. Si tu essayais de faire pareil ?

— Oui. Comment faut-il faire ?

— Alors, je n'ai jamais pratiqué. Mais, je me souviens de la technique employée et des paroles du médecin. Tout d'abord, il faut se détendre, laisser aller son esprit.

— Cela ne me semble pas très difficile.

— Installe-toi correctement. Prends une position dans laquelle tu te sens bien. Oublie tout ce qui t'entoure. Concentre-toi sur l'église, laisse venir les images.

Éva ferma les yeux, fit le vide dans sa tête.

Elle se redressa, inspira profondément.

Elle visualisait l'édifice en espérant que des images émergeraient de son passé.

— Respire calmement, lentement. Ne bloque pas ton esprit, laisse-toi guider par tes sensations. Tous tes sens sont en éveil.

Arthur observait la jeune femme.

Sa respiration s'était ralentie, elle semblait sereine et détendue.

Un quart d'heure plus tard, il posa la main sur son bras.

— Les souvenirs te reviennent-ils ?

— Non. Rien ! Le néant, lâcha-t-elle, en soupirant.

— Et si nous contactions un spécialiste ? demanda-t-il en lui prenant tendrement la main.

Éva sentit un frisson lui parcourir le bras et remonter jusqu'à sa nuque. Quand Arthur la touchait, il déclenchait de vives émotions qu'elle ne parvenait pas à définir.

— Pas tout de suite. Je veux me faire oublier quelque temps. Je ne peux pas prendre le risque de me faire repérer.

— Je comprends.

— Je suis contente que tu sois là. Sans toi, je ne sais pas comment j'aurais fait pour m'en sortir. C'est bizarre...

— Qu'est-ce qui est bizarre ?

— Tout ça. Ce qui m'arrive. Notre rencontre. Je me sens si bien avec toi.

Gêné, Arthur ne sut pas quoi répondre.

Son visage s'empourpra.

Elle serra sa main.

— Tu me fais confiance ? Tu ne vas pas me lâcher ?

Il essaya de prendre sur lui et affronta son regard.

— Je n'ai qu'une seule parole. À présent, nous sommes embarqués dans la même galère. Le destin veut qu'il en soit ainsi. Et, je ferai tout pour t'aider.

Un large sourire se dessina sur le visage délicat de la jeune femme.

Arthur la trouvait tellement belle.

— T'es un mec génial. J'ai beaucoup de chance.

Elle le serra très fort dans ses bras.

Pour la première fois, Éva se sentait en sécurité.

L'avenir s'annonçait incertain, mais elle n'était plus seule.

24

Le temps était radieux, le soleil illuminait la Bonne Mère.

Les Marseillais profitaient de cette agréable journée pour flâner dans les cafés ou sur les plages paradisiaques des calanques. Anna et Gustanzo déjeunaient à la terrasse d'un restaurant situé sur le Vieux-Port. Tout en mangeant, la policière feuilletait les quelques pages du journal intime d'Éva Ciotta qui n'avaient pas été arrachées et notait les passages importants.

La jeune femme y évoquait ses cauchemars, ses visions et ses traumatismes. Le viol, l'accident mortel de sa mère et le suicide de sa sœur sur la route des Crêtes l'avaient marquée à jamais d'une empreinte indélébile. Elle avait collé les articles de presse dans son journal intime.

— En 1995, alors qu'elle était enceinte, Louise Ciotta a été violée dans son appartement situé dans le quartier Joliette. Une enquête a été menée par la Brigade criminelle de l'Évêché, car à la même période, un violeur sévissait sur Marseille. Mais, cela n'a rien donné. Le mode opératoire ne correspondait pas à celui du violeur qui agissait dans les quartiers nord. Celui-ci étranglait ses victimes avec leur soutien-gorge, expliqua l'enquêtrice.

Son regard glissa sur les bateaux amarrés dans le port.

— Ce viol... Il correspond étrangement au cauchemar d'Éva. Et, la similitude entre le violeur et Devin Wade... C'est très troublant, ajouta Anna.

Gustanzo croqua dans une tomate cerise et but une gorgée de rosé.

— On connaît les flics qui se sont occupés du dossier ?

— Le directeur d'enquête, c'était Filippi. Et, l'enquêteur, principal : Spano.

— Merde ! s'exclama le deuxième de groupe en manquant de s'étouffer en mangeant sa salade.

— Louise a réussi à arracher la cagoule du violeur, mais elle était dans la pénombre. Elle n'a pas vu son visage. Ce salopard n'a jamais été retrouvé. Deux ans plus tard, elle disparaissait dans un tragique accident de voiture, et dans des conditions plus que troublantes. Des traces de peinture bleue appartenant à un autre véhicule ont été retrouvées sur l'aile arrière droite. Encore une fois, la police a mené son enquête, mais cela n'a rien donné.

Anna lut l'article de presse de *La Provence* que la jeune femme avait glissé dans son journal intime.

Hier après-midi, vers 14 heures, la voiture de Mlle Louise Ciotta a fait une chute d'une quinzaine de mètres dans un ravin, sur la route des Crêtes de la commune de Cassis. Les pompiers sont immédiatement intervenus et ont découvert le corps sans vie à l'intérieur du véhicule. La police a lancé un appel à témoins, car une voiture de modèle 406, de la marque Peugeot, de couleur bleue, roulant à une vitesse excessive a été aperçue juste après l'accident par des touristes arrivant en sens inverse. Toute personne ayant des informations est invitée à contacter la police de Marseille.

— Un journaliste de *La Provence* s'est intéressé à l'affaire Ciotta. Dans un autre article, il a écrit que Louise avait été aperçue au petit port des Goudes en compagnie d'un homme dont on n'a jamais su l'identité. Elle a déjeuné dans un restaurant situé sur le port. Le patron se souvenait d'eux, car ils se sont disputés. Louise n'a pas terminé son repas, elle est partie sans manger. Un témoin a déclaré au journaliste qu'il avait vu son véhicule prendre la direction de Cassis, après le dernier rond-point de Mazargues.

Anna but une gorgée de vin.

Un bateau de plaisance s'amarra sur le port.

— Nous devons enquêter sur le passé d'Éva. Il y a beaucoup trop de zones d'ombres, de détails troublants. Le viol, l'accident de sa mère, le suicide de sa sœur, ses visions, son enlèvement.

— Tu crois qu'elle a participé à l'assassinat de Lewis ?

Anna prit une profonde inspiration et souffla.

— Cette fille n'a rien d'une tueuse. Et, nous n'avons établi aucun lien avec le riche homme d'affaires.

Elle fixa l'horizon, un goéland volait dans le ciel en poussant des petits cris stridents.

— Je vais aller interroger Mme Garnier, la voisine de Louise Ciotta. J'espère en apprendre un peu plus sur le passé de cette bien étrange famille au destin tragique.

— OK. Je dois rentrer sur Avignon. J'ai pris mon après-midi. Claire est très fatiguée en ce moment. Le bébé la réveille souvent la nuit, elle a du mal à dormir. Être père et policier, ce n'est pas toujours facile à mener de front.

— Profite de ces instants sacrés. La douceur d'une famille, c'est ce qui nous permet de tenir. J'aimerais tellement avoir encore mes parents. Nous étions très complices avec mon père, fit-elle, le regard rempli de nostalgie en pensant à lui.

Gustanzo soupira.

Son cœur se serra dans sa poitrine.

Il était triste pour sa collègue qui vivait seule et passait sa vie au travail. Une idéaliste, pourchassant les criminels et œuvrant pour un monde meilleur. Un sacerdoce qu'il avait bien du mal à comprendre.

LOUISE

25

La Joliette
Marseille

En début d'après-midi, Anna frappa à la porte de Violette Garnier. Cette dernière habitait un immeuble haussmannien entièrement restauré situé à proximité des docks, d'anciens entrepôts accueillant maintenant des bureaux d'affaires. Elle avait été la voisine de Louise et de ses parents, pendant plus de vingt ans. La policière espérait faire avancer son enquête en l'interrogeant sur la famille Ciotta.

La vieille femme l'accueillit sur le seuil de la porte avec un grand sourire. Elle la salua d'une fragile poignée de main et l'invita à entrer. Ses yeux pétillaient, elle semblait très en forme malgré ses 90 ans.

— Vous vivez seule ? demanda Anna en s'installant dans un petit salon lambrissé aux meubles rustiques.

— Oui. Mon fils travaille à Lyon. Il vient me voir le week-end quand il en a le temps... Ce n'est pas facile. Mais, j'arrive à me débrouiller. Il est séparé depuis un an... Sa femme est partie s'installer à Paris avec ses enfants ! Elle a suivi son patron ! Et maintenant, ils vivent ensemble. Comme ça, du jour au lendemain. Mon fils n'a rien compris. Il ne s'en est pas remis. Ça lui a fait un coup... Nous vivons une sacrée époque. Il n'y a plus de morale, nous ne croyons plus en rien. C'est bien triste.

Anna fit un signe de la tête, elle ne sut pas quoi répondre.

— Installez-vous, je vais vous chercher un café et des petits gâteaux.

Mme Garnier disparut dans la cuisine et revint quelques minutes plus tard avec un plateau qu'elle posa sur la table.

Anna détaillait l'appartement.

Le sol en tomettes rouges à la patine satinée venait d'être lavé. Un parfum de lavande, d'huile de lin et de savon noir embaumait l'air. Des photos de son fils et de ses petits-enfants trônaient sur le buffet en noyer.

L'enquêtrice eut un pincement au cœur.

La solitude devait être pesante pour cette grand-mère qui passait les journées seule.

— Ils ont parlé d'elle à la télé... Éva est si gentille. Quand elle était petite, elle allait me chercher le pain et me faisait le ménage. Tout le contraire de sa sœur qui était très renfermée, peu bavarde et agressive avec les gens, fit Violette, les yeux embués de larmes.

Elle servit le café dans une petite tasse en porcelaine, accompagné d'une madeleine et d'un chocolat. Malgré son âge, Mme Garnier était toujours rayonnante. Coquette et élégante, elle portait une belle robe fleurie. Ses longs cheveux grisonnants étaient attachés en chignon et elle s'était maquillée pour l'occasion.

— Nous ne savons pas ce qui a pu se passer. Éva est amnésique, elle ne se souvient que de son enlèvement. Elle ne sait rien de son histoire personnelle. Nous espérons la retrouver rapidement avant qu'il ne lui arrive quelque chose de grave.

La vieille femme but une gorgée de café.

Son regard venait de se voiler.

— Je retrace la vie d'Éva pour savoir qui elle est vraiment. Je veux découvrir pourquoi on a essayé de l'enlever et quel lien elle pourrait avoir avec le riche homme d'affaires, Farell Lewis. Mais, je dois aussi savoir ce qui est arrivé à sa mère. Nous ne devons écarter aucune piste, continua Anna.

— Louise... Elle n'a pas eu de chance dans sa vie, fit la vieille femme, d'une petite voix.

— Que pouvez-vous me dire à son sujet ? J'aimerais en savoir un peu plus : son caractère, sa personnalité, les personnes qu'elle côtoyait.

Violette posa sa tasse.

La lumière du soleil se reflétait dans ses yeux clairs.

— Louise était une femme agréable, quand elle ne faisait pas ses crises... Un jour, elle pouvait être adorable, vous lui auriez donné tout l'or du monde. Elle se confiait, parlait de ses amours, évoquait ses projets. Puis, le lendemain, elle pouvait devenir très exubérante. On l'entendait chanter dans sa cuisine, la musique dans le salon était très forte. Elle parlait à tout le monde et était très agitée. Et, les jours suivants, brusquement, sans qu'on ne sache pourquoi, elle devenait une autre personne, complètement différente de celle que vous connaissiez. Elle s'énervait pour un rien, insultait son père, criait sur sa mère et voyait tout en noir. Quand elle vous croisait dans le couloir, elle ne vous adressait pas la parole.

Mme Garnier s'arrêta de parler et poussa un soupir.

— Heureusement qu'elle avait emménagé dans le même immeuble que ses parents ! Ils étaient là pour s'occuper des jumelles. Élisabeth et Henri étaient des gens bien... Ils me manquent beaucoup.

— Avez-vous connu l'homme qu'elle fréquentait ? Le père de ses enfants ?

— Alfonso Lengo ! Quelle vermine, celui-là...

— Il est parti à cause de ses problèmes psychologiques ?

— Oui... Entre autres. Non seulement, il n'a pas reconnu Éva et Liane, il ne voulait pas assumer une famille. Mais, en plus, il a volé de l'argent au père de Louise.

— Ah, quand même ! s'exclama Anna en prenant un air étonné.

Mme Garnier haussa les épaules, son front se plissa.

— Quand il a compris que Louise ne guérirait pas, il a disparu en emportant toutes les économies de son père. À l'époque, cela faisait une petite fortune ! Henri... Ça lui a mis un coup... Il ne s'en est pas remis. Il est mort deux ans plus tard d'un cancer.

— Il s'est mis dans cet état pour de l'argent ?

— Cinq ans d'économie... Un petit magot. C'était pour sa retraite.

— Il a porté plainte ?

La vieille femme soupira.

— C'était de l'argent au noir. Des heures qu'il ne déclarait pas. Il voulait économiser pour ses vieux jours et acheter un appartement à la montagne pour emmener ses petites-filles.

— Savez-vous où Lengo a pu se cacher ?

— Le père de Louise pensait qu'il était retourné en Italie. Il venait de Naples. Il a envoyé un enquêteur privé, mais on ne l'a jamais retrouvé.

— Pourriez-vous faire un portrait-robot d'Alfonso ?

— Oh, oui ! Il a une tête qui ne s'oublie pas. Dégarni, un visage étroit, de grosses lunettes, un nez en trompette, de petits yeux, de grandes oreilles... Il avait un physique atypique et pas des plus séduisants. Heureusement, les enfants ressemblent à leur mère. Mais, cela va faire bientôt vingt ans. Il a dû beaucoup changer.

— Nos spécialistes sont capables de faire vieillir les visages. Cela ne vous dérange pas si un policier vient à votre domicile pour établir le portrait-robot ?

— Il n'y a pas de soucis. Ça m'occupera. Mes journées sont bien monotones.

— Vous savez que les enquêteurs pensaient que l'accident de voiture de Louise était de nature criminelle ?

— Oui... La rumeur a circulé. On a parlé de cet homme qui a déjeuné avec Louise le jour de son accident et de la voiture qui a été aperçue sur la route des Crêtes. Mais, je ne pense pas que cela soit Alfonso. Il ne serait pas revenu pour l'assassiner. Il n'est pas fou ! Avec l'argent volé, il avait de quoi se la couler douce pendant un long moment. Je me souviens qu'un témoin parlait d'une 406 bleue immatriculée dans le 13.

— Et la couleur bleue a été retrouvée sur la carrosserie de Louise...

— Mais, les enquêteurs n'ont rien pu trouver dans la vie de Louise qui pouvait laisser penser qu'on aurait voulu l'assassiner. Elle s'est peut-être suicidée sur un coup de folie... Quelle triste fin !

— Se suicider avec deux enfants ?

— Elle prenait tellement de médicaments... Quand elle était en crise, elle était très mal dans sa peau.

La vieille femme leva les paumes en direction du plafond.

Anna prit une profonde inspiration.

Elle ne s'attendait pas à une telle révélation.

— J'aimerais en savoir un peu plus sur les jumelles. Que s'est-il passé après la disparition de Louise ? La grand-mère les a-t-elle élevées toute seule avec son mari ? Éva et Liane étaient-elles complices dans la vie de tous les jours ?

— Jusqu'à l'école primaire, elles étaient inséparables. On ne voyait pas l'une sans l'autre. Elles s'habillaient pareil, avaient les mêmes goûts. Mais, vers l'adolescence... leur caractère s'est affirmé. Éva était plutôt timide, douce et sensible et Liane, rebelle, colérique et indisciplinée. Elles étaient très jeunes quand Louise a eu l'accident, le traumatisme a dû s'ancrer profondément. Ne pas avoir de papa et de maman, être élevé par ses grands-parents, on se sent forcément différent. Et, les enfants ne sont pas toujours gentils entre eux. Certains se moquaient, ils disaient qu'elles vivaient avec des vieux, qu'elles étaient mal habillées. Liane ne le supportait pas. Elle a fini par être en conflit avec ses grands-parents. Il y a eu de nombreuses altercations. Élisabeth était souvent convoquée au collège.

— C'est au collège que Liane a commencé à devenir un problème pour sa famille ?

— Oui. Et au lycée, ça s'est empiré ! Elle fréquentait de mauvaises personnes, s'est mise à fumer du cannabis, boire de l'alcool et fuguer régulièrement ! Élisabeth a eu beaucoup de problèmes pour l'éduquer. La drogue a dû lui abîmer le cerveau. Elle était très agressive, criait après ses grands-parents. Éva essayait de la raisonner, mais elle ne voulait rien entendre. C'est à cette époque qu'elle a commencé à faire des séjours en hôpital psychiatrique.

— Je vais vous poser une question qui va peut-être vous paraître bizarre, mais Éva et Liane pratiquaient-elles la sorcellerie ?

La vieille femme écarquilla les yeux.

— La sorcellerie ? Euh... Non... Liane n'avait pas vraiment de passions. Elle fumait, buvait, se droguait... Elle ne s'intéressait à rien d'autre.

— Si je vous pose cette question, c'est que l'assassin de Farell Lewis pratique une forme de magie très ancienne appelée Wicca.

— Ah... Vous me parlez en chinois. Je ne comprends pas grand-chose à tout ça.

Anna la considéra et préféra changer de sujet :

— Quand avez-vous vu Éva pour la dernière fois ?

— Il y a trois mois. Elle est passée me faire un coucou pour voir si tout allait bien. Le matin, nous sommes allées promener au Jardin des Vestiges. Puis, on a mangé un sandwich au parc Longchamp. J'aime beaucoup ce parc. J'y allais souvent le week-end avec mon fils et mon mari. Cela me rappelle de très bons moments en famille. C'était la belle époque.

Les yeux de la vieille femme s'embuèrent.

Une larme roula sur sa joue ridée.

— Elle me manque. J'espère qu'elle va retrouver la mémoire. C'est une fille si gentille. Elle ne mérite pas ce qui lui arrive. Elle ne le mérite pas...

Anna comprit que l'interrogatoire avait assez duré.

Elle décida de prendre congé pour ne pas perturber Mme Garnier qui commençait à accuser le coup. L'épuisement se lisait dans son regard.

— Cela suffira pour aujourd'hui. Je vous remercie de m'avoir accueillie chez vous et de m'avoir fourni ces précieuses informations qui me seront très utiles pour mon enquête.

L'enquêtrice se leva, la vieille femme lui prit la main.

Des larmes roulaient sur ses joues.

— Retrouvez-la, capitaine Valentin. C'est une fille si pure, si gentille. Éva doit fonder une famille, elle a droit au bonheur comme tout le monde, lâcha-t-elle en éclatant en sanglots.

Anna était désemparée.

Elle ne savait pas comment réagir.

Elle s'approcha et la prit dans ses bras pour la rassurer.

— Je vous remercie. Vous êtes une belle personne, je l'ai tout de suite sentie en vous voyant, ajouta Mme Garnier, les yeux remplis de larmes.

26

Éva regardait les informations régionales quand sa photo apparut à l'écran sur un fond noir. La police avait lancé un appel à témoins et demandait à toute personne ayant aperçu la jeune femme de contacter la Brigade criminelle d'Avignon. Le journaliste expliquait qu'elle souffrait d'amnésie et qu'elle était recherchée, car elle détenait des informations importantes dans le cadre de l'assassinat du P.D.G. de Biotech Lewis.

— Si un voisin se souvient de ton visage, on est cuit. Je serai viré de mon boulot, et on passera directement par la case prison, fit Arthur, affolé, en se levant brusquement du canapé.

Les yeux écarquillés, la main sur la bouche, il marcha jusqu'au balcon et vérifia que personne ne l'observait. Les fenêtres des immeubles environnants donnaient sur la Méditerranée. Il y avait donc peu de chance qu'un voisin ait pu apercevoir Éva.

— Viens voir ! Vite, cria Éva.

Arthur accourut.

La jeune femme désigna l'homme qui parlait à télé.

C'était son petit ami, Thomas Gaultier. Il demandait à sa compagne de le contacter. Éva lui manquait, il n'envisageait pas l'avenir sans elle. L'image se coupa, un numéro de téléphone apparut au centre de l'écran.

Éva était sous le choc.

Elle venait de voir pour la première fois l'homme qui partageait sa vie, mais elle n'avait ressenti aucune émotion et n'imaginait pas un seul instant vivre avec lui.

— Je dois t'avouer que je ne te voyais pas avec ce genre de mec, dit Arthur.

— Moi non plus… Il est moche, mal habillé… Sa voix, sa façon de parler… Je ne me vois pas vivre avec lui. Beurk !

Éva était prostrée dans le canapé, recroquevillée sur elle-même. La tête entre les mains, elle sanglotait.

— Tu vas devoir prendre contact avec lui. Il est tout ce qui te lie à ton passé, et il est le seul à pouvoir t'aider à retrouver la mémoire.

La jeune femme s'essuya les yeux.

Elle était désespérée.

— Si c'est ça mon passé, je n'ai plus envie de savoir qui je suis. Je préfère aller de l'avant et pas me retourner.

— Tu es liée à une affaire de meurtre, des hommes ont essayé de t'éliminer. Si tu veux avoir un futur, tu dois découvrir qui tu es et ce qui t'est arrivé. Nous pouvons y aller discrètement sans prévenir la police.

— Et, s'il me balance aux flics ?

— C'est ton petit ami ! Il ne ferait pas ça ! Et, maintenant que tu l'as retrouvé, tu vas enfin savoir qui tu es, d'où tu viens. Tu n'as plus à te cacher. Il faut te rendre.

— Non ! Je ne veux pas voir les flics. Ils vont me mettre en prison. Et ces deux malades qui veulent m'assassiner, qui te dit qu'ils ne me recherchent pas ? Je ne me sens pas en sécurité.

Arthur fixa Éva longuement.

Il réfléchissait à une solution pour l'aider.

— Et si nous contactions Yavan ? Il est le seul à pouvoir te protéger face à ces tueurs. Nous pourrions aller voir ton petit ami tous ensemble.

Éva sortit un papier froissé de sa poche.

— Tu crois pas que je devrais attendre ?

— Tu dois parler à ce Thomas Gaultier.

— Et si je laissais ma vie d'avant derrière moi ? Je ne me souviens de rien, et le peu que je viens de découvrir ne me donne pas envie d'en savoir plus.

Arthur soupira.

— Si tu veux avancer, créer un nouveau futur, tu dois connaître ton passé. Sinon, tu n'auras pas d'avenir. Nous nous construisons à partir de notre histoire.

Elle plissa les yeux.

— Tu as raison.

Éva s'arrêta de parler, contempla le ciel à travers la baie vitrée et ajouta :

— Depuis le début, je veux savoir qui je suis. Personne ne m'en empêchera. Une fois que j'aurai eu des réponses sur mes interrogations, j'irai de l'avant.

Arthur lui prit la main.

Elle sentit son cœur battre la chamade.

Une bouffée de chaleur l'envahit.

Une alchimie particulière les liait.

Quelque chose de viscéral, qu'elle ressentait au plus profond de son être.

— Je l'appelle, annonça-t-elle.

Arthur hocha la tête et lui tendit son téléphone portable.

Éva prit le morceau de papier sur lequel était noté le numéro et pianota sur le smartphone. Yavan répondit à la deuxième sonnerie.

— Yavan... C'est Éva...

— Tu vas bien ? Les flics ne t'ont pas encore retrouvée ?

— Ne t'inquiète pas. Je suis toujours chez Arthur, mais j'ai besoin de ton aide. Tu as vu les informations ?

— Non... Il parle de toi ?

— Oui. La police a retrouvé mon petit ami. Je m'appelle Éva Ciotta. Et...

— Tu vas te rendre aux flics ?

— Non.

— Tu ne vas pas pouvoir rester en fuite comme ça bien longtemps. Tôt ou tard, ils te trouveront. Et, si ce n'est pas la police, ça sera tes agresseurs.

— Je ne peux pas. Si je me rends, ils vont m'emprisonner. Ils ne chercheront pas le vrai coupable. Tu comprends ? Je n'ai pas le choix.

— C'est quoi, ton plan ?

— Voir mon petit ami, l'interroger. Je veux savoir qui je suis vraiment, ce que je fais dans la vie. Ainsi, je découvrirai peut-être ce qui a pu m'arriver.

— Tu te jettes dans la gueule du loup.

— Tu me suis ?

Silence.

— Yavan ? J'ai besoin de toi.

— OK. Mais, on prend de gros risques. Je ne le sens pas du tout. C'est très risqué.

— Merci ! Je savais que je pouvais compter sur toi.

— Tu veux y aller quand ?

— Il ne faut pas attendre que tout le monde se pointe là-bas. Le plus tôt possible sera le mieux.

— OK. Demain, en fin de matinée. Je vous attendrais, dit-il, d'un ton décidé.

27

Arthur prit une profonde inspiration et frappa deux coups secs à la porte. La respiration saccadée, les mains moites, il ne se sentait pas en sécurité dans cet immeuble mal fréquenté. Murs sales recouverts de graffitis obscènes, sols crasseux, effluves de cannabis et musique trop forte. Les individus, qu'ils avaient croisés au bas de l'immeuble, les avaient observés méchamment. Certains les avaient même menacés. Malgré tout, ils avaient baissé la tête et continué leur chemin sans s'arrêter.

— Je ne sais pas si c'est une bonne idée de venir ici. Je ne me sens pas en sécurité, fit Arthur en fixant Éva avec insistance.

— Ne t'inquiète pas ! Nous ne risquons rien.

Des pas résonnèrent, la porte s'ouvrit dans un grincement de gonds. Yavan apparut dans l'entrebâillement. Arthur recula, il ne s'attendait pas à voir un physique aussi impressionnant. Tête de boeuf, cou de taureau, épaules massives. Le colosse le dépassait d'une tête. Il jeta un coup d'œil dans le couloir et les fit entrer.

— J'espère que personne ne t'a reconnue. Entrez !

Éva s'installa sur le canapé.

Elle enleva sa casquette et ses lunettes noires.

— Il n'est pas un peu large, ton survêtement ?

— Il fallait cette taille pour qu'on ne me reconnaisse pas. Mais, c'est vrai que je nage un peu dedans, dit-elle en souriant.

— Ça me fait plaisir de te revoir. Tu as l'air d'être en forme. Tes blessures au visage ont pratiquement disparu.

— Arthur s'est bien occupé de moi.

Yavan jeta un regard en coin à l'infirmier qui n'avait pas encore ouvert la bouche. Il se méfiait de lui.

— Alors, c'est toi, le fameux infirmier !

— C'est moi, répondit Arthur, d'une petite voix craintive.

Yavan fronça les sourcils et hocha la tête.

— OK. On va donc bosser ensemble.

— Euh... Bosser... C'est un bien grand mot.

Le Black se dirigea vers l'armoire, ouvrit la porte et sortit une mallette chromée. Il l'ouvrit et attrapa un pistolet.

— Oh ! Du calme ! C'était pas dans le deal, lâcha Arthur en dévisageant Éva.

— C'est un CZ 75, une arme tchèque chambrée en 9 mm. Précis et fiable. Avec ça, tu dégommes un type à plus de vingt mètres.

Yavan fit tourner le CZ75 dans sa main.

Il resta quelques secondes sans parler et s'approcha d'Arthur en braquant son pistolet dans sa direction.

L'infirmier sentit son cœur cogner contre sa poitrine.

Il ne comprenait pas pourquoi le colosse le visait.

— Eh, mec ! Baisse ce putain de flingue !

L'Africain dirigea le canon en direction de son front.

Arthur poussa un cri de terreur et mit la main devant son visage.

— Yavan ! Qu'est-ce que tu fais ? cria Éva.

La jeune femme s'était figée.

Elle assistait incrédule à la scène qui se déroulait sous ses yeux.

Yavan contracta les mâchoires et appuya sur la détente.

— Nonnn ! hurla Arthur.

Un clic retentit.

La culasse claqua dans le vide en produisant un son métallique.

— T'es malade ou quoi ? Ça ne va pas bien dans ta tête ? s'énerva Arthur, livide.

Haletant, il essayait de reprendre son souffle.

Son cœur cognait dans sa poitrine, le sang frappait ses tempes, ses mains tremblaient. Les jambes cotonneuses, il s'assit dans le canapé du salon pour retrouver ses esprits.

Éva se jeta sur Yavan et lui enleva son arme.

— Mais, t'es malade ? Pourquoi t'as fait ça ?

— Le pistolet n'était pas chargé. C'était un test. Avant de faire équipe avec quelqu'un, je veux voir ce qu'il a dans le ventre. Je voulais voir sa réaction.

Éva souffla, un sourire se dessina sur son visage.

— Putain ! Vous êtes cinglés tous les deux, s'exclama Arthur.

Il se leva et fit quelques pas dans le salon pour se calmer.

— Il est barge, ton pote ! Mais, qu'est-ce que je suis venu foutre ici ?

— Du calme, mec. Il n'y avait aucun danger. Pas de balles dans le chargeur. T'as assuré. J'ai vu des types chialer comme des gonzesses quand je leur collais le calibre sur la tête. Toi, t'as des couilles. Je l'ai vu dans ton regard. T'es pas violent, t'es pas costaud, mais on peut compter sur toi. T'es un vrai mec.

Le colosse lui tapa sur l'épaule.

Énervé, Arthur serra les mâchoires.

Ce petit jeu débile ne l'avait pas amusé.

— Alors c'est quoi, le plan ? fit Yavan, le regard brillant.

— Tu viens avec nous jusque devant l'immeuble. On vérifie que les flics ou les tueurs ne sont pas dans le coin. Si c'est OK, on stationne notre véhicule au plus près de l'entrée pour pouvoir partir rapidement en cas de problèmes, expliqua Éva.

— Et après ?

— Après quoi ?

— Parce que tu crois que tu vas te pointer chez ton mec, lui poser plein de questions et te casser tranquillement ? Il va vouloir que tu restes avec lui !

— Je lui expliquerai que je ne suis pas prête. Je n'ai aucun souvenir. Je vais être sincère.

Yavan regarda d'abord Arthur, puis fixa Éva.

Il fit claquer sa langue contre son palais.

— OK. Mais, vous faites une connerie. Ça pue à plein nez, votre plan. On se jette dans la gueule du loup. Mais, si c'est ton choix, je te suis, dit-il sans lâcher du regard Éva.

Le colosse attrapa deux chargeurs.

Il mit le premier dans sa poche, inséra le second dans le CZ 75 et fit claquer la culasse pour faire monter une balle dans le canon. Ensuite, il glissa son arme entre sa ceinture et son pantalon.

— Alors, c'est d'accord pour moi aussi. On y va quand ?

— Tout de suite ! s'exclama Anna, le regard brillant.

— C'est OK, mais je vais modifier ton plan.

Éva le dévisagea.

— C'est trop risqué de se pointer là-bas avec toi. Il peut y avoir les flics ou tes agresseurs. Ce que je te propose, c'est que d'abord, je te conduise en lieu sûr. Un endroit bien planqué où tu seras en sécurité. Ensuite, nous effectuons un repérage avec Arthur. Personne ne nous connaît. Si la voie est libre, on va parler à ton mec et on lui demande de venir avec nous.

Éva mit quelques secondes avant de répondre.

Elle réfléchissait.

— Il a raison. Nous, c'est moins risqué, lâcha Arthur.

— D'accord. Et, tu comptes la faire où, cette rencontre ?

Yavan sourit.

— Les quartiers nord. J'ai des potes qui peuvent nous accueillir. Et, là-bas, il y a des choufs à chaque barre d'immeuble qui surveillent la cité. Les flics n'y rentrent presque jamais. Et, on est en business avec certains gars de la BAC. Il n'y a rien à craindre.

— C'est OK. Mais, vous ne prenez pas de risques. Promis ?

— T'inquiète, beauté. Je gère l'affaire, fit Yavan en lui faisant un clin d'œil.

28

Brigade Criminelle
Avignon

Le procédurier de la Crim' pénétra dans le bureau de la capitaine Valentin. Vêtu élégamment, il portait un pantalon noir, une chemise blanche de la célèbre marque italienne Valentino et une cravate bien ajustée. Driss Sidhi était toujours tiré à quatre épingles, ses vêtements parfaitement repassés. Méticuleux et ordonné, il était le limier de la Crim'. Aucun détail ne lui échappait.

L'œil pétillant, le sourire aux lèvres, il posa une série de clichés sur le bureau de la chef de groupe.

— J'ai visionné les vidéos du *1919*. L'homme qui a passé la soirée avec Éva Ciotta apparaît sur l'enregistrement de la caméra de surveillance.

Anna attrapa la photo de mauvaise qualité sur laquelle apparaissait Ralph Korb. Les images de la caméra étaient granuleuses, on distinguait vaguement l'individu.

— Tu as son identité ?

— Pas encore. Un appel à témoins a été lancé. J'ai aussi fait une recherche sur les fichiers de la police en utilisant les logiciels de reconnaissance faciale. Pour le moment, RAS.

— Pas terrible, ces clichés... Ils sont sombres, granuleux et pixélisés ! Tu peux voir avec le service informatique de la police scientifique, les techniciens pourront peut-être te les retoucher.

— J'ai appelé X-bird ! Il ne devrait pas y avoir de soucis avec lui.

— Ça, c'est sûr ! Tu ne peux pas trouver mieux. C'est un spécialiste des retouches numériques.

Anna regarda à nouveau la photo.

L'homme en costume était debout devant le comptoir, un verre à la main. Il avait l'air plutôt beau gosse. Grand, athlétique, ténébreux.

— Il faudrait savoir s'il a bien passé toute la soirée de mercredi avec Éva. Ce type est l'élément clé de l'affaire. Tu as fait du bon boulot. L'enquête avance à grands pas.

Driss Sidhi esquissa un sourire.

Le regard vif, il tira une chaise et s'assit face à sa supérieure.

— Je suis retourné interroger l'épicier arabe, car j'étais persuadé qu'il nous avait caché des choses sur le déroulement de la soirée. Je lui ai mis la pression. Ça n'a pas marché… J'ai changé de tactique. J'ai fait le mec cool. Pote à pote. Et, là… Il s'est senti en confiance et il a tout balancé.

Anna dévisagea Shidi.

Elle ne s'attendait pas à une telle révélation.

— J'y suis allée avec Gustanzo, il n'a rien lâché !

— Je viens du Bled, comme lui… Il était en confiance et m'a avoué qu'il avait reçu des menaces des deux hommes qui avaient agressé Éva. Et, en partant, ils ont récupéré les disques durs.

— Les enfoirés.

— Je lui ai montré la photo de Devin Wade et du type de la vidéo. Il les a immédiatement reconnus. C'est bien eux qui l'ont menacé. Ils ont récupéré les vidéos de surveillance pour ne pas être identifiés.

Anna leva la tête et fixa le plafond.

— Très étrange, cette histoire. Farell Lewis est assassiné. Et, le soir même, une jeune femme qui a des visions de la scène de crime est enlevée par son garde du corps. Ce dernier est retrouvé égorgé à son domicile une semaine plus tard. Mode opératoire et signature similaire au crime de son patron.

— Mais, ce qui est certain, c'est que tout était calculé. Le type en costume est venu jusqu'au travail d'Éva Ciotta. Les deux complices avaient un plan ! s'exclama Gustanzo qui releva la tête par-dessus son ordinateur.

— Vingt ans plus tôt, la mère d'Éva est violée par un individu qui, d'après ses cauchemars, ressemble à Devin Wade. Deux ans plus tard, Louise meurt dans d'étranges circonstances, poursuivit Anna.

Un avion de chasse passa dans le ciel.

Le bruit assourdissant du moteur résonna dans le bureau.

Gustanzo se leva, ferma la fenêtre et observa sa collègue :

— Tu penses que tout est lié ? L'affaire Lewis remonterait à deux décennies ?

Anna fit un signe de la tête.

— Nous devons creuser la piste Louise Ciotta. Cet après-midi, j'ai rendez-vous avec Spano. Il s'est occupé de l'enquête.

Le lieutenant haussa les sourcils.

— Je te souhaite bonne chance. C'est un macho, égoïste et stupide ! Personne n'aime bosser avec cet enfoiré. Il n'a pas beaucoup d'amis à l'Évêché, fit Shidi.

— C'est un gros con ! Raciste, misogyne, égocentrique. En plus, on doit travailler avec lui en co-saisine.

Anna se leva et tapa sur l'épaule du procédurier.

— T'as fait du bon boulot. Félicitations.

Elle ouvrit son tiroir, saisit son Sig-Sauer et le glissa dans son holster. Elle se leva et attrapa sa veste.

— Je file à Marseille pour voir Spano. Ensuite, j'ai rendez-vous avec le proc'. On se retrouve ce soir pour faire le point. À plus tard, les gars.

29

Évêché
Marseille

Après avoir traversé les petites rues pittoresques du quartier du Panier, et croisé le chemin d'individus au comportement étrange et excentrique, Anna pénétra dans l'hôtel de police principal : l'Évêché. Les vieux murs de ces bâtiments avaient vu passer les plus grands noms du banditisme et du crime méridional. Les frères Guérini, le clan Zampa, Francis le Belge. Mais aussi des affaires au retentissement médiatique : l'affaire Ranucci, l'assassinat du juge Michel, la tuerie du bar du téléphone.

Anna traversa le hall d'accueil sans s'arrêter.

Le linoléum était noirci par les traces de semelles. Les murs fraîchement repeints portaient déjà des taches d'humidité et les fenêtres de l'entrée étaient mal nettoyées. La pollution urbaine avait déposé un léger voile gris opacifiant le verre. Malgré tout, la policière ressentait toujours une pointe d'excitation quand elle pénétrait dans ce lieu mythique chargé d'histoire qui était imprégné d'une énergie particulière.

Anna arpenta une longue série d'escaliers, remonta le couloir de la Brigade criminelle, salua des enquêteurs appartenant au groupe de Filippi et frappa deux coups secs à la porte du bureau de Spano.

Le policier l'accueillit d'un regard noir, peu amical.

Anna tira une chaise, s'assit en laissant promener son regard autour d'elle. La pièce était mal éclairée, la lumière blafarde du jour pénétrait difficilement à travers la petite fenêtre du fond. Des posters de films policiers décoraient l'antre austère et spartiate de l'adjoint de Filippi. Sur le bureau en bois et aluminium, les dossiers s'accumulaient à côté des PV et des rapports.

Will Spano se rassit dans une chaise en moleskine sans lui serrer la main.

— Putain, Valentin ! Cette histoire a bientôt vingt ans ! Qu'est-ce que vous venez fouiner dans cette enquête ? Vous n'avez pas assez de boulot avec l'affaire Lewis ? Ces gonzesses, il faut toujours que ça casse les couilles, s'énerva-t-il en posant les pieds sur son bureau.

Le lieutenant parlait fort, des postillons sortaient de sa bouche. Sa tête carrée, son visage ridé et joufflu, ses paupières tombantes et son nez épaté lui donnaient un air de vieux bouledogue.

— Devin Wade a participé à l'enlèvement d'Éva. Il correspond à la description de l'homme qui l'a agressée et au violeur de ses cauchemars. Cette femme abusée sexuellement est peut-être sa mère. L'épicier arabe a fini par avouer qu'il ressemblait à l'individu qui l'a menacé quand il a voulu protéger Éva.

Spano l'observa longuement.

— Ces bougnoules, on devrait tous les renvoyer chez eux en charter ! Ils mentent comme ils respirent, volent, vendent de la drogue dans les cités et commettent des attentats. Depuis le temps que je le dis qu'il faut voter Front National. C'est pire que la peste, de vrais rats.

Anna n'en revenait pas.

Spano était un abruti de première, mais là, il repoussait les limites de la bêtise humaine en parlant comme un demeuré.

— Je me fous de ce que vous pensez des Arabes. Et, vos opinions politiques, je m'en tape ! OK ? Tout le monde sait que vous êtes un sale macho raciste. Mais que vous le vouliez ou non, on doit bosser ensemble. Si vous m'emmerdez encore avec vos remarques à la con, j'en réfère au directeur central de la DCPJ, s'énerva Anna qui ne supportait plus les remarques du policier.

Spano resta bouche bée.

Les paroles de l'enquêtrice le surprirent.

— OK, la blonde ! On se calme. Pas besoin de crier. Que vient faire Wade dans le viol et l'accident de voiture de Louise Ciotta ?

— Spano, vous êtes encore plus stupide que ce que je pensais.

— On n'a pas élevé les cochons ensemble, lâcha-t-il en la foudroyant du regard.

Les deux policiers se toisèrent méchamment.

Les hostilités étaient déclarées, la guerre était ouverte.

— Éva a eu des visions, elle voyait Farell Lewis se faire assassiner. Elle a donné des indices de la scène de crime ainsi que le mode opératoire et la signature du tueur. Nous n'avions encore rien divulgué à la presse. Personne ne connaissait ces détails. Une semaine plus tard, on retrouve son agresseur assassiné avec le même mode opératoire. C'était le garde du corps de Farell Lewis.

— J'avoue que c'est plus que troublant. Mais, je ne vois pas le rapport avec l'accident de voiture !

— Elle a eu d'autres visions dans lesquelles un homme violait une femme… L'homme était rasé, costaud, il avait une cicatrice au-dessus de l'œil. Il ressemble à Devin Wade. Vous voyez où je veux en venir ?

— Vous pensez donc que sa mère a été violée par Wade. Et, que ce dernier était dans la voiture bleue aperçue sur la route des Crêtes, après l'accident… Je comprends mieux. Voilà pourquoi aujourd'hui j'ai votre visite.

Silence.

Spano réfléchissait.

— OK, Valentin. Vous avez gagné, je vais me replonger dans l'affaire Ciotta. Mais, après vingt ans, je ne vous cache pas que cela va être difficile. Le juge d'instruction en charge du dossier a rendu une ordonnance de non-lieu. Même avec de nouveaux éléments, nous ne pourrons pas rouvrir le dossier.

— Il est possible que l'assassinat de Farell Lewis et Devin Wade soit lié à la disparition tragique de Louise Ciotta.

— Vous pensez que ces deux meurtres sont dus à une vengeance ?

— Pour le moment, c'est une des pistes envisagées. Je ne veux rien négliger. Qu'est-ce que vous pouvez me dire sur le viol et l'assassinat de Louise Ciotta ? Je veux tout savoir dans les moindres détails.

— Le violeur ne l'a pas pénétrée avec son sexe, mais il a utilisé un sextoy. Louise nous a dit que l'homme semblait complètement détaché lors de son agression. Nous avons pensé qu'il était impuissant et prenait son pied en utilisant des objets. C'était un type massif et puissant.

— Elle lui a enlevé la cagoule. Elle n'a pas réussi à le voir dans le noir ? Pas de détails physiques particuliers ?

Spano plissa les yeux et se passa la main sur le visage.

Il soupira.

— L'homme était grand, costaud, le crâne rasé. Elle a réussi à voir qu'il avait une cicatrice au-dessus de l'arcade sourcilière. Il est vrai qu'il y a des similitudes physiques avec Devin Wade.

Anna se figea.

— Pourquoi ne pas m'en avoir parlé avant ?

— Vous plaisantez ? Comment aurais-je pu faire le lien ?

— Éva est la fille de Louise. Vous avez bossé sur deux des enquêtes où sa mère a été victime.

Spano fit un signe d'énervement avec la main.

Il n'aimait pas devoir rendre des comptes à une femme.

— Putain ! Valentin, vous me gonflez. À part donner des leçons, vous savez faire autre chose ?

Anna lui lança un regard haineux.

— Vous êtes une belle nana, vous gagneriez mieux votre vie à faire du mannequinat. Laissez tomber la police. Cherchez un boulot dans vos cordes.

Il la reluqua de haut en bas.

— Vous êtes une pète burne, mais vous êtes sacrément gaulée. Un bon petit cul. Des petits nichons, mais ça ferait bien l'affaire... Vous êtes libre, ce soir ?

L'enquêteur voulait la faire craquer.

— Je vous emmerde, Spano. Je n'aime pas les nabots, à la face de cabots.

Le policier devint écarlate.

Furieux, il tapa du poing sur la table.

— Salope ! Vous finirez par sucer des bites pour arrondir les fins de mois quand on vous aura virée de la police pour votre incompétence. Vous n'avez rien à faire à la Brigade criminelle.

Anna se pencha sur le bureau et s'approcha à quelques centimètres du lieutenant. Son haleine empestait l'alcool.

— Vous allez faire quoi ? Me frapper ? demanda-t-il en ricanant.

L'enquêtrice se rassit, plongea sa main dans la poche de son jean. Elle regarda le lieutenant droit dans les yeux, sortit son smartphone et le posa sur la table.

Il y eut un instant de flottement.

— Et alors ? demanda-t-il, d'un air surpris.

Anna pianota sur son écran, la voix de Spano résonna dans le bureau. La policière avait enregistré toute leur conversation.

— Salope !

Spano était vert de rage.

Il attrapa le smartphone, leva le bras en faisant mine de le lancer à travers la pièce.

— Je vais l'exploser contre le mur, petite maligne.

Anna ne bougea pas.

Le lieutenant fut surpris par sa réaction, il s'attendait à la voir réagir.

— Le fichier a été enregistré automatiquement sur mon cloud. Vous pouvez casser mon smartphone, mais la conversation est sur le net pour toujours. Bienvenu dans l'ère du virtuel.

Spano resta pantois derrière son bureau.

Sonné, il ne savait plus quoi répondre.

— D'après le journaliste de la Provence qui a couvert l'affaire, le restaurateur du port des Goudes est le dernier à avoir aperçu Louise Ciotta vivante. A-t-il fait la description de l'individu qui l'accompagnait ? Il semblerait qu'il y ait eu une dispute et que Louise soit partie au cours du repas.

Le lieutenant soupira.

La capitaine Valentin était une emmerdeuse de première, mais il devait reconnaître que sa pugnacité portait ses fruits. La policière était d'une redoutable efficacité. Le limier de l'Évêché venait de recevoir une leçon de la part de la chef de groupe de la Brigade criminelle d'Avignon.

— Il se rappelait effectivement d'un grand type baraqué au regard sombre…

— Balafré ?

Spano hocha la tête.

Ses paupières tombantes lui donnaient un air de chien battu.

— Et vous n'avez pas fait le rapprochement avec l'individu qui l'a violée ? s'enquit Anna en se redressant sur la chaise.

— C'était deux ans avant son accident de voiture… Je n'ai pas pensé à faire le lien avec cette affaire. D'ailleurs, pourquoi le violeur aurait-il cherché à la revoir ? Il faut être débile.

— Parce que vous croyez qu'un criminel agit intelligemment ? Le type avait peut-être des pulsions… L'envie de recommencer. L'excitation de prendre des risques.

Spano contracta les mâchoires, serra les poings sous la table et souffla calmement pour apaiser ses nerfs. Si Anna avait été un homme, il lui en aurait collé une depuis longtemps.

Elle sortit trois photos de sa poche, ainsi qu'un croquis des lieux. Sur les clichés, on apercevait le véhicule de Louise après l'accident. Il ne restait plus grand chose de la voiture. Les vitres avaient toutes explosé, le capot était enfoncé et les portières éventrées.

Spano déglutit.

— Où est-ce que vous les avez eus ?

— J'ai contacté le journaliste de *La Provence*. Il m'a envoyé un e-mail contenant les clichés de l'accident.

— Le casse-couilles de service. Sébastien Mader.

L'enquêteur de la Crim' de Marseille se leva, marcha jusqu'à la fenêtre et tira une cigarette de son paquet de Marlboro en observant la cathédrale de la Major qui se découpait dans un ciel clair.

— Putain, Valentin. Vous ne vous arrêtez jamais ? J'en ai vu des gonzesses pénibles… Mais, vous… C'est le pompon.

Spano s'arrêta de parler et tira nerveusement sur sa cigarette. Il se tourna, fixa le smartphone d'Anna qui était posé sur son bureau.

— Vous ne m'enregistrez pas ?

Anna secoua la tête avec dépit.

— Vous me dégoûtez. Je vous aurai bien vu agent à la Stasi. Vos méthodes de pression sont identiques à celles employées par le service d'espionnage de la RDA. Ou mieux... Un informateur à la solde de la Stasi, comme un individu proche de la personne suspectée qui recueillait le maximum d'informations. Un bon délateur, prêt à servir le régime.

— Si j'agis comme ça, c'est qu'avec un gars comme vous, on ne peut pas faire autrement. Qu'est-ce que vous pouvez me dire d'autre sur l'accident ?

Spano aspira sur sa cigarette et recracha une épaisse fumée grisâtre.

— J'ai été chargé de l'enquête à la suite de la déclaration de témoins ayant vu une 406 bleue rouler à allure excessive après l'accident de Louise Ciotta. Le couple de retraités a croisé le chemin d'un chauffard qui a failli les percuter de face. Par chance, le conducteur a eu le réflexe d'envoyer un coup de volant. Sa voiture s'est arrêtée à quelques mètres du précipice.

Il ferma les yeux, fit le vide dans sa tête et essaya de se remémorer le rapport de l'expert en accidentologie.

— Tout d'abord, en ce qui concerne l'état général du véhicule, les freins, la direction et les accessoires... Tout était normal. D'après l'expert, la voiture n'avait aucun problème mécanique et elle n'a pas été trafiquée. Il était formel. Il n'y avait aucun doute possible. Sur place, ce qui m'a le plus étonné, c'est l'absence de traces de freinage. Et, l'accident a eu lieu à un endroit de la route des Crêtes qui était le moins protégé, une simple barrière en bois. Ensuite, d'après les lois de la cinétique, l'expert a émis des doutes sur la trajectoire du véhicule.

— En clair ?

— Il a émis l'hypothèse qu'une autre voiture, venant dans le même sens, aurait pu la faire dévier de sa trajectoire en la percutant par l'arrière.

— Quelqu'un aurait envoyé un coup de volant pour la percuter par l'arrière et la faire chuter dans le ravin ?

Spano hocha la tête et expliqua :

— La trace de peinture au niveau de la carrosserie et l'endroit de l'impact correspondaient aux calculs de l'expert. Mais, le véhicule était dans un tel état qu'il ne pouvait pas se prononcer avec certitude.

— Où a eu lieu l'accident exactement ?

— Sur la D141, au niveau des falaises Soubeyranes.

— Et, on sait pourquoi elle a pris ce trajet ?

— Pas du tout. Du port des Goudes au lieu de l'accident, il y a une trentaine de kilomètres. L'hypothèse du suicide n'a pas été écartée.

Le regard d'Anna s'assombrit.

— OK, Spano. Je repasserai vous voir. J'ai rendez-vous avec le proc. Après, je me rendrai sur les lieux de l'accident pour me faire une idée par moi-même.

Sans le saluer, elle lui tourna le dos et marcha jusqu'à la porte.

— Valentin !

Anna se retourna et fixa Spano.

L'enquêteur la dévisageait, inquiet.

— L'enregistrement... Si je coopère, vous pouvez l'effacer ? demanda-t-il d'une voix fébrile.

Elle secoua la tête.

Sans même lui répondre, elle claqua la porte et disparut dans le couloir de la Brigade criminelle.

*

* *

Le procureur Montagnac fixait d'un regard intense la capitaine Valentin.

— Une information judiciaire a été ouverte. Hulard est chargé du dossier et gère la co-saisine entre les services de Marseille et d'Avignon. À présent, vous agissez sous commission rogatoire. Je vous le rappelle, car je connais vos états de service… Nous ne sommes pas des cow-boys. Filippi vient de m'appeler. Il semblerait que ça ne soit pas la grande entente entre vous et Spano. J'apprécierais que les querelles internes ne viennent pas perturber l'enquête. Je me suis bien fait comprendre ?

Anna hocha la tête.

Le magistrat observa sa réaction et poursuivit :

— J'ai eu la visite du maire, ce matin. Il attend des résultats, et pour le moment, nous n'avons rien de concret. Si dans quelques jours l'enquête n'a pas plus avancé, je serai obligé de vous dessaisir du dossier. Je pensais que vous seriez plus efficace… Je me suis peut-être trompé.

— L'enquête avance, mais il nous faudra du temps. D'après nos recherches, il semblerait que Devin Wade soit peut-être lié au viol et à l'assassinat de Louise Ciotta.

— La mère d'Éva ?

Anna acquiesça.

— Mon procédurier est retourné interroger l'épicier qui l'a protégée. L'homme a formellement reconnu Devin Wade sur les photos.

— On est donc certain que Devin Wade a participé à l'enlèvement d'Éva. Cela corrobore les propos de la jeune femme qui a aussi des visions du meurtre de Farell Lewis.

Le procureur se redressa sur sa chaise.

Il semblait pensif.

— Le garde du corps surveillait sa propriété de Marseille. D'après nos renseignements, il effectuait aussi d'autres basses besognes. Nous sommes en train d'éplucher sa vie, ajouta Anna.

Montagnac se frotta le visage.

Il essayait de remettre de l'ordre dans ses pensées.

— L'affaire Ciotta remonte à plus de vingt ans. On ne peut pas se fier aux cauchemars de cette fille. Le traumatisme lié à son agression peut avoir altéré sa perception de la réalité. Sous forme de cauchemars, l'inconscient est capable d'évacuer ses tensions psychiques. Nous ne pouvons pas nous baser uniquement sur ses révélations. Il en faut plus pour penser que Wade pourrait être le violeur et l'assassin de sa mère.

— J'ai interrogé Spano. Il m'a confirmé que Louise avait arraché la cagoule de son violeur…

— Je me souviens du dossier. Un tueur en série sévissait dans les quartiers nord. J'étais substitut du procureur, à cette époque. Mais, je vous signale que Louise Ciotta n'a pas vu le visage de son agresseur. La pièce était plongée dans la pénombre, coupa Montagnac.

— C'est vrai… Cependant, elle a dit aux enquêteurs que l'homme était balafré au-dessus de l'arcade sourcilière et qu'il était grand, costaud, le crâne rasé.

Perplexe, Montagnac tapota le sous-main avec son index.

Anna posa la photo du garde du corps de Lewis sur le bureau.

— La balafre sur l'arcade. Grand, costaud, le crâne rasé.

— Je vous l'accorde… C'est troublant. Et l'accident de sa mère ? Quel rapport ?

— Le restaurateur du port des Goudes qui a aperçu Louise Ciotta l'aurait vue avec un homme grand, large d'épaules, le visage grêlé et ayant une balafre au-dessus de l'arcade sourcilière. Ça commence à faire beaucoup de coïncidences. Devin Wade apparaît tout au long de l'enquête !

— OK. Allez l'interroger, je veux du concret. Je m'occupe de retrouver l'interrogatoire de Louise Ciotta.

Anna se leva, elle fit quelques pas dans le bureau et s'arrêta brusquement au centre de la pièce.

— J'allais oublier. En enquêtant, Malerme a découvert un autre détail très troublant dans cette affaire. Éva et sa mère consultaient un psychiatre. Ryan Brown. Il se trouve que le psy dirige aussi une unité de recherche au centre épigénétique. Farell Lewis était le patron du docteur Brown.

Le procureur se redressa sur sa chaise et fronça les sourcils.

— Il ne manquait plus que ça… Le patron, le garde du corps et maintenant, le psy… Mais, où nous emmène cette enquête ?

Il mit la main devant sa bouche et réfléchit quelques secondes.

— Vous l'avez interrogé ?

— Pas encore ! Il était absent quand nous avons essayé de le joindre. Je dois me rendre à son domicile après m'être rendue sur le lieu de l'accident de Louise Ciotta.

Le juge poussa un profond soupir.

De l'inquiétude se lisait dans son regard.

— Tenez-moi au courant, dès que vous avez du nouveau. Je dois être informé de tout évènement qui est susceptible de faire avancer l'enquête. Le maire et le préfet ne vont pas me lâcher. En plus, j'ai les journalistes sur le dos. Il me faut des résultats, Valentin.

30

Ralph Korb était assis à l'arrière d'une vieille fourgonnette grise, aux vitres teintées, stationnée dans le boulevard des Dames. Il surveillait l'entrée de l'immeuble où se trouvait l'appartement d'Éva, épiant les allées et venues de son petit ami. Thomas Gaultier partait tous les matins à 8 h 25 pour arriver à son travail à 8 h 45. À midi, il mangeait seul au Mc Do, situé à côté de la Fnac. Une fois la journée terminée, il rentrait chez lui vers 16 h 30 et ne sortait plus jusqu'au lendemain.

Ralph attendait patiemment à l'intérieur de son véhicule, espérant que le jeune homme finisse par le conduire à sa petite amie. Mais, il devait rester méfiant, et ne pas commettre la moindre erreur, car l'ombre chercherait à finir son travail.

Une question ne cessait de le tourmenter.

Éva était-elle la tueuse ?

La sorcière avait réussi à entrer chez lui sans se faire remarquer et elle l'avait neutralisé en quelques secondes. Alors qu'il était inconscient, elle l'avait emmené dans une usine désaffectée sans attirer l'attention. Et, s'il n'y avait pas eu cette fusillade, il ne serait plus de ce monde.

Il réfléchissait.

Le soir de son enlèvement, même sous GHB, Éva avait été très difficile à maîtriser.

Une vraie furie.

Elle avait blessé Devin au visage et s'était échappée du fourgon malgré la forte dose de sédatifs.

Ralph devait bien admettre que la jeune femme avait des capacités physiques et une résistance supérieures à la normale. Cependant, si Éva et l'ombre ne faisaient qu'une et même personne, elle ne pouvait pas avoir transporté les corps de ses victimes toute seule. La tueuse avait forcément un complice.

Thomas Gaultier ?

Certainement pas.

Le jeune homme était un individu insipide passionné de séries TV et de jeux de rôles. Il n'avait pas le profil d'un assassin.

Mais, qui pouvait donc bien être son complice ?

D'autres questions le tourmentaient.

Pourquoi une telle cérémonie ?

Les pétales de roses, les bougies et l'incantation.

Simuler l'acte d'un déséquilibré pour tromper les enquêteurs ?

Ralph secoua la tête.

La tueuse ne jouait pas un rôle.

Elle était bien une déséquilibrée qui invoquait les forces occultes et les démons. Il en avait eu la preuve quand il était attaché dans l'usine.

Perdu dans ses pensées, la portière entrebâillée, il aspirait nerveusement sur sa cigarette en réfléchissant.

Éva Ciotta était le fil d'Ariane de toute cette histoire.

Le fait que son dossier psychiatrique ait été dérobé et que le docteur Brown l'ait vue rôder autour de son cabinet la veille du vol, ne faisait que renforcer ses convictions.

Ralph devait la retrouver, l'interroger et l'éliminer.

Il n'aurait pas d'états d'âme, son sort était scellé.

Une douleur aiguë irradia son torse.

Il glissa sa main dans sa chemise, toucha ses pansements.

Par chance, les blessures n'étaient pas profondes.

Il avait échappé de peu à la mort.

Soudain, il se figea.

Une berline s'était garée devant l'entrée de l'immeuble.

Il jeta sa cigarette sur le trottoir, ferma lentement la portière pour ne pas se faire repérer et se mit devant la fenêtre.

Un colosse Black sortit du véhicule.

Le mastodonte jeta plusieurs coups d'œil dans toutes les directions, puis il s'engouffra dans le bâtiment.

Un pic d'adrénaline inonda les veines de Ralph.

Il avait aperçu la crosse du CZ 75 quand la veste de l'individu s'était entrouverte.

La panique le gagna, le doute l'assaillit.

Qui était ce type ?

Pourquoi était-il armé ?

Il devait agir vite.

Neutraliser la cible, la faire parler.

Le conducteur n'avait pas bougé, il était encore à l'intérieur et semblait surveiller les lieux.

Ralph prit une profonde inspiration, attrapa son Glock qui était posé sur le siège à côté de lui et le glissa dans son holster. Il sortit discrètement de la fourgonnette. Il vérifia que personne ne l'observait, traversa le boulevard à toute vitesse et se dissimula entre deux véhicules, à une dizaine de mètres de la cible. Adossé contre la carrosserie, il se pencha et scruta l'individu suspect. Ce dernier était très nerveux et jetait des coups d'œil dans toutes les directions. Ralph devait agir vite avant que le Black ne revienne. Il laissa passer plusieurs voitures, cacha son arme sous sa veste et courut jusqu'à la berline.

En l'apercevant, Arthur se pétrifia sur place.

— Je ne suis pas armé ! cria-t-il.

Ralph fit exploser la vitre avec la crosse de son pistolet, l'attrapa par les cheveux violemment et colla le canon sur son cou.

— Fils de pute ! Tu bouges d'un pouce, tu cries, je te descends ! On est OK ?

Arthur hocha la tête.

Il sentait le métal froid de l'arme sur sa peau.

Il était terrifié et s'imaginait déjà avec une balle dans le corps.

— Qu'est-ce que vous venez foutre ici ?

Arthur déglutit.

— J'ai un ami ici… Mon pote est allé le chercher, rétorqua-t-il, d'une petite voix tremblante.

— Enfoiré ! Dis-moi la vérité.

Il enfonça le canon profondément dans la peau.

L'infirmier hurla de douleur.

— On vient prendre un verre avec mon pote pour lui remonter le moral. Il est seul depuis que sa copine a disparu. Elle est recherchée par les flics.

Ralph le gifla.

— Tu ne sais pas où se trouve Éva ? Je veux lui parler.

Yavan apparut sur le seuil de l'immeuble.

Thomas était à côté de lui.

Les deux hommes se toisèrent.

L'Africain dégaina son pistolet et visa Ralph qui, à son tour, braqua son Glock dans sa direction.

Yavan ne cillait pas, il le fixait droit dans les yeux.

Ralph sentit son cœur s'emballer.

Face à ce mastodonte armé et déterminé, il ne faisait pas le poids. Il serra fermement la crosse de son arme et posa le doigt sur la détente en scrutant méchamment l'individu qui lui faisait face. Le colosse ne trahissait pas la moindre émotion. Il ne voyait pas la peur dans son regard.

— T'es qui ? demanda-t-il.

— Et toi ? rétorqua Yavan, d'un ton sec.

— Je recherche la copine du gars qui est avec toi.

Le Black dirigea le canon de son arme sur le front de son adversaire.

— Fais pas le con, mec. J'ai la gâchette facile, fit Ralph.

Sa voix tremblait.

Il avait du mal à dissimuler sa peur.

— Yavan. Laisse-le partir. Sinon, ça va être un massacre. On n'est pas là pour que cela se finisse dans un bain de sang ! s'exclama Arthur qui venait de sortir de la berline.

L'infirmier sentait ses jambes chanceler.

Un voile de sueur recouvrait son front.

— Je baisse mon arme, s'il nous dit qui il est, pour qui il bosse et ce qu'il veut.

Ralph déglutit.

Il hésita et lâcha :

— Je travaillais pour Farell Lewis, l'homme d'affaires assassiné. L'autre personne qui a été tuée, c'était Devin Wade. Mon pote. Il était le garde du corps de Lewis. Cette semaine, quelqu'un a essayé de m'assassiner à mon tour. C'était une gonzesse... Je suis persuadé que cette fille était Éva.

— Quelqu'un a voulu t'éliminer ?

Ralph hocha la tête.

— C'était quand ?

— Il y a trois jours.

Yavan fronça les sourcils.

C'était le soir où Éva était seule chez lui.

Le colosse comprit qu'il devait désamorcer la situation, avant que cela ne se termine dans un bain de sang. L'individu qui le menaçait était déterminé et dangereux.

— OK, mec. Thomas, c'est mon pote. Il bosse pas aujourd'hui. On allait faire un tour en ville pour boire un verre et décompresser. Si tu ranges ton flingue et repars tranquille, on en reste là. C'est bien pour tout le monde, fit Yavan sans lâcher Ralph du regard.

Les deux hommes se toisèrent.

À tout moment, un coup de feu pouvait partir, blessant mortellement l'un des deux.

Ralph recula d'un pas.

Son regard était sombre et menaçant.

— Toi, mon gars, il faudra qu'on ait, un de ces jours, une petite discussion. Je veux retrouver ta copine et la faire parler. Éva sait des choses... Tes potes ne seront pas toujours avec toi pour te protéger, dit-il en dirigeant le canon de son arme sur Thomas.

Le jeune homme sentit ses jambes se dérober.

Il était complètement paniqué.

Ralph traversa le boulevard à reculons, car il ne voulait pas leur tourner le dos. Il était prêt à faire feu à la moindre occasion. Discrètement, il jeta un coup d'œil en direction de la voiture d'Arthur et mémorisa le numéro de plaque minéralogique.

Un sourire se dessina sur son visage blafard.

Maintenant, il savait comment retrouver la fille.

Ces deux types mentaient, il saurait les faire parler.

De vieilles connaissances dans la police lui donneraient le nom du conducteur, ce n'était qu'une histoire de temps.

Il fit un clin d'œil à Thomas, puis bondit dans la fourgonnette en faisant claquer la portière derrière lui.

— On se retrouvera, cria-t-il à travers la fenêtre.

Il démarra en trombe, les pneus crissèrent sur l'asphalte.

Ralph dirigea l'index en direction des trois hommes. Le pouce levé, il fit semblant de les viser, comme s'il tenait une arme imaginaire.

Arthur sentit son sang se glacer.

Cet individu était très inquiétant, capable du pire.

— C'est quoi, ce barge ? Il est complètement cramé, dit-il en soufflant.

Thomas ne parlait plus, il était encore en état de choc.

Ses mains et ses jambes tremblaient nerveusement.

— Il était prêt à tirer. Ce type est un homme de main. Je connais ce regard, lâcha le Black.

— Tu veux dire que c'est un tueur ?

— Il a déjà éliminé des gens, c'est sûr. Personne ne reste droit dans ses bottes quand il a un flingue pointé sur lui.

Arthur se passa la main sur le visage.

Il avait l'impression d'être en plein cauchemar.

— Pourquoi voulait-il parler à Éva ?

Yavan poussa Thomas dans la voiture et lui tendit un masque de sommeil.

— Mets ça sur les yeux. Tu ne dois pas voir où l'on va. Je ne tiens pas à ce que tu balances mes potes aux flics.

— Non, mais ça va pas ! Je ne veux pas mettre ce truc. Je ne vous connais pas. Autant, vous allez me liquider dans un coin.

— C'est le deal si tu veux parler à ta copine. Sinon, tu restes ici.

Thomas mit le masque à contrecœur.

Il était terrifié et n'arrivait pas à contrôler sa peur.

Le colosse monta dans le véhicule et claqua la portière.

Arthur démarra en trombe dans un nuage de poussière.

Le jeune homme réalisa que son sort ne lui appartenait plus. Son destin était scellé. Pendant tout le trajet, il n'ouvrit pas la bouche. Des centaines de questions l'assaillaient. Il se demandait s'il n'avait pas fait une erreur en acceptant de monter dans ce véhicule qui le conduisait peut-être tout droit vers la mort. Malheureusement, il était trop tard pour faire marche arrière.

31

Cité Frais Vallon
Marseille

Arthur pila d'un coup sec et se gara devant une barre d'immeuble délabrée. Un chouf qui surveillait le bâtiment s'approcha en scooter. Quand il vit Yavan sortir du véhicule, il fit demi-tour en lui faisant un signe de la main et disparut dans la cité.

— Vous pouvez m'enlever ce masque ? demanda Thomas, d'une petite voix tremblante.

Le jeune homme respirait bruyamment.

Il était terrorisé.

— Une fois que nous serons arrivés, pas avant, répondit le colosse, d'une voix puissante.

Les trois hommes s'engagèrent dans un hall d'entrée qui sentait l'urine, la nourriture rance et le cannabis. La porte vitrée était cassée, des morceaux de verre jonchaient le sol recouvert de détritus. Ils montèrent une série d'escaliers sales au carrelage fissuré, traversèrent un couloir aux murs décrépis et s'arrêtèrent devant une porte en bois recouverte de graffitis.

Yavan frappa trois coups secs.

Un grand métis arborant des dreadlocks, les yeux injectés de sang, un joint à la main, leur ouvrit. Des volutes de fumée empestant le cannabis s'échappèrent par l'entrebâillement et se dissipèrent dans le couloir.

Ils pénétrèrent dans l'appartement.

Un poster représentant Bob Marley couvrait tout un pan de mur et le drapeau de la Jamaïque était accroché aux portes d'un vieux meuble de salon aux poignées arrachées.

— On est où ? Ça pue, c'est quoi, cette odeur ? Ils fument des pétards ici ? s'enquit Thomas, affolé.

— Ferme-la, s'énerva Yavan qui le fit asseoir sur un tabouret africain.

Éva était installée dans un vieux canapé miteux, à côté d'une jeune femme complètement défoncée. Elle avait un teint terreux, les joues creusées, les dents abimées par la drogue, les yeux cernés et les cheveux coupés court, coiffés dans tous les sens. Ses phalanges étaient jaunies par la consommation excessive de tabac et de cannabis. Son haleine sentait l'alcool et le tabac froid.

Éva se leva, énervée.

— Ils sont drogués, et tu me laisses avec eux. T'as vu dans quel état ils sont ?

— Oh ! Tranquille ! On est cool, nous. Tu viens chez moi, et tu m'insultes, moi et ma gonzesse, fit le métis dans une sorte d'état second.

Son corps tanguait, il avait du mal à tenir debout et à parler correctement.

— Ça va aller, Kev. Elle est juste sur les nerfs, dit Yavan.

L'homme aida sa copine à se lever.

— C'est pas sympa. Je vous aide et vous vous plaignez. On va dans la cuisine avec Jess. Puisqu'on n'est pas du standing de mademoiselle, on préfère s'isoler.

Kev attrapa la bouteille de whisky qui était sur la table basse, au milieu des mégots, des feuilles de papiers à rouler et des boulettes de cannabis. Il aida sa copine à se lever et lui fit traverser laborieusement le salon. Il s'arrêta un instant, but une gorgée d'alcool directement au goulot, tira sur son joint et disparut dans l'autre pièce.

Arthur enleva le masque de Thomas.

Le jeune homme voyait flou, il cligna plusieurs fois des yeux. Sa vue finit par redevenir normale. Il aperçut Yavan qui était installé sur le canapé à côté d'Éva. Circonspecte, elle fixait son petit ami.

— Ma chérie ! Comment tu vas ?

Thomas s'approcha pour la prendre dans ses bras.

Elle recula, mal à l'aise.

Elle ne voulait pas se laisser toucher par ce gars qu'elle ne connaissait pas et qui ne lui plaisait pas du tout.

— Assieds-toi sur le tabouret. Tu vois bien qu'elle ne veut pas que tu l'approches, ordonna Yavan, en s'énervant.

— C'est ma petite amie ! Je fais ce que je veux.

— Ta gueule ! Tu obéis. Elle est amnésique. Tu es un inconnu pour elle. Assis, j'ai dit.

Silence.

Effaré, terrifié, Thomas plongea son regard dans celui de sa copine en essayant d'y déceler la moindre lueur d'une émotion, mais la jeune femme resta de marbre. Son visage était figé dans un masque de froideur.

— Tu ne te rappelles de rien ? Tout ce que nous avons vécu depuis un an, notre rencontre à la salle de sport... Aucun souvenir ne te revient en mémoire ?

— Non ! Rien ! s'exclama-t-elle en éclatant en sanglots.

— Tu ne peux pas être moins direct ? s'énerva Arthur qui s'était levé et le toisait.

L'infirmier s'installa à côté d'Éva.

Il la prit dans ses bras pour la calmer.

— Non, mais ça va ? Tu ne prends pas ma copine dans tes bras, fit Thomas, vexé.

Il poussa Arthur pour essayer d'enlacer sa petite amie.

— Assis ! Vite ! Je vais te fracasser, si tu continues, lâcha Yavan, le regard menaçant.

— Je fais ce que je veux ! Je ne vous connais même pas et vous me donnez des ordres ? Je vais appeler les flics, vous ferez moins les malins.

Thomas glissa sa main dans sa veste et sortit son smartphone. Yavan ne lui laissa pas le temps de composer le numéro, il déploya sa lourde carcasse massive, saisit le téléphone et le jeta contre le mur avec une violence inouïe. L'appareil se brisa en plusieurs morceaux qui s'éparpillèrent sur le sol.

— Ça va pas ? Vous êtes cinglés ? Vous allez le regretter.

Le Black dégaina son CZ 75, attrapa Thomas fermement par le cou et lui enfonça le canon dans la bouche.

— Écoute-moi bien, petit enculé, tu vas rapidement te calmer si tu ne veux pas que je te fasse sauter ta tronche. On est au cœur des quartiers nord. Si je te fume, on te découpe et on fait disparaître ton corps dans les sous-sols. Ici, c'est nous qui faisons la loi. C'est bien compris ?

Thomas tremblait de tout son corps.

Terrifié, il hocha plusieurs fois la tête.

Yavan l'attrapa par les cheveux et le fixa droit dans les yeux.

— C'est bon, t'es calmé ? Tu recommences, je te défonce.

Il était tétanisé par la peur.

Des tics nerveux animaient son visage.

— Oh ! Tu me réponds ?

— Oui. Oui, bafouilla-t-il.

Yavan tira sur ses cheveux et arracha une touffe.

Thomas poussa un cri de douleur.

— Tu me fais chier encore une seule fois, je te fume.

Le jeune homme se cacha le visage avec les mains.

Il était en état de choc.

— Le type qui s'est pointé devant chez toi tout à l'heure, t'es sûr qu'il ne te dit rien ? Tu ne l'avais pas aperçu avant ?

Silence.

Thomas avait peur, il n'osait plus parler.

Le colosse se leva et le souleva par le col de sa veste.

— Oh ! T'arrêtes de jouer au con ! Tu me réponds ?

— Je... Je ne le connais pas ! Non !

— T'es sûr que tu ne vois pas qui pourrait être ce type ? Tu ne l'as jamais aperçu avant ? s'énerva Yavan en haussant le ton.

Thomas sursauta.

Les mains tremblantes, il se frotta le visage.

Les veines de son crâne pulsaient fort, son cœur battait la chamade. Il n'arrivait plus à réfléchir correctement. Tout se bousculait dans sa tête. En quelques jours, sa vie avait basculé dans le chaos. Sa petite amie avait failli être kidnappée. Amnésique, suspectée de meurtre, elle était recherchée par la police. Et voilà que maintenant, un type armé le menaçait.

Il inspira à fond pour calmer ses nerfs.

— Non ! Je vous le promets.

Arthur se leva d'un bond.

Thomas se raidit.

— Si on est venus te voir, c'est pour que tu nous parles d'Éva. Elle veut tout savoir sur sa vie. Elle veut comprendre ce qui a pu se passer pour qu'elle se retrouve impliquée dans une telle histoire.

Thomas jeta un regard à sa petite amie.

La jeune femme baissa la tête.

Elle se sentait mal à l'aise face à lui.

Il poussa un soupir et raconta tout ce qu'il savait de son histoire. Le viol de sa mère, son tragique accident de voiture, le suicide de sa sœur, ses problèmes psychologiques. Il évoqua aussi ses consultations régulières chez le docteur Brown. Il termina en parlant de son entrevue avec les enquêteurs.

— Ils pensent que je suis une sorcière ? Mais, c'est n'importe quoi ! s'exclama Éva, complètement déboussolée.

— Tu devrais te rendre à la police. Tu es impliquée dans une affaire de meurtre ! Il faut que tu te défendes. Tu agis comme une coupable en t'enfuyant.

Il se pencha et lui prit la main, mais Éva la retira et la posa sur sa jambe. Elle ne voulait pas que Thomas la touche. Le jeune homme la dégoûtait, elle ne ressentait pas la moindre émotion en sa présence. Pire, elle n'était pas bien du tout et se sentait mal à l'aise.

— Si elle se rend, ils la mettront directement en prison. Je connais les flics, ils ne la lâcheront pas. C'est la coupable idéale. D'autant plus que Lewis était un homme influent à Marseille. Ils vont vouloir rapidement des résultats, fit Yavan, énervé par le comportement de son petit ami.

Thomas observa sa compagne.

Il comprit qu'il n'y avait plus rien à faire.

Il vit dans son regard qu'il l'avait perdue à jamais.

— Tu ne te souviens vraiment de rien ? Notre rencontre... Nos sorties, tes amies...

Sans la moindre émotion, Éva secoua la tête.

Il avait l'impression de parler à une parfaite inconnue.

— C'est le vide total... Peut-être avec le temps, je pourrai... Mais, je ne suis même pas sûre de le vouloir. Cette vie ne m'appartient plus. Nous sommes des étrangers l'un pour l'autre.

— Et moi ? Tu penses à moi ? Nous, notre couple ? Qu'est-ce que je vais devenir ?

— Je suis désolée. Je ne ressens rien pour toi...

— Viens avec moi à l'appartement, essaye de reprendre tes marques. Petit à petit, peut-être que tu t'y sentiras bien, et nous retrouverons une vie de couple comme avant.

— Non ! Je le sens au plus profond de mon être. Tu n'es pas celui qui me correspond. Ce n'est pas une histoire de mémoire. C'est là, en moi. Je me sens mieux avec Arthur qu'avec toi. Je suis désolée. La nouvelle Éva que je suis devenue ne veut plus de cette vie d'avant.

Le coup de grâce venait d'être asséné.

Les paroles étaient violentes, directes, cash.

Elle n'y allait par quatre chemins.

Sonné, comme un boxeur bloqué dans les cordes, il accusa le coup. En venant à la rencontre de sa copine, il ne s'attendait pas à de telles révélations.

Arthur se leva.

Il posa une enveloppe sur la table.

Il sortit la série de chiffres, la médaille et la photo d'Éva prise devant l'abbaye Saint-Victor.

— Le jour de son agression, Éva avait ces documents sur elle. Nous pensons qu'il pourrait y avoir un lien avec son enlèvement.

Le regard dans le vague, les épaules affaissées, Thomas ne réagissait pas. Les paroles de sa petite amie résonnaient encore dans sa tête.

— Non... Cela ne me dit absolument rien, lâcha le jeune homme, d'une petite voix lasse, l'esprit ailleurs.

— Oh ! Essaye de faire un effort ! Regarde bien, dit Yavan, en lui mettant le contenu de l'enveloppe sous le nez.

Il secoua lentement la tête.

— C'est bon, on l'embarque et on le ramène chez lui. Il ne nous sera plus d'aucune utilité, ragea le Black en attrapant sèchement Thomas par les épaules.

Il n'émit aucune résistance.

Il leva une dernière fois les yeux en direction de sa petite amie et tendit la main.

— Viens avec moi.

Éva baissa la tête et mit les mains sur son visage.

Son cœur se serra dans sa poitrine.

Elle éclata en sanglots.

Thomas se tourna et fixa le colosse.

— C'est bon. Tu peux me remettre le masque. Elle a fait son choix. On peut partir. Je n'ai plus rien à faire ici.

32

Anna et Gustanzo marchaient dans le petit port des Goudes situé juste avant le massif des Calanques. Le village aux couleurs pastel ressemblait à un paysage de carte postale : de petits bateaux de pêcheurs, des cabanons et des maisons logés entre mer et falaise. Une ambiance de vacances dans un décor de rêve. Au large, en face de l'île Maïre, on pouvait contempler le cap Croisette. Un peu plus loin, se dressait, majestueux, le massif de Marseilleveyre qui offrait un panorama exceptionnel aux randonneurs.

Gustanzo laissa vagabonder son regard autour de lui.

En cette période de l'année, les touristes envahissaient déjà les ruelles de ce lieu paradisiaque.

— Le rendez-vous, il était quel mois ?

— Avril.

— C'est le moment où commencent à s'installer les premières paillotes. Les vacanciers ne sont pas encore là. Il ne devait pas y avoir beaucoup de monde.

Anna fit la moue.

La remarque de son collègue était pertinente.

— Tu as raison. Si Devin Wade est bien l'homme avec qui elle déjeunait, il cherchait certainement à l'attirer loin de Marseille, dans un lieu isolé... Peut-être avait-il déjà l'idée de l'assassiner et de faire disparaître le corps dans le massif des Calanques. Mais, ça ne s'est pas passé comme prévu.

— C'est quand même très risqué. Louise aurait pu le reconnaître, lâcha Gustanzo

— Deux années s'étaient écoulées depuis le viol. Personne ne le suspectait. Il ne pensait peut-être pas être reconnu. Par contre, je me demande comment il a réussi à l'attirer jusqu'ici.

Anna s'arrêta devant une belle bâtisse rectangulaire au toit en tuiles de terre cuite et à la façade de crépi blanc. Le restaurant *Chez Marcel* dominait la rade des Goudes.

Elle s'approcha de l'entrée. Un quinquagénaire dégarni, moustachu, le corps adipeux, fumait tranquillement un cigare en observant les pêcheurs qui nettoyaient leur bateau amarré au port. Il accueillit les policiers avec un grand sourire et leur serra mollement la main.

— Bonjour, M. Languasco ?

— Oui. À qui ai-je l'honneur ?

— Je suis la capitaine Valentin. C'est moi qui vous ai contacté pour vous poser des questions sur l'affaire Ciotta.

D'un air méfiant, le restaurateur scrutait du coin de l'œil Gustanzo.

— Mon adjoint, le lieutenant Gustanzo.

Marcel Languasco hocha la tête et gesticula, les bras dans tous les sens.

— Je ne vous attendais pas de si bonne heure ! Il est à peine 14 heures, le service n'est pas terminé. Suivez-moi, nous serons mieux sur la terrasse à déguster avec une bouteille de rosé pour discuter, annonça-t-il avec un fort accent du Sud.

Anna et Gustanzo s'échangèrent un regard de connivence.

Les deux policiers n'osèrent pas dire qu'ils ne buvaient pas en service. Après tout, ils pouvaient prendre un peu de bon temps.

— Élodie, amène-nous un Côte de Provence Sainte-Victoire. On va prendre l'apéro sur la terrasse, fit le gérant en s'adressant à une de ses serveuses.

— Un mas Mouriès ?

— Oui. Et, n'oublie pas les olives.

Il s'installa à une grande table en bois.

Un air tiède chargé d'embruns soufflait sur le port.

— Asseyez-vous, nous serons mieux ici pour discuter. C'est pas beau, le coin ? On n'est pas bien là ? C'est vrai que le temps est capricieux... Un jour, il pleut. Le lendemain, il fait beau ! Il est complètement fada, ce temps.

— Je ne vous dirai pas le contraire. Je suis une femme du Sud. J'aime ma région, déclara Anna.

— Je sens qu'on va s'entendre ! s'exclama M. Languasco.

Le restaurateur était une caricature des personnages de Pagnol, avec ses faux airs de César. Haut en couleur, volubile et exubérant. Le Marseillais typique.

— Alors, vous venez pour cette femme qui a eu l'accident sur la route des Crêtes... Comment s'appelait-elle déjà...

Il réfléchit quelques secondes.

— Louise. Il me semble.

— Oui. Louise Ciotta.

— Cette affaire a fait le tour de la région. Ce n'est pas tous les jours qu'un véhicule tombe de la falaise. Et, si j'ai bien compris, la police est à la recherche de sa fille qui serait impliquée dans l'assassinat du P.D.G. de Biotech Lewis ?

Anna hocha la tête.

— Quelle histoire de fadas ! Ils deviennent complètement barjots, les gens. Si on les assistait moins, on n'en serait pas là ! Vous savez que j'ai du mal à trouver des serveurs et des cuistots pour la saison ? Les jeunes veulent plus travailler ! Ils ont le nez plongé toute la journée sur leur téléphone. Une génération de feignants.

— Travailler quinze heures par jour pour guère plus que le SMIC... Il y a mieux... C'est plutôt précaire comme boulot, rétorqua Gustanzo.

Le restaurateur maugréa dans sa barbe.

— Mon père était maçon, il travaillait douze heures par jours, six jours sur sept ! Et, personne ne se plaignait. Il a 90 ans, il est en pleine forme. Mais, le pire dans tout ça, c'est que les gens ne se retrouvent plus autour d'un verre ou d'un bon repas. Non ! Ils préfèrent se parler sur Facebook ou Skype. Vous n'allez pas me dire que c'est normal ?

— Tout dépend où on situe la norme... Si tout le monde fait pareil...

La serveuse posa le plateau sur la table et servit un verre de rosé aux enquêteurs. Le restaurateur but une gorgée de vin et piqua une olive qu'il avala goulûment.

— Dites que je suis un vieux con ! fit-il en secouant la tête.

Gustanzo ne répondit pas.

Il ne préférait pas entrer dans une polémique qui n'avait ni queue ni tête. L'homme était très bavard. Si Anna ne l'interrogeait pas tout de suite sur l'affaire Ciotta, elle en aurait pour la journée.

M. Languasco se leva et se pencha à la balustrade en bois.

— Oh ! Jules ! Alors, la pêche ?

— Une dizaine de daurades et deux bars.

L'homme, un grand type sec, le teint hâlé et les cheveux grisonnants amarrait son bateau au ponton.

— Passe ce soir avec ta femme, et amène tes bars. Je te les cuisine !

— OK ! Je prends le vin. Mon fils m'a apporté du Bandol. Médaille d'or au concours des vins de Mâcon.

— 19 heures ! L'heure de l'apéro !

— Tu l'as dit. Allez, je vais me reposer.

Le restaurateur se rassit.

Le sourire aux lèvres, le regard brillant.

— Ça, c'est la vraie vie ! C'est pas du virtuel. Ce type, c'est un ancien pêcheur. Tous les jours, pendant quarante ans, il s'est levé en pleine nuit pour partir au large. Un travail de labeur, mais qui fait de nous de vrais hommes. Pas des fiottes. À l'époque, on ne rechignait pas. On ne parlait pas de dépression, de burn-out... Ou je ne sais quoi. Si ça n'allait pas avec le patron, on discutait. Si c'était un con, on lui en collait une ! Et, on se cassait. Pas comme maintenant. Il n'y a que des pleureurs, ils ne sont même plus capables de faire une grève, encore moins de faire une guerre s'il le fallait et tenir une arme.

Il termina son verre et s'en resservit un autre.

Gustanzo posa plusieurs clichés sur la table.

— C'est Devin Wade. Le garde du corps assassiné. Vous avez les anciennes photos à gauche, et à droite, les plus récentes.

L'enquêteur poussa les photos sous le nez du restaurateur.

— Alors ? C'est bien l'homme qui s'est disputé avec Louise ?

— Attendez, je vais chercher mes lunettes.

M. Languasco se leva et disparut dans le restaurant.

Il revint avec une paire de lunettes à la monture ronde.

— Alors, voyons voir ça !

Il prit un air pensif, fit mine de réfléchir.

— Ah, oui ! Ce regard ! Et ce visage : la balafre, la peau grêlée. Puis... Vous avez vu l'engin ? On dirait un rugbyman bodybuildé. C'est pas des épaules... Une armoire à glace. Ce jour-là, il m'a lancé un regard, je m'en rappellerai toute ma vie. Un gars comme ça, quand on croise son chemin, on ne l'oublie pas.

— Et vous savez pourquoi ils se sont disputés ?

— Pas du tout. Je me souviens juste avoir vu la femme partir précipitamment. Le colosse est resté seul quelques minutes... Il a payé les boissons, puis il est parti.

— Combien de temps après ?

— Un bon quart d'heure... Je sais qu'il a demandé à passer un appel. Il n'y avait pas de portables à l'époque.

— Un appel ? Mais vous ne l'avez pas mentionné aux enquêteurs ?

— Je n'ai pas pensé que ça puisse avoir de l'importance !

— Tout a de l'importance dans une enquête.

— Je ne suis pas flic ! Je ne pense pas à tous les détails.

Gustanzo jeta un regard interrogateur à sa collègue.

— Vous rappelez-vous d'autres choses ?

Il secoua la tête.

— C'était il y a plus de vingt ans. Je me souviens malgré tout de certains détails, car l'accident m'a marqué... J'accueille cette femme à mon restaurant, elle part précipitamment pour on ne sait quelle raison, puis quelques minutes plus tard, elle décède dans un accident de voiture. C'est choquant !

Il se passa la main sur le visage et soupira.

— Avaient-ils l'air de se connaître ?

— Je n'en sais rien du tout, répondit-il en levant les paumes au ciel.

— De quoi vous souvenez-vous exactement ? Leur attitude, leur comportement... Qu'est-ce qu'il vous revient à l'esprit ?

Le restaurateur inspira profondément et essaya de se replonger dans son passé en contemplant la Méditerranée.

— C'est moi qui les ai accueillis au restaurant. Quand ils sont arrivés, tout semblait aller bien entre eux. Dans mes souvenirs, Louise était souriante. Lui, plus rude. L'armoire à glace. Pas un marrant. La serveuse de l'époque les a installés à une table sur la terrasse. Puis, après quelques minutes, elle a quitté précipitamment la table. Je me souviens de son regard. Elle semblait paniquée. L'homme a essayé de la retenir, mais elle a filé sans se retourner.

— Il a peut-être pensé que Louise ne le reconnaîtrait pas. Mais, au cours de leur rencontre, un souvenir, des flashs lui sont revenus, déclara Gustanzo en jetant un regard à sa collègue.

— C'est possible. Un détail physique ou une attitude a pu réactiver des souvenirs traumatisants enfouis au plus profond de sa mémoire, fit Anna, pensive.

Le restaurateur observait les policiers, abasourdi.

— Mais, de quoi parlez-vous ? Qu'est-ce qu'il lui a fait ce, type ? demanda-t-il en buvant une gorgée de vin.

— Je ne peux pas entrer dans les détails, car nous sommes sous le secret de l'instruction. Mais, ce que je peux vous dire, c'est que ce Devin Wade était très dangereux et il n'a pas fait des choses bien dans sa vie. Il a un passé glorieux dans les forces spéciales, mais par la suite, il a été mis entre de mauvaises mains.

— C'était un para ?

Anna acquiesça.

— Médaillé par l'armée, un héros de guerre.

M. Languasco était médusé, son regard se perdit à l'horizon.

— Si je comprends bien, du statut de héros, il est passé à celui de pur salopard.

— Peut-être pire encore...

Le regard du restaurateur s'assombrit.

Il n'avait plus envie de plaisanter.

— Ce qu'ils ont écrit à l'époque dans les journaux... La voiture, l'accident... C'est ce type qui aurait tué Louise ? Ce n'est donc pas une invention de la presse pour vendre leurs daubes ?

— J'ai bien peur que oui.

Son visage se décomposa.

— Merde ! L'enfoiré… Ce gars… Il est parti juste après elle… Si j'avais su…

M. Languasco accusa le coup et réalisa qu'il avait peut-être croisé l'assassin de Louise Ciotta. Cela lui fit froid dans le dos. Un frisson lui parcourut l'échine.

33

La route des Crêtes
La Ciotat

Les enquêteurs roulaient sur la D141, une route sinueuse et escarpée, reliant Cassis à La Ciotat. Ils contemplaient l'horizon. Un panorama vertigineux à couper le souffle. La mer Méditerranée dévorait le paysage, se fondant dans un ciel bleu limpide. Devant cette immensité, un sentiment d'éternité et de quiétude les envahissait. Ils se sentaient sereins, apaisés. La nature imposait son rythme, sa force. Les hautes falaises dorées du cap Canaille s'élevant à près de quatre cents mètres contrastaient avec les calanques blanches de calcaire.

Ils s'arrêtèrent au niveau des falaises de la Soubeyrane, dans un virage en épingle où la voiture de Louise avait fait une sortie de route.

Au bord du précipice, Anna observait son environnement.

Le mistral soufflait fort, ses cheveux ondoyaient au vent.

Gustanzo sortit son carnet, détailla les lieux et relut ses notes :

— Vers 12 h 30, Louise déjeune aux Goudes avec un homme qui, de toute évidence, semble être Devin Wade. Pour une raison inconnue, alors qu'elle était arrivée depuis un quart d'heure, une altercation éclate. Elle quitte précipitamment la table. Aux environs de 14 heures, tandis qu'elle roule sur la route des Crêtes, son véhicule fait une sortie de route à cet endroit, fit son adjoint, pensif, contemplant les calanques.

— La voiture a été arrêtée par un bloc de roches, mais ça n'a pas suffi à lui sauver la vie. Le choc a été violent... Très violent... D'après le médecin légiste, elle est morte sur le coup. Elle avait un traumatisme crânien important et une fracture du rachis cervical avec sectionnement de la moelle épinière.

— Ce qu'il reste à découvrir, c'est pourquoi Louise roulait en direction de La Ciotat et ne rentrait pas sur Marseille.

Cheveux au vent, les enquêteurs réfléchissaient.

Dans ce cadre magnifique, le paradis pouvait rapidement se transformer en enfer. La route des Crêtes était régulièrement fermée par mauvais temps, car la D141 devenait dangereuse pour les automobilistes. Il y avait eu de nombreux accidents les jours d'orages ou de grand vent.

— Nous tenons peut-être enfin une piste sérieuse pour les deux meurtres. Supposons que vingt ans plus tard, pour une raison encore inconnue, Éva découvre la vérité sur sa mère. Comment ? Pour le moment, on n'en sait rien. Toutefois, elle décide de se venger. Elle élimine d'abord Farell Lewis, puis son garde du corps Devin Wade. La boucle est bouclée, fin de l'histoire.

Pensive, Anna contemplait les falaises vertigineuses.

Son regard se perdit à l'horizon.

De l'eau bleue à perte de vue, un ciel azuréen vaporeux et une luminosité incroyable.

— Et, c'est ici que s'est suicidée Liane, en se jetant dans la mer. Cet accident a détruit toute la famille. On peut comprendre la colère d'Éva.

— D'accord. Mais, pourquoi assassiner Farell Lewis ? Éva a-t-elle découvert qu'il avait protégé son garde du corps ? A-t-il acheté des gens pour qu'ils se taisent ? Il est un mécène important de la ville de Marseille. Pourquoi n'aurait-il pas corrompu les enquêteurs ? s'enquit Gustanzo.

— Tu penses à Spano ?

— Bien évidemment ! Tu ne trouves pas qu'il a bâclé cette enquête ?

Anna fronça les sourcils.

Elle se passa la main sur le visage.

— Spano est un sale type. Mais, j'ai du mal à l'imaginer à ce point corrompu.

— Sous la pression, il n'a peut-être pas insisté et a bâclé l'enquête. Que peut-on lui reprocher ? Tout laissait penser à un accident.

— C'est possible, mais on ne peut rien prouver. Il n'y a pas eu d'information judiciaire. L'enquête a conclu à un accident de la route.

Anna sortit les clichés de l'accident.

Le mistral agitait ses cheveux.

Elle marcha quelques mètres dans les hautes herbes, sur le bas-côté, en analysant la trajectoire de la voiture, et désigna le ravin en contrebas.

— Tu vois, elle a filé direct dans le vide. Pas de traces de freinage. Rien.

Un rapace passa dans le ciel en décrivant une boucle.

Gustanzo l'observa, émerveillé.

— Et si c'était vraiment un suicide ? lâcha-t-il, subitement.

— J'ai du mal à imaginer qu'elle se rende à un rendez-vous et se suicide juste après.

Gustanzo fronça les sourcils, mit sa main devant la bouche et déclara :

— On part sur l'hypothèse que Devin Wade a des pulsions, l'envie de recommencer. Il ne pensait pas qu'elle le reconnaitrait... Deux ans plus tard... Mais, elle l'a reconnu, elle perd pied... Elle panique, s'enfuit. Ensuite... Nous ne savons pas ce qui a pu se passer dans sa tête. Elle a peut-être pété un plomb... Il ne faut pas oublier qu'elle est bipolaire et prenait beaucoup de médicaments.

— Elle avait deux jeunes enfants. Une mère n'agit pas ainsi, même en phase maniaco-dépressive. Par contre, sous l'émotion, la peur et le stress, nous ne pouvons pas écarter l'hypothèse d'un accident de la route. Nous avons rendez-vous avec Ryan Brown. Il a eu la mère et la fille, il nous en dira plus sur leur état psychologique.

Gustanzo fit un signe de la tête.

Il s'approcha de la falaise et contempla la Méditerranée.

Le soleil se reflétait dans l'eau turquoise de la mer.

— Elle pète un plomb, roule à vive allure... Tout se bouscule dans sa tête. Peur, colère, idée de vengeance. La vitesse aidant, elle rate le virage, soupira-t-il, peu convaincu.

Il fixa sa collègue.

— La thèse de l'accident, retenue par les enquêteurs, est plausible. Cependant, si on analyse tous les indices, il y a des détails troublants. Pas de traces de freinage, l'angle de sortie de route, la vitesse excessive dans le virage, la peinture bleue sur la carrosserie arrière et le témoignage des personnes qui sont arrivées juste après, sur le lieu de l'accident. Elles avaient croisé une voiture bleue qui roulait à vive allure.

— D'après ce que nous a dit M. Languasco, l'individu est parti tout de suite après le départ de Louise. Il a très bien pu la suivre. Quand elle est arrivée dans le virage, il a accéléré et l'a percutée par l'arrière. Elle a perdu le contrôle de son véhicule qui a fini dans le ravin.

— Wade pourrait être l'homme de la 406 bleue. Nous devons poursuivre l'enquête dans ce sens. Dans un premier temps, nous devons découvrir pourquoi Louise roulait en direction de La Ciotat, alors qu'elle vivait à Marseille.

Anna s'arrêta de parler.

Une pensée lui traversa l'esprit.

Le psychiatre vivait à La Ciotat.

Ce jour-là, Louise voulait-elle le voir pour se confier ?

Le docteur Brown était en congé depuis plusieurs jours, mais l'enquêtrice avait contacté sa secrétaire qui lui avait donné son adresse personnelle.

Anna avait obtenu un rendez-vous avec le praticien.

Il était temps de tirer les choses au clair.

34

Arthur déposa Yavan devant son immeuble et rentra directement chez lui. Éva n'ouvrit pas la bouche pendant tout le trajet. Elle était prostrée sur son siège et n'arrêtait pas de pleurer. En sortant de la voiture, il la prit tendrement dans ses bras pour la réconforter. En silence, ils restèrent l'un contre l'autre pendant plusieurs minutes. Un peu plus tard, ils s'installèrent dans le salon. Arthur était allé chercher deux bouteilles de bière. Éva avait besoin de se détendre, de penser à autre chose. Elle commençait à déprimer, il essayait de lui changer les idées.

— Ça va aller... Le professeur Pontal a dit que ta mémoire finirait par revenir. Il faut laisser faire le temps.

Éva avait le visage éclaboussé par les rayons du soleil.

Arthur la contemplait discrètement.

Il était sous le charme de sa beauté naturelle.

Éva était magnifique, même sans maquillage.

Il aimait son petit nez fin, sa bouche bien dessinée, ses yeux en amande.

Une mèche de cheveux tomba sur son visage angélique, il ne put s'empêcher de la glisser derrière son oreille avec beaucoup de délicatesse.

La jeune femme esquissa un timide sourire.

Une larme glissa sur sa joue, il l'essuya avec le pouce.

— J'ai beaucoup de chance de t'avoir rencontré.

Sa voix était douce et mélodieuse, légère comme le souffle du vent qui vous effleure la peau par un doux soir d'été.

Ému, Arthur ne sut pas quoi répondre.

Pour la première fois de sa vie, il ressentait une sensation qu'il n'avait jamais connue avant. Des fourmillements lui picotaient le bas du ventre, ses mains étaient moites et son cœur s'emballait. Éva l'attirait, il était merveilleusement bien à ses côtés. Le temps aurait pu s'arrêter pour l'éternité, cela n'aurait rien changé.

— Arthur, ça va ?

— Oui... Oui, balbutia-t-il.

Il avait envie de la prendre à nouveau dans ses bras et de la serrer très fort contre lui pour sentir son cœur battre contre sa poitrine. Mais, Éva avait subi un traumatisme, il ne voulait pas compliquer les choses. Malgré le flot d'émotions qui le submergeaient, il devait se retenir et penser à son rétablissement. Elle devait d'abord retrouver la mémoire et se reconstruire.

— C'est difficile... Thomas... J'ai envie de l'oublier, de ne pas savoir qu'il a existé, alors que... Je veux retrouver la mémoire... Me rappeler de ma mère, ma sœur jumelle...

Éva était complètement perdue depuis sa rencontre avec son ex-petit ami. Les doutes et les questions l'assaillaient. Elle voulait à tout prix se rappeler son ancienne vie pour savoir ce qu'avait été sa famille. Pourtant, elle ne voulait plus penser à Thomas. Ce garçon qui la répugnait alors qu'elle ne savait même pas ce qu'ils avaient partagé ensemble.

— La vie est un mystère. Et, elle est remplie d'incertitudes, lâcha Arthur en sirotant sa bière.

La jeune femme lui jeta un regard interrogateur.

— On a beau tout programmer, mettre tout en œuvre pour arriver à ses fins, si le destin en a décidé autrement, il bouleverse notre vie à jamais.

Songeur, le regard d'Éva se perdit à travers la baie vitrée.

La douceur des rayons du soleil réchauffait son visage.

Elle contemplait la Méditerranée.

Le temps passait, les drames se produisaient, mais cela n'avait aucun effet sur cette mer couleur cobalt. Les vagues se perdaient à l'infini, formant un tout uniforme, rendu possible par l'eau et le vent. La grande bleue était en constante fluctuation, mais elle ne laissait rien transparaître au commun des mortels. Imperturbable, elle subissait les assauts de mère nature, mais demeurait éternelle.

Éva prit une profonde inspiration.

L'air emplit ses poumons.

— Je dois aller de l'avant et ne pas m'apitoyer sur mon sort. Ce temps que je perds, je ne le passe pas à vivre.

Un sourire se dessina sur le visage d'Arthur.

Il retrouvait enfin le caractère bien trempé d'Éva.

Sous son air fragile et angélique se cachait une jeune femme déterminée qui savait où elle allait. Et, cette direction, il l'aiderait à la suivre par tous les moyens. Quels que soient les dangers mis sur sa route, il ne renoncerait pas. Il resterait à ses côtés. Pour le meilleur, comme pour le pire.

— Je serai là pour t'aider, si tu en as besoin. Tu peux compter sur moi, dit-il en lui prenant tendrement la main.

35

Calanque de Figuerolles
La Ciotat

La demeure du psychiatre se dressait au sommet d'un éperon rocheux qui dominait la calanque de Figuerolles. C'était une grande bâtisse du XVIIIe siècle, de cinq cents mètres carrés, répartie sur deux étages, immergée dans une nature luxuriante. Le doux parfum iodé de la Méditerranée embaumait toutes les pièces. À travers la grande baie vitrée du salon, Anna observait la mer qui se déchaînait sous les puissantes bourrasques de vent.

Le docteur Brown était installé derrière une longue table en bois à la patine cérusée. Avachi sur sa chaise, le dos courbé et les épaules affaissées. C'était un petit homme maigre au regard triste et fuyant. Il portait un vieux costume élimé aux manches, sa chemise était toute froissée.

Le thérapeute plissait nerveusement le nez et ne lâchait pas des yeux la capitaine Valentin. Il était très méfiant, il ne faisait pas confiance à l'enquêtrice. Surtout que cette dernière venait le questionner au sujet d'une de ses patientes disparue vingt ans plus tôt, dans d'étranges circonstances.

— Avez-vous déjà reçu Louise ici ? demanda Anna en rompant le silence.

Le psychiatre essaya de garder son calme.

Il ne voulait pas trahir la moindre émotion.

— Non. Ce n'est pas mon cabinet, c'est ma résidence principale. Pourquoi voulez-vous que j'accueille une patiente ici ?

Son visage se crispa.

Anna sentit un certain malaise l'envahir.

— J'ai interrogé Mme Garnier, la voisine de la famille Ciotta. Elle m'a dit que vous étiez proche de Louise. Et à sa mort, vous avez continué à voir ses enfants, quand sa mère a eu leur garde.

Silence.

Le docteur Brown prit un instant de réflexion.

— J'ai d'abord eu Élisabeth comme patiente, je la soignais pour une légère dépression. Elle avait des problèmes au sein de son couple. Son mari travaillait beaucoup, le dialogue était difficile. Elle se sentait seule, elle avait besoin de parler et de confier son mal-être. Nos séances l'apaisaient. Des années plus tard, j'ai eu sa fille en consultation. Louise avait des troubles de l'humeur, elle était bipolaire. Après son accident, Élisabeth est revenue au cabinet. Elle était perdue. Ce n'était pas facile pour elle de se retrouver avec deux enfants en bas âge. Je lui ai prescrit des anxiolytiques et des séances d'hypnose.

Anna le dévisagea.

Le psy était stressé, elle avait le sentiment qu'il ne lui disait pas toute la vérité.

— Vous êtes la seule personne que Louise connaissait à La Ciotat… Le jour du drame, après son départ des Goudes, elle a emprunté la route des Crêtes, et non l'A50 et la D559. Pourquoi n'est-elle pas rentrée sur Marseille ? J'ai pensé qu'elle venait vous parler. Elle aurait pu vouloir se confier…

Agacé, le docteur Brown se redressa sur sa chaise.

— Non ! C'est impossible. Ce jour-là, je m'en souviens comme si c'était hier… J'étais à mon cabinet quand on m'a appris son accident.

Anna fit un signe de la tête.

— Pensez-vous que l'accident puisse être un suicide ? Il n'y avait aucune trace de freins… La piste criminelle n'a rien donné, mais le mystère demeure. Nous n'écartons pas cette hypothèse.

— Louise était très instable psychologiquement, son viol n'a fait qu'aggraver sa maladie. Elle faisait régulièrement des crises maniaques, des bouffées délirantes. Nous avions réussi à stabiliser son humeur et ses crises grâce au lithium.

Malgré le traitement, elle avait beaucoup de difficultés pour gérer les jumelles et mener une vie normale. C'est Élisabeth qui devait s'en occuper quand elle était en phase maniaque.

— Justement. N'aurait-elle pas pu se suicider au cours de l'une de ces crises ?

— Je ne comprends pas le but de vos questions. Qu'est-ce que vous cherchez exactement à savoir ?

— Si nous écartons le suicide, il nous reste l'hypothèse du banal accident... Mais aussi, et surtout, la tentative d'assassinat.

Le regard du psy s'assombrit.

— Je vois où vous voulez en venir.

Il se passa nerveusement la main sur le visage.

— Louise prenait beaucoup de médicaments pour s'évader... Il lui arrivait aussi de fumer du cannabis, malgré que je lui aie déconseillé... La bipolarité est une maladie mentale difficile à vivre pour le patient, mais aussi son entourage. C'est une pathologie sévère qui peut conduire au suicide.

— Elle avait ses parents et ses enfants, le coupa Anna.

— Louise ne se sentait pas comprise dans sa maladie, et elle était très seule dans la vie. Ses démons la rongeaient au quotidien. Les alternances d'états maniaques et dépressifs l'épuisaient. Puis, il ne faut pas oublier que les médicaments diminuaient sa vigilance. Cela pourrait expliquer l'absence de marque de freinage. Si elle ne s'est pas suicidée, l'accident de la route par négligence n'est pas à écarter.

Anna dodelina de la tête.

— Mme Garnier m'a dit que vous veniez voir Élisabeth à son domicile et que vous discutiez avec les jumelles. Louise n'était pas une simple patiente. Pourquoi une telle proximité ?

Le docteur Brown se raidit.

De l'inquiétude se lisait sur son visage.

La flic en savait plus que ce qu'il avait imaginé.

— C'est vrai...

Il souffla.

— Je connaissais bien Élisabeth et son mari. Un ami m'avait recommandé Henri pour faire des travaux de maçonnerie. Pour tout vous dire, il m'a fait du travail au noir pendant plusieurs années... Il y avait beaucoup de travail dans ma demeure. Voilà... C'est comme ça que je me suis rapproché de la famille. Un lien d'amitié s'est tissé au fil du temps.

— Pourquoi ne m'avoir rien dit ?

— Il travaillait illégalement... Puis, moins on en dit à la police...

— Au cours de l'enquête, nous avons appris que vous collaboriez avec le professeur Valois, Farell Lewis était votre patron. Étonnante coïncidence ? Vous ne trouvez pas ? Ça commence à faire beaucoup de détails troublants dans cette affaire. Louise disparaît dans un accident de la route qui pourrait être un meurtre. Sa fille est suspectée d'avoir participé à l'assassinat de Farell Lewis et de son garde du corps.

— C'est le hasard de la vie. Je dirige l'unité de recherche du département psychiatrique du centre épigénétique depuis vingt ans. C'est mon ami, le professeur Valois, qui m'a permis d'obtenir le poste. À l'époque, il me l'a proposé, car je m'intéressais à la transmission transgénérationnelle des traumatismes, s'offusqua-t-il.

Un silence s'installa dans la conversation.

Anna réfléchissait.

— Je ne vois pas le rapport entre l'implication d'Éva que vous suspectez d'être une criminelle et la disparition de Louise dans un accident de voiture, poursuivit le docteur Brown.

— Ce que je vais vous dire est strictement confidentiel. Vous ne devez en parler à personne. On est bien d'accord ?

Le psychiatre se raidit.

Il plissa les yeux et fit un signe de la tête.

— Nous suspectons le garde du corps de votre patron d'avoir violé Louise Ciotta et de l'avoir fait disparaître dans un accident de la route... L'affaire Lewis est peut-être une vengeance.

Anna observa attentivement sa réaction.

Le docteur Brown devint tout pâle.

Les questions se bousculaient dans sa tête.

— Vous êtes en train de me dire que vous suspectez Éva ou un éventuel complice d'avoir assassiné Farell et son garde du corps pour se venger ?

— Oui. C'est une des pistes envisagées.

Silence.

Il ne savait pas quoi répondre.

— Devin Wade a-t-il été un de vos patients ? N'aurait-il pas pu rencontrer Louise à votre cabinet ? demanda Anna en le fixant droit dans les yeux.

— C'est vraiment n'importe quoi ! Comment êtes-vous arrivée à une telle conclusion ?

Il mit la main sur son visage en secouant la tête.

Anna parla des visions et des cauchemars d'Éva, de la rencontre entre sa mère et Devin Wade au port des Goudes. Ryan Brown resta bouche bée, il était sidéré par ses révélations.

— Devin Wade n'est jamais venu consulter. Je ne le connaissais pas personnellement. Je le croisais parfois au centre quand il était avec Farell. C'était un type bien, il était réglo. Cet homme a appartenu aux forces spéciales, il a participé à plusieurs guerres. Ce militaire a servi notre pays. Vous lui devez plus de respect, c'est indigne de votre part de bafouer sa réputation. Vous feriez mieux de retrouver son assassin et d'honorer sa mémoire.

Anna le dévisagea.

Le psychiatre se leva.

— Je suis désolé, mais j'ai des obligations personnelles. Je vais devoir vous raccompagner.

L'enquêtrice posa la main sur son épaule et le força à se rasseoir.

— Le soir de son agression, Éva a été protégée par un épicier. Un de mes hommes est allé l'interroger. Il lui a montré des photos de Devin Wade. Le commerçant a formellement reconnu le garde du corps.

Un long silence s'installa dans le cabinet.

— Devin Wade a essayé de la kidnapper. Vous comprenez ce que cela implique ? Nous pensons que Farell Lewis pourrait être le commanditaire. Éva est peut-être impliquée dans son assassinat, ainsi que celui de son garde du corps, poursuivit-elle.

Le psychiatre se passa la main sur le visage.

— Farell n'aurait jamais organisé un kidnapping ! C'est n'importe quoi, lâcha-t-il, en prenant un air sidéré.

Anna considéra le docteur Brown.

Elle le trouvait de plus en plus nerveux.

— Vous en êtes sûr ?

— Oui ! C'était un homme passionné par la science, il avait un doctorat en biologie cellulaire et un diplôme en neurologie. Farell était un pionnier dans la recherche épigénétique. Pourquoi voulez-vous qu'il fasse une chose pareille ? Un kidnapping... J'aurais tout entendu dans ma carrière, dit-il en secouant la tête.

— Et au sujet de Liane et Éva, que pouvez-vous me dire ? enchaîna Anna.

Le psychiatre soupira.

Un voile de sueur recouvrait son visage.

Il respirait bruyamment.

— Quand elles étaient petites, les jumelles étaient très proches, très complices. Mais, à l'adolescence, les choses se sont compliquées. Liane s'est éloignée de sa sœur. Elles se droguaient, traînaient avec des jeunes peu fréquentables. La maladie a fini par prendre le dessus. Éva a été très perturbée par cet éloignement... Après le suicide de sa sœur, je l'ai eue régulièrement en consultation pour ses crises d'angoisse et les pertes de mémoire. Éva avait un sentiment d'irréalité persistant. On appelle cela la dépersonnalisation. Le cerveau se protège quand les épreuves sont trop dures à accepter. C'est choquant pour celui qui le vit, mais ce n'est pas grave. C'est une anomalie du système cognitif, un simple trouble dissociatif dû à une anxiété trop importante.

— J'imagine que pour une jeune femme de vingt ans, cela doit être perturbant.

— Oui. Mais, une fois qu'on a pris conscience du phénomène, et qu'on n'a pas diagnostiqué de troubles neurologiques, le patient parvient à calmer ses angoisses et à diminuer ce sentiment d'irréalité.

— De quoi souffrait Liane ?

— Je lui ai diagnostiqué une psychose paranoïaque. Elle s'inventait des histoires rocambolesques et mystiques. Elle parlait d'hommes en noir qui la poursuivaient, elle se sentait en danger. Les délires de persécution ont commencé à l'adolescence. Elle fuguait souvent... Et, la drogue n'a fait qu'accentuer sa maladie. Liane était ingérable. Sa grand-mère n'arrivait plus à s'occuper d'elle. Elle a dû être placée en foyer... Puis, en hôpital psychiatrique...

Le regard d'Anna se perdit dans le vide.

Le suicide de Liane pouvait-il être une piste permettant de résoudre ces crimes ?

Anna devait se pencher sur le cas de la sœur.

— Quel est le nom du pédopsychiatre qui l'a suivie pendant son enfance ?

— Il est mort il y a deux ans... C'était un de mes amis... Ensuite, c'était moi.

Silence.

— Où a-t-elle été internée ?

— À l'hôpital psychiatrique Édouard Tornal à Marseille. L'infirmière qui s'en est occupée s'appelle Mme Lamper. Je vous conseille de l'interroger.

Anna devait se rendre à l'hôpital psychiatrique pour découvrir la véritable personnalité de Liane. L'interrogatoire était terminé. Elle se leva brusquement, tendit la main au psychiatre et le remercia de lui avoir accordé du temps pour répondre à ses questions. Le docteur Brown raccompagna la policière. Sur le seuil de la porte, il hésita un instant, puis lâcha :

— Trouvez un autre suspect si vous voulez résoudre cette affaire. Éva n'est pas une tueuse. Elle n'a rien à voir avec la mort de Farell.

Anna fit un simple signe de la tête.

— Bon après-midi, docteur. J'aurais certainement l'occasion de vous revoir pour les besoins de l'enquête. Si des souvenirs, qui pourraient faire avancer l'affaire Lewis, vous reviennent en mémoire, n'hésitez pas à me contacter.

LIANE

36

Anna sortit sa carte de police et se présenta à l'accueil de l'hôpital psychiatrique Édouard Tornal. L'établissement était un vaste ensemble de bâtiments anciens à l'allure sinistre qui semblaient sortir tout droit d'un roman de Stephen King. Dans le hall, l'enquêtrice croisa des patients au regard fou et cela la mit mal à l'aise.

Une jeune femme en blouse blanche lui indiqua l'étage de Mme Lamper, l'infirmière responsable du secteur fermé pour les individus en crise. Celle-ci s'était occupée de Liane Ciotta quand elle était en phase de bouffées délirantes. Anna la remercia, arpenta une série de marches fissurées et remonta un long couloir éclairé par de vieux néons grésillants.

L'atmosphère de l'hôpital était oppressante.

Les mauvaises odeurs se mêlaient à celles des produits nettoyants. La peinture des murs s'écaillait et des taches d'humidité recouvraient le plafond.

Anna poussa une porte à battants percée de hublots.

Le bureau de la chef de service se trouvait juste en face, une plaque en laiton indiquait son nom. Elle frappa deux coups secs, une voix monocorde lui dit d'entrer.

À l'intérieur, un certain malaise étreignit l'enquêtrice.

La décoration était rudimentaire et ancienne.

Un vieux bureau en bois verni, des chaises en métal chromé, un linoléum craquelé, des murs en ciment vert tilleul et une étagère métallique remplie d'ouvrages psychiatriques.

L'antre de la folie, songea-t-elle.
Anna salua Mme Lamper.
Elle se présenta et expliqua les raisons de sa présence.
— Comme vous l'avez peut-être vue aux informations, Éva Ciotta est recherchée activement par la police, suite à l'assassinat de Farell Lewis. Si je viens vous voir, c'est pour en savoir un peu plus sur sa sœur, et surtout pour comprendre sa personnalité, déclara-t-elle.
La chef de service regardait l'enquêtrice d'un œil méfiant.
Elle plissa les yeux, de fines rides apparurent sur son front. Mme Lamper était une petite femme décharnée, les cheveux gris attachés en chignon, le visage étroit et maigre. Elle mit son index devant la bouche et fixa Anna d'un regard torve.
— Nous avons accueilli Liane pour la dernière fois à la fin de l'année 2011, c'était quelques mois avant son suicide. Elle a été placée en secteur fermé, en HDT, car elle était en phase de bouffées délirantes aiguës, expliqua-t-elle.
— Secteur fermé, HDT ?
— C'est un endroit où l'on place les gens dangereux pour eux ou pour les autres. Leurs déplacements sont contrôlés, ils sont enfermés et ne peuvent pas sortir. HDT, signifie Hospitalisation à la Demande d'un Tiers. Sa grand-mère avait fait la demande à son médecin traitant avec l'accord du docteur Brown. La première fois que nous l'avons accueillie, Liane était délirante. Elle souffrait d'une psychose toxique. Elle avait expliqué au psychiatre qu'elle avait pris des pilules... Cette substance pourrait avoir aggravé ses hallucinations et altéré le fonctionnement de son système nerveux central.
— Vous savez ce que c'était ?
— Non. Elle disait que ça ouvrait l'esprit.
— Du LSD ?
— C'est possible... Mais, nous n'avons pas réussi à identifier le type de drogue.
Anna nota l'information sur son carnet.
— Liane prenait des neuroleptiques. Je vous laisse imaginer le mélange avec la prise de stupéfiants. Un cocktail explosif qui a aggravé ses symptômes délirants.

L'infirmière pianota sur son vieil ordinateur et accéda au dossier de Liane Ciotta. Elle relut les notes des psychiatres dans la partie observation.

— Elle était soignée pour des troubles paranoïaques délirants. Le psychiatre a noté qu'elle évoquait des hommes en noir qui la recherchaient. Elle disait qu'ils lui voulaient du mal. Elle parlait aussi de transmission de pensées et de forces occultes. Enfin, elle était en plein délire mystique.

Anna fixa l'infirmière quelques secondes, puis son regard se perdit dans le vide. Elle réfléchissait aux questions qui permettraient d'établir la personnalité de la jeune femme.

— Liane était-elle solitaire ? Quel était son comportement en présence des autres patients ?

Mme Lamper fronça les sourcils.

Elle mit les mains sur le bureau et entrecroisa les doigts.

— Elle préférait rester dans sa chambre plutôt que de se rendre dans la salle commune de l'unité. Elle était discrète et solitaire. Par contre, un pensionnaire avait réussi à attirer son attention. Il se passionnait pour les sciences occultes. Attendez... Je dois vérifier quelque chose.

L'infirmière se leva brusquement.

Elle se dirigea vers la grande armoire d'archivage et pianota une série de chiffres sur le digicode. L'épaisse porte en métal s'ouvrit en grinçant, son index glissa sur les classeurs.

— Voilà ! Les dossiers psychiatriques des patients sont là.

Elle attrapa les documents.

— Liane Ciotta et Patrick Terrence.

Elle se rassit, posa les classeurs sur le bureau.

— Terrence a été hospitalisé d'office, car il troublait régulièrement l'ordre public par des accès de violence. Il a blessé plusieurs personnes gravement avec un couteau. Nous ne lui connaissons pas de famille. Il a été en couple pendant quelques années avec une toxicomane. Ce patient souffre de schizophrénie. C'est un cas lourd et difficile. Nous avons eu beaucoup de difficultés avec lui. C'est un individu qui peut être très dangereux.

Le regard d'Anna s'attarda sur la fenêtre du bureau qui donnait sur le parc de l'établissement. La nuit tombait progressivement, des nuages sombres glissaient dans le ciel nocturne. Les branches des arbres se courbaient sous la violence du vent. Le mistral s'était levé et soufflait fort.

— Ce patient était donc le seul à parler à Liane ?

— Oui. Elle s'était plus ou moins liée d'amitié avec lui. Enfin... Pour être plus précise, c'est Patrice Terrence qui cherchait sa présence. Il faisait une fixation. Je me souviens qu'il la voyait comme une grande déesse.

Mme Lamper soupira.

— Après le suicide de Liane, Patrick Terrence a disparu. Nous ne l'avons plus jamais eu en soins. Personne ne sait ce qu'il est devenu.

Les yeux d'Anna scintillèrent.

Elle inscrivit le nom du patient sur son carnet.

Patrick Terrence devait être retrouvé et interrogé.

— Pensez-vous qu'il soit capable de tuer quelqu'un ?

— C'est un schizophrène paranoïde avec des délires mystiques. Il est dangereux et pourrait commettre un crime quand il est en pleine crise. Mais nous ne lui connaissons aucun antécédent criminel.

— Nous allons essayer de retrouver ce patient. J'aimerais en revenir à Éva. Rendait-elle visite à sa sœur ?

— Elle venait avec ses grands parents. C'était une très gentille fille. J'ai du mal à l'imaginer en tueuse. Même si le suicide de sa sœur l'a profondément affectée. Mais, il ne faut pas négliger que dans sa famille, il y avait des problèmes psychiatriques. Au cours de ma carrière, j'ai vu tellement de personnes saines d'esprit sombrer dans la folie à la suite d'évènements dramatiques. La psyché est un grand mystère...

Elle se retourna et désigna le cadre accroché derrière elle, c'était un passage de Victor Hugo dans *Les Misérables*.

L'œil de l'esprit ne peut trouver nulle part plus d'éblouissements ni plus de ténèbres que dans l'homme ; il ne peut se fixer sur aucune chose qui soit plus redoutable, plus compliquée, plus mystérieuse et plus infinie. Il y a un spectacle plus grand que la mer, c'est le ciel ; il y a un spectacle plus grand que le ciel, c'est l'intérieur de l'âme.

Incrédule, Anna lut le texte et observa la vieille infirmière.

La policière n'écartait aucune piste. Elle devait retrouver Patrick Terrence et l'interroger. Cet individu pouvait être impliqué dans la mort de Farell Lewis et Devin Wade.

Soudain, l'infirmière secoua la tête.

Ses yeux s'illuminèrent.

— Je viens de me souvenir que Terrence appartenait à une sorte de secte occulte. Les membres se réunissent pour pratiquer d'étranges rituels. Vous devriez aller parler à la directrice.

— Connaissez-vous le nom de cette secte ?

Un sourire se dessina sur le visage fané de l'infirmière.

— Le centre Wicca Laylâ. Nous avons eu plusieurs de ces illuminés en soins. Les adeptes invoquent les forces occultes. Ils pratiquent des rituels sacrés, célèbrent des fêtes nocturnes les soirs de pleine lune.

Anna se figea.

Cela ne pouvait pas être une simple coïncidence.

Le tueur pratiquait la Wicca luciférienne.

Avait-il été un membre du centre ?

— Est-ce une secte luciférienne ? demanda-t-elle.

— Je ne suis pas une spécialiste sur le sujet. Les patients que nous avons eus sont des cas difficiles à soigner. Une fois qu'ils ont passé le rituel de l'engagement, ils obtiennent leur nom de sorcier. C'est à ce moment-là que l'adepte change d'identité et voue sa vie à la magie noire.

— C'est ce qui est arrivé à Patrick Terrence ?

L'infirmière acquiesça.

Son regard se voila.

— Oui. Mais...

Elle s'arrêta de parler.

Elle hésita un instant, puis ajouta :

— Je ne crois pas à toutes ces histoires de magie ou de forces occultes. Pourtant, avec ces patients, il s'est produit des évènements troublants. Les médicaments agissaient difficilement... Nous avons eu de nombreux problèmes électriques... Des pannes de télé, les ampoules qui explosent, le matériel électronique qui ne fonctionne plus...

Nous évitons d'en parler de peur de perdre toute crédibilité et de passer pour des illuminés.

Anna observait l'infirmière.

Elle ne savait pas quoi penser de ces révélations.

Mme Lamper ne finissait-elle pas par perdre la notion du réel à force de travailler avec des malades mentaux ?

— Il se passe parfois des évènements bien étranges dans ce monde, répondit l'enquêtrice.

— Vous ne me croyez pas ? Je lis de la méfiance dans votre regard.

— Non, pas du tout. Je pense que vous êtes sincère. Mais, il y a tellement d'explications possibles.

L'infirmière acquiesça.

— Vous avez raison. Mais, c'est très troublant quand on le vit. Et, lorsqu'on est confronté à ce type de situation, on se pose beaucoup de questions.

Anna fit un simple signe de la tête et rangea son carnet dans la poche intérieure de sa veste. Elle préférait ne pas poursuivre cette conversation qui devenait stérile.

— Je vais me rendre au centre Wicca et interroger la directrice avant de rentrer au commissariat. Je vous remercie de m'avoir transmis toutes ces informations, elles pourraient bien faire rebondir l'enquête, dit Anna.

Mme Lamper se leva, traversa la pièce et raccompagna l'enquêtrice jusqu'à la porte.

— J'espère que vous arrêterez le tueur avant qu'il ne commette d'autres assassinats. Puis... Éva doit être innocentée. Elle ne peut pas être responsable de ces horribles crimes. Cette jeune femme a traversé des épreuves difficiles. Elle mérite de vivre enfin une vie normale.

— Je vais faire mon possible pour retrouver le coupable. Soyez-en persuadée. J'en fais une affaire personnelle, lâcha Anna en disparaissant dans le couloir vide et sombre de ce lieu angoissant.

37

Le mistral soufflait fort dans la ruelle sombre et déserte.

Les poussières et les feuilles tournoyaient sur le trottoir.

Un volet claqua, un chien se mit à aboyer et une vieille femme voûtée sortit sur son balcon en maugréant après l'animal. Une atmosphère lourde, pesante, planait dans ce quartier glauque et austère.

Anna lut l'inscription sur la plaque en bronze fixée sur la porte couleur d'ébène :

Centre Wicca Laylâ Internationale
Accès interdit aux non-initiés

Elle appuya sur la sonnette.

Une femme d'une quarantaine d'années, vêtue d'un manteau noir à capuche, ouvrit la porte. Longs cheveux noir corbeau, teint de porcelaine, regard fixe et ombrageux, mains longues et fines. Elle portait une petite clé en or en pendentif. Un athamé était glissé dans un fourreau fixé à sa ceinture.

— Je suis la Grande Prêtresse Hécate. La gardienne des lieux et du temple de Lucifer. Que puis-je pour vous ? demanda-t-elle d'une voix puissante qui contrastait avec sa silhouette gracile.

Anna écarquilla les yeux.

La scène lui semblait surréaliste.

— Brigade criminelle d'Avignon. Je suis la capitaine Valentin. J'enquête sur la mort de Farell Lewis et Devin

Wade. J'aurais quelques questions à vous poser sur un de vos membres. Patrick Terrence.

Hécate la dévisagea avec ses grands yeux noirs.

Surprise, elle répéta :

— Patrick Terrence.

Son expression venait de changer.

De la méfiance apparut dans son regard.

— Vous avez eu des problèmes avec lui ? s'enquit Anna, étonnée par la réaction de la sorcière.

— Entrez. Nous serons mieux à l'intérieur pour discuter, continua-t-elle, d'un ton solennel.

Dans un silence monacal, Anna longea un long couloir éclairé par des bougies rouges, jalonné par des statues en bronze représentant des démons.

Hécate ouvrit une lourde porte en bois sculpté et pénétra dans une pièce sombre. Les murs étaient décorés par des peintures ésotériques et des symboles alchimiques.

— Asseyez-vous, je vous prie. Ici, nous serons plus tranquilles, fit la Grande Prêtresse en s'installant sur une chaise en bois, dont le dossier arborait un pentagramme inversé.

Les deux femmes s'observèrent quelques secondes.

Hécate se redressa, posa les mains à plat sur le bureau et demanda :

— Avant de commencer, savez-vous qui nous sommes et ce que nous faisons au centre ? Je ne tiens pas à vous laisser dans l'ignorance.

Anna se fendit d'un sourire goguenard, légèrement provocateur.

— La Wicca Laylâ Internationale est une secte Wiccan luciférienne. Vous jetez des sorts et pratiquez la magie noire, lâcha-t-elle, sans préambule.

La policière donnait le ton.

Elle voulait savoir à qui elle avait affaire.

La Grande Prêtresse fronça les sourcils et lui jeta un regard réprobateur en entendant le mot secte.

Elle savait que pour le non-initié, la wicca luciférienne était perçue comme de la magie noire pratiquée par des groupes d'individus en proie à une forme d'aliénation mentale. De l'extérieur, les gens croyaient que le wiccan endoctrinait et manipulait les simples d'esprit, les fous et les égarés de la vie.

— Le wiccan est libre de ses actes et de ses pensées. Nous ne faisons pas le mal autour de nous inutilement. Bien sûr, contrairement à la Wicca traditionnelle, nous ne pratiquons pas uniquement la magie blanche et l'amour inconditionnel n'est pas au centre de la pratique. Toutefois, vous vous trompez sur un point : la Wicca Laylâ Internationale n'est pas issue de la Wicca luciférienne de Jacques Coutela et Diane Luciféra. Je suis à l'origine de ce cercle d'initiés adorateur de la Grande Déesse Hécate. Notre courant de pensée provient du paganisme. Nous communiquons avec la nature. L'ange déchu, Lucifer, et le dieu cornu des Celtes, Cernunnos, nous guident sur le chemin de la connaissance.

Anna hocha la tête, peu convaincue.

Les deux femmes se jaugèrent du regard.

— Pour en revenir à Patrick Terrence, il est effectivement venu pendant plusieurs mois, mais il y a rapidement eu des conflits avec le groupe. Il invoque des puissances occultes extrêmement destructrices. C'est un individu dangereux sans états d'âme qui sème le chaos autour de lui. Il a fait un pacte avec les démons qui lui ont donné certains pouvoirs très puissants. Je ne sais pas si vous croyez aux forces du mal, mais vous devriez vous protéger. Mark, notre spécialiste en sciences occultes ne le supportait pas. Il a tout fait pour évincer Patrick du centre. Une semaine après que nous lui ayons refusé l'entrée, Mark disparaissait dans un accident de voiture. Et, nous n'avons plus jamais entendu parler de Patrick Terrence.

— Un accident criminel ?

Hécate esquissa un sourire.

— Non. Un chauffeur poids lourd qui s'est endormi en plein après-midi. Un homme de trente ans en pleine forme qui avait respecté les heures de repos. Je vous le répète, il faut se méfier des forces occultes.

Anna sortit des photos d'Éva et Liane.

— Avez-vous eu ces jeunes filles en initiation ?

Hécate secoua la tête.

— Je suis désolée, mais je ne sais rien de plus. Patrick Terrence n'est plus jamais revenu au centre, je n'ai aucune idée où il peut être à l'heure actuelle…

— J'espérais que vous puissiez m'en apprendre un peu plus sur Terrence.

— Je ne peux pas rester plus longtemps avec vous. Dans un quart d'heure, nous initions une nouvelle wiccan. Voulez-vous assister à la séance ?

— Pourquoi pas…

— Le coven est interdit au non-initié. Mais, vous c'est différent. D'abord, vous êtes de la police. Puis… Vous dégagez une énergie particulière. Vous a-t-on déjà dit que vous aviez des pouvoirs ?

Anna fit un signe de la tête.

— J'ai tout de suite vu que vous n'étiez pas une simple flic. Vous n'êtes peut-être pas encore prête, mais un jour, vous utiliserez vos dons.

Anna ne répondit pas.

Son amie, la médium Ludmilla Bowen, lui avait longuement parlé de tout cela. Mais, pour le moment, elle préférait se concentrer uniquement sur ce qu'elle savait le mieux faire : enquêter et arrêter les criminels.

— Savez-vous qui est Hécate, la déesse avec laquelle je ne fais plus qu'un ? s'enquit la Grande Prêtresse.

— La déesse lunaire, une magicienne redoutée. Elle fait partie des déités de la Wicca luciférienne. Lucifer, Lilith, Diane et Hécate.

Surprise, la sorcière poursuivit :

— Elle représente les trois lunes. La nouvelle lune, la demi-lune et la lune noire. Mais, elle évoque aussi : la fille, la mère et la vieille femme sage. Naissance, vie et mort. Elle est considérée comme la déesse de la sorcellerie. Hécate n'est pas que bienveillante. Elle est dure avec ceux qui causent du mal aux adeptes de la Wicca et protège ceux qui la vénèrent. Elle n'a aucune tolérance, et si vous l'invoquez, ne vous attendez pas à sa compassion. Elle agira en conséquence.

— Vous voulez dire que vous utilisez les forces occultes pour vous venger ?

La grande brune fit un signe de la tête.

— Nous travaillons avec des énergies néfastes quand nous devons jeter un sort. Mais, nous utilisons les énergies bénéfiques quand il le faut. Ce qui n'était pas le cas de Patrick Terrence. Cet homme est mauvais. Nous n'acceptons pas ce type de personnes au centre. L'univers est cyclique, il est régi par le bien et le mal. Un wiccan se doit de maîtriser la magie blanche et la magie noire, conclut la Grande Prêtresse.

Son regard se porta sur l'horloge, au fond de la pièce.

— L'initiation va bientôt commencer. Je dois me préparer. Si vous voulez assister au coven, suivez-moi.

*

* *

La Grande Prêtresse descendit un étroit escalier en colimaçon et s'enfonça dans le sous-sol sombre de la vieille demeure. Des toiles d'araignées pendaient au plafond. Le sol était poussiéreux. Un air humide et frais fit frissonner l'enquêtrice qui posa la main sur son Sig-Sauer pour se rassurer.

Hécate poussa une épaisse porte en bois.

Les gonds grincèrent, l'odeur de l'encens embaumait l'air.

Le temple sacré était une grande pièce rectangulaire d'une cinquantaine de mètres carrés aux murs de pierres grises recouverts de salpêtre.

Une lumière orangée illuminait l'autel devant lequel la Grande Prêtresse se plaça, les bras croisés. L'ouvrage des Lucifériens, le *Livre des sorcières*, était éclairé par deux grosses bougies blanches.

— La cérémonie va commencer. Vous êtes dans un lieu sacré, vous ne devez pas parler, ordonna-t-elle à Anna.

L'enquêtrice acquiesça.

Hécate ferma les yeux et leva les bras au ciel.

Elle invoqua Lucifer, puis saisit une figurine en cire et fit des signes sur les pieds, le torse et la tête.

Un silence funèbre emplissait le temple.

Une vingtaine de sorciers observaient le rituel.

Les ombres des flammes des bougies ondoyaient sur les murs de pierre brute.

Elle prit son athamé, dirigea la pointe de la lame au milieu du front de la figurine et prononça le rituel incantatoire.

— Que l'initiée s'avance, ordonna-t-elle.

Son assistant, un petit homme famélique au visage décharné, fit entrer une jeune femme nue, les yeux bandés.

— Toi qui pénètres dans un lieu sacré, veux-tu prêter serment et signer de ton sang ?

— Oui. Je le veux, répondit l'initiée d'une voix fébrile.

Ses mains tremblaient, des tics nerveux animaient son visage blafard. Sur sa poitrine, au niveau du cœur, on avait peint un pentagramme inversé. En dessous, un chiffre, celui de la bête.

666

La future wiccane, la démarche raide, s'avança d'un pas hésitant au centre du temple. Dessiné sur le sol avec du sang d'animal : un pentacle rouge. L'assistant de la Grande Prêtresse lui tendit une feuille manuscrite et lui demanda de réciter le Notre Père à l'envers.

L'initiée s'exécuta, la voix chevrotante.

Anna n'en croyait pas ses yeux.

Ce rituel surréaliste semblait d'un autre temps, d'une autre époque.

Hécate croisa les bras en fixant la jeune femme.

— Tu vas subir l'épreuve des quatre éléments. La terre, l'air, le feu et l'eau. Que Lucifer te protège.

Elle suivit le contour du cercle avec la lame de l'athamé et récita la prière.

— Je te conjure, ô cercle de pouvoir, afin que tu sois une frontière entre le monde des hommes et le royaume des puissances, un rempart et une protection qui préservera et contiendra le pouvoir que j'accumulerai en toi. Ainsi, je te bénis et te consacre, au nom de Lucifer et Lilith.

Elle écarta les bras, prit une profonde inspiration et se tourna dans la direction de l'est :

— Seigneurs de la tour de l'est, seigneurs de l'air, je vous convoque, vous éveille et vous appelle pour observer mes rites et garder le cercle.

La Grande Prêtresse invoqua les seigneurs des quatre points cardinaux représentant les quatre éléments.

Solennelle, elle se tourna vers l'initiée :

— Avance dans le cercle, face au nord. Mets un genou à terre et pose la main droite sur l'athamé et lis le serment.

L'assistant lui tendit une nouvelle feuille.

— Moi. Emma, je jure que je ne refuserai aucun secret à qui aura pour garant l'un des membres de ce coven auquel je jure dévotion et vérité. Puissent les pouvoirs que je posséderai se retourner contre moi si je viole ce très solennel serment. Qu'il en soit ainsi et que ma volonté soit faite.

L'assistant saisit une grosse bougie et passa une flamme devant son visage. Ensuite, il prit une jarre et lui versa sur le sommet du crâne l'eau sacrée.

L'initiée tremblait, elle était apeurée.

Sous le regard halluciné de l'enquêtrice, Hécate lâcha :

— À présent, tu as une nouvelle famille. Tu fais partie des nôtres, le grand Lucifer veillera sur toi pour l'éternité.

Le coven était terminé.

Les wiccans récitèrent des formules magiques.

Anna était sidérée par l'emprise mentale que la Grande Prêtresse avait sur les membres de la secte. Elle réalisa comment il était facile pour cette femme de les manipuler et de les transformer en assassins. Ces individus étaient tellement convaincus de la puissance des forces occultes qu'ils auraient fait n'importe quoi.

38

Brigade Criminelle
Avignon

Le lendemain, Anna avait reçu les résultats des analyses ADN de la seconde scène de crime. L'empreinte génétique retrouvée dans le salon du garde du corps de Farell Lewis correspondait à celle d'Éva Ciotta. L'enquêtrice avait immédiatement réuni tous les hommes de son groupe pour faire le point.

— Cela ne signifie pas qu'elle l'a assassiné, fit Gustanzo, d'un regard perplexe.

Malerme qui était au fond de la salle dodelina de la tête :

— Les traces ADN ont été prélevées sur la table du salon. Elle est forcément entrée dans son appartement. De plus, elle a des visions de la scène de crime. Elle s'échappe de l'hôpital et Devin Wade est assassiné... Je ne pense pas que cela plaide en sa faveur.

La porte de la salle de réunion s'ouvrit brusquement.

Les policiers se figèrent.

Driss Sidhi se planta devant ses collègues.

— Nous avons l'identité de l'homme qui a donné rendez-vous à Éva Ciotta au MuCEM. Il s'agit de Ralph Korb. Il travaille comme commercial à Biotech Lewis. Mais, son boulot est plutôt flou. Farell Lewis était son directeur. Ça commence à faire beaucoup de coïncidences.

Abasourdis, les policiers le dévisagèrent.

— Je dois immédiatement informer le juge Hulard. Ralph Korb doit être placé en garde à vue, déclara l'enquêtrice, le regard sombre.

Driss se passa la main sur le visage en faisant une grimace.

— Malheureusement, notre homme a disparu de la circulation. Il n'est pas venu à son travail depuis la mort de son patron. Je suis allé chez lui, tout était fermé. J'ai questionné ses voisins. Ils ne l'ont pas vu depuis plusieurs jours.

Anna prit quelques secondes de réflexion.

Les pensées se bousculaient dans son esprit.

Le garde du corps de Farell Lewis était suspecté d'avoir violé et tué Louise Ciotta.

Ralph Korb avait essayé de kidnapper sa fille.

Éva Ciotta avait-elle découvert la vérité sur la tragique disparition de sa mère ? Avait-elle essayé de faire chanter Korb, Wade et Lewis ?

Il y avait trop de zones d'ombre dans cette enquête.

— Qu'est-ce que tu sais sur Ralph Korb ? demanda Anna.

Le procédurier attrapa son carnet et relut ses notes.

— Il habite le quartier du Panier, rue Baussenque. Trente-cinq ans. Fils unique. Célibataire, sans enfants. Il a trafiqué pendant quelques années avec la mafia marseillaise. D'après mes sources, il donnait des coups de main aux petits caïds. Côté familial, il a été élevé par sa mère... Elle était secrétaire dans une entreprise de BTP. Son père avait des problèmes d'alcool. Il a quitté le foyer familial à la naissance de son fils. On ne sait pas ce qu'il est devenu.

Il tourna la page.

— Ralph Korb était addict aux jeux d'argent. Il a été interdit de tous les cercles de poker marseillais. Il est fiché pour trafic de stupéfiants, bagarres. Il a passé deux ans en prison... Farell Lewis l'aurait rencontré dans un cercle de jeu et l'aurait pris sous son aile. Son emploi au sein de Biotech Lewis est très flou, même s'il était censé être commercial. Des employés m'ont dit qu'il faisait partie de la garde rapprochée et s'occupait de sa sécurité.

Il referma son carnet et le glissa dans la poche de son costume.

— Bref, ce n'est pas très clair. Je continue d'enquêter. Les langues vont finir par se délier.

— OK. Tu as fait du bon boulot. Ralph Korb devient notre priorité. Il faut le retrouver. De mon côté, je me suis rendu à l'hôpital psychiatrique où a été internée Liane Ciotta. La chef de service m'a appris que la sœur d'Éva s'était rapprochée d'un patient qui pratiquait la Wicca luciférienne. Un dénommé Patrick Terrence. Il était soigné pour schizophrénie, c'est un cas lourd.

— Tu crois qu'il pourrait être le complice d'Éva ? Car, si elle a assassiné Lewis et Wade, elle n'a pas agi seule, s'enquit Malerme en bombant le torse.

— Nous devons creuser cette piste. Mais, attention ! Pour le moment, rien ne prouve qu'Éva a commis ces crimes. Il faut rester prudent et n'écarter aucun autre suspect potentiel. Nous devrions surveiller la secte. Hier, je n'ai pas senti la directrice du centre. Et ses adeptes encore moins. Nous devons retrouver Patrick Terrence et l'interroger.

— Tu veux que je me charge de la surveillance ? demanda Malerme.

Anna hocha la tête.

— Embarque Max avec toi. Je ne suis pas très rassurée que tu y ailles seul. On ne sait jamais de quoi ces fanatiques sont capables. Je les ai vus pratiquer leur rituel luciférien. C'est effrayant de savoir que des personnes se réunissent et invoquent des forces occultes.

— Ne t'inquiète pas. Je prends mon crucifix et un peu d'ail.

Anna le foudroya du regard.

— Je ne plaisante pas. Eux, ils ne rigolent pas. Ce n'est pas un jeu. Ne te fais pas repérer.

— OK ! Chef.

— Passe aussi à Biotech Lewis et au centre épigénétique. Interroge le DRH, les secrétaires et la hiérarchie. Questionne les employés qui ont travaillé avec Wade et Korb. Je veux tout savoir sur eux et sur leurs activités pour Farell Lewis. De mon côté, je vais essayer de retrouver Patrick Terrence, conclut la chef de groupe, sur un ton autoritaire.

39

Assise dans le canapé du salon à côté d'Arthur, Éva se sentait en sécurité. Elle était apaisée et détendue. La présence rassurante de l'infirmier l'aidait à se sentir mieux. Au fil des jours, elle apprenait à mieux le connaître et commençait à éprouver des sentiments. Au plus profond de son être, elle savait que Thomas ne serait jamais l'homme de sa vie. La jeune femme préférait occulter certains moments de son passé et aller de l'avant.

Éva détaillait la photo retrouvée dans l'enveloppe Kraft.

Que faisait-elle à l'abbaye Saint-Victor ?

Son visage était rayonnant, elle souriait.

Elle semblait heureuse.

Qui était la personne qui l'accompagnait ?

Peut-être ma sœur, songea-t-elle.

Pourquoi la photo avait-elle été déchirée ?

Elle mit la main devant sa bouche, réfléchit un instant.

Pourquoi avait-elle cette enveloppe le jour de son agression ?

Toutes ces questions la tourmentaient.

Le néant enveloppait son esprit, ses souvenirs étaient prisonniers des méandres de son cerveau.

Arriverait-elle un jour à émerger des ténèbres ?

Le professeur Pontal lui avait dit qu'il faudrait du temps...

Du temps, elle n'en avait pas.

La police la recherchait, des individus voulaient l'éliminer.

Éva était en sursis, sa vie tenait à un fil.

Un léger bruissement d'air la tira de ses tristes pensées.

Un vent tiède chargé d'embruns souffla dans le salon.

Les rideaux de la baie vitrée ondoyèrent, le cliché qu'elle venait de poser sur la table basse s'envola à travers la pièce.

Un signe ?

Le cœur lourd, Éva se leva pour le ramasser.

Une larme glissa sur sa joue, ses yeux s'embuèrent.

La jeune femme ressentait un besoin viscéral de savoir qui avait été sa sœur, ce qu'elles avaient partagé ensemble.

Sa jumelle, sa moitié.

L'autre partie d'elle-même.

Éva s'immobilisa au milieu du salon.

Immobile, cheveux au vent, le regard perdu dans le vide, le temps s'était suspendu.

Un flash jaillit dans son esprit brumeux.

Céleste, coloré, apaisant.

D'immenses murs de pierres s'élevaient vers un ciel flamboyant, des cierges nimbaient une longue nef. Des sarcophages anciens recouverts de symboles bibliques étaient alignés dans une crypte ancestrale.

Sa tête se mit à tourner, ses jambes chancelèrent.

Elle eut l'impression d'être aspirée par un trou noir.

Son corps explosa en une myriade de particules irisées.

Elle fut propulsée à travers un espace lumineux et se retrouva à l'extérieur de l'édifice.

Sa vue était brouillée par l'éclat du soleil.

Elle cligna des yeux.

De là où elle se trouvait, elle avait une vue magnifique sur le Vieux-Port.

Elle se retourna.

L'église Saint-Victor.

Brusquement, elle revint à la réalité.

Arthur la dévisageait.

— Ça va ? Tu te sens bien ? demanda-t-il, inquiet.

Éva se sentait comme possédée par une étrange force, attirée par l'énergie de cette mystérieuse abbaye.

— Nous devons y aller.

— De quoi parles-tu ? Où veux-tu aller ? s'enquit Arthur, ahuri.

— L'abbaye Saint-Victor !

Elle se leva, attrapa la photo, la scruta intensément et la posa contre sa poitrine.

Un frisson lui parcourut le dos.

Son cœur se mit à battre la chamade, ses mains devinrent moites.

— Là ? Maintenant ? Il est 22 heures ! Tu veux y faire quoi ? Tout sera fermé.

Arthur ne comprenait plus rien.

Un peu plus tôt, Éva était tranquillement installée dans le canapé à ses côtés. À présent, elle s'agitait nerveusement au milieu du salon, envahie par des pensées obsédantes.

— Je veux ressentir le lieu, me plonger dans l'atmosphère de l'église. Là-bas, j'aurai peut-être des souvenirs de Liane... Ma sœur était tout ce qui me restait.

— Elle avait des problèmes psychiatriques... Elle fuguait de chez ta grand-mère, faisait des séjours en hôpital psychiatrique. Cela m'inquiète... Il ne faudrait peut-être pas remuer ce passé...

— Nous sommes jumelles. Elle est ma moitié ! Je la sens au plus profond de mon être. Tu sais ce que ça représente ?

Arthur prit un air attristé.

— Je comprends. Excuse-moi. C'est un lien particulier qui vous unissait. Je suis désolé de t'avoir parlé ainsi.

Il glissa ses doigts dans les siens, l'approcha contre sa poitrine et la serra contre lui. Le temps se suspendait quand ils étaient l'un contre l'autre.

*

* *

Arthur remontait en silence l'avenue du Prado.

Le mistral soufflait par rafales, agitant violemment les branches des arbres et cahotant la voiture. Ils empruntèrent le tunnel Prado-Carénage et prirent la sortie « Vieux-Port ». La jeune femme aperçut la façade illuminée de l'abbaye qui se découpait dans le noir de la nuit. Le ciel était dégagé, les deux hautes tours carrées surplombant la ville de Marseille baignaient dans la lueur laiteuse de la lune.

— Quelle église magnifique ! Je ne sais pas pourquoi... Mais, elle m'attire. Elle dégage quelque chose de particulier s'émerveilla-t-elle, la voix remplie d'émotion.

Arthur se demandait pourquoi Éva se sentait envahie par cette envie subite de se rendre dans cette abbaye. Il aurait pu la dissuader, essayer de la raisonner, mais il avait préféré l'accompagner en espérant que cette balade nocturne puisse être bénéfique pour sa guérison.

Il emprunta le quai de Rive Neuve.

Des touristes enivrés se promenaient le long du Vieux-Port.

Une bouteille à la main, ils chantaient et dansaient.

Un peu plus loin, des gens sortaient du théâtre *La Criée*.

Une soirée ordinaire, vivante et animée, au cœur de la cité phocéenne.

Arthur bifurqua dans la rue du Chantier et stationna son véhicule dans l'étroite rue Sainte-Catherine, derrière un vieux fourgon à la carrosserie rouillée.

La rue était calme, déserte.

Éva sortit de la voiture, un vent froid fit ondoyer ses cheveux soyeux et lui cingla le visage. La jeune femme se retourna et plongea son regard dans celui d'Arthur.

— Il faut entrer dans l'église. Une fois à l'intérieur, j'aurai peut-être des souvenirs.

Elle s'avança devant le porche d'entrée, tourna la poignée en bronze du grand portail couleur ébène.

Fermé.

— Nous ne sommes plus dans les horaires de visite. Il est trop tard, lâcha Arthur.

— Nous devons entrer.

— Revenons demain matin à la première heure. Il n'y aura pas grand monde et nous serons tranquilles pour visiter. En attendant, on peut faire le tour de l'abbaye. Peut-être que des souvenirs te reviendront, continua-t-il en jetant des regards inquiets autour de lui.

La faible lueur des réverbères éclairait le visage diaphane de la jeune femme et projetait des ombres moirées sur les murs des maisons.

— La journée… C'est trop risqué. On pourrait me reconnaître.

— Avec des lunettes de soleil et une casquette… Je ne pense pas. Tu baisseras un peu la tête, personne ne te remarquera.

— Je veux y rentrer ce soir ! s'exclama-t-elle en s'enfonçant dans la nuit.

— Éva ! Attends-moi. Mais, tu vas où ?

D'un pas décidé, la jeune femme longea la vieille façade en pierre de l'église. Côté sud, une étroite porte en bois, qui donnait directement sur la rue du commandant Lamy, permettait de pénétrer dans l'abbaye. Les yeux brillants, Éva lança un regard victorieux en direction d'Arthur, tourna la poignée. La serrure émit un clic métallique.

— C'est ouvert ! Je le savais en mon for intérieur que nous devions venir. C'est un signe. J'avais raison d'insister.

L'infirmier fronça les sourcils, son front se plissa.

— C'est étrange que cette porte ne soit pas fermée.

Hésitante, le cœur battant fort dans sa poitrine, Éva retint son souffle et s'engouffra dans l'église abbatiale.

L'endroit était sombre, un silence inquiétant régnait à l'intérieur. Elle attrapa sa lampe torche qui était dans la poche de son jean et éclaira la nef centrale. L'odeur du vieux bois, de la pierre et de l'encens imprégnait les lieux.

L'air était lourd, moite.

La lune brillait à travers les vitraux colorés.

Elle dirigea le faisceau lumineux en direction du chœur.

— Ce n'est vraiment pas raisonnable. Tu es recherchée par la police. Nous ne devrions pas rester là. Il y a peut-être des caméras vidéo et une alarme…

Éva n'écoutait pas Arthur, subjuguée par le charme mystérieux de cette église millénaire. Elle avançait dans la pénombre, comme hypnotisée. Plus rien ne semblait pouvoir l'arrêter.

Son cœur, son âme, vibraient à l'unisson.

Elle s'immobilisa, ferma les yeux, laissa émerger les images prisonnières de son esprit cotonneux. Le visage de sa sœur lui apparut. Les jumelles étaient sur le parvis de l'abbaye, face au Vieux-Port et saisissaient cet instant de tendre complicité en se prenant en photo.

— J'étais avec Liane ! J'en suis sûre à présent, s'exclama-t-elle, le regard illuminé.

— Tu te souviens de ta sœur ?

— Ce sont des images furtives. Je la vois... Je la ressens... Elle vibre en moi, dans chacune des cellules de mon corps. Mais, ces moments magiques, passés avec elle, restent bloqués. Je ne parviens pas à aller plus loin. Je n'ai que des bribes d'images. Liane... Ma jumelle... Je pense à toi !

Un bruit métallique résonna dans le silence inquiétant du soir, puis il y eut un grincement lugubre.

Éva sursauta.

Elle se retourna et dirigea le faisceau lumineux de sa lampe en direction de l'entrée de la crypte située sous l'orgue monumental.

— Ça vient de là ! s'exclama Arthur.

La porte était légèrement entrouverte.

Un air frais sifflait à travers l'interstice et faisait claquer le battant contre le chambranle.

— On n'est peut-être pas seuls, dit-il, le regard inquiet.

Curieuse, la jeune femme s'avança à pas de félin jusqu'à la petite porte et poussa doucement le battant pour ne pas faire de bruit.

— Éva ! Mais tu es devenue folle ? Reviens. Il faut sortir ! C'est peut-être le sacristain, murmura Arthur, essayant de garder son calme.

Éva avait l'esprit ailleurs, elle n'écoutait plus l'infirmier.

La main crispée sur le manche de sa lampe, elle s'enfonça dans l'escalier en pierre brute qui permettait d'accéder à une chapelle où de vieux sarcophages étaient exposés.

Un air poisseux et humide l'enveloppait.

Une odeur âcre s'engouffra dans ses narines.

Retenant son souffle, elle distingua une pâle lueur qui nimbait une salle sombre taillée dans la roche.

— On n'est peut-être pas seuls, chuchota Arthur.

La jeune femme continua son chemin, comme guidée par une main invisible. Son esprit était ailleurs, une puissance indescriptible l'attirait.

— Éva ! Reste là, dit Arthur, d'une voix tremblotante.

Au bas de l'escalier, il se figea.

Une série de sarcophages anciens l'entouraient.

Un frisson glacé lui traversa le corps, son rythme cardiaque s'emballa et sa respiration s'accéléra. Le ventre noué, les jambes chancelantes, il rejoignit rapidement Éva qui était immobile devant une Vierge noire illuminée par des cierges disposés en cercle. Les flammes dansaient à chaque souffle d'air, produisant des ombres dantesques sur la roche sombre. La statue en bois polychrome se trouvait devant le pilier gauche d'une petite basilique datant de l'époque paléochrétienne.

— C'est la chapelle Notre-Dame de Confession, expliqua-t-il à Éva qui fixait la statue, hypnotisée.

Soudain, il tressaillit.

Au pied de la Vierge noire, des pétales de roses rouges étaient éparpillés sur le sol, jonchant deux tombes ancestrales creusées dans la roche.

Livide, il déglutit :

— Les cierges, les pétales... C'est comme dans tes visions... Il faut partir d'ici !

Éva se figea, tétanisée par la peur.

— Tu crois que...

— C'est peut-être le tueur. À moins que cela ne soit des plaisantins qui font une mauvaise blague.

Il jeta des regards inquiets autour de lui, se pencha et prit une poignée de pétales.

— Je connais bien cette église. J'y suis venu plusieurs fois avec l'école quand j'étais plus jeune. En dessous, ce sont deux tombes rupestres jumelles, appelées aussi les tombes des deux martyrs, murmura-t-il.

— Des tombes ?

— Oui. Parle moins fort !

Éva promena le faisceau de sa lampe en direction des colonnes en pierre qui s'élevaient devant le mur nord. Elle éclaira une mosaïque en pâte de verre et arrêta le rayon lumineux sur une montée d'escalier creusée dans la roche.

— Ces escaliers sont condamnés par une grille en fer. C'est un sanctuaire paléochrétien qui date du Ve siècle. Nous ne pouvons pas y accéder.

— C'est très ancien.

— Nous devons sortir. Nous sommes en danger.

Il la prit par la main et l'entraîna dans l'allée principale.

Un bruit sourd résonna dans la crypte, comme un objet lourd qui tombait sur le sol dallé.

Il se figea.

— Il y a quelqu'un, ne bouge pas, chuchota-t-il.

Il posa l'index devant sa bouche, emmena Éva dans l'ancienne sacristie située au fond de la crypte, côté sud. Une fois à l'intérieur de la grande salle en voûte, ils s'accroupirent derrière les sarcophages en retenant leur souffle.

— Reste là. Je reviens, murmura-t-il, en se levant.

— Je viens avec toi !

— Attends-moi là. Si la voie est libre, on sort d'ici, ordonna-t-il, d'un ton sec et péremptoire.

Éva hocha la tête en lui lançant un regard apeuré.

Arthur lui caressa tendrement le visage.

— Ne t'inquiète pas, tout va bien se passer.

Elle lui tendit la lampe torche, il l'attrapa en silence et remonta l'allée en se dirigeant vers la statue de la Vierge noire. Des bruits de pas résonnèrent à nouveau en direction de la chapelle Saint-Lazare qui se trouvait de l'autre côté de la crypte.

Arthur s'arrêta net.

Son ventre était noué par la peur, un voile de sueur recouvrait son visage.

Il éteignit sa lampe, retint sa respiration et marcha à pas de loup dans l'obscurité jusqu'à la chapelle millénaire creusée dans la roche. Un peu plus loin, une silhouette moirée se découpait dans la lueur d'un cierge posé devant un sarcophage.

Arthur s'avança lentement.

Son cœur bondissait dans sa poitrine, il était terrifié.

Silencieux, l'inconnu se tenait immobile à quelques mètres de lui. Il portait une longue robe noire à capuche et tenait un poignard.

Paniqué, les doigts tremblants sur le manche de sa lampe torche, Arthur appuya sur l'interrupteur et dirigea le faisceau lumineux en direction de l'intrus pour essayer de l'aveugler. La silhouette sombre se déplaça d'un bond et le frôla. Un air frais enveloppa son visage, la lame effilée glissa sur sa poitrine sans le blesser.

Arthur ne bougeait plus.

Ses mains tremblaient, ses jambes chancelaient.

Il se laissa glisser contre le mur, s'accroupit et prit son visage entre les mains. Haletant, il essayait de retrouver son calme. À quelques centimètres près, la lame aurait pu le toucher en plein cœur.

Pourquoi le tueur l'avait-il épargné ?

Il tourna la tête.

L'ombre s'enfonçait dans la nuit, les semelles de ses bottes claquaient dans la crypte. L'inconnu disparut dans la grande salle en voûte de l'atrium.

— Éva, ne bouge pas ! cria-t-il.

Arthur prit quelques secondes pour retrouver ses esprits. L'individu aurait pu se servir de son arme, mais il ne l'avait pas fait.

Qui était cet inconnu ?

Pourquoi pratiquait-il un rituel dans l'église ?

Des bruits de pas s'élevèrent dans l'escalier qui permettait d'accéder à la crypte. Arthur dirigea le faisceau de sa lampe en direction de l'entrée, la silhouette d'Éva se découpa dans la lumière.

— Je t'avais dit de ne pas bouger, tu n'écoutes rien, s'énerva Arthur.

— J'ai eu peur ! Je t'ai entendu crier, j'ai cru que tu étais en danger.

Il l'attrapa par le poignet, arpenta les marches à toute vitesse. Un vent glacial soufflait dans la nef de l'église abbatiale. La petite porte côté sud était ouverte.

— Il est passé par là !

Silence.

— L’ombre avait un couteau ! Mais, il ne s’en est pas servi. Il ne voulait pas me tuer.

Sa tête bourdonnait, son cœur palpitait.

Arthur franchit le seuil de l’église et emprunta la rue du commandant Lamy en courant. Éva essayait de le raisonner, mais il n’écoutait rien. Il voulait arrêter l’ombre, savoir qui se cachait derrière cette silhouette fantomatique.

— Il faut partir ! Ne restons pas là, cria-t-elle.

Sa voix fit écho dans la nuit.

Il s’arrêta brusquement.

— Reste là, cache-toi derrière le muret. S’il repasse, tu ne bouges pas.

Il la força à s’accroupir dans l’obscurité.

Le visage de la jeune femme était plongé dans le clair-obscur, un lampadaire en bronze diffusait une lumière jaunâtre.

— Ne prends pas de risques !

— Si j’arrive à l’arrêter, et qu’on réussit à prouver que c’est lui le tueur, tu seras innocentée.

— Arthur ! Je ne veux pas...

Il se pencha, plongea son regard dans le sien.

Hésitant, les mains tremblantes, il déposa un baiser sur sa bouche. Ses lèvres avaient un goût agréable, légèrement sucré. La jeune femme sentit un flot d’hormones inonder son corps. Une étrange sensation la submergea. Elle demeura bouche bée pendant plusieurs secondes.

— Ne bouge pas ! ordonna-t-il en se baissant pour attraper un caillou qui était au bord du muret.

Arthur disparut dans la pénombre sans se retourner, laissant Éva dans un tourbillon d’émotions. L’ombre se trouvait à une centaine de mètres devant lui dans la rue Sainte-Catherine. Elle courait entre les bâtiments, dans la noirceur de la nuit. Sa longue cape noire claquait sous les bourrasques du mistral, ses pas résonnaient à intervalles réguliers contre l’asphalte. La lame de son poignard scintillait quand elle passait sous les réverbères.

Le souffle court, Arthur essayait de garder le rythme.

Il voulait s'approcher suffisamment près pour l'atteindre avec son caillou. Une fois à terre, il tenterait de le frapper au visage avec le manche de sa torche pour le mettre K.O.

L'ombre prenait de la distance.

Arthur s'essoufflait, il perdait le rythme.

La bouche grande ouverte, les yeux exorbités, il aspirait l'air par grosses goulées pour s'oxygéner. Un violent point de côté stoppa net sa course. Une douleur aiguë irradia sa poitrine. Il lâcha le caillou, s'adossa contre une vieille façade en pierre et posa la main au niveau de la rate.

Il releva la tête, la bile lui montait à la gorge.

Il était à bout de souffle.

Un moteur rugit dans la nuit, des pneus crissèrent.

La lueur des phares déchira les ténèbres.

Il tressaillit, le véhicule lui fonçait dessus à vive allure.

La rue était longue et étroite. S'il ne trouvait pas un moyen de s'échapper, le bolide le percuterait de plein fouet. Il était bloqué contre le mur et il ne pouvait pas s'enfuir.

Il analysa rapidement la situation.

À sa droite, la longue façade d'un bâtiment en pierre.

À sa gauche, une vieille bâtisse aux fenêtres éteintes.

Le moteur ronflait de plus en plus fort.

Un bruit assourdissant.

La berline dévorait l'asphalte.

Il prit une grande inspiration, poussa de toutes ses forces sur ses jambes et traversa la rue en courant. L'épaule en avant, il se jeta contre l'épaisse porte de la demeure, mais rien ne se produisit.

Une violente douleur irradia le long de son deltoïde.

Il jura, posa sa main sur son muscle qui le faisait souffrir et envoya un puissant coup de pied dans le battant qui craqua, mais ne céda pas. Il tourna la tête et distingua une masse informe derrière le volant du bolide fou qui lui fonçait dessus. Le conducteur s'était déporté vers la gauche et roulait sur le trottoir pour essayer de le faucher. La carrosserie frottait contre le mur et produisait des gerbes d'étincelles.

Arthur était pris au piège.

Il ne pouvait plus s'échapper.

Fait comme un rat.

Il ferma les yeux, son sort était scellé.

Il ne pouvait pas aller contre sa destinée.

Le moment était venu, il ne chercha pas à lutter.

Il ne pouvait pas s'enfuir.

Voilà comment s'achevait sa triste vie. Célibataire, sans enfants, il allait finir déchiqueté sur le bitume d'une étroite rue de Marseille.

Il posa les mains sur ses yeux, la respiration rapide.

Le chauffard appuya sur l'accélérateur.

Le grondement du moteur vrilla ses oreilles.

Un souffle chaud enveloppa son visage.

La calandre du véhicule n'était plus qu'à quelques mètres et se rapprochait dangereusement.

Éva traversa ses pensées, il pensa à ses parents.

Il se laissa glisser sur le trottoir, les yeux fermés.

Il prit une dernière inspiration et contracta les mâchoires.

C'était la fin.

Brusquement, le conducteur envoya un coup de volant.

La carrosserie le frôla de quelques centimètres.

Son cœur palpitait, le sang cognait fort dans ses carotides et un voile de sueur glacée recouvrait son visage exsangue.

Le chauffard l'avait à nouveau épargné.

Pourquoi ?

Les jambes tremblantes, le ventre noué, la respiration saccadée, il se releva et vomit sur le trottoir.

Livide, il se redressa et marcha en direction de l'église Saint-Victor.

Une silhouette longiligne se dessina dans l'obscurité.

Une petite voix rompit le silence.

— Tu n'as rien ?

Éva se jeta dans ses bras.

Silencieux, ils restèrent l'un contre l'autre, leur souffle se mélangeait. Le cœur de la jeune femme battait contre la poitrine d'Arthur.

— Il ne voulait pas me tuer... Par deux fois, il aurait pu, mais il ne l'a pas fait, lâcha-t-il en plongeant ses yeux dans les siens.

40

Terrasse du Carré
Hôtel Sofitel

Le docteur Brown serra fébrilement la main de Paul Valois et s'installa à une table du toit-terrasse du luxueux hôtel Sofitel qui dominait tout Marseille. Un panorama exceptionnel, un cadre chic et intimiste. Design moderne, ambiance calme et décontractée. L'endroit était le lieu de rendez-vous des deux hommes qui s'y retrouvaient tous les vendredis en début de soirée pour prendre un verre.

— La flic est passée chez moi. C'est une coriace, on va avoir du mal avec elle. La capitaine Valentin a repris l'enquête sur l'accident de voiture de Louise et s'intéresse à Éva et Liane. Elle m'a posé plein de questions. Elle pense que le jour de son accident, Louise venait me voir à La Ciotat. D'après elle, c'est Devin Wade qui a violé sa mère et l'a assassinée. Elle croit que Farell protégeait son garde du corps et qu'il a cherché à faire disparaître Éva, expliqua Brown.

Le neuro-épigénéticien posa son verre de cognac.

Un voile sombre passa devant ses yeux.

— Elle est maligne, très maligne. Quand elle est venue au centre, j'ai de suite compris qu'elle nous causerait des problèmes. C'est une fouineuse, pugnace et perspicace. Nous allons devoir nous protéger et la jouer serré si on ne veut pas que tout ça nous pète à la gueule.

Le regard du psychiatre glissa sur le MuCEM et s'arrêta sur le fort Saint-Jean illuminé par les éclairages. La mer était calme, le ciel dégagé. Un vent frais soufflait sur la

Méditerranée et rafraîchissait les clients, attablés sur la terrasse après une journée chaude et ensoleillée.

— Je ne viendrai plus au centre pendant quelque temps. J'ai pris des congés. Tant que l'enquête est en cours, nous devons rester discrets et arrêter les recherches. J'ai planqué tous les documents qui pourraient nous incriminer.

— J'espère que tu ne lui as pas parlé des dossiers psychiatriques des jumelles qui ont été dérobés dans ton cabinet ? demanda Paul Valois, d'un air inquiet.

— Bien sûr que non ! Je ne suis pas stupide.

— En plus des flics, nous avons ce vol... Quelqu'un est au courant de nos activités. Lewis voulait absolument savoir qui était derrière tout ça... Il était persuadé qu'Éva avait découvert la vérité sur la mort de sa mère. Comme par hasard, le jour où il décide de l'interroger, il est assassiné. Tu ne trouves pas ça bizarre ?

Le serveur s'approcha discrètement des deux hommes, le neuro-épigénéticien s'arrêta de parler et le docteur Brown commanda un verre de whisky.

— Si jamais les flics apprennent pour la disparition des dossiers, on invente une histoire bidon qui tient la route et on charge Lewis. De toute manière, il ne sera plus là pour dire la vérité, poursuivit Valois, le regard sombre.

— Et si Éva nous faisait chanter ?

— Korb veut la retrouver avant les enquêteurs et la faire parler. Si c'est bien elle, il récupèrera les dossiers. Je ne t'ai rien dit au téléphone, car nous sommes peut-être sur écoutes... Quelqu'un a essayé de l'assassiner, mais il a réussi à s'en sortir... À partir de maintenant, c'est lui qui se débrouillera pour me contacter, il disparaît de la circulation.

— Quoi ? On a essayé d'assassiner Korb ? demanda le psychiatre d'une voix blanche.

Son collègue hocha la tête, stoïque.

Le docteur Brown déglutit, la panique se lisait dans son regard. Il déboutonna le col de sa chemise et inspira profondément. Une sueur glacée recouvrait son front parcouru par de fines rides. Il avait du mal à respirer. Une boule s'était formée dans sa gorge.

— Nous sommes peut-être les prochains sur la liste. Je vais partir chez mon cousin à Genève. C'est trop risqué. Et, si c'était l'autre taré qui était dans le coup avec Éva ? Après la disparition de Liane, il était devenu ingérable.

— Tu penses que Terrence est dans le coup ?

Le professeur s'arrêta de parler.

Il plissa les yeux et fronça les sourcils.

— Wade et Korb m'avaient assuré qu'il ne viendrait plus nous menacer. Cette histoire a plus de cinq ans. Pourquoi réapparaîtrait-il maintenant ? Cela n'a aucun sens, continua-t-il.

Le serveur apporta le verre de whisky, le psychiatre le remercia et but une gorgée. Il prit une nouvelle inspiration pour se calmer.

— Qui d'autre pourrait commettre de tels crimes ? Ce malade nous avait menacés quand Liane s'est suicidée. Il nous tenait pour responsables de sa mort. N'oublie pas que ses crises délirantes s'étaient accentuées. Il était devenu ingérable et voulait tous nous tuer, lâcha-t-il, le souffle court.

Paul Valois se passa la main sur le visage.

Il transpirait la peur.

— Il est vrai que les derniers tests s'étaient très mal passés. Patrick Terrence avait mal réagi à la molécule. Et, pour Liane, c'était encore pire... Wade et Korb étaient censés s'occuper de lui. Je ne sais pas ce qu'il s'est passé, mais du jour au lendemain, Terrence a disparu de la circulation.

— Lewis n'a jamais été clair au sujet de sa disparition. De toute manière, il préférait qu'on ne sache rien. Et, nous fermions les yeux. Pour lui, la science et la recherche étaient l'unique priorité. Il disait qu'on ne peut pas avancer sans casser des œufs.

Le docteur Brown s'arrêta de parler.

Un client du Sofitel passa à côté de lui.

— Patrick Terrence a été diagnostiqué schizophrène paranoïde. Il entendait des voix, pensait que Lucifer lui donnait des ordres. S'il est de retour, pour notre sécurité, nous devons informer les flics. Ce type est capable de tout, continua-t-il.

Paul Valois le foudroya du regard et l'attrapa par le col de sa veste en le secouant.

— Si je t'entends redire ça, c'est moi qui t'assassine. Je préfère mourir que prendre vingt ans de tôle. T'as compris ?

Les épaules affaissées, avachi sur sa chaise, le docteur Brown avait piètre allure. Il avait perdu de sa superbe. Le psychiatre n'était pas un meneur, il avait toujours suivi les puissants. Et, cette fois-ci, il aurait dû se méfier... Il ne pouvait pas faire marche arrière, le bateau coulait.

— OK. Je te suis... Comme depuis le début ! Je ne sais pas ce qui m'a pris de m'embarquer dans une telle aventure. Il faut être fou ! s'exclama-t-il, dépité.

— Arrête de te plaindre. Je ne veux plus entendre parler des sœurs Ciotta et de Patrick Terrence. C'est bien compris ?

Paul Valois le menaça en pointant son index dans sa direction.

Penaud, le docteur Brown hocha la tête.

— Si on t'interroge, tu en dis le moins possible. Et, si ça dérape, tu charges Lewis. OK ?

— OK.

Il entrouvrit sa veste et sortit un smartphone.

— À partir de maintenant, tu me joins sur ce portable s'il y a un souci. Tu ne parles de rien au téléphone. Tu me donnes juste l'heure et le jour où tu veux que l'on se voie et on se retrouve ici. Quoi qu'il arrive, tant que cette affaire n'est pas terminée, on fait profil bas.

Paul Valois se leva, fixa Brown une dernière fois et posa un billet de 50 euros sur la table. Le psychiatre le regarda s'éloigner avec un pincement au cœur et une boule au ventre. Il avait compris qu'il était seul dans cette galère, chacun devait sauver sa peau. Les rats quittaient le navire.

41

Malerme avait donné rendez-vous à Anna et Gustanzo au bar *L'Amiral* situé sur le Vieux-Port. Les policiers appréciaient ce lieu convivial à la décoration mêlant moderne et rétro. Il y régnait une ambiance décontractée typique des bars marseillais. La vue sur le port et la basilique Notre-Dame de la Garde était magnifique. Ils aimaient s'y retrouver quand ils devaient faire le point sur l'affaire Lewis. La réunion terminée, ils déjeunaient autour d'un bon verre de vin, buvant des cépages provençaux et savourant des plats de la région.

Malerme avait une révélation importante à leur faire.

Le policier se redressa sur sa chaise, ses yeux pétillaient.

Il bomba le torse, ses pectoraux se dessinaient sous sa chemise à manches courtes :

— Comme tu me l'as demandé, j'ai enquêté sur le centre épigénétique et le laboratoire Biotech Lewis. J'ai creusé toutes les pistes pour lesquelles le P.D.G. aurait pu être assassiné. Les mobiles étaient variés. Licenciement abusif, décès suite à une prise médicamenteuse, laboratoires concurrents... Bref. Cela n'a rien donné... Puis, j'ai eu une idée. J'ai fait la liste de tous les employés qui ont quitté les deux sociétés au cours de ces dix dernières années. Et là, l'un d'eux a particulièrement attiré mon attention. C'est un éminent chercheur qui a travaillé pour le laboratoire de 2002 à 2012. Andreï Golorov. Le gars a un diplôme de pharmacochimie moléculaire. J'ai regardé sur Internet, c'est une référence dans son domaine. Une sommité.

— Où veux-tu en venir ? Je ne te suis pas, coupa Anna.

Malerme lança un sourire goguenard à sa collègue.

— Pour quelle raison cet éminent chercheur aurait-il quitté Biotech Lewis après y avoir travaillé dix ans ? Mon intuition me disait que je devais creuser cette piste. D'après la DRH, il n'y a pas eu de licenciement abusif, c'était un départ d'un commun accord. Mais, elle n'a pas été très claire à ce sujet. Elle paraissait même embarrassée à m'en parler. J'ai senti que quelque chose clochait. J'ai décidé d'interroger le directeur adjoint de Biotech Lewis. Il m'a dit que Golorov avait des méthodes de travail différentes. Quand j'ai voulu en savoir un peu plus sur ses recherches, il m'a vaguement expliqué que Golorov développait une molécule destinée à produire de nouveaux médicaments pour soulager le stress post-traumatique. Il ne tenait pas à s'étendre sur le sujet, car c'était confidentiel. J'ai donc pris contact avec l'intéressé. Le chercheur m'a accueilli chez lui, à Aix-en-Provence. Après avoir longuement discuté, il a fini par m'avouer qu'entre 2009 et 2012, le professeur Valois avait mené des essais cliniques en toute illégalité sur une molécule censée atténuer les traumatismes épigénétiques. Andreï Golorov a participé aux premières phases de recherche et développement d'une molécule appelée 3C-epi génération I.

L'enquêteur s'arrêta brusquement de parler pour laisser planer le suspense. Ses pupilles se dilatèrent, un sourire se dessina sur son visage.

Anna posa son index sur sa bouche.

Un détail lui revint à l'esprit.

— Le code d'accès de l'ordinateur de Farell Lewis ! Epi3c1-2017, s'exclama-t-elle, surprise.

— Tu vois ? Je savais que c'était une piste à creuser. Golorov m'a affirmé que Liane Ciotta a fait partie du projet 3C-epi. Il y aurait eu des problèmes au cours des essais cliniques. La phase I a dû être arrêtée, car cette molécule produisait de graves troubles psychologiques et physiques aux cobayes, expliqua Malerme en remerciant le serveur qui venait de lui apporter un cocktail pina-colada.

— Des troubles de quel type ? demanda Anna, impatiente de savoir la suite.

Il but une gorgée de rhum et continua :

— Dépression, tendance suicidaire, crises délirantes. Et, d'après l'ancien employé de Biotech Lewis, Liane n'était pas la seule victime. Un autre cobaye aurait fait une tentative de suicide après les essais. Il aurait passé plusieurs jours dans le coma... La molécule a été abandonnée, et il a décidé de démissionner. Il ne sait plus où en sont les essais, mais il y aurait eu une deuxième génération. Ces propos sont à vérifier.

Anna et Gustanzo s'échangèrent un regard surpris.

— Mais, alors... Le viol et l'assassinat de Louise Ciotta ne seraient peut-être pas le mobile des crimes... Nous aurions fait fausse route depuis le début ? Le suicide de Liane serait dû à cette molécule ? Et la vengeance..., fit le lieutenant, les yeux perdus dans le vide.

La policière se passa nerveusement la main sur le visage.

— Il nous faut des preuves de ces affirmations... Tu ne penses pas qu'Andreï Golorov aurait pu inventer cette histoire ? demanda-t-elle, perplexe.

— Il n'a aucune raison de mentir, il n'a rien à y gagner.

Gustanzo contemplait les navires amarrés au quai.

Cette nouvelle piste compliquait l'affaire Ciotta.

— Et, l'accident de Louise Ciotta, le rôle de Wade dans cette affaire ? Il y a forcément un lien qui nous échappe.

Le regard d'Anna se perdit dans le vide.

Elle ne savait plus quoi penser.

— C'est plutôt troublant... Tu as raison. Nous sommes certainement passés à côté d'un détail capital.

Elle plongea son regard dans celui de Malerme :

— Le chercheur acceptera-t-il de témoigner devant le juge ?

— Non. Il craint des représailles de la part des personnes impliquées dans ces recherches. Puis, il a participé aux essais illégaux. Il est mouillé lui aussi. Tu vois ce que je veux dire ? Il tient à ce que cela reste secret. Il m'a mis sur la piste, ça s'arrête là. Il voulait libérer sa conscience. J'ai promis de ne pas parler de lui.

— Je comprends. Mais, du coup, il n'y a rien d'officiel... Bref, on est dans les choux. Le juge ne nous suivra pas. Et, la perquisition au centre et à Biotech Lewis n'a rien donné. Nous pouvons placer le professeur Valois sur écoutes. On verra ce que ça donne, fit Anna sans trop de convictions.

Silence.

Les touristes se promenaient sur le quai du Port, profitant du magnifique soleil qui brillait dans le ciel bleu azur. Un peu plus loin, des étudiants prenaient en photo leur reflet dans les miroirs de l'ombrière du quai de Rive Neuve.

— Il faut enquêter discrètement sur les recherches qui sont en cours au centre épigénétique et dans le laboratoire. Nous devrions interroger les chercheurs, semer le trouble dans la tête du neuro-épigénéticien. Le pousser à la faute.

Elle s'arrêta de parler, prit un instant de réflexion et ajouta :

— Golorov... Tu l'as senti fiable ? Tu crois qu'on peut lui faire confiance ? Je n'ai pas envie qu'on se fasse balader et de passer pour des incompétents. Il nous faut du concret. Si tu es persuadé qu'on doit continuer sur cette piste, alors on fonce.

Malerme hocha la tête.

— OK. Alors, tu vas contacter les organismes de contrôle du médicament, l'ANSM, ainsi que la Commission de Transparence. Nous devons tout savoir des médicaments développés par Biotech Lewis. Il faut vérifier tous les brevets, les recherches et les essais cliniques en cours.

— Tu crois toujours que Lewis a voulu protéger son garde du corps pour ne pas qu'on remonte jusqu'à lui ? demanda Gustanzo, perplexe.

— C'est ce que nous devons déterminer. Louise Ciotta semble être au cœur de l'enquête. Le viol, l'accident, le suicide de Liane... L'hypothèse de départ, c'est qu'Éva a découvert la vérité et qu'elle a décidé de se venger en éliminant les coupables. Il est possible que les essais cliniques aient entraîné la fragilité psychique de sa sœur, et soit en partie responsable de son internement en hôpital psychiatrique et plus tard, de son suicide. Dans ce cas, tous ces évènements auraient produit un enchaînement de conséquences malheureuses entraînant la colère du tueur et son passage à l'acte.

Anna prit quelques secondes pour réfléchir.

La voix tonitruante des poissonniers derrière leurs étals s'éleva au bout du Vieux-Port. Les clients s'amassaient pour acheter les poissons et des touristes immortalisaient la scène.

— Je vais essayer d'en savoir un peu plus sur les activités du professeur Valois au centre épigénétique. En posant les questions qui dérangent à la direction, cela risque de faire bouger les choses. Nous aurons peut-être des appels intéressants entre le neuro-épigénéticien et le psy. En parallèle, je vais continuer les investigations sur le centre Wicca Laylâ et Patrick Terrence. On se retrouve ce soir à la Brigade. À plus tard.

Anna but d'un trait son verre de vin, posa un billet de 20 euros sur la table, se leva en mettant ses lunettes de soleil et disparut dans le flot de touristes qui se promenaient sur le Vieux-Port. L'enquête se révélait plus alambiquée que prévu, la disparition de Louise Ciotta n'était peut-être que l'arbre qui cachait la forêt. La chef de groupe devait se remettre en question et explorer ces nouvelles pistes, le projet 3C-epi impulsait une nouvelle dynamique à l'affaire Lewis.

42

Ralph Korb avait appelé ses contacts, des individus peu fréquentables qui connaissaient des flics ripoux de la BAC nord. Avec le numéro de la plaque d'immatriculation de la voiture dans laquelle se trouvait Éva, il avait enfin l'identité et l'adresse du conducteur : Arthur Sierron, domicilié 15 rue du boulevard Pebre, résidence *Les Sycomores*.

Stationné sur une place de parking au bout de la rue, dans l'ombre des réverbères, il attendait l'arrivée de l'infirmier. Il espérait que ce dernier puisse lui permettre de retrouver Éva. Après avoir passé plusieurs jours devant l'appartement de Thomas Gaultier, surveillé le moindre de ses faits et gestes, il était arrivé à la conclusion qu'il devait chercher ailleurs. Ce n'était pas grâce au petit ami qu'il retrouverait la trace de la jeune femme.

Arthur Sierron devenait son meilleur atout.

Barbe de plusieurs jours, casquette noire vissée sur la tête et lunettes factices. Ralph était difficilement reconnaissable. Pistolet glissé dans le holster d'épaule, bombe lacrymogène et arme incapacitante Taser dans la poche intérieure de sa veste. Il pourrait facilement neutraliser sa proie.

22 heures.

La nuit engloutissait progressivement la ville, quelques étoiles scintillaient dans le ciel nocturne. L'endroit était désert, il n'y avait pas de riverains dans le quartier à cette heure-ci de la soirée.

Ralph s'impatientait, le temps commençait à être long.

Son dos le faisait souffrir, sa nuque se raidissait.

Il massa ses cervicales et se frotta les tempes.

Soudain, des phares se reflétèrent dans le rétroviseur.

Une lumière vive éclaboussa l'intérieur de l'habitacle.

Il se laissa glisser lentement sur le fauteuil et releva légèrement la tête pour voir à travers la vitre. La voiture d'Arthur passa devant lui. L'infirmier avait terminé sa journée à l'hôpital, il rentrait à son domicile.

Ralph attendit que sa proie pénètre dans la résidence.

Il vérifia son arme, ajusta son holster et sortit calmement de son véhicule pour ne pas attirer l'attention.

La rue était déserte, le mistral soufflait fort.

Il releva le col de sa veste et marcha rapidement jusqu'au portail d'entrée. L'accès était sécurisé par le système de sécurité Vigik développé par la poste.

Un sourire sardonique se dessina sur son visage terne.

Discrètement, il sortit son passe électronique, le plaça devant le capteur situé au-dessus du digicode. Une diode verte clignota, la serrure du portail émit un clic métallique et le battant s'ouvrit.

Ralph avait étudié le plan des lieux, il savait où aller.

Sans hésiter, il remonta l'allée dallée et s'arrêta devant le bâtiment E.

Il utilisa à nouveau son passe pour pénétrer dans le hall d'entrée qui était éclairé par la faible lueur des éclairages de secours. Dans la pénombre, à tâtons, il traversa le couloir du rez-de-chaussée et emprunta l'escalier pour éviter l'ascenseur.

Passer inaperçu, se fondre dans la nuit.

Au deuxième étage, Ralph marcha à pas de loups jusqu'à la porte numéro 28. Il retint son souffle, sortit son arme électrique et frappa deux coups secs.

Des bruits de pas s'élevèrent dans le salon.

La porte s'entrebâilla, Arthur apparut dans l'embrasure.

— Oui...

Il n'eut pas le temps de terminer sa phrase.

Ralph envoya un coup de pied dans la porte qui heurta l'infirmier de plein fouet à l'arcade sourcilière. Il partit à la renverse, des étincelles occultèrent son champ de vision. Il s'affala au milieu du salon, le visage maculé de sang.

Son agresseur ne lui laissa pas le temps de se relever.

Il lui bondit dessus comme un chien enragé, l'attrapa par les cheveux pour le maintenir au sol, plaqua les électrodes du Taser contre son cou et appuya sur la détente. Un grésillement retentit, un arc électrique déchira l'air et se forma au bout de son arme. Arthur poussa un râle de douleur. Des soubresauts animaient son corps. Les muscles contractés, la bouche ouverte dans un terrible cri d'effroi. Il était paralysé.

Ralph l'assomma avec la crosse de son pistolet.

Il se redressa et observa sa victime qui gisait sur le sol.

L'infirmier baignait dans son sang, les yeux révulsés.

Il allait sortir une corde de sa veste pour l'attacher à une chaise et le questionner, quand Éva apparut dans le salon.

Leurs regards se croisèrent.

Paniquée, la jeune femme se mit à hurler.

Ralph braqua son Glock dans sa direction.

Il fit claquer la culasse d'un coup sec, une balle .40 S&W monta dans le canon.

— Arrête-toi, salope ! Si tu bouges, je te descends sur-le-champ, ordonna-t-il, le regard crachant des flammes.

Éva se retourna, le visage décomposé par la peur.

Elle mit la main devant sa bouche en apercevant Arthur qui gisait inconscient au milieu du salon.

— Tu l'as tué ?

Les yeux hagards, le regard perdu dans le vide, elle demeurait immobile.

— Il y a beaucoup de sang, il a été blessé à l'arcade par le montant de la porte. Mais, il est simplement inanimé. Si t'es une gentille fille, tout se passera bien.

Ralph la saisit par le cou et lui colla le canon de son Glock au milieu du front. La jeune femme sentit le métal froid contre sa peau, elle éclata en sanglots.

— Écoute-moi bien, petite salope, je ne me répèterai pas. Tu passes devant, je reste derrière. Tu gueules, tu essayes de prendre la fuite, je te descends sans aucun état d'âme. OK ?

En pleurs, Éva hocha nerveusement la tête.

Il enfonça le canon dans le creux de ses reins.

— Pas de faux mouvements, la détente est sensible. Je ne voudrais pas te tuer.

Elle fit à nouveau un signe affirmatif avec la tête, ses yeux étaient remplis de larmes.

— Alors, voilà le deal. Tu avances tranquillement jusqu'au pied de l'immeuble. Ma voiture est garée dans la rue. Je planque mon flingue sous ma veste pour pas qu'on se fasse repérer. Si tu m'obéis, tout devrait bien se passer. Dans le cas contraire, tu en payeras le prix fort.

Sans un mot, ils s'engagèrent dans le couloir, descendirent calmement l'escalier et franchirent le hall d'entrée.

Éva réfléchissait à toute vitesse.

Si elle montait dans le véhicule, elle ne s'en sortirait pas vivante. Elle devait trouver un moyen d'échapper à son tortionnaire. Arrivée devant le portail d'entrée, elle ralentit le pas pour gagner du temps et trouver une solution. Si elle apercevait quelqu'un qui marchait le long du trottoir, elle se mettrait à hurler.

— Avance, ordonna-t-il.

Elle s'arrêta brusquement.

Il va bien y avoir quelqu'un qui va passer, songea-t-elle.

Ralph la força à avancer en la poussant avec le canon de son arme.

Je dois gagner du temps.

— T'as deux secondes. Si tu ne bouges pas, je tire.

La jeune femme s'exécuta sans broncher.

Il la força à monter côté passager et la menotta au montant métallique du fauteuil. Il vérifia que personne ne l'observait, fit le tour de la voiture et s'installa derrière le volant.

Éva pleurait à chaudes larmes.

— Nous allons avoir une petite discussion tous les deux. Si tu ne me causes pas de soucis, tu t'en sortiras... Peut-être... Dans le cas contraire, je n'hésiterai pas à t'éliminer froidement, dit-il en verrouillant les portières.

Éva avait envie de hurler sa rage, de sauter sur son ravisseur, lui lacérer le visage avec ses ongles et de prendre la fuite. Mais, elle se retint. Il avait son arme glissée dans sa ceinture. À tout moment, il pouvait s'en servir.

Ralph se pencha, ouvrit la boite à gants et sortit une fiole remplie d'un liquide blanchâtre.

— Bois !

Elle le dévisagea.

— Non, rétorqua-t-elle, d'une petite voix fébrile.

Un rictus se dessina sur le visage de son tortionnaire.

Il prit une profonde inspiration pour calmer ses nerfs.

En temps normal, il lui aurait envoyé un coup de poing pour la rendre plus docile. Mais, il décida de garder son calme.

— C'est ça ou le Taser...

Éva inspira d'un coup sec et but une gorgée.

— Encore ! Bois tout, ordonna-t-il.

Elle but d'un trait.

Ralph attendit que le puissant sédatif agisse avant de démarrer son véhicule.

— J'ai la tête qui tourne, je ne me sens pas bien... Je vois trouble, s'inquiéta-t-elle, le regard apeuré.

— Laisse-toi aller. Le produit devrait vite faire son effet. Tu vas simplement t'endormir.

La voix de Ralph se faisait lointaine, les lumières extérieures se brouillaient. Tout devenait flou. Sa tête était lourde, ses paupières se fermaient et ses bras fourmillaient.

— Qu'est-ce que tu vas me faire...

Un sourire sadique se dessina sur le visage de Ralph.

— On se revoit bientôt... Bonne nuit.

Éva sombra dans les ténèbres.

Le noir total.

Dans un dernier soupir, la peur au ventre, elle s'effondra inconsciente sur le siège.

*
* *

Un coup de tonnerre résonna dans le ciel.

Éva émergea du néant.

Elle cligna plusieurs fois des yeux, sa vue était trouble.

Elle bougea ses bras endoloris.

Sa gorge était sèche et pâteuse, de violentes pulsations battaient sous son crâne. Elle était solidement attachée à une chaise en bois, ses quatre membres étaient entravés par des chaînes rouillées.

Paniquée, elle scruta son environnement.

Elle était retenue prisonnière dans un cabanon délabré.

Une vieille table bancale rongée par les vers au centre de la pièce, des chaises en bois au vernis écaillé, sales et abîmées, une étagère rouillée remplie d'ustensiles de cuisine et un vieux poêle en fonte. Le sol était recouvert de poussière et de débris divers. Des toiles d'araignées pendaient au plafond. L'endroit sentait le renfermé. Une odeur âcre de moisissure mêlée à des vapeurs d'essence flottait dans l'air.

Une ampoule grésillante éclairait faiblement la pièce.

Un nouveau coup de tonnerre éclata dans le lointain, un éclair de lumière filtra à travers l'interstice des volets clos. Dehors, les violentes bourrasques de vent faisaient claquer les branches des arbres contre la façade en bois.

La panique saisit Éva.

— Au secours ! Aidez-moi ! Il y a quelqu'un ? Je suis retenue prisonnière, hurla-t-elle en s'agitant nerveusement.

Des bruits de pas s'élevèrent derrière la vieille porte. Le battant s'ouvrit brusquement, un souffle frais s'engouffra dans la pièce et une silhouette apparut.

Éva claquait des dents et grelottait.

Elle se mit à crier quand Ralph pénétra dans le cabanon, un marteau à la main. Il était vêtu d'une veste imperméable et portait des bottes de pluie tachées de boue.

— Tu vas la fermer ta gueule ? Nous sommes perdus au milieu des bois. Tu peux hurler tant que tu veux, personne ne viendra, dit-il en la menaçant avec le marteau.

— Pitié ! Ne me fais pas de mal.

Il enleva son imperméable dégoulinant d'eau, le posa sur le dossier de la chaise à côté de la table et s'approcha de sa proie avec un rictus diabolique.

Le sol en bois craquait à chacun de ses pas.

Il l'observa droit dans les yeux, un sourire malsain se dessinait sur son visage mouillé.

— Alors, tu fais moins la maligne maintenant. Tu n'as plus ton gros Black et ta fiotte d'infirmier pour te défendre.

Il se plaça derrière elle et l'attrapa par les cheveux en tirant de toutes ses forces. La jeune femme cria, la douleur irradia le long de son crâne.

— T'es bien gaulée, salope... Je vais m'amuser un peu avec toi avant de te faire parler. Tu vas couiner comme jamais.

Ralph glissa une main baladeuse entre ses jambes.

Éva poussa un petit gémissement.

Il remonta lentement jusqu'à sa poitrine, pelota ses petits seins pointus et tritura son mamelon.

— T'aime ça, salope.

Éva se mit à sangloter, humiliée.

Elle venait de s'uriner dessus.

Il caressa son visage et approcha son nez à quelques centimètres de son cou pour sentir son parfum.

— Qu'est-ce que tu attends de moi ? demanda-t-elle, les yeux remplis de larmes.

— La vérité. C'est toi qui as dérobé les dossiers à Brown ? Qui a tué Lewis et son garde du corps ?

Ralph se tenait immobile devant elle.

Éva le regardait avec ses grands yeux mouillés.

Elle ne comprenait rien à ce qu'il lui racontait.

— Alors ?

— De quoi parles-tu ?

— OK... Je vais t'aider à te souvenir.

Ralph marcha d'un pas raide jusqu'à l'étagère et saisit le Taser. Il appuya sur la détente, un arc électrique grésillant se forma dans l'air. Il retourna près d'Éva et s'approcha à quelques centimètres de son visage.

Il la fixa d'un regard mauvais.

— On va y aller tranquillement. On commence par les décharges électriques pour ne pas laisser de traces. Si ça ne fonctionne pas, je devrai passer à la méthode dure. Fracture des doigts, des avant-bras, des jambes et des rotules... Lentement, méticuleusement, comme un chirurgien.

Il désigna la barre en fer posée à côté de la porte d'entrée.

Éva l'observait avec un regard terrifié.

— Je ne sais rien... Je ne sais pas de quoi tu veux parler... Je suis amnésique.

Ralph appuya les électrodes de son Taser contre son cou.

— Le vol des dossiers du docteur Brown sur les essais cliniques avec ta sœur, l'assassinat de Farell Lewis et Devin Wade. Tu ne te souviens de rien ?

Elle secoua la tête.

Il pressa la détente.

Il y eut un arc électrique et des grésillements.

Éva s'arc-bouta en hurlant, ses muscles se contractèrent violemment. Un son strident sortit de sa bouche, tandis que son corps convulsait.

Ralph relâcha la détente du Taser.

— Alors ?

Elle haletait bruyamment.

Ses pensées étaient confuses.

— Je... Je ne sais rien... Je...

Nouvel arc électrique.

Son corps fut animé par des soubresauts.

Elle hurla, de la bave dégoulinait de sa bouche.

Ses yeux étaient exorbités.

— As-tu volé les dossiers de Brown ? Qui a tué mon boss et mon pote ?

Elle mit plusieurs secondes avant de réussir à répondre.

— C'est pas moi. Pitié.

Ralph entra dans une colère noire, la jeune femme ne voulait pas parler. De rage, il lui enfonça les électrodes du Taser dans la nuque et laissa son doigt longuement appuyé sur la détente. Le corps d'Éva fut secoué dans tous les sens sous l'effet des contractions musculaires. Une douleur intense la fit souffrir pendant des secondes interminables, puis elle perdit connaissance.

43

Stationnée face à la mer, à proximité de la plage du Prophète, Anna surveillait la luxueuse demeure de Paul Valois située dans le quartier du Roucas Blanc. Le matin même, la chef de groupe avait posé un mouchard sur son véhicule pour le suivre avec son smartphone. Le neuro-épigénéticien venait de sortir de chez lui et roulait en direction d'Aix-en-Provence où il se rendait à une soirée mondaine organisée par un de ses confrères.

Anna ne détenait aucune preuve de l'existence de la molécule 3C-epi. Et, sans la déposition du chercheur, elle ne pourrait pas perquisitionner le centre épigénétique et le laboratoire Biotech Lewis. Elle n'avait pas d'autres solutions que de pénétrer illégalement dans la villa du professeur Valois pour trouver des documents secrets attestant de l'existence des essais cliniques illégaux.

Son smartphone sonna, elle décrocha.

— Anna, c'est Gus. J'ai passé trois heures à attendre Brown. Il n'est toujours pas rentré chez lui. J'ai appelé sa secrétaire, apparemment il aurait pris quelques jours de congé pour se reposer. Mais, elle n'en sait pas plus sur son emploi du temps. Elle m'a avoué que ces derniers jours, il n'était pas très bien… Il semblait préoccupé.

— Tu as essayé de géolocaliser son téléphone ? fit-elle en se redressant sur son siège.

— Oui. Mais, il n'émet plus depuis hier après-midi. Il a été coupé à 12 h 50. Depuis, on n'a plus aucun signal.

— Quelle était sa position géographique ?

— L'antenne-relais qui a réceptionné le signal se trouve à cinquante mètres de sa maison.

— OK. Continue la surveillance, il finira par réapparaître. Nous devons l'interroger au sujet du type de médicaments qu'il prescrivait à Liane. Il est forcément dans le coup lui aussi. Essaye de voir sa réaction, mais n'éveille pas ses soupçons...

— Malerme prend la relève dans une heure. Tu veux que je te rejoigne ?

— Non ! Va te reposer. Demain, tu dois être en forme pour reprendre la surveillance. Je dois te laisser. Paul Valois vient de partir. J'ai le champ libre pour entrer dans sa maison. Il faut à tout prix que je découvre des preuves sur les essais cliniques.

— Ne fais pas ça... C'est trop risqué. Tu vas déclencher l'alarme. Pourquoi tu ne laisses pas Xbird pirater le système informatique pour récupérer les documents ?

— C'est déjà fait ! Il a réussi à pénétrer dans le serveur, mais il n'a rien trouvé sur les disques durs internes. Je vais essayer de voir s'il n'y a pas de documents planqués dans sa villa. Ou peut-être dans un ordinateur qui n'est pas connecté au réseau.

— Je ne le sens pas... Ce mec est bourré de pognon, il a dû truffer sa baraque de détecteurs ! Tu vas te faire chopper.

— Xbird a désactivé la centrale d'alarme.

— Si tu te fais choper, ta carrière est foutue, soupira le lieutenant.

— Gus. Arrête de t'emballer. Je vais gérer. T'inquiète pas.

— Comment il a fait Xbird pour l'alarme ?

— Il a utilisé un système d'attaque de force brute. Ensuite, il a simulé la télécommande avec une copie de son identité numérique et envoyé plusieurs requêtes avec toute une série de codages. Il a fini par tomber sur la bonne combinaison.

— Ce type devrait se mettre un petit pactole dans les paradis fiscaux en piratant les riches industriels. Ça lui rapporterait plus que la police.

— Il se fout de l'argent. Son trip, c'est pénétrer les systèmes informatiques et récupérer toutes les données sensibles ! s'exclama Anna en sortant de son véhicule.

— OK. Un dingue comme toi… Fais gaffe, si tu ne le sens pas, tu ne rentres pas.

— T'inquiète ! Je te phone dès que j'ai fini. À plus tard.

Anna raccrocha et mit son smartphone en mode vibreur.

Elle enfila des gants noirs, attrapa son sac à dos avec son ordinateur portable et tout le matériel nécessaire pour ouvrir les portes sécurisées. Elle sortit lentement de sa voiture et contempla la maison contemporaine perchée au sommet de la colline rocheuse qui faisait face à Notre-Dame de la Garde.

L'enquêtrice ne pouvait plus faire marche arrière.

Elle vérifia que personne ne l'observait, traversa la Corniche et arpenta un escalier en ciment qui serpentait entre les luxueuses bâtisses bourgeoises. Arrivée en haut, elle enfila sa cagoule et s'enfonça dans une ruelle sinueuse où soufflait un vent chargé d'embruns. Elle s'immobilisa un peu plus loin devant la demeure du professeur Valois. Le lieu était protégé par un haut mur d'enceinte surmonté par des piques pointues.

Impossible de l'escalader.

Elle envoya un SMS à Xbird, le hacker déverrouilla à distance le portail sécurisé.

Un cliquetis retentit dans la serrure, une lampe clignota au-dessus du pilier gauche et les battants s'ouvrirent.

Anna pénétra dans un grand jardin boisé et s'arrêta sous les frondaisons d'un immense chêne pour paramétrer le logiciel connecté au mouchard. Elle délimita une zone de sécurité d'un kilomètre autour de la villa. Ainsi, quand le neuro-épigénéticien entrerait dans cette zone, elle serait immédiatement avertie.

La policière remonta une longue allée gravillonnée, bordée par des figuiers et des lauriers roses, traversa une magnifique terrasse panoramique et s'immobilisa devant la porte d'entrée blindée. Elle ouvrit son sac à dos, sortit le montage électronique équipé d'une carte Raspberry Pi, inséra la connectique dans la serrure électronique et appuya sur la touche de validation.

Une diode verte clignota à côté de la poignée.

La porte était déverrouillée.

Elle attendit quelques secondes, poussa le battant du bout des doigts et pénétra dans un vaste séjour. À travers les grandes baies vitrées, elle apercevait la lueur de la lune qui se reflétait sur la Méditerranée et créait des reflets d'argent. Elle alluma sa lampe torche militaire, balaya le séjour avec le puissant faisceau lumineux. La pièce avait des ouvertures un peu partout. La décoration était de style moderne : sol en béton ciré, murs blancs, cheminée encastrée dans un mur en briques grises, meubles design et tableaux d'artistes contemporains. Au fond du salon, une bibliothèque en verre et des statues africaines.

Anna emprunta un escalier en marbre blanc et monta au premier étage où elle découvrit cinq grandes chambres, un immense dressing rempli de costumes de marque et deux salles de bain équipées d'un jacuzzi.

Son cœur cognait fort dans sa poitrine.

Elle n'était pas rassurée.

Une goutte de sueur glissa sur son visage, elle l'essuya avec le dos de la main.

Après avoir tout inspecté minutieusement, elle accéda au deuxième étage. Elle ouvrit une porte vitrée, pénétra dans une salle de sport remplie d'équipements modernes.

Machines de fitness, murs d'haltères, vélos de biking.

Au fond, un espace de bien-être avec hammam et jacuzzi.

Nouveau couloir, nouvelle porte.

Une salle de cinéma avec isolation phonique, faux plafond avec spots LED encastrés, grand écran de projection professionnel et traitement acoustique. Et surtout, le nec plus ultra : une centrale domotique qui gérait l'ambiance lumineuse et le son.

Vingt minutes s'étaient écoulées, mais elle n'avait toujours pas trouvé ce qu'elle cherchait.

Agacée et stressée, elle décida de visiter le dernier étage.

Elle traversa un magnifique toit-terrasse qui dominait tout Marseille, pénétra dans une salle abritant une piscine avec balnéo et arpenta un nouveau couloir qui débouchait sur une porte à l'accès sécurisé par une serrure électronique. Un endroit privé qui devait faire office de bureau.

Le cœur palpitant, les mains moites, elle ouvrit son sac, ressortit le montage du hacker et déverrouilla la porte. Une fois à l'intérieur, elle éteignit sa lampe, éclaira la pièce qui n'avait pas de fenêtres. Retenant son souffle, elle se dirigea vers l'ordinateur posé sur un bureau design, cliqua sur une touche du clavier : l'écran s'alluma.

L'accès était sécurisé par un mot de passe.

Anna arrêta l'ordinateur en maintenant la touche « arrêt » enfoncée pendant quelques secondes, puis elle sortit une clé USB bootable de son sac à dos et l'inséra dans un des ports. Ensuite, elle ralluma le PC, pénétra dans le BIOS, paramétra l'accès à la clé USB et redémarra.

Un nouvel écran s'afficha.

Elle avait accès au programme pirate.

Elle sélectionna la case « Passnow ».

Anna pouvait enfin accéder au bureau de l'ordinateur du professeur Valois sans avoir eu besoin de modifier le mot de passe.

Elle vérifia rapidement chaque dossier.

Des photos, de la musique, des factures…

L'enquêtrice n'avait pas le temps de tout inspecter.

Elle lança un programme développé par Xbird avec lequel elle pouvait récupérer tous les fichiers issus des traitements de texte et des logiciels de dessin. La sélection de la petite case au bas de la page permettait de copier les documents cryptés dissimulés sur l'ordinateur. Ensuite, elle installa un keylogger qui transmettait, en toute discrétion, les données tapées sur le clavier. Anna pouvait ainsi avoir accès à tous les messages et mots de passe du professeur Valois.

Elle prit sa clé USB et consulta l'heure.

23 h 30.

Elle était dans la villa depuis bientôt une heure, elle ne pouvait pas s'attarder plus longtemps. Il lui fallait encore une dizaine de minutes pour vérifier que tout était en ordre et sortir de la demeure.

Elle fouilla rapidement chaque tiroir.

Un tas de dossiers, des papiers divers et une clé USB.

Elle copia sur son micro-ordinateur toutes les données contenues sur le support USB.

44

Une coupe de champagne à la main, le professeur Valois bavardait avec une belle femme en tailleur Gucci quand son smartphone vibra dans la poche de sa veste.

— Excusez-moi, on essaie de me joindre, c'est peut-être important.

— Je comprends, fit-elle en le gratifiant de son plus beau sourire.

Le neuro-épigénéticien s'isola dans un coin de la salle de réception et sortit son téléphone. Un intrus venait de pénétrer dans la pièce sécurisée. Il avait déclenché le système de sécurité autonome qui lui avait envoyé un SMS d'alerte.

Le professeur lança le programme de surveillance temps réel. Une caméra miniature dissimulée dans un des murs lui permettait d'observer la personne qui se trouvait dans le bureau, installée devant son ordinateur.

Paul Valois tressaillit, son rythme cardiaque s'accéléra.

Un individu, vêtu de noir, ganté et cagoulé, fouillait son unité de stockage.

Il effectua un zoom à l'aide de son portable.

L'homme cagoulé inspectait des documents confidentiels.

Nouveau zoom.

Il regardait les rapports de Liane Ciotta.

Une sueur glacée recouvrit le visage du professeur.

Les mains moites, la respiration saccadée, il glissa son smartphone dans sa poche. Les jambes chancelantes, il marcha rapidement en direction de la sortie.

Les questions fusaient à toute vitesse dans son esprit.

Si l'individu, qui venait de pénétrer dans son bureau, dérobait les dossiers des cobayes et les rendait publics, il finirait en prison. Le tourbillon médiatique l'entraînerait dans une spirale infernale, mettant un terme à toutes les recherches au centre.

Une vie de privations réduite à néant.

L'esprit perdu dans ses pensées, il se faufila parmi les convives sans dire au revoir à ses amis. Dans le hall d'entrée, le majordome, un petit homme au teint halé, lui donna son long manteau noir. Il sortit sans le remercier. Dehors, une bourrasque de vent humide lui gifla le visage. Il releva le col de sa chemise et courut vers sa voiture. En chemin, il croisa un de ses confrères qui fumait un cigare sur le parking, devant une Jaguar XJ rutilante. Il ne prit pas la peine de s'arrêter pour lui parler. Il accéléra le pas. Sa Mercedes SL 400 était garée devant l'entrée de l'hôtel particulier, sous un immense chêne centenaire. Il ouvrit la portière, bondit dans l'habitacle et passa la première en accélérant à plein régime. Le moteur rugit et les pneus crissèrent. Un nuage de fumée se forma dans l'air.

Sur la route, en direction de Marseille, il réfléchissait.

Devin Wade était mort, Ralph Korb ne donnait plus signe de vie. Il ne pouvait plus compter que sur lui-même pour se sortir de ce pétrin. Au péril de sa vie s'il le fallait, il empêcherait l'intrus de repartir avec les dossiers secrets. L'individu cagoulé ne devait pas ressortir vivant de sa demeure, il n'avait plus de temps à perdre.

*

* *

Anna s'arrêta de pianoter sur le clavier de son ordinateur portable. Alors qu'elle récupérait les derniers fichiers sur la clé USB, son téléphone se mit à vibrer dans la poche de sa veste. Elle l'attrapa rapidement, vérifia le logiciel connecté au mouchard. Le véhicule du professeur Valois venait d'entrer dans la zone de sécurité.

C'est quoi ce bordel ? Il ne devait pas rentrer aussi tôt.

L'enquêtrice replaça la clé dans le tiroir du bureau et rangea son ordinateur portable dans son sac à dos.

Son pouls s'accéléra, son cœur battait à tout rompre.

Elle se leva, ajusta les sangles de son sac, alluma sa lampe torche, régla la luminosité minimum et referma doucement la porte.

Elle remonta le couloir à grandes enjambées, traversa la salle de gym au pas de course et dévala les escaliers jusqu'au rez-de-chaussée.

Son téléphone vibra à nouveau.

Le professeur Valois pénétrait dans la dernière zone de sécurité. Son véhicule se situait à moins de deux cents mètres de la demeure. Elle n'avait plus de temps à perdre. La situation était critique. D'un instant à l'autre, elle pouvait être prise sur le fait.

Les sens en alerte, Anna agissait avec instinct. Elle devait sortir le plus rapidement possible de la maison sans laisser de traces de son passage. Devant la grande baie vitrée du salon, des lueurs de phares déchirèrent la nuit.

Elle s'immobilisa et vérifia la position du mouchard.

Le point bleu était fixe au bas de la rue en pente.

Anna réfléchissait à toute vitesse.

Devait-elle sortir dans le jardin au risque de se retrouver nez à nez avec le professeur ou se cacher dans la demeure, et attendre le bon moment pour le neutraliser et s'échapper ?

Elle éteignit sa torche et se mit derrière la porte d'entrée.

La policière devrait agir rapidement. Le professeur Valois était peut-être armé, elle ne pouvait prendre aucun risque.

*

* *

Le neuro-épigénéticien gara son roadster au bas de la ruelle pour ne pas se faire repérer par l'intrus. À la lueur des réverbères, il ouvrit la boite à gants et saisit son pistolet automatique : un Glock 17. Au péril de sa vie, s'il le fallait, il devrait empêcher l'individu de s'échapper avec les données confidentielles retraçant deux décennies de recherches en épigénétique.

Paul Valois prit une profonde inspiration.

Il ne pouvait plus faire marche arrière.

Le voleur avait scellé son destin.

Pour le progrès de la science, il était prêt à éliminer tous ceux qui se mettraient sur son chemin.

Il actionna la culasse de son arme et sortit de l'habitacle en lançant des regards acérés autour de lui.

Personne dehors, la ruelle était déserte.

La lune brillait d'une lueur cireuse à travers les nuages.

Le mistral faisait bruisser les feuilles des arbres et créait des ombres dantesques sur les murs des façades en pierre. Il était plongé dans une demi-pénombre, l'atmosphère était lugubre et inquiétante. L'arme à la main, le professeur Valois marcha rapidement jusqu'à sa demeure. Les mains tremblantes, il pianota le code d'accès sur le digicode. Un bip retentit, une lumière orange clignota et le battant s'ouvrit.

Un voile de transpiration recouvrait son visage pâle.

Haletant, il remonta l'allée gravillonnée en essayant de faire le moins de bruit possible. À la lueur de la lune, il traversa le jardin et s'immobilisa devant la porte d'entrée.

Pas un bruit, aucune lumière à travers les baies vitrées.

Ses jambes étaient cotonneuses.

Des gouttes de sueur coulaient dans son cou.

Le professeur n'était pas préparé à une telle situation.

En temps normal, il n'aurait pas agi de la sorte. Mais, à présent, tout était différent. Il était devenu la proie d'un ennemi inconnu. Un assassin sanguinaire éliminant ceux qui avaient participé au projet 3C-epi. Il était peut-être le prochain sur la liste.

La peur au ventre, il posa la main sur la poignée.

Il avait de plus en plus de mal à respirer, le sang pulsait dans ses carotides et frappait violemment contre ses tempes.

Courage, tu dois y aller et faire face à ton destin, songea-t-il, le souffle court.

Il serra la crosse de son arme, glissa le canon dans l'entrebâillement de la porte et poussa lentement le battant. Soudain, sans qu'il ait le temps de réagir, une main gantée dévia son pistolet et le fit basculer en arrière. Il perdit l'équilibre et s'affala par terre. Le Glock 17 lui échappa des mains. L'ombre l'enjamba et fila à toute vitesse à travers le jardin.

— Arrêtez-vous. Sinon, je tire ! hurla-t-il en se relevant difficilement.

Le professeur Valois n'avait pas réussi à attraper son pistolet, mais il espérait que la menace fasse son effet.

La silhouette s'enfonça dans la nuit sans se retourner.

Le neuro-épigénéticien se redressa en se tenant les reins, une douleur aiguë lui cisaillait le dos. Dans la chute, il avait dû se blesser aux vertèbres. Il se baissa et ramassa son Glock en gémissant.

Anna s'immobilisa devant le portail.

Le professeur avait refermé le battant derrière lui.

Elle était prise au piège.

Elle se retourna, jeta un coup d'œil en direction de Paul Valois qui titubait dans le jardin et marchait dans sa direction.

— Bouge pas ! Au moindre mouvement, je te descends ! fit le professeur qui n'était plus qu'à une dizaine de mètres.

Les mains tremblantes, il avançait lentement, le canon de son arme dirigé sur l'intrus. Anna essayait de garder son calme. Elle devait agir vite. Discrètement, elle glissa la main dans la poche de son pantalon et saisit sa torche Acebeam K70. Ce modèle était utilisé par l'armée américaine. Une puissance de 3000 lumens et une portée de 1500 mètres.

Elle tourna le manche et passa en mode flash aveuglant.

— Je t'ai dit de ne pas bouger. Enlève ta cagoule, vide tes poches, ordonna-t-il.

Le neuro-épigénéticien n'était plus qu'à quelques mètres.

Le canon de son arme pointait en avant.

— Qui es-tu ? Qu'est-ce que tu me veux ? demanda-t-il, d'une petite voix tremblante.

Anna ne lui laissa pas le temps d'avancer plus. Elle appuya sur le bouton de sa lampe torche et dirigea le faisceau lumineux stroboscopique dans les yeux du professeur Valois. Ce dernier fut aveuglé par une série d'intenses flashs de forte puissante.

Par réflexe, il mit les mains devant les yeux.

Anna en profita pour lui bondir dessus et le désarmer.

Une fois au sol, elle le frappa à plusieurs reprises au menton. Le neuro-épigénéticien n'eut pas le temps de réagir, il gisait à terre, inconscient. Elle l'avait mis K.O. par une série de coups de poing bien placés.

Elle se pencha pour ramasser son pistolet et le jeta à l'autre bout du jardin. Ensuite, elle attrapa son smartphone et appela X-bird.

— Ça va ? Qu'est-ce...

— Déverrouille le portail. Vite. La cible est revenue ! Je suis enfermée ! s'exclama-t-elle en lui coupant la parole.

Elle raccrocha sans en dire plus.

La lumière orange clignota au-dessus du pilier, le battant s'ouvrit dans un grincement de gonds.

Anna souffla.

Elle venait d'éviter le pire.

*

* *

Le professeur Valois ouvrit les yeux et fixa les étoiles dans le ciel nocturne. La lune se reflétait sur les fenêtres des habitations voisines. Le froid de la nuit lui piquait le visage. Hébété, encore sonné, il se redressa en grelottant et jeta un regard en direction de sa demeure.

Les images de son agression lui revenaient en mémoire.

Le portail était ouvert, l'intrus avait réussi à s'enfuir.

Une onde de terreur le submergea.

Avait-il eu le temps de trouver ce qu'il cherchait ?

Était-il parti avec les dossiers confidentiels ?

Le professeur remonta l'allée centrale en titubant.

Sa mâchoire et son dos le faisaient souffrir.

La douleur était difficilement supportable.

Il poussa la porte d'entrée, pénétra dans sa demeure et appuya sur l'interrupteur.

Une lumière vive lui éclaboussa les yeux.

Une fois que sa vue fut adaptée à la luminosité, il inspecta le salon. Tout était à sa place. Les tableaux contemporains et les statues n'avaient pas été dérobés. Pourtant, il y en avait pour une fortune estimée à plus d'un million d'euros. L'homme cagoulé n'était pas là pour l'argent. C'était maintenant une certitude.

La boule au ventre, il monta directement au dernier étage, arpenta le couloir qui conduisait à son bureau sécurisé.

La peur se lisait dans son regard vide, il était choqué.

Essoufflé, il s'immobilisa devant la porte blindée.

Comment l'intrus avait-il pu déjouer ce système de sécurité ultrasophistiqué ?

La société lui avait assuré qu'aucun voleur ne pourrait pénétrer dans sa demeure. Pourtant, l'individu qui était dans son habitation avait réussi à déverrouiller le portail et l'alarme principale. Ensuite, il avait franchi la porte blindée en désactivant le système électronique dernier cri. D'une main tremblante, le professeur passa son badge dans la serrure. La porte s'ouvrit, il entra dans le bureau.

Rien n'avait été déplacé.

Il pianota son mot de passe, vérifia tous les dossiers de son ordinateur. S'il n'avait pas vu l'intrus dans cette pièce, jamais il n'aurait cru que quelqu'un puisse s'y introduire.

Le professeur Valois prit son visage entre ses mains et se mit à pleurer à chaudes larmes. Le voleur s'était enfui avec des dossiers ultraconfidentiels importants. Des documents qui retraçaient une vie de travaux scientifiques.

L'angoisse le saisit.

Qu'allait-il devenir s'il les divulguait dans la presse ?

Le neuro-épigénéticien n'était plus maître de son destin.

Il devait attendre que l'individu entre en contact avec lui.

45

Avignon
Brigade Criminelle

Installée devant son ordinateur, Anna visualisait les documents cryptés dérobés dans la pièce sécurisée. Gustanzo et Malerme, qui étaient assis à côté d'elle, avaient les yeux rivés sur l'écran et retenaient leur souffle. L'enquêtrice fit descendre le pointeur de la souris jusqu'au dossier qui l'intéressait :

Essais phase1_2010-2012

La respiration rapide, Anna cliqua dessus.
Son pouls s'accéléra, son rythme cardiaque s'emballa.
Le sang battait dans ses tempes.
Le dossier contenait une liste de fichiers PDF.

Sujet1_Liane Ciotta
Sujet2_Patrick Terrence
Sujet3_Éva Ciotta
Sujet4_Laeticia Valembert
Sujet5_Igor Ivanov
Sujet6_Frédérik Bérau
Sujet 7_Évelyne Daverni

Anna cliqua sur le dossier « Liane Ciotta ».
À l'intérieur, les rapports du docteur Brown retraçaient les synthèses de ses entretiens avec la jeune femme de 2010 à 2012, jusqu'à la veille de son suicide. Il y avait aussi des documents relatifs à son suivi médical et psychologique après la prise de la molécule développée par Biotech Lewis.

Anna découvrit des coupes du cerveau effectuées avec le PET Scan. Les examens avaient mis en évidence des modifications anatomiques de certaines aires corticales. Le professeur Valois parlait d'une diminution de la taille de l'hippocampe, d'une hyperactivité de l'amygdale et d'une réduction des régions antérieures du cerveau.

— Ces tarés faisaient leurs expériences sur des humains, s'exclama Malerme, abasourdi.

L'enquêtrice cliqua sur un fichier datant de mars 2011.

C'était la carte de l'épigénome des sœurs Ciotta établie par le neuro-épigénéticien.

Le professeur Valois avait découvert que le traumatisme épigénétique transgénérationnel subi par ses patientes avait induit une méthylation de leur ADN sur une des régions promotrices d'un gène codant le récepteur aux glucocorticoïdes. Ainsi, la libération des glucocorticoïdes résultait d'un stress environnemental important. Il avait aussi mis en évidence un remodelage de la chromatine et les modifications des histones.

Anna lut la note de synthèse.

La transformation épigénétique liée au traumatisme affectait le gène NR3Cepi1 et pouvait se transmettre sur plusieurs générations. Dans un avenir proche, il espérait pouvoir modifier ce gène avec la molécule 3C- epi.

Malerme se leva et frappa le bureau avec la main.

— On a touché le jackpot ! Avec ces dossiers, on va réussir à faire arrêter le professeur Valois. Nous allons enfin pouvoir l'interroger ! s'exclama-t-il en serrant le poing.

— Patience, papillon ! Tu comptes faire comment pour expliquer au juge la présence de ces documents ? s'enquit Gustanzo.

Anna fixait l'écran de l'ordinateur et lisait les rapports qui retraçaient les études sur des cobayes humains.

— L'épimédicament n'a pas eu l'effet escompté. Les premiers essais furent un échec. Au début, les patients semblaient aller mieux, mais au fil des semaines leur état psychologique se dégradait, de graves troubles sont apparus. Tentatives de suicide, accès de folie, délires paranoïaques.

— Tu crois que le suicide de Liane pourrait être lié à l'absorption de cette molécule ? demanda Gustanzo.

— L'hypothèse n'est pas à écarter. Mme Lamper parlait d'une psychose toxique suite à une prise de drogue. Il est possible que la molécule 3C-epi ait joué un rôle dans son passage à l'acte.

— Éva et Patrick Terrence faisaient aussi partie des essais cliniques, continua Gustanzo, circonspect.

— Le petit ami d'Éva a évoqué des pertes de mémoire et des troubles psychiques. C'était peut-être les effets de la molécule.

Un long silence se fit dans la pièce.

Les policiers réfléchissaient.

— Le problème, c'est qu'on n'a rien de légal... On ne peut pas obtenir des commissions rogatoires en l'état actuel ! s'exclama Malerme, dépité.

Anna cliqua sur le dossier « Essais phase2_2012-2016 » et sélectionna une note de synthèse sur Éva.

Elle prit quelques minutes pour tout lire.

— Après le suicide de Liane, le professeur Valois a décidé de passer à la phase II et de tester la nouvelle version de la molécule 3C-epi sur sa sœur. C'est le docteur Brown qui a prescrit à Éva la molécule en lui faisant croire que c'était des médicaments pour calmer ses angoisses et ses phénomènes de dépersonnalisation. Les essais au centre, les études... Ils lui ont menti. Elle pensait qu'ils effectuaient des analyses à cause de ses problèmes de mémoire, expliqua-t-elle.

Malerme se leva et se dirigea vers la fenêtre.

Il fixa longuement le boulevard Saint-Roch, se retourna et observa ses collègues.

— J'ai la solution. Nous devons faire croire que c'est un corbeau !

Les policiers le regardèrent les yeux écarquillés.

Ils se demandaient si le lieutenant n'avait pas perdu la tête.

— Une lettre anonyme envoyée par un mystérieux corbeau et adressée au juge Hulard. Il prendra une décision en conséquence.

Anna et Gustanzo échangèrent un bref regard.

— On ne pourra pas agir en toute liberté. Nous n'avons pas le choix, continua Malerme.

— T'as raison. On peut tenter le coup… En attendant, nous devons retrouver les cobayes et convaincre le chercheur de témoigner.

Des bruits de pas résonnèrent dans le couloir.

La porte du bureau s'ouvrit brusquement dans un grincement sinistre. Le commandant Herlin apparut dans l'entrebâillement.

— Nous avons une bonne et une mauvaise nouvelle ! s'exclama-t-il, essoufflé.

Ses subordonnés le dévisagèrent.

Le chef de la Crim' était engoncé dans son costume, son ventre bedonnant déformait sa veste. Il essayait de reprendre son souffle après avoir marché rapidement.

— Un infirmier de l'hôpital la Timone a appelé le central. C'est lui qui a aidé Éva Ciotta à s'échapper.

Il s'appuya contre le chambranle.

Son visage était écarlate.

— C'est quoi, la mauvaise nouvelle ? demanda Anna, inquiète.

— On a kidnappé Éva, lâcha-t-il, d'une voix blanche.

Un silence glacial s'installa dans le bureau.

L'enquête prenait un nouveau tournant.

Les priorités venaient de changer. Les enquêteurs de la Brigade criminelle devaient retrouver Éva Ciotta avant qu'il ne soit trop tard. Chaque minute comptait, ils devaient agir vite.

46

Bras ballants, regard perdu dans le vide, Arthur attendait la capitaine Valentin sur le seuil de la porte. Un épais bandage entourait son front, un pansement recouvrait son arcade sourcilière et ses habits étaient maculés de sang.

— Vous avez vu un docteur ? s'inquiéta Anna en le voyant dans ce piteux état.

— Non. Pour le moment, la priorité, c'est Éva. Il faut la retrouver de toute urgence ! Elle est en danger.

— Vous risquez de faire une hémorragie cérébrale. Vous devriez aller à l'hôpital et passer la nuit sous surveillance. Ce n'est pas raisonnable de rester dans cet état tout seul.

— Je vous rappelle que je suis infirmier, dit-il en pénétrant dans son appartement.

Le salon portait encore les stigmates de l'agression.

Les chaises étaient renversées, la table basse cassée en plusieurs morceaux et des taches de sang recouvraient le carrelage. L'odeur métallique de l'hémoglobine se mêlait à celle de la sueur âcre. L'air de la pièce était étouffant.

Arthur s'affala dans le canapé, il prit son visage entre les mains en faisant une grimace de douleur. Les enquêteurs restèrent debout.

— Ça va aller ? demanda Gustanzo, inquiet.

L'infirmier releva la tête, le visage contrit.

— Oui… Ne vous inquiétez pas pour moi. La priorité, c'est Éva. Je n'ai pas réussi à la protéger…

Il soupira en prenant un air triste.

— Pourquoi l'avez-vous aidée à se cacher et fuir la police ? Vous auriez dû nous prévenir pour sa sécurité ! Vous avez pris de gros risques, s'énerva Anna en le dévisageant.

Son adjoint lui jeta un bref regard et fit un signe de la main pour lui faire comprendre qu'elle devait ménager l'infirmier.

— Je ne pouvais pas la laisser tomber. Elle avait besoin de moi. Elle était seule… Ce n'est pas une meurtrière… Si je vous avais prévenus, vous l'auriez immédiatement emprisonnée… Elle n'avait aucune chance, tout l'accuse. Je me sens coupable, c'est ma faute ! Je n'aurais jamais dû vous appeler et parler de ses cauchemars. C'est à cause de moi tout ce qui arrive.

— Vous avez fait votre devoir. Maintenant, Mlle Ciotta doit être placée en garde à vue et entendue par un juge d'instruction dans le cadre de l'assassinat de Farell Lewis et Devin Wade. Vous risquez de lourdes sanctions pénales pour l'avoir protégée.

Arthur se moquait de ce que racontait l'enquêtrice.

Il n'avait qu'une seule idée en tête, retrouver Éva et la sortir des griffes de son kidnappeur.

— Capitaine Valentin, il faut rapidement la retrouver. Ce type est très dangereux. J'ai vu de quoi il est capable… C'est un taré. Il a déjà essayé de l'enlever, alors que nous nous rendions à son appartement pour interroger son petit ami.

Anna et Gustanzo s'échangèrent un nouveau regard.

— Pourriez-vous me le décrire ?

— Grand, brun, athlétique. Le regard noir, reptilien. Les pommettes saillantes. Plutôt beau garçon, mais un physique froid. La tête du gars, dont il faut se méfier. Rien que de me souvenir de lui, j'en ai froid dans le dos.

Anna fronça les sourcils.

D'après la description, l'enquêtrice pensait savoir qui était le kidnappeur.

— Est-ce que c'est lui ? demanda-t-elle en sortant une photo de Korb.

— C'est lui ! Comment…

— Ralph Korb et Dewin Wade ont essayé de la kidnapper le soir où elle s'est retrouvée aux urgences. Ces deux hommes travaillaient pour Farell Lewis, coupa Anna.

Interloqué, Arthur se redressa.

Il fixa la capitaine Valentin.

— Pourquoi ce type s'acharne-t-il sur elle ? Qu'est-ce qu'il lui veut ?

— Éva est peut-être un témoin gênant... Elle a peut-être assassiné son boss et son garde du corps ! Nous devons les arrêter et les interroger. Il n'y a pas d'autre solution pour connaître la vérité sur cette affaire.

— Éva n'a tué personne ! Comment il faut vous le dire ? s'énerva Arthur en haussant le ton.

— Et ses cauchemars ? Les visions ? Les détails précis de la scène de crime. Cela fait d'elle la principale suspecte. Vous ne pouvez pas le nier.

— Vous faites fausse route.

— L'Identité judiciaire a retrouvé son ADN chez le garde du corps de Farell Lewis. Cela ne plaide pas en sa faveur.

— L'ADN d'Éva ? Sur la deuxième scène de crime ? s'enquit Arthur, les yeux écarquillés.

Anna acquiesça.

— Mais... Je ne comprends pas. Il doit y avoir une explication. Ce n'est pas une tueuse.

— Même mode opératoire, signature identique. Il y a trop de coïncidences. Si c'est Éva, elle a forcément un complice. Je l'imagine mal maîtriser Devin Wade toute seule. Je dois la retrouver et l'interroger pour avoir sa version. Le juge en charge de l'instruction ne lui fera pas de cadeau. Elle sera placée en garde à vue, puis en détention provisoire.

Arthur soupira.

Il se leva péniblement, boitilla jusqu'au meuble du salon et attrapa l'enveloppe Kraft qui était posée dessus.

— J'espère que ça pourra vous aider... Elle l'avait avec elle le soir de l'agression.

Arthur lui tendit l'enveloppe avec les indices.

Il évoqua leur sortie nocturne à l'abbaye et la présence de l'ombre qui pratiquait un rituel magique dans la crypte.

Anna observa longuement le numéro de série, puis elle détailla la photo d'Éva et sa médaille.

— Un individu qui effectue un rituel dans l'église Saint-Victor. Les pétales de roses, le cercle et l'athamé... Nous tenons peut-être le vrai tueur, fit Anna, pensive.

Elle glissa les indices dans la poche intérieure de sa veste.

— Que comptez-vous faire ? demanda Arthur.

— Toutes les vidéos des caméras de surveillance autour de votre immeuble seront visualisées. Nous allons placer sous surveillance l'abbaye... Et le centre Wicca Laylâ. Nous recherchons activement un malade psy qui pratique la Wicca et qui s'était lié d'amitié avec la sœur d'Éva. Celui-ci pourrait être le tueur ou un éventuel complice.

— Capitaine Valentin, promettez-moi de la retrouver.

Anna hocha la tête.

— La vie de Ralph Korb va être étudiée et analysée dans les moindres détails. Nous devons trouver l'endroit où il la retient prisonnière, lâcha-t-elle, d'un ton sec.

47

Avignon
Brigade Criminelle

Anna ne lâchait pas des yeux l'écran de son ordinateur.

La voiture de Ralph Korb filait à vive allure sur l'avenue du Prado. Elle appuya sur la barre d'espace de son clavier pour faire une pause et fit défiler les images de la vidéo les unes après les autres. À l'intérieur du véhicule, l'enquêtrice distinguait vaguement une silhouette floue, côté passager.

L'image était de très mauvaise qualité, pixélisée et granuleuse. L'heure de l'enregistrement correspondait au moment où Éva avait été enlevée.

Anna ferma le programme et lança une autre des quatre vidéos transmisses par le centre de Vidéoprotection Urbain de Marseille.

La voiture remontait le boulevard Jean Moulin et continuait sur l'A50. La dernière caméra qui filma Korb se trouvait à l'entrée de Gémenos. La ville était située à une trentaine de kilomètres de Marseille.

Où allais-tu comme ça, salopard ?

Anna tressaillit.

Son téléphone vibra dans la poche de sa veste et la tira de ses pensées. Elle le sortit rapidement et vérifia le numéro. C'était Malerme, son troisième de groupe.

— Alors, t'as du neuf ? demanda-t-elle, sur les nerfs.

— Je suis passé à la mairie de Marseille, mais je n'ai rien appris de plus. Ensuite, j'ai rencontré le notaire de Korb. On tient peut-être une piste. Il a hérité d'un terrain et d'une maison familiale à la mort de sa mère. La maison a été vendue, mais il possède toujours le terrain.

— Il est où le terrain ?

— Dans la vallée de Saint-Pons à Gémenos. Une parcelle de 2500 mètres carrés.

— Gémenos ! C'est là-bas que nous perdons sa trace.

— Qu'est-ce qu'on est bons ! Je vais pouvoir fermer le clapet du chef de la Crim' de l'Évêché. L'enfoiré n'arrêtait pas de baver sur nous.

— Envoie-moi le plan sur mon e-mail, je vais aller repérer les environs.

— Gus est avec toi ?

— Il a dû rentrer pour s'occuper de sa fille. Claire ne se sentait pas bien.

— J'ai rendez-vous dans une heure avec les flics de Marseille pour faire le point. Il y aura le préfet de police. Tu m'attends, on s'y rend ensemble.

— Pas le temps d'attendre. La vie d'Éva est en jeu.

— OK. Je te rejoins, j'informe le divisionnaire de l'Évêché que nous sommes sur une piste.

— Non. Vous devez faire le point sur l'affaire. Je vais effectuer un simple repérage. Si je vois quelque chose de suspect, j'appelle les renforts.

— Ne déconne pas. Quoi qu'il arrive, tu ne bouges pas ! Je n'en ai pas pour longtemps.

— Tu me connais.

— Merde, Anna ! Tu fais chier ! Je le sens pas.

— Envoie le plan. Je pars. À plus tard.

— Anna ! Je...

L'enquêtrice coupa la communication.

Elle se leva précipitamment, enfila son trench-coat, attrapa son Sig-Sauer et le glissa dans son étui fixé à sa ceinture. Chaque minute comptait. Elle ne pouvait pas attendre plus longtemps. Elle claqua la porte de son bureau et disparut dans le couloir.

48

Anna traversa la jolie petite ville provençale de Gémenos et continua sur la D2 en direction de la vallée de Saint-Pons. Le terrain de Korb se situait à la lisière de la forêt dans une nature sauvage et luxuriante. L'esprit perdu dans ses pensées, elle prit un virage en épingle un peu trop vite, les pneus glissèrent sur l'asphalte mouillé. Elle relâcha la pédale de l'accélérateur, rétrograda en troisième et roula une centaine de mètres sur une route au bitume craquelé. Elle bifurqua à droite et emprunta un chemin boueux plein d'ornières. Un peu plus loin, elle arrêta son véhicule au bas d'une pente herbeuse, à l'orée du sous bois.

Anna sortit en jetant des regards inquiets autour d'elle.

Le lieu était désert et sombre.

La policière prit une profonde inspiration et leva la tête.

De gros nuages gris s'amoncelaient dans un ciel terne, une lumière pâle filtrait à travers les branchages des grands arbres centenaires.

Une pluie fine et fraîche se mit brusquement à tomber, elle releva le col de son trench-coat pour se protéger. Les gouttes d'eau ruisselaient sur son visage, une mèche de cheveux se plaqua devant ses yeux. Elle se recoiffa d'un geste de la main et s'engagea dans un étroit sentier, parmi les ombres.

Elle s'agrippa à une branche d'arbre et descendit un talus glissant. Un ruisseau coulait en contrebas, le bruit des remous emplissait la nature. Des cris d'oiseaux résonnèrent dans le lointain.

Anna vérifia sa position sur son smartphone et s'engouffra dans un chemin de terre bordé de grands arbres aux écorces épaisses et craquelées. Les branches noueuses ressemblaient à de larges griffes prêtes à lacérer l'intrus venant perturber la quiétude des lieux.

La policière longea un mur de pierres en ruine et recouvert de mousse. Un peu plus loin, elle se fraya un chemin à travers les broussailles et les ronces, descendit un sentier boueux et s'arrêta pour contempler l'horizon.

Un voile de brume limitait la visibilité.

Elle fit quelques pas et se figea.

Une voiture était stationnée sous un immense pin.

Le modèle et la marque étaient identiques à celle de Ralph Korb. Elle se dissimula derrière le véhicule. Les numéros des plaques d'immatriculation ne correspondaient pas à ceux de la carte grise.

Il les a changés pour ne pas se faire attraper, songea-t-elle.

Le cœur palpitant, elle remonta un long chemin caillouteux qui serpentait à travers la forêt. Ses vêtements étaient trempés et lui collaient à la peau. Une centaine de mètres plus loin, elle s'arrêta devant un cabanon laissé à l'abandon. Les volets à la peinture écaillée étaient clos. La porte avait été rafistolée avec des vieilles planches en bois. Un conduit de cheminée rouillé s'échappait d'un toit en éverite fissuré sur les bords. Des sacs poubelles jonchaient l'entrée.

Anna se dissimula derrière un tas de bois et prit le temps de réfléchir. De toute évidence, Ralph Korb se terrait dans cette ruine.

La pluie redoubla de puissance.

Le vent secouait les branchages qui claquaient contre la façade du cabanon et produisait un son angoissant.

Anna déglutit.

Une atmosphère d'outre-tombe planait sur cet endroit lugubre.

L'enquêtrice sortit son téléphone.

Pas de réseau.

Elle mit une main au-dessus de l'écran pour le protéger de la pluie et pianota un SMS qu'elle envoya à Malerme. Elle espérait que son message finisse par lui parvenir quand le signal reviendrait. Elle demandait au policier de prévenir le directeur de la Brigade criminelle d'Avignon afin qu'il fasse venir rapidement une unité d'intervention dans la forêt de Gémenos, sur le terrain de Ralph Korb.

Un cri étouffé retentit.

Un hurlement de souffrance déchira le silence.

Anna retint son souffle, scruta intensément le cabanon.

Plus un bruit.

La chef de groupe ne savait plus que faire.

Si elle intervenait, Korb risquait d'assassiner Éva dans la panique. Mais, si elle ne faisait rien, la jeune femme pouvait succomber à son supplice.

Un épervier passa dans le ciel et se mit à glapir.

Elle observa le vol du rapace en réfléchissant.

Les pensées se bousculaient dans sa tête.

Des hurlements s'élevèrent à nouveau dans le cabanon

La policière ne pouvait pas attendre plus longtemps. Éva était en danger. Elle ouvrit sa veste, attrapa son arme et courut jusque devant l'entrée du cabanon. Sur le perron, elle emplit ses poumons d'air et envoya un coup de pied dans la porte. Sous la puissance de l'impact, la serrure céda et le battant s'ouvrit violemment.

Ralph Korb brandissait un marteau ensanglanté.

Les yeux écarquillés, il la dévisagea et bredouilla une phrase incompréhensible.

— Police ! Pose ce marteau si tu ne veux pas que je t'explose la tronche, cria l'enquêtrice en dirigeant le canon de son arme sur son front.

En larmes, le visage déformé par une horrible grimace de douleur, Éva hurlait sa souffrance.

Ralph Korb venait de lui briser une phalange.

Son index n'était plus qu'un tas de chairs sanguinolentes.

Anna s'avança, le regard rivé sur la blessure.

Korb profita de ce moment d'inattention pour lui jeter son marteau dessus.

En essayant de se protéger, la policière lâcha son pistolet.

Le marteau l'atteignit à l'épaule.

Elle bascula en arrière et perdit l'équilibre. Sa tête heurta le rebord de la table, une giclée de sang éclaboussa le sol. Sonnée, elle essaya de se relever, mais son agresseur ne lui en laissa pas le temps. Il lui bondit dessus et la frappa plusieurs fois au visage à grands coups de poing.

Des étoiles occultèrent son champ de vision.

Sa tête tourna, puis elle perdit connaissance.

Quand elle se réveilla, elle était ligotée à une chaise.

Son arme reposait sur la table.

Son téléphone gisait en morceaux au milieu de la pièce.

Anna espérait que son collègue recevrait son message.

— Alors, salope de flic ! On fait moins la maligne. Tu croyais vraiment que tu pouvais venir ici et faire la loi ? Tu sais qui je suis ?

Ralph la toisait méchamment.

— Un pauvre taré qui est perdu sans son patron.

Anna lui lança un regard acéré rempli de haine.

— J'espère que tu n'es pas trop sensible. Tu vas voir comment je vais faire parler cette petite salope. Après, je m'occuperai de toi.

— Laisse-la partir ! Les renforts arrivent. T'es fait comme un rat.

Ralph sourit.

Il avait des cernes sous les yeux, les cheveux hirsutes.

Le visage plongé dans le clair-obscur, déformé par une grimace sardonique, il avait l'air d'un fou échappé d'un asile. Anna ne reconnaissait pas le bel homme des photos.

— Personne ne viendra. Tu bluffes.

Elle cherchait à défaire ses liens. En vain. La corde en polypropylène lui lacérait le poignet, mais ne bougeait pas d'un pouce.

— Tu peux toujours essayer, mais je ne pense pas que tu arrives à t'échapper, dit-il, en lâchant un rire malsain.

— Pauvre taré ! Libère-moi ! cria Anna, à bout de nerfs.

Il lui fit un clin d'œil et observa Éva.

— Je veux savoir qui est son complice. Elle n'a pas pu agir seule. Je n'arrêterai pas tant qu'elle n'aura pas parlé. Et, crois-moi, elle va parler, cette connasse.

— Je ne sais rien ! Ce n'est pas moi qui ai commis ces crimes, sanglota Éva.

Il se pencha, attrapa le marteau qui était à ses pieds.

— Cette fille n'a rien fait ! Abruti ! Tu vois bien que ce n'est pas une tueuse, s'énerva Anna.

— Ne te fie pas aux apparences, elle cache bien son jeu. Elle a volé des dossiers très importants dans le cabinet du docteur Brown... Elle a tué mon boss et mon pote. Cette salope a même essayé de me buter.

Ralph enserra fermement sa main sur le poignet d'Éva.

— Tu ne veux toujours pas parler ?

— C'est pas moi ! Je n'ai rien fait, sanglota-t-elle.

— OK. Tu finiras par dire la vérité.

Il appuya de toutes ses forces le marteau sur la fracture ouverte. La jeune femme se cambra, jeta la tête en arrière, hurla. De l'autre main, il lui envoya un coup de poing dans la mâchoire. La chaise bascula sur le côté, il attrapa Éva par les cheveux.

— Arrête ! Laisse-la, cria Anna.

Ralph se redressa, les yeux injectés de sang, le regard fou.

Il écarta les doigts de sa malheureuse victime qui avait la tête affaissée sur son épaule. Son visage était déformé par un gros hématome. Un filet de salive mêlé de sang coulait de sa bouche.

— Je vais te briser les phalanges les unes après les autres. On continuera comme ça jusqu'à ce que tu parles.

Il brandit le marteau.

— Nous savons que ces dossiers ont un rapport avec les essais cliniques illégaux, dit Anna pour détourner son attention.

Korb se figea, la main levée en l'air.

— Qu'est-ce que tu viens de dire ?

— Nous avons une copie des dossiers. La molécule 3C-epi que cherchait à développer le professeur Valois, les essais cliniques et les tests sur les cobayes. C'est fini, Korb, les flics vont bientôt arriver. J'ai prévenu mon adjoint, il sait que je suis là.

Il s'approcha d'Anna et la gifla.

— Ferme ta gueule ! Tu mens. Tu ne peux pas avoir les documents confidentiels ! fit-il en la dévisageant.

Un filet de sang glissa le long de la bouche de la policière.

Elle redressa la tête et le fixa méchamment.

Ses yeux crachaient des flammes.

— Nous avons récupéré tous les dossiers des cobayes qui participaient au projet ! Et, ce n'est pas tout...

Anna laissait planer le doute.

Ralph cligna des yeux, se frotta le visage.

— Nous savons que Wade a violé et assassiné Louise Ciotta. Ton patron l'a protégé. Mais, il a poussé le vice jusqu'à effectuer des essais cliniques sur ses filles. Le professeur Valois s'est servi des jumelles pour pratiquer des tests. Farell Lewis avait tout manigancé depuis le début.

Ralph s'approcha à quelques centimètres de son visage, Anna sentit son souffle chaud empestant l'alcool et le tabac.

— Pauvre débile. Arrête de raconter des conneries, ça ne sauvera pas ta peau, ni celle de la fille. Moi et Devin, nous étions chargés de surveiller les cobayes et de faire le ménage. C'est tout ! N'invente pas des histoires sur mon pote. Ne salis pas sa mémoire. Devin n'est pas un violeur, c'est un garde du corps et un tueur professionnel. Un ancien des forces spéciales, médaillé de guerre, s'énerva-t-il en lui postillonnant dessus.

Un sourire se dessina sur le visage de la policière.

De toute évidence, Ralph Korb ne connaissait pas la vraie histoire. Son patron et son collègue ne l'avaient pas mis dans la confidence. Anna décida de gagner du temps en espérant que Malerme avait reçu son message.

— Tu ne savais pas..., fit-elle en lui lançant un regard narquois.

La rage au ventre, Ralph se jeta sur la policière et lui asséna un violent coup de poing dans la bouche. Sa tête partit sur le côté, ses vertèbres cervicales craquèrent et une gerbe de sang gicla au sol.

Plus de trente minutes que j'ai envoyé le SMS. Il faut tenir, songea Anna malgré la douleur.

— Arrête ! Ne lui fais pas de mal ! hurla Éva, en pleurs.

— T’as raison. Je vais m’occuper de ton cas. Cette pute de flic essaye de semer le doute dans mon esprit, mais elle n’y arrivera pas.

Il l’attrapa par le cou, serra de toutes ses forces.

Éva suffoquait, elle ne parvenait plus à respirer.

La jeune femme commençait à tourner de l’œil.

Son visage bleuissait.

Ralph relâcha la pression, le sang afflua au cerveau.

— Écoute-moi bien, sale pute. On ne va pas y passer la journée. Tu me dis la vérité, et je te ferai peut-être une fleur. Je veux savoir qui est ton complice ! Je me doute bien que tu n’as pas pu agir seule.

Il l’attrapa par les cheveux.

— La flic, je la buterai. Mais, toi... Il est possible que tu survives. Dans un sale état, bien amochée, histoire que tu ne puisses plus me causer de problèmes, mais je t’épargnerai si tu me donnes le nom de ton complice. Une fois que j’aurai fait le ménage, je disparaîtrai et tu n’entendras plus parler de moi.

Éva essayait de reprendre son souffle.

Elle haletait.

La peur et la douleur l’empêchaient de réfléchir.

— Alors ?

Une ambiance dantesque planait dans le vieux cabanon.

Le vent sifflait à travers les interstices de la porte en bois, les branchages des arbres raclaient contre la vieille façade et produisaient un bruit angoissant. L’ampoule électrique, qui diffusait une faible lueur, grésillait par intermittence.

— Elle est amnésique, pauvre taré ! s’exclama Anna.

Ralph serra le manche de son marteau.

Il dut se retenir pour ne pas fracasser la tête de la flic.

— Je ne sais rien, je ne me souviens plus de rien, fit Éva en sanglots, le visage dévasté par la douleur.

Persuadé qu’elle mentait, Ralph attrapa son annulaire et l’appuya sur le rebord de la chaise. Sans un mot, d’un geste brusque, il leva le marteau et l’abattit sur le doigt de la malheureuse victime.

La phalange craqua, l’os était fracturé.

Un son guttural sortit de la bouche d'Éva qui avait les yeux exorbités. La douleur était insoutenable, elle irradiait tout son bras. La jeune femme se contorsionnait sur la chaise qui bascula en arrière. Sa tête heurta le plancher.

— Je ne m'arrêterai pas jusqu'à ce que je sache la vérité. Quand j'aurai brisé tous les os de ta main, je passerai aux articulations. Et crois-moi, c'est bien plus douloureux.

— Korb ! Arrête ! Tu ne vois pas qu'elle ne sait rien.

— Ferma-la, sale flic.

— T'es qu'une merde. Tu t'en prends à une femme, car t'as rien entre les jambes. Tu ne vaux pas mieux que ton père.

Ralph se figea.

— Qu'est-ce que tu viens de dire ?

Anna avait un plan, elle allait tenter le tout pour le tout.

Le mettre hors d'état de nuire pendant quelques minutes. Laisser le temps aux collègues d'arriver.

Ralph l'avait solidement attachée à la chaise. Ses mains étaient entravées dans son dos, mais ses jambes pouvaient bouger. Si le tortionnaire s'approchait suffisamment près, elle pourrait essayer de l'atteindre au visage ou à la gorge en lui envoyant un coup de tête.

— Ton père n'était qu'un ivrogne, ta mère une pute qui suçait les paumés de Marseille. T'es l'avorton d'une famille de dégénérés.

Ralph vit rouge et disjoncta complètement.

Les paroles de l'enquêtrice lui firent péter les plombs.

Il se rua sur elle comme un chien enragé, poings en avant.

Anna contracta ses abdos, poussa de toutes ses forces sur ses jambes et se redressa brusquement en cambrant le dos le plus possible malgré les liens.

Fou de rage, il ne vit pas l'attaque arriver.

Le sommet du crâne de la flic écrasa son nez avec une telle violence qu'il explosa dans une gerbe de sang. Un horrible craquement résonna dans le cabanon. Les os se brisèrent en plusieurs morceaux et s'enfoncèrent dans la cavité nasale.

Ralph tituba, perdit l'équilibre et s'affala par terre dans un nuage de poussière. Son nez n'était plus qu'une masse informe de chair et de sang. Le cartilage déchirait la peau.

Sous la violence du choc, ses dents de devant s'étaient brisées au niveau de la gencive.

La chaise avait basculé sur le côté, Anna essayait de s'approcher d'Éva en envoyant des à-coups avec ses jambes.

La jeune femme haletait, la douleur était insupportable.

— Respire calmement, fais le vide dans ta tête. Concentre-toi sur ton souffle. Ne pense plus à rien. Oublie tout ce qu'il y a autour de toi.

La respiration d'Éva était saccadée.

Elle était terrifiée, son visage portait le masque de la peur.

— J'ai envoyé un message à mon adjoint. S'il l'a bien reçu, les secours ne devraient pas tarder, ajouta-t-elle, pour la rassurer.

Anna observa ses blessures.

— C'est impressionnant, mais ce ne sont que des fractures. Ne t'inquiète pas, tout va bien se passer, lâcha-t-elle.

Éva ne répondit pas.

La douleur était insupportable.

Les yeux plissés, les sourcils froncés, elle serrait les dents.

Anna se tourna et jeta un regard en direction de Ralph qui commençait à retrouver ses esprits. Des spasmes nerveux animaient son visage.

L'enquêtrice contracta les abdominaux, poussa à nouveau de toutes ses forces sur ses jambes et se contorsionna. Elle essayait de défaire ses liens en frottant la corde contre le sol râpeux.

— Attention ! Il se relève, hurla Éva.

Ralph s'était mis à genou.

Il se tenait le visage en poussant des râles de douleur.

Un sang épais et poisseux mêlé à de la chair déchiquetée dégoulinait sur son nez. Dans une sorte d'état second, il cligna des yeux et dévisagea Anna. Il voulut l'insulter. En vain. Sa mâchoire était fracturée, il ne pouvait pas la bouger. Malgré la douleur insupportable, il réussit à avancer à quatre pattes et se pencha pour saisir le marteau.

L'enquêtrice devait faire vite.

Elle se contorsionnait dans tous les sens pour défaire ses liens qui commençaient à se détendre. Elle devait à tout prix se libérer et neutraliser Ralph avant qu'il ne retrouve toutes ses capacités.

Il se releva péniblement en grognant, un de ses genoux craqua. Le marteau à la main, l'épaule droite en avant, il boitilla quelques pas et s'arrêta pour cracher du sang.

L'enquêtrice ne le lâchait pas des yeux.

Ralph était à moins de deux mètres.

Il était défiguré, son visage n'avait plus rien d'humain.

L'odeur métallique du sang empestait le cabanon.

Regard dans le vague, respiration saccadée, il essayait de reprendre son souffle. Éva se mit à hurler, quand il releva la tête et marcha en direction d'Anna. Le marteau levé en l'air, prêt à fracasser son crâne.

Soudain, des sirènes mugirent à l'extérieur, des portières claquèrent et des voix s'élevèrent.

Ralph entendit des bruits de pas, il se retourna, paniqué.

Dehors, un homme parlait fort et donnait des ordres.

La porte entrebâillée vola en éclats dans un nuage de poussière, des morceaux de bois s'éparpillèrent un peu partout sur le sol crasseux. Un vent frais chargé de pluie s'engouffra dans le cabanon. Cinq gendarmes trempés des pieds à la tête, le regard déterminé, jaillirent et encerclèrent Ralph. Le plus costaud braqua le canon de son arme sur sa tête.

— N'y pense même pas ! Pose ça vite, sinon je te tire, ordonna-t-il, d'un ton sec et autoritaire.

Ralph brandissait son marteau au-dessus d'Anna.

Un étrange rictus se dessinait sur son visage défiguré.

Le sang dégoulinait sur la policière.

Sa main se crispa sur le manche du marteau. Il lança un regard haineux au militaire. Ses yeux globuleux crachaient des flammes.

Il baissa la tête et fixa méchamment Anna.

— On se reverra en enfer, bredouilla-t-il, malgré la douleur.

Le gendarme fit feu à trois reprises.

Les puissantes détonations déchirèrent le silence. De longues flammes sortirent du canon et illuminèrent le cabanon.

Anna sentit un souffle chaud l'envelopper.

Les deux premières balles atteignirent Ralph Korb à la poitrine, il lâcha le marteau et bascula en arrière.

Un terrible effroi se dessina sur son visage.

Une expression de terreur se vit dans son regard.

La dernière balle le toucha au vol, en plein front. L'ogive était ressortie en emportant l'arrière de la boîte crânienne, tapissant le sol de morceaux d'os et de cervelle.

Le gendarme se pencha sur le cadavre.

La bouche grande ouverte, les yeux exorbités, le corps désarticulé comme un pantin, et une partie du crâne arraché, Ralph Korb gisait au milieu du salon dans une mare de sang poisseux.

49

Le vent produisait un sifflement strident dans le cabanon.

Les branches des arbres raclaient contre la toiture.

Un air frais s'engouffrait dans la petite pièce délabrée.

Anna était emmitouflée dans une couverture de survie.

L'air hagard, elle essayait de retrouver ses esprits.

Les pompiers prenaient en charge Éva qui était allongée sur un brancard, sous perfusion. Le médecin urgentiste venait de lui injecter 2 ml d'hypnovel pour la calmer, un puissant sédatif.

— Ça va aller ? demanda-t-elle au docteur quand il arriva à son niveau.

Grand, maigre et dégarni, l'homme au visage creusé et ridé, dodelina de la tête.

— Des hématomes au visage. Les fractures aux doigts ne sont vraiment pas belles. Les tendons ont été touchés. Elle risque d'avoir des problèmes articulaires, mais avec une bonne chirurgie de la main et de la rééducation, elle peut espérer retrouver toute sa motricité.

L'enquêtrice voulut rassurer la jeune femme, mais elle s'était endormie. Les médicaments faisaient déjà effet. Le médecin s'éloigna d'un pas las en suivant l'infirmier qui poussait le brancard. Le vieux plancher en bois vermoulu craquait sous les roues, les poussières s'envolaient et virevoltaient dans l'air humide.

Anna souffla.

Elle réalisa qu'elle n'était pas passée loin d'une mort tragique et douloureuse. Si le smartphone n'avait pas capté le signal du réseau, le SMS n'aurait pas été envoyé et les gendarmes ne seraient pas intervenus.

La vie ne tenait pas à grand-chose.

Un simple signal numérique.

Malerme était arrivé après les gendarmes, il effectuait les constatations. En silence, il observait le corps de Ralph Korb criblé de balles qui gisait sur le sol dans une flaque de sang. Les bras écartés, les doigts recroquevillés, la jambe gauche en équerre et le haut du visage emporté par l'ogive qu'il avait reçue en plein front.

— Ils ne l'ont pas raté ! C'est une vraie passoire ! Pour une fois que ce n'est pas toi qui tires, s'exclama-t-il.

Malerme secoua la tête.

Il prit un instant de réflexion et ajouta :

— Je savais que je ne devais pas te laisser seule… On n'est pas passés loin du drame. S'il t'était arrivé quelque chose, je m'en serais voulu toute la vie.

Anna se leva difficilement et se dirigea vers son collègue.

— Maintenant, le professeur Valois est le seul à connaître la vérité sur cette affaire, déclara-t-elle en se tenant la bouchc.

Sa lèvre entaillée et tuméfiée avait doublé de volume.

Elle avait beaucoup de mal à parler.

Elle marcha jusqu'à la porte éventrée d'où soufflait un air frais et humide. Un individu apparut sur le seuil, c'était le chef de l'Identité judiciaire.

— Vous êtes perdus au milieu de nulle part ! Quel temps pourri ! s'exclama-t-il, en secouant sa veste dégoulinante d'eau de pluie.

L'homme avait la cinquantaine. Le regard fatigué, les yeux cernés, il semblait ne pas avoir dormi de la nuit.

Il marcha jusqu'au cadavre.

Son regard se posa sur un morceau de cervelle qui gisait à ses pieds.

— Ce sont les gendarmes qui ont fait ça ? demanda-t-il avec une grimace de dégoût.

Anna acquiesça.

— J'avais entendu dire que les militaires ne savaient pas tirer, qu'ils n'avaient pas assez d'heures de tir. Je vois que ce n'est pas le cas. Une balle en plein front, les deux autres en plein cœur.

— Le gendarme est tireur sportif sur silhouette métallique. Champion régional. Nous avons eu de la chance. En tant normal, ils sont beaucoup moins précis.

— De la chance ? Un miracle plutôt.

Deux policiers de l'Identité judiciaire tenant des mallettes chromées entrèrent dans le cabanon. Le photographe de l'IJ se plaça dans un coin de la pièce. Il enfila rapidement sa combinaison, mit son masque de protection, ses gants en latex et ses surchaussures. Une fois qu'il fut complètement habillé, il régla la sensibilité du capteur et l'ouverture de la focale de son appareil photo numérique. Méthodiquement, il prit plusieurs clichés de la scène de crime. Les flashs crépitaient dans le cabanon, créant des clairs-obscurs angoissants.

Plan large, plan resserré.

Il se plaça au-dessus du cadavre à la peau exsangue et le photographia sous tous les angles. Ralph Korb n'était plus qu'un tas de chairs ensanglantées gisant comme un pantin désarticulé dans cette pièce. Sa vie s'était tragiquement arrêtée là, au milieu de nulle part, à l'intérieur de ce sinistre cabanon.

50

Le lendemain, Anna était assise dans le bureau du juge Hulard. Un hématome déformait sa lèvre supérieure, entaillée sur plusieurs centimètres. Une douleur lancinante la faisait souffrir. Elle posa sa main sur sa bouche, tout en observant la pièce.

Une lumière terne filtrait à travers les stores de l'étroite fenêtre. La décoration était austère et sommaire. Des murs beiges mouchetés de taches sombres. Un vieux bureau en bois verni. Une bibliothèque poussiéreuse remplie de classeurs. Les dossiers d'instruction s'entassaient un peu partout dans un espace restreint et rudimentaire.

Le magistrat avait convoqué la policière pour faire le point sur l'affaire Lewis. Wade et Korb étaient morts. Le docteur Brown avait disparu. Éva était à l'hôpital, elle subissait une opération chirurgicale de la main. La jeune femme devait y rester plusieurs jours. Ensuite, elle serait placée en garde à vue, dès qu'elle pourrait être auditionnée.

— Éva Ciotta a des visions très précises des deux scènes de crime et nous avons prélevé son ADN dans le salon de Devin Wade. Cela fait d'elle la principale suspecte, déclara le juge en écartant les bras, paumes posées à plat sur un vieux sous-main en cuir, élimé sur les bords.

Le magistrat était un homme au regard vif, de petite taille, légèrement dégarni sur le devant du crâne. Au tribunal, ses confrères le surnommaient le renard. Nerveux, infatigable, il gérait un grand nombre de dossiers d'instruction et passait la plupart de son temps au tribunal de grande instance.

En pleine réflexion, Anna se redressa sur sa chaise.

L'enquêtrice n'arrivait pas à croire qu'Éva Ciotta puisse être une tueuse.

— Il est possible que l'assassin ait voulu la faire accuser en déposant son ADN chez Devin Wade. De plus, le garde du corps a été en contact avec Éva, il a pu laisser son empreinte génétique par simple transfert. J'ai de plus en plus de doutes sur sa culpabilité.

Le juge Hulard fit une moue sceptique.

De profondes rides se formèrent sur son front.

— Et son journal intime ? Les sites web qu'elle a consultés. Elle s'intéresse à la Wicca. Vous ne pensez pas qu'elle vous manipule ? Elle a bien réussi à se faire aider et héberger par l'infirmier. Puis, bizarrement, elle ne veut plus voir son petit ami... C'est quand même troublant toute cette histoire. Je ne la trouve pas claire. Elle ne me semble pas sincère.

Agacée, Anna souffla.

— Elle s'intéresse à la magie blanche. C'est la Wicca traditionnelle, cela n'a rien à voir avec la Wicca luciférienne. Sur les scènes de crime, le tueur invoque les démons pour faire le mal.

Le juge fronça les sourcils.

Agacé d'être contredit, il essaya de garder son calme.

— D'accord. Vous jouez avec la sémantique et la lexicologie. Mais, au final, cela reste de la sorcellerie. Ce n'est pas tout le monde qui pratique ce genre d'activité... Reconnaissez que tous ces indices font d'elle la coupable idéale.

Anna soupira.

— Objectivement, il est vrai que tout porte à croire qu'elle a tué Lewis et Wade pour se venger. Mais, je suis désolée, mon intuition personnelle me dit qu'elle n'est pas coupable.

Le magistrat fouilla dans un tas de dossiers posés sur le bureau et attrapa le compte rendu de la police technique et scientifique :

— Les empreintes de chaussures moulées dans le jardin de Farell Lewis sont de taille 40. Quant au poids estimé de la personne, il est de 55 à 60 kilos.

Il plongea son regard dans les yeux clairs de l'enquêtrice.

— Ça correspond à la taille et au poids de Mlle Ciotta.
Silence.
— Et la lettre qui m'a été adressée par ce mystérieux corbeau... La clé USB, qu'il y avait à l'intérieur, contenait des documents confidentiels évoquant une molécule développée par le laboratoire Biotech Lewis. Le centre épigénétique l'aurait testée sur les sœurs Ciotta, ainsi que d'autres cobayes. C'est un peu gros, non ? Qu'est-ce qui prouve l'authenticité de ces fichiers ? Puis... Je me pose beaucoup de questions. Qui a pu me l'envoyer...
Il s'interrompit, se passa nerveusement la main dans ses cheveux clairsemés et continua :
— Et si c'était Ralph Korb qui était derrière toute cette affaire ? Vous m'avez parlé de ses révélations quand il vous séquestrait dans le cabanon. Est-ce qu'il n'avait pas une idée en tête en vous parlant de tout ça ? Après tout, il y avait peut-être des tensions avec son patron... Ne voulait-il pas détruire l'image de l'empire Lewis ? L'enquête de personnalité a révélé de profondes failles psychologiques chez cet individu. Il était tourmenté et extrêmement dangereux.
Anna ne répondit pas.
Il soupira.
— Malheureusement, son rôle dans cette affaire sera difficile à déterminer, il n'est plus là pour être interrogé, fit Anna, le regard fuyant, pensant à Malerme en train de poster la lettre.
Le regard du juge se perdit à travers la fenêtre.
De gros nuages sombres s'amassaient sur le Vieux-Port. Le temps ne s'améliorait pas, de fortes précipitations étaient prévues au cours de la journée.
Il soupira à nouveau et déclara :
— Il y a aussi le mystérieux Patrick Terrence. Le malade psy que nous suspections d'être le complice d'Éva Ciotta. Il pourrait lui aussi être le corbeau. Car, si Éva est la tueuse, comme je le pense, elle n'a pas pu agir seule. La chef de service de l'hôpital psychiatrique a bien dit qu'il était proche de sa sœur. De plus, cet individu dangereux pratique la

sorcellerie lui-aussi. N'est-ce pas troublant ? Cela ne fait-il pas de lui un suspect idéal ?

Le regard d'Anna s'assombrit.

L'enquêtrice aurait aimé dévoiler la vérité, mais elle ne pouvait pas révéler au juge que c'était elle qui avait découvert cette liste de noms en s'introduisant illégalement chez le professeur Valois. Elle était prisonnière de son mensonge.

— Patrick Terrence... Nous creusons cette piste... Mes hommes le recherchent, mais il a disparu de la circulation depuis le suicide de Liane... Les dernières personnes à l'avoir vu sont les infirmières de l'hôpital psychiatrique.

— Il y a beaucoup de disparitions et de meurtres autour de Mlle Ciotta, lâcha le juge, le regard suspicieux.

Il attrapa la clé USB envoyée par le mystérieux corbeau et la fit tourner entre ses doigts.

— Non, mais sérieusement... Vous y croyiez à cette molécule révolutionnaire censée soigner les traumatismes épigénétiques ? Elle aurait été développée il y a plus de quinze ans. J'ai contacté un généticien de l'Institut Curie, un spécialiste de la chromatine. Il m'a dit que c'était impossible, car on ne parlait même pas d'épimédicaments à l'époque. Je suis persuadé que ces documents sont l'œuvre d'un mythomane. Vous imaginez qu'on puisse assassiner des gens pour faire de la recherche ? Surtout dans un centre aussi réputé que celui de Farell Lewis.

— C'est une piste que nous ne devons pas négliger. Mes hommes effectuent des recherches.

Le magistrat lut à haute voix la liste des cobayes.

— Éva Ciotta, Liane Ciotta, Patrick Terrence, Igor Ivanov, Laeticia Valembert, Frédérik Bérau et Évelyne Daverni.

Perplexe, il fixa l'enquêtrice.

— Terrence, Ivanov et Valembert sont introuvables. Bérau vivait dans un appartement miteux des quartiers nord de Marseille. C'était un toxico. Il est mort l'année dernière d'une overdose d'héroïne. Ses voisins disent qu'il passait ses journées à traîner dans le quartier... Il ne reste qu'Évelyne Daverni. Gustanzo est sur le coup. Ces tests semblent avoir été pratiqués sur des personnes en marge de la société, la plupart avaient des problèmes psychiatriques.

— Ils sont eux aussi passés chez le docteur Brown ?

— Non. Nous avons vérifié. Il n'y avait qu'Éva et Liane.

— Je ne sais pas quoi en penser. Tout cela me semble tellement improbable ! On se croirait en plein film de science-fiction. Farell Lewis est un homme respecté, je ne l'imagine pas en savant fou… Il me faut plus de billes que ça pour avancer sur cette piste. Vous savez comme moi que lorsqu'on est sur de telles affaires médiatisées, des personnes fragiles psychologiquement se mettent à raconter n'importe quoi ! Certains s'accusent de crimes… D'autres inventent des histoires rocambolesques. Nous devons prendre ces révélations avec des pincettes.

Le juge Hulard se redressa et prit une longue inspiration. Cette affaire le dépassait. Il ne savait plus quoi penser.

Anna se leva.

Le regard froid, l'air absent, elle lâcha :

— Je dois me rendre à l'hôpital pour parler à Éva. Si j'ai du nouveau, je vous tiens informé.

— C'est ça ! Et débrouillez-vous de me fournir des preuves concrètes sur cette molécule et ces supposés cobayes si vous voulez qu'on perquisitionne les sociétés de Lewis. Sans cela, je ne pourrai pas vous accorder de commission rogatoire, lâcha le magistrat, agacé.

Anna fit un signe de la tête et claqua violemment la porte du bureau sans saluer le juge Hulard. Cette conversation l'avait énervée. Elle était remontée à bloc. Les enquêteurs devaient retrouver Éva Daverni et la faire parler. Il n'y avait pas d'autres solutions. La SDF était la seule piste sérieuse qu'ils avaient à l'heure actuelle.

51

Anna pénétra dans la petite chambre d'hôpital faiblement éclairée par la lueur grisâtre du jour et salua Éva et Arthur. Elle enleva sa veste trempée par la pluie et la posa sur une chaise près de l'entrée. Elle secoua ses cheveux dégoulinant d'eau, se recoiffa et glissa une mèche blonde derrière son oreille. Elle s'approcha lentement d'Éva et l'observa. La jeune femme avait retrouvé des couleurs, Arthur était assis sur le lit et lui tenait la main.

— L'opération s'est bien passée ? demanda la policière.

— Le chirurgien m'a placé des broches aux phalanges. Il m'a dit qu'avec une bonne rééducation, je devrais retrouver l'usage de ma main dans quelques mois. Mais, le plus important, c'est que nous soyons encore en vie. N'est-ce pas ? Nous avons frôlé la mort.

Anna regarda les attelles qui lui maintenaient les doigts en place. Son cœur se serra dans sa poitrine. Elle avait mal pour la jeune femme.

— Tu as raison. Nous avons eu beaucoup de chance. Si mon adjoint n'avait pas reçu le message, nous ne serions plus de ce monde. La vie ne tient pas à grand-chose ! s'exclama-t-elle.

— À un simple signal téléphonique, fit Éva en souriant.

Malgré la douleur et le traumatisme, elle essayait de garder sa bonne humeur. Les mauvais souvenirs ne devaient pas la détruire, elle avait décidé d'aller de l'avant, d'affronter la vie et de se construire un futur. Toutefois, elle espérait qu'avec le temps, les agréables moments passés en famille lui reviendraient en mémoire.

Un violent orage venait d'éclater, la ville était noyée sous les flots et balayée par des bourrasques de vent. Les gouttes de pluie claquaient contre les vitres en produisant un martèlement angoissant.

Arthur semblait ailleurs, il n'avait pas encore parlé.

Son visage portait les marques d'une profonde fatigue.

Ses traits étaient tirés, il avait le teint terne et des cernes bleus soulignaient ses yeux rougis par la fatigue. L'infirmier n'avait pas dormi de la nuit, la violente agression dont il avait été victime lui revenait sans cesse en boucle. Le traumatisme le hantait.

— Qu'est-ce qui va arriver à Éva ? Ira-t-elle en prison ? demanda-t-il, inquiet.

Le cœur lourd, épuisé psychiquement et physiquement, il se leva lentement et fixa le ciel à travers la fenêtre.

— Le juge la convoquera, elle sera placée en garde à vue. Ensuite, elle ira certainement en détention provisoire...

— En prison ?

Arthur se raidit.

— Oui... Mais, nous ferons tout pour prouver son innocence.

Il soupira et prit un air inquiet.

— Pourquoi la placer en détention provisoire ? Vous n'avez pas de preuves concrètes sur son implication dans les meurtres.

— Il y a les empreintes de chaussures prélevées chez Farell Lewis et son ADN a été retrouvé dans le salon de Devin Wade. Les sites Wicca visités sur le web, son journal intime, le Livre des ombres. Et surtout, ses visions des scènes de crimes. Cela fait d'elle la principale suspecte.

L'infirmier prit la main d'Éva et l'observa longuement.

— Je ne comprends pas. Tu étais à l'hôpital... Ensuite, je t'ai hébergée ! Nous ne nous sommes pas quittés. Tu ne pouvais pas être chez Wade, ce soir-là.

— Vous avez toujours été ensemble ?

Éva regarda Arthur.

— Non. J'ai passé une nuit à errer dans les rues de Marseille et je me suis réveillée au petit matin dans le cimetière Saint-Pierre. C'est le jour où j'ai rencontré Yavan.

Cette nuit-là, j'ai encore eu d'horribles visions. Je marchais dans l'église Saint-Victor, au milieu des cierges. J'ai vu un homme au centre d'un cercle de sang, le sol était recouvert de pétales de roses rouges. L'ombre était là, elle récitait une incantation... Puis elle a assassiné l'individu en lui tranchant la gorge, coupa-t-elle, horrifiée, comme si elle revivait la scène.

— C'est le jour où tu t'es échappée de l'hôpital ?

Elle hocha la tête.

Anna prit une profonde inspiration.

Son regard se voila.

— C'est le soir où Devin Wade a été assassiné.

Elle secoua la tête.

L'enquêtrice ne savait plus quoi penser.

Éva avait-elle vraiment des visions des scènes de crime ?

Était-elle sur les lieux à chaque fois ?

— Si le juge t'interroge, tu ne dois pas en parler, sinon tu seras immédiatement considérée comme coupable. Tu dois dire que tu étais avec Arthur. Il faudra trouver une explication plausible pour l'ADN.

Un voile sombre passa sur le visage de l'infirmier.

— Comment son ADN peut-il se retrouver chez Devin Wade ? Est-il possible que quelqu'un cherche à en faire la principale coupable en déposant de l'ADN à l'intérieur de l'habitation ?

Anna s'approcha de la fenêtre, une pluie violente frappait la vitre et dégoulinait lentement sur le carreau en dessinant des formes abstraites. Au loin, des éclairs striaient le ciel noir d'encre. Le temps se déchaînait.

— Je ne sais pas. Mais, je crois en son innocence. Il doit y avoir une explication.

Elle se frotta le visage.

La policière avait le sentiment de passer à côté d'un élément essentiel à l'enquête. Une intuition profonde ne la lâchait pas depuis plusieurs jours.

Elle se retourna et s'approcha du lit.

— Et cette série de chiffres écrits sur le morceau de papier froissé... Tu ne te souviens pas de quoi il s'agit ? Le juge te posera la question.

Éva secoua la tête.

— Je n'en ai pas la moindre idée. Rien ne me revient. C'est comme si je voulais oublier mon passé.

— Korb a parlé de dossiers dérobés chez le docteur Brown. Il était persuadé que c'était toi. S'il disait la vérité, il y a peut-être un lien avec cette série de chiffres…

— Vous pensez que c'est moi qui ai volé ces documents ?

L'enquêtrice soupira.

— Je n'en sais rien du tout…

Anna se raidit.

Son téléphone vibrait dans sa poche.

Elle l'attrapa et répondit.

— Salut, Anna. T'es où ?

La voix de son adjoint résonna dans le haut-parleur.

— À l'hôpital avec Éva. Attends, deux minutes.

Elle fit un signe de la main à Éva et sortit dans le couloir pour s'isoler.

— Tu peux parler. Je suis seule.

— Je vais passer à l'hôpital psychiatrique pour interroger la chef de service et lui montrer la liste des cobayes. Il est possible que le professeur Valois les ait choisis là-bas. Nous ne devons pas écarter cette piste.

— Très bonne idée. Nous devons trouver le fil conducteur qui pourrait nous mener à résoudre cette affaire. Est-ce que le professeur Valois et le psy sont sur écoutes ?

— Oui. Mais, pour le moment RAS. Il n'y a eu aucun appel entre eux.

— Tu me tiens au courant dès que tu as fini ton entretien avec l'infirmière. Je vais passer un peu de temps avec Éva. Elle a besoin de réconfort.

— Je comprends. Je t'appelle quand j'ai du nouveau.

Gustanzo raccrocha.

Une jeune femme passa en fauteuil roulant.

Deux poches à perfusion pendaient à un porte-sérum. Les tubulures étaient reliées à des aiguilles profondément enfoncées dans ses bras décharnés parcourus par de longues et fines veines bleues. La malade avait le teint jaunâtre, les joues creusées par la chimiothérapie et des cernes sombres sous les yeux. Son regard était vide, inexpressif. Un foulard bleu dissimulait son crâne chauve. Les roues produisaient un cliquetis métallique angoissant dans le long couloir austère de l'hôpital.

Anna sentit le souffle de la mort qui flottait autour d'elle.

Le néant et les ténèbres planaient sur la jeune malade.

La policière prit une profonde inspiration. Ses poumons se gonflèrent d'air, source de vie. Elle posa la main sur la poignée de la chambre. Le contact avec le métal froid lui rappela qu'elle avait de la chance d'être encore vivante, en bonne santé et capable de ressentir toutes les sensations agréables de cet incroyable monde.

52

Centre Wicca Laylâ Internationale
Marseille

Le sanctuaire était plongé dans un sinistre clair-obscur.

La lueur des bougies nimbait la grande salle sacrée, les ombres des flammes dansaient sur les vieux murs en pierre sur lesquels étaient accrochés des tableaux représentant de mystérieux symboles ésotériques.

Une atmosphère oppressante planait sur le centre.

Cette nuit-là, une dizaine de sorciers s'étaient réunis en coven pour pratiquer un rituel maléfique.

Solennelle, la Grande Prêtresse s'avança au milieu de l'édifice et plaça quatre bougies au sol. Elle sortit une craie blanche de la poche de sa longue robe noire à capuche, et d'un geste précis et méthodique, dessina un pentagramme. Ensuite, elle posa sur l'autel une coupelle de sel, une coupe en argent, décorée par des symboles magiques et remplie d'eau, une bougie et de l'encens.

Imperturbable, elle fit un signe de croix inversé.

L'assemblée de wiccans l'observait en silence.

Hécate leva les bras au ciel et fit un cercle imaginaire avec son athamé.

Elle créait l'espace sacré où régnait l'énergie de la magie qui protégeait les sorciers des énergies néfastes au rituel.

Le *Livre des ombres* en main, elle s'approcha de la jeune femme nue au corps famélique qui s'était avancée au centre du pentagramme.

Un crâne humain reposait à ses pieds.

Mila était de taille moyenne, très maigre, les os saillants sous une peau diaphane, des hanches étroites, de longs cheveux roux ondulés, le visage pâle et le regard éteint.

La jeune sorcière se mit à frissonner.

Mila avait été ensorcelée.

Depuis un an, elle était victime d'accidents à répétition.

Accidents de voiture, chute dans les escaliers, vol dans son habitation, licenciement, décès de son frère emporté par une leucémie foudroyante.

La jeune wiccane avait demandé à Hécate d'interroger les oracles pour savoir si elle avait le mauvais œil. La réponse des cartes était sans appel : un sorcier lui avait jeté un mauvais sort. La Grande Prêtresse se préparait à invoquer le dieu des Celtes pour l'exorciser et jeter un sort maléfique à celui qui l'avait envoûtée.

Elle ouvrit le *Livre des ombres* et récita la prière en l'honneur du dieu cornu :

— Ô sombre Seigneur du monde d'en dessous, Seigneur noir du domaine des morts, Cernunnos. Toi le sacrifice et le sacrificateur, le moissonneur. Toi qui déposes la couronne aux pieds de la déesse. Investis mon cercle et garde ouvertes les portes du royaume de la nuit. Ô Cernunnos ! Écoute ma voix et mon désir, et viens à moi. Puisse la magie inonder mon cœur, et transformer mon être. Sombre et puissant Seigneur. Je te salue et t'honore !

Hécate ferma les yeux et posa le *Livre des ombres*.

Un silence angoissant enveloppa la salle.

La température semblait avoir brusquement chuté.

L'air avait pris l'odeur de la terre fraîche et du bois sec.

Mila sentit une étrange présence flotter sur ses épaules.

Un souffle glacial lui picota la nuque.

La Grande Prêtresse avait ouvert la porte des ténèbres qui donnait accès au Royaume des morts, libérant les forces du Mal.

L'énergie de Cernunnos imprégnait le sanctuaire.

Les wiccans percevaient la présence maléfique du dieu des Celtes.

Frémissants, ils se concentraient.

Le bois de la grande bibliothèque, remplie de grimoires et de manuscrits anciens, émit un craquement.

Les sorciers se figèrent, paniqués.

— Le grand Cernunnos est parmi nous, annonça solennellement Hécate.

Elle leva les bras au ciel.

— Je t'invoque, Ô Cernunnos, maître des Enfers. Donne-moi la force d'affaiblir la personne malveillante qui a jeté un sort à l'une des nôtres. Permets-moi de réaliser ce maléfice.

Hécate ouvrit le *Livre des ombres* qui était posé sur l'autel. Elle attrapa son athamé et plaça une planche en bois au centre du cercle. En silence, elle grava le sigil de la vengeance, le sceau Wiccan destiné à recevoir son énergie ainsi que celle du Royaume des morts. Elle se concentra sur l'envoûteur de Mila et fit le vide mental.

Aucune pensée parasite ne devait la perturber.

La bibliothèque craqua à nouveau.

Une atmosphère étouffante enveloppait le sanctuaire.

Pendant plusieurs minutes, elle focalisa son intention magique sur le sigil et visualisait le sceau des sorciers brillant intensément au milieu des ombres. Elle activait les puissantes énergies venues des ténèbres.

La Grande Prêtresse pratiquait l'envoûtement depuis de longues années, sa perception des ondes subtiles s'était affinée au fil du temps. À distance, par delà l'espace et le temps, elle ressentait les vibrations de l'ensorceleur et se préparait à lui envoyer les puissantes énergies destructrices de Cernunnos.

Celui qui avait jeté un sort à Mila subirait les foudres de la grande Hécate, la déesse du Royaume des ombres, ainsi que l'énergie dévastatrice du dieu celte.

*

* *

D'un pas léger, la Grande Prêtresse remonta le long couloir plongé dans l'obscurité. La cérémonie était finie, Mila était rentrée chez elle rassurée.

L'ensorcellement était terminé.

Elle pouvait enfin reprendre le cours normal de sa vie.

Sereine, Hécate profitait de ce moment de calme pour faire le vide dans son esprit et s'imprégner des vibrations de Cernunnos.

Le silence des lieux était quelque peu perturbé par le bruit des gouttes de pluie qui martelaient le toit de la vieille bâtisse en pierre et frappaient les vitres des fenêtres.

La magicienne avait besoin de se reposer.

Après chaque cérémonie, elle était vidée.

Un puissant feu intérieur la dévorait.

D'un geste lent, elle poussa l'épaisse porte en bois sculptée et pénétra dans son bureau décoré par un mobilier composé de bois et de métal. Des bougies diffusaient une douce lueur orangée et de l'encens se consumait sur l'autel fabriqué en sorbier des oiseleurs. Un arbre réputé pour augmenter les pouvoirs psychiques.

La Grande Prêtresse appuya sur l'interrupteur, une lumière diffuse éclaira la pièce.

Elle s'installa dans son fauteuil et respira calmement.

Sur son bureau, une épaisse pochette en carton.

Dessus, une grosse étiquette blanche avec une inscription à l'encre noire.

EC/2208-0612
LC/2209-0612

Le docteur Brown envahit ses pensées.

Salopard, tu ne feras plus souffrir personne maintenant.

Hécate ouvrit le tiroir de son bureau, attrapa le dossier et le glissa à l'intérieur. Ensuite, elle sortit son smartphone et sélectionna un numéro de téléphone dans le répertoire.

Une voix sibylline retentit dans le haut-parleur.

— Samedi soir, c'est la lune noire. Nous réaliserons le rituel sacré. Paul Valois devra répondre de ses actes. Nous sommes parvenus à la fin, ils auront tous payé... Jusqu'au dernier, lâcha froidement la Grande Prêtresse, sans la moindre émotion.

— La crypte de l'église Saint-Victor est prête à recevoir l'énergie du Grand Lucifer ! Je t'attends avec impatience, tu me manques...

— Moi aussi... Les flics fouinent partout, il faut se méfier. Prends soin de toi... Je t'aime.

— Tu es en moi pour l'éternité. Sois forte. Nous devons tenir et ne pas craquer.

La déesse lunaire, la grande magicienne, se préparait à ôter une vie par amour. La wiccan ouvrirait bientôt la porte des enfers. Les forces de l'ombre s'abattraient sur celui qui avait tout orchestré avec Farell Lewis. La puissante énergie destructrice du grand Lucifer viendrait chercher la dernière âme qui manquait à l'appel.

53

Gustanzo était à l'hôpital psychiatrique Édouard Tornal pour interroger Mme Lamper au sujet de la liste de noms du projet 3C-epi. Les enquêteurs se demandaient si le professeur Valois n'avait pas sélectionné ses cobayes parmi les malades de l'établissement. La plupart étaient des individus fragiles psychologiquement, isolés de leur famille et facilement manipulables.

Mme Lamper avait effectué une recherche dans les registres psychiatriques. Un seul nom de la liste était sorti : Évelyne Daverni. En voyant sa photo et en lisant le dossier patient, la chef de service s'était souvenue de la malade. Elle avait été internée à plusieurs reprises entre 2008 et 2012 pour un syndrome confusionnel à la suite de la prise répétée de produits stupéfiants. L'infirmière ne l'avait pas revue depuis le suicide de Liane Ciotta.

Dans le rapport, le psychiatre avait indiqué qu'Évelyne Daverni était une SDF toxicomane et alcoolique, sujette à des crises de confusion. Elle n'avait plus de famille et dormait dans les caves de la cité Bellevue. Le thérapeute avait précisé qu'elle avait subi des attouchements sexuels par un membre de sa famille dans son enfance. Sa mère, une toxicomane notoire, se laissait abuser sexuellement par les dealers pour payer ses doses.

— Elle n'a pas eu une enfance facile, lâcha Gustanzo.

— Comme beaucoup de nos cas lourds et difficiles.

Le lieutenant était persuadé de tenir une piste sérieuse.

— Évelyne connaissait-elle Liane et Patrick Terrence ?

— Oui. Ils se voyaient en salle commune.

— Existait-il un lien particulier entre eux ?

Un masque d'étonnement se dessina sur le visage de Mme Lamper. Ses yeux se perdirent dans le vide.

— Un lien particulier... Je dirais plutôt qu'ils s'entendaient bien. Ils se retrouvaient devant la télévision, quand Liane décidait de sortir de sa chambre. Comme je l'ai dit à votre collègue, cette dernière était plutôt solitaire... Évelyne et Patrick étaient les seuls avec qui elle causait.

— Et de quoi parlaient-ils ?

La chef de service soupira.

— Je ne me souviens plus... Mais, Liane et Patrick étaient dans leurs délires mystiques. Les sujets de conversation tournaient souvent autour des forces occultes.

— Les avez-vous entendus parler de sorcellerie ?

Elle écarquilla les yeux.

— Patrick Terrence était schizophrène. Il vivait dans son monde. Il invoquait les démons et pratiquait des rituels incantatoires. Il était persuadé que des individus dangereux cherchaient à l'éliminer. Évelyne avait bien conscience qu'il racontait n'importe quoi dans ces moments de délire. Malgré tout, je crois qu'avec eux, elle se sentait protégée... C'est difficile à comprendre... Mais, elle venait de la rue, sa vie était rude et ressemblait à un perpétuel combat. Ici, pendant quelques jours, elle était dans une bulle.

Gustanzo nota l'information.

— Pourquoi me posez-vous toutes ces questions sur Évelyne ? Croyez-vous qu'elle puisse être liée à ces horribles meurtres ?

— Nous avons de nouvelles pistes et nous essayons de les creuser. C'est tout ce que je peux vous répondre. Nous sommes sous le secret de l'instruction.

— Je comprends, répondit laconiquement l'infirmière.

Gustanzo referma son petit carnet de notes et le glissa dans la poche de son cardigan. Il réfléchit un instant, se passa la main dans les cheveux et ajouta :

— Évelyne Daverni aurait-elle pu fréquenter le centre Wicca Laylâ ?

Mme Lamper haussa les sourcils.

—Euh... Je n'en sais rien... Je ne pense pas. De mémoire, il ne me semble pas. Elle ne parlait pas de magie...

Le lieutenant jeta un coup d'œil à sa montre, il était déjà 17 heures. Il devait encore appeler le commandant Herlin et faire un rapide débriefing de la journée. Le chef de la Brigade criminelle était sur les nerfs, il attendait des résultats déterminants pour faire le point sur l'avancée de l'enquête avec le préfet de Police et le maire de Marseille.

Gustanzo se leva et tendit la main à l'infirmière.

— Je vous remercie pour toutes ces informations. Je vous suis reconnaissant de nous accorder un peu de votre temps.

— C'est mon devoir de citoyenne d'aider la police.

Elle le raccompagna jusqu'à la porte.

— Si de nouveaux éléments vous reviennent, n'hésitez pas à me contacter.

Mme lamper opina de la tête.

Gustanzo sortit du bureau d'un pas pressé, traversa le couloir désert en pensant à Évelyne Daverni, descendit rapidement les escaliers, arpenta le hall d'accueil en saluant l'hôtesse qui était derrière le comptoir et franchit le seuil de l'entrée de l'hôpital psychiatrique.

Il s'immobilisa sous les frondaisons d'un immense chêne.

Son regard se perdit à l'horizon.

Le vent avait chassé les nuages, mais le ciel était toujours aussi grisonnant. L'air était frais et humide, l'averse de la matinée avait rafraîchi le temps.

D'un pas alerte, il longea l'allée gravillonnée bordée par de magnifiques oliviers et pénétra dans le petit parking situé à gauche de l'entrée principale. Avant de monter dans son véhicule, il vérifia ses messages. Son téléphone avait vibré dans sa poche pendant qu'il était dans le bureau de la chef de service. Claire promenait dans le jardin du rocher des Doms, elle lui avait envoyé une photo de sa fille.

Il ne put s'empêcher de sourire.

Heureusement qu'il avait sa famille pour lui remonter le moral dans les moments difficiles. Ensemble, dans son petit cocon, le monde lui paraissait moins sombre et cruel. Le visage de son enfant en tête, il pianota sur son smartphone et sélectionna le numéro du chef de la Crim'.

Le commandant Herlin décrocha à la troisième sonnerie.

Gustanzo évoqua sa rencontre avec Mme Lamper.

Son supérieur hiérarchique le félicita et lui laissa les pleins pouvoirs pour la suite de son enquête. Anna avait un entretien avec le maire de Marseille. Elle n'était pas disponible de tout l'après-midi. Le lieutenant avait le champ libre. Il pouvait agir à sa guise pour retrouver la SDF.

Après avoir raccroché, Gustanzo appela plusieurs de ses collègues de la police de Marseille. L'un d'eux connaissait un indic qui habitait la cité Bellevue. L'homme pouvait lui permettre de retrouver la trace d'Évelyne Daverni.

*

* *

Le lendemain après-midi, Gustanzo et Évelyne étaient assis à la terrasse d'un bar à la façade décrépite située dans la rue Félix-Pyat. L'établissement était entouré de deux barres d'immeubles austères et délabrées. Grâce à l'indic des flics, l'enquêteur avait retrouvé Évelyne au milieu des clochards et des toxicos dans une rue adjacente à la cité Bellevue. Elle traînait toujours dans le quartier et dormait dans les caves et les cages d'escaliers. La SDF avait accepté de le suivre en échange d'un peu d'argent et d'un bon verre de vin.

Le ciel était noir et menaçant.

L'orage de la veille avait laissé des stigmates sur la chaussée. Des brindilles d'arbres et de la boue souillaient le bitume brillant.

Le lieutenant détailla son environnement.

Sur le trottoir, une épave de voiture à la carrosserie rouillée reposait sur quatre parpaings. Un peu plus loin, à la vue de tous, un dealer de la cité refourguait une barrette de shit à un client. Les trafiquants avaient pignon sur rue et se moquaient des descentes de police. Ils agissaient en toute impunité, ne craignant plus l'autorité judiciaire. Et, quand un des leurs tombait, un autre prenait aussitôt sa place.

Évelyne commanda un verre de vin.

L'enquêteur l'observa à la dérobée.

Peau ridée et boutonneuse, yeux globuleux injectés de sang, regard inexpressif. La consommation quotidienne de drogues et d'alcool avait ravagé son visage. Les années d'errance dans les rues de Marseille l'avaient brisée à jamais.

La SDF n'était plus que l'ombre d'elle-même.

Un être sans passé, ni avenir, errant sans but dans une cité miséreuse.

— Raconte-moi comment ça se passait au centre. Je veux tous les détails, fit Gustanzo en sortant son enregistreur.

Méfiante, Évelyne fixa l'appareil électronique posé sur la table. Ses mains étaient animées par des spasmes nerveux. Elle avait besoin d'une dose.

— Pourquoi tu sors ce truc ? demanda-t-elle, d'une voix éraillée.

— C'est pour retranscrire par écrit ton histoire.

Elle l'observa en fronçant les sourcils.

— Qu'est-ce tu veux savoir ?

Gustanzo recula sa chaise, la SDF empestait l'alcool, la sueur rance et la crasse.

— D'abord, je veux que tu me parles de Liane Ciotta. Dis-moi ce que tu sais sur cette fille. Je veux savoir comment tu t'es retrouvée au centre avec elle. Détaille-moi tout ce qui se passait là-bas. Parle-moi des personnes qui s'occupaient de vous.

Elle fit la grimace, puis hocha la tête.

— La gamine, c'est chez les fadas que je l'ai connue. Elle était total barrée. Mais, j'aimais bien son délire. Elle parlait de diable, d'énergie... Ouais, sympa, mais un peu space et totalement ouf dans sa tête.

La SDF se mit à rire bêtement.

— Cette guedin, elle croyait qu'elle avait des pouvoirs surnaturels. Elle allait dans une secte avec Patrick. Puis, elle faisait des trucs zarbis dans sa chambre. Elle dessinait des symboles sur les murs, expliqua-t-elle en s'agitant nerveusement.

Les clients assis sur la terrasse l'observaient du coin d'œil.

— Une secte... Tu veux dire le centre de sorcellerie ?

— Ouais. Peut-être bien. Elle parlait aux démons, elle cramait des bougies dans sa chambre. Putain de merde ! Ça puait j'sais pas quoi après.

— Elle faisait des rituels ?

— J'sais pas ! C'était des trucs de ouf. Elle dessinait des symboles sataniques sur les murs. Les infirmiers pétaient un plomb.

— Comment tu t'es retrouvée à faire les essais cliniques pour le professeur Valois ?

— Un type en costard est venu me causer dans la rue. Il m'a demandé si j'voulais gagner du fric. Il m'a dit que c'était pour la science, que c'était bien payé. Bref, le truc qui rapporte sans rien faire. J'ai accepté. Après, il venait me chercher et m'amenait là-bas. Les trois premières séances, c'était cool. Il y avait deux toubibs, le premier m'a fait parler, il posait des questions sur ma famille. Il voulait que je lui cause de ma mère.

— Ta mère ?

— Ouais. J'ai été placée en foyer. Je l'ai pas trop connue. C'était une sale toxico... Et, une pute... Elle bouffait la queue de ses dealers. J'ai de qui tirer. Hein ?

La SDF éclata de rire.

Gustanzo remarqua qu'il lui manquait une bonne partie de ses dents.

— Elle se faisait sauter pour de la came et un peu de fric. Une pute. J'sais pas qui est mon vioc. Sûrement un bâtard qui l'a baisée. Elle a fait une overdose, j'avais 10 ans. Ma tante m'a élevée. Une alcoolique aussi barge que ma vieille. J'ai toujours vécu dans ces quartiers pourris, continua-t-elle en postillonnant.

Le lieutenant pouvait comprendre la rancœur de la SDF envers sa mère, mais il était choqué par ses propos et son air détaché.

— Comment ça se passait au centre ?

— Je parlais d'abord avec un toubib... Un gars au regard chelou. Un mec tout maigre, pas très marrant. Il notait tout ce que je lui disais. Après, quand j'avais fini, cet enculé me filait les médocs... Le truc délire... J'étais perchée, à l'ouest complet ! Ils me foutaient dans une putain de salle avec plein d'appareils. On me collait des trucs sur le corps. Ça va que j'étais foncedée ! Flippant, le truc. Puis, le toubib me reprenait dans son bureau pour parler. Le lendemain, c'était zarbi. J'avais le cerveau à l'envers. Genre comme quand je m'envoie une dose. Des fois, il me refoutait dans leur putain de machine pour voir ce que j'avais dans la tronche.

— Tu prenais quoi comme médicaments ?

— J'sais pas ! Des pilules colorées. Ça défonçait grave. Ouais ! À l'envers, déchirée, foncedée.

L'enquêteur prit un instant de réflexion.

— Comment t'as réussi à t'en sortir ?

— J'ai plus voulu y aller. Il me filait trop de la merde à avaler. Au début, ça allait. Mais, après, il me forçait.

— Et t'as pas eu de soucis avec les gars du centre ?

— Ces fils de pute ont voulu me buter. Un soir, deux types cagoulés ont essayé de me zigouiller. Ces bâtards, ils m'ont coincée dans la cage d'escalier de la téci. Ils m'ont cognée à fond. Je pissais le sang. Ces enculés ! s'exclama-t-elle.

Évelyne avait haussé la voix.

Elle fixait le lieutenant avec ses yeux globuleux.

Son haleine empestait l'alcool.

— L'un des deux enculés a sorti un couteau. Il voulait me planter. C'est d'là que des jeunes sont arrivés... Putain ! J'ai eu grav' chaud. J'ai failli y passer. Les jeunes se sont frités la gueule avec ces deux bâtards et j'en ai profité pour me casser. J'savais pas où me planquer. J'ai phoné à Liane, elle a appelé Patrick. Il m'a hébergée pendant plusieurs jours.

La clocharde but son verre d'un trait.

Gustanzo recommanda du vin et montra la photo de Patrice Terrence.

— C'est bien lui ?

— Ouais. Le schizo du HP. Siphonné du citron, le gonze. Les gars de l'hôpital flippaient devant lui. On disait qu'il avait saigné un mec rien qu'avec ses mains... Et, qu'il faisait des cérémonies avec des cadavres... Flippant.

— Tu es restée longtemps chez lui ?

— Non. T'es ouf ! C'est un cramé, ce type. Il était trop zarbi. Puis, il était à fond sur Liane. Il s'en tapait de moi. Je crois qu'il la baisait. J'ai préféré les laisser dans leur délire. Je devais me faire oublier... Je savais pas où aller. Alors, pendant des mois, j'ai traîné un peu partout dans les técis de Marseille, jamais au même endroit.

— Tu ne les as pas revus ?

Évelyne secoua la tête.

— Je suis retournée à Bellevue au bout d'un an. Les gars ne sont jamais revenus. J'évite quand même de trop rester en vue. Puis je me cache sous un bonnet... Discrète, la gonzesse.

— Et la sœur de Liane, Éva. Tu la connais ?

La SDF hocha la tête.

— Ouais. Je l'ai vue comme ça. C'était au centre.

L'enquêteur posa deux autres clichés sur la table : Ralph Korb et Devin Wade.

Évelyne se figea.

Ses mâchoires se mirent à trembler, des tics nerveux animaient son visage.

— Lui... Celui-là ! Le gars avec la balafre. C'est le fils de pute qui me conduisait au centre, dit-elle en désignant le garde du corps de Farell Lewis.

Elle déglutit.

La peur se lisait dans son regard.

— À la fin, c'est lui qui me refilait les pilules de merde que je ne voulais plus gober ! Après, je voyais des trucs horribles ! Il me forçait à les prendre. Cet enculé m'a dit que c'était pour des essais, que je toucherai de l'argent ! Tu parles... J'ai rien eu. Fils de pute !

Elle frappa la table avec son poing, but une gorgée de vin.

— Tu les connais, ces enculés ?

— Ouais. Ils ne viendront plus t'emmerder. Wade a été assassiné et Korb s'est fait descendre par les flics.

— C'est tout ce qu'ils méritaient.

Gustanzo posa la photo du professeur Valois sur la table.

— C'était lui qui te suivait au centre ?

— Ouais ! C'est cet enculé ! Bâtard ! cria-t-elle, le regard fou.

Les clients qui sirotaient une bière se retournèrent, outrés. La SDF leur fit un doigt, renifla et cracha par terre.

— Et lui ?

Gustanzo désigna Ryan Brown.

— C'est le psy du centre ! Il a suivi ma tante... Elle m'a forcée à aller le voir ! C'est à cause de lui que je me suis fait interner.

Les yeux du lieutenant s'illuminèrent.

Tout devenait clair à présent.

C'était le docteur Brown qui sélectionnait les cobayes.

— Tu faisais quoi avec le psy ?

— Il m'interrogeait et me faisait remplir des feuilles avec des questions à la con. Il était là avec le professeur, quand on me foutait dans la machine.

— C'était quoi, ces questions ?

— Putain ! Tu me soûles. J'en ai marre. T'as pensé à moi ?

Gustanzo lui tendit un billet de 50 euros.

Elle l'attrapa sans le remercier et le glissa dans sa poche.

— C'est tout ? Si tu veux que je continue à parler... Il faut le matos.

Le lieutenant sortit un petit sachet en cellophane, rempli de tête de cannabis, que lui avait fourni un de ses potes appartenant à la BAC de nuit.

Le regard d'Évelyne s'illumina.

Elle lui arracha le sachet des mains, l'ouvrit et renifla la drogue.

— Putain ! Ça dépote ! C'est de la bombe, cette came.

— Eh ! Range-moi le matos ! Tu veux te faire embarquer ?

— C'est pas toi, le keuf ? Pourquoi tu veux que j'me fasse pécho, mec ?

Gustanzo soupira.

Une pluie fine se mit à tomber.

L'odeur du béton mouillé flottait dans l'air.

— J'aurais besoin que tu rencontres un juge d'instruction pour que tu lui racontes ce que tu viens de me dire. Une simple déposition, rien de plus. Si t'es calme, t'auras un autre sachet.

La femme secoua la tête.

— J'veux pas voir de juge ! Il va me coffrer. Tous des enculés.

— Tu lui répètes simplement ce que tu m'as dit.

La SDF se leva d'un bond en renversant la chaise.

Elle était hystérique.

— Assieds-toi, tu n'as rien à craindre.

— C'était pas ça, le deal ! Tu veux me niquer. Je devais parler des types qui m'ont fait avaler les pilules. C'est tout ! C'est quoi cette histoire de juge ? On me la fait pas à moi. Je me casse. Enfoiré de keuf.

Elle glissa le sachet dans la poche de sa veste en jean trouée et déchirée. Gutanzo l'attrapa par le poignet, elle se débattit et tira son bras en arrière pour se défaire de l'étreinte.

— Lâche-moi ! Enculé !

Un grand type chauve, ventripotent, qui sirotait une bière au comptoir, s'approcha du lieutenant. Il posa sa grosse main poilue sur son épaule et lui lança un regard menaçant.

— Eh, mec ! Qu'est-ce tu lui veux à la clodo ? Laisse-la tranquille si t'veux pas que je m'occupe de toi.

Gustanzo donna un coup d'épaule, le type l'attrapa par la veste en le secouant. Il se figea en apercevant la crosse de son arme.

— Je suis flic, c'est bon ! T'emballe pas, mec. Cette femme est un témoin important pour mon enquête.

Il sortit sa carte et la lui colla sous le nez.

Confus, l'homme s'excusa et retourna au comptoir sans demander son reste. Ses potes se moquèrent de lui, sous le regard courroucé de l'enquêteur.

Évelyne en avait profité pour prendre la fuite.

— Oh ! Tu vas où, toi ? Reste là ! hurla-t-il.

La SDF courait à toute vitesse dans la rue Félix-Pyat.

Gustanzo lui partit après, mais elle avait déjà une bonne longueur d'avance. Brusquement, elle bifurqua à droite, s'engouffra dans la cité Bellevue et disparut dans un vieil immeuble à la façade décrépite et crasseuse.

— Merde ! Bordel ! C'est pas possible, fit-il en serrant le poing.

Sur le seuil du bâtiment, devant la porte vitrée cassée, un groupe de jeunes le dévisageait. Un joint à la main, un grand type baraqué au crâne rasé, parcouru par des cicatrices, ne le lâchait pas du regard.

— Dégage ! Fils de pute ! cria-t-il.

Il posa sa main sur son sexe et lui fit un doigt d'honneur.

— Qu'est-ce t'as à me regarder ? Tu veux sucer ma queue ? Bâtard !

Les jeunes poussaient des cris d'animaux.

Dépité, Gustanzo ne chercha pas à les provoquer, il ne voulait pas déclencher un affrontement. Il secoua la tête et sortit de la cité rapidement sous les insultes des racailles. Il marcha jusqu'au bar et se mit sous la bâche pour se protéger de la pluie qui commençait à tomber de plus en plus dru. Un éclair déchira le ciel, le tonnerre gronda. L'accalmie n'avait pas duré bien longtemps. Gustanzo glissa la main dans la poche de son cardigan, sortit son smartphone et appela sa supérieure.

— La SDF vient de me filer entre les mains. Elle s'est enfuie dans la cité... On fait quoi ?

— Ne bouge pas. J'arrive, répondit Anna.

Elle coupa la communication.

Inquiet, le lieutenant observait la cité Bellevue.

Un microcosme à elle toute seule.

Un lieu de non-droit avec ses règles et ses codes où s'entassaient les laissés-pour-compte d'une société en manque de repères. Ces oubliés de la vie n'avaient plus d'illusions, ils vivaient dans un monde violent qui échappait au contrôle des puissants. Ils savaient que les hommes politiques laissaient se développer cette économie parallèle pour éviter un embrasement des cités françaises.

54

Anna et Gustanzo se tenaient immobiles devant l'entrée de la cité Bellevue appelée aussi Félix-Pyat 143. Une des cités les plus insalubres de France, gangrenée par la pauvreté et la drogue. Les policiers se préparaient à pénétrer dans l'antre de la misère, le bidonville marseillais où s'entassaient les laissés-pour-compte de la politique d'aménagement Euroméditerranée. À l'intérieur de ce blockhaus de béton, c'était la jungle urbaine. Une zone de non-droit où régnait la loi des plus forts.

La pluie s'intensifiait. Anna releva le col de son trench-coat pour se protéger des bourrasques de vent chargées de gouttes d'eau fraîche qui lui fouettaient le visage.

— T'es certaine que tu veux rentrer là-dedans sans appeler les renforts ? C'est un coupe-gorge ! s'inquiéta Gustanzo.

— Si on demande le soutien de la BRI, ça va semer la panique. Les jeunes vont se rebeller, et Évelyne en profitera pour se fondre dans la masse et disparaître.

— C'est toi, la boss... Mais, je ne pense pas que ça soit une bonne idée. On va se faire défoncer... Les lascars, ils vont nous caillasser.

— Si ça dérape, on les calme à coups de lacrymo et grenades incapacitantes.

Les enquêteurs pénétrèrent dans un vaste ensemble composé de barres d'immeubles délabrés. Les façades grisâtres étaient recouvertes de graffitis et de tags insultant la police. Une atmosphère de désolation, un environnement hostile qui glaçait le sang.

Voitures brûlées montées sur parpaings, emballages plastiques pendus aux grillages, frigos rouillés jetés par les fenêtres, détritus entassés devant les halls d'entrée, chariots de supermarché remplis d'ordures.

Anna passa à côté d'un tas d'immondices.

Une insoutenable odeur de pourriture mêlée aux effluves d'urine s'engouffra dans ses narines.

— Même un cafard ne viendrait pas se perdre ici, fit Gustanzo, dégoûté.

Le vrombissement d'un moteur fit écho dans la cité.

Les policiers se retournèrent et aperçurent un garçon d'une quinzaine d'années qui les frôla avec son scooter.

— On s'est fait repérer... Le chouf va alerter les dealers, lâcha Gustanzo, inquiet.

— Reste calme. Ça va bien se passer, dit Anna en glissant la main à l'intérieur de sa veste pour saisir sa bombe lacrymogène.

Le chouf s'était arrêté et les observait méchamment.

Il tourna la poignée d'accélérateur à fond, démarra à plein régime et fit crisser les pneus du scooter sur le ciment mouillé.

La racaille fonçait à vive allure dans leur direction.

D'un seul coup, il pila et fit un dérapage.

Une gerbe d'eau éclaboussa les flics.

Il redémarra et se mit à tourner autour d'eux.

Les enquêteurs l'ignorèrent et avancèrent en silence en direction de l'immeuble où avait disparu Évelyne.

Énervé, le chouf accéléra et s'enfonça dans la cité.

— Il va prévenir ses potes ! s'exclama Gustanzo.

Anna ne répondit pas.

Elle observait des jeunes qui fumaient des joints au pied de l'immeuble.

— C'est chaud, il faudrait peut-être appeler les renforts, murmura Gustanzo.

Elle entrouvrit discrètement sa veste qui dégoulinait d'eau et posa sa main sur une des trois grenades incapacitantes qui étaient glissées dans un étui double en tissus ripstop nylon fixé à sa ceinture.

— M84 incapacitante et grenade lacrymogène. On s'en sert qu'en ultime limite, dit-elle en soutenant le regard de la racaille.

Des nuages noirs s'amoncelaient sur la cité.

La pluie s'intensifiait.

Les policiers étaient trempés.

L'eau ruisselait le long des façades décrépites et formait de grosses flaques sur le bitume.

Anna aperçut un jeune chouf qui se moquait d'elle et simulait un acte sexuel.

— Vazy la bombasse, qu'est-ce tu viens foutre ici ? demanda un des jeunes qui fumait un joint de cannabis, assis sur une chaise à proximité de la porte vitrée cassée.

Des éclats de verre gisaient à ses pieds, à côté des canettes de bière.

— Je veux parler à la femme qui est entrée ici, fit Anna en soutenant son regard, sans se dégonfler.

— Bouffonne ! Tu me prends pour un cave ? demanda le dealer en s'énervant.

Un grand type sec, décharné, le nez aquilin et le regard mauvais, s'approcha de la policière. Il lui souffla une épaisse fumée grisâtre à la figure. Ses potes éclatèrent de rire.

— Allez, dégage avec ton babtou ! s'exclama-t-il en désignant Gustanzo.

Anna le toisa et essaya de rentrer dans l'immeuble.

Il lui barra le passage en la fixant droit dans les yeux.

— Laisse-moi passer ! Je veux juste parler à Évelyne.

— Casse-toi ! Ici, c'est chez nous. OK ?

Un nouvel individu, le visage dissimulé sous une capuche, les mains enfoncées dans les poches, sortit du bâtiment. Grand, baraqué, le pas assuré. C'était le fournisseur, celui qui apportait la drogue, rémunérait les dealers et les choufs et imposait sa loi dans cette barre d'immeuble.

— Y a aucune gonzesse qu'est passée. C'est moi qui gère les entrées-sorties ! s'exclama-t-il, d'une voix cassée.

— Je dois lui parler. Si tu me laisses entrer, on peut s'arranger, fit Gustanzo en sortant deux billets de 50 euros de sa poche.

Le caïd glissa sa main sous sa veste et brandit un épais couteau à la lame tranchante.

— File le pognon et dégage. Bâtard, lâcha-t-il sous le rire de ses potes qui encerclèrent les flics.

— Ouais ! Enculé, casse-toi.

Des éclats de rire s'élevèrent.

L'individu s'approcha de Gustanzo, lame en avant et essaya d'attraper l'argent. Le lieutenant recula d'un pas, dégaina son arme.

Anna sortit sa bombe lacrymo et le gaza.

Elle se retourna et envoya une giclée à ses potes.

Les trois lascars sentirent immédiatement une brûlure intense dévorer leur visage. Ils posèrent les mains sur leurs yeux et se mirent à genoux en criant. Le gaz les brûlait, ils avaient la gorge et les bronches en feu.

Les racailles hurlaient à la mort.

Anna attrapa le caïd par sa capuche et le tira à l'intérieur du bâtiment. Elle referma la porte vitrée, le saisit à la gorge et plaqua sa tête contre le mur. Elle s'approcha à quelques centimètres de son visage.

— Écoute-moi bien, fils de pute. Je veux parler à la SDF qui traîne dans le quartier.

Elle lui colla le canon de son arme sous le menton.

— Sale petite merde. La détente est sensible, bouge d'un pouce, la balle de 9 mm t'arrache la tronche.

— Salope !

Gustanzo lui envoya un direct du droit dans la mâchoire qui craqua sous la puissance de l'impact. Une gerbe de sang gicla sur le mur crasseux du hall d'entrée.

— Elle est où, petit enculé ? demanda Anna.

Elle ouvrit sa veste.

Le lascar aperçut les grenades incapacitantes.

Elle attrapa une des deux M84 et la posa entre ses jambes.

— Je ne me répèterai pas. Où est Évelyne ?

Le caïd avait les yeux grands écarquillés, il n'en menait pas large et avait perdu de sa superbe.

— Vazy, t'es sérieuse là ? C'est quoi, ce truc ?

— M84 stun grenade. Quand ça pète, ça émet un éclair aveuglant et un son de 170 décibels. Tu vois le truc ? Sans protection, à cette distance, tu peux perdre la vue et l'audition. Et tes burnes... T'as pas envie de ressembler à un eunuque ? Ça serait pas terrible pour ta réputation.

— Vazy, t'es ouf ! Tu vas me cramer la bite.

Anna fit semblant de vouloir dégoupiller la grenade.

— Vazy, dégage cette merde. Vite ! Vite ! Déconne pas. La clodo, elle est dans la cave. C'est là qu'elle se pieute.

L'enquêtrice lâcha le lascar et fit un signe à Gustanzo.

Le policier sortit son Sig-Sauer et passa devant.

— On va la chercher et on revient. Si tes potes viennent nous casser les couilles, ils risquent de morfler eux aussi.

Anna planta son regard dans celui du caïd.

Dans la cité, c'était la loi du plus fort.

Elle avait beau être une femme, avec un flingue entre les mains, c'était elle qui donnait les ordres.

— OK ! Tu prends la clodo, et tu dégages, fit le lascar.

— Deal conclu.

Les policiers traversèrent le hall d'entrée crasseux et s'enfoncèrent dans un couloir sombre et exigu. Un air vicié empestait les lieux. Anna retint sa respiration, poussa une porte en bois recouverte de crachats et de graffitis et descendit une longue série d'escaliers.

Des toiles d'araignées pendaient au plafond.

De gros tuyaux en fonte couraient le long des murs sales.

Des détritus jonchaient le sol en ciment poussiéreux. Au bas de l'escalier, Gustanzo appuya sur l'interrupteur, la lumière ne fonctionnait plus. Les fils électriques avaient été arrachés et serpentaient sur les murs.

Anna alluma sa lampe torche et passa devant.

L'atmosphère était humide et confinée.

Au bout du long couloir, la policière entendit un bruit et sortit son arme en la pointant devant elle. Soudain, une brique vola au-dessus de sa tête, frappa le mur et rebondit sur le sol.

— À terre !

— Enculé de flics ! Laisse-la ! hurla un type à la voix rauque.

Elle distingua deux silhouettes dans la pénombre.

Une nouvelle brique émergea des ténèbres.

— Attention ! fit Gustanzo, en poussant sa collègue qui évita de justesse le projectile.

Anna posa la main sur une matière visqueuse qui recouvrait le mur en ciment.

Elle s'essuya sur son jean.

— OK. On a assez joué.

Énervée, elle attrapa une grenade incapacitante, la dégoupilla en tirant d'un coup sec et la jeta de toutes ses forces au fond du couloir. La M84 cogna contre le mur et roula sur plusieurs mètres.

Les SDF hurlèrent en voyant le projectile à leurs pieds.

Paniqués, ils essayèrent de sortir de leur planque, mais ils n'en eurent pas le temps. Une puissante explosion retentit, un flash de lumière inonda les lieux.

Deux silhouettes émergèrent du nuage de poussière.

— J'y vois plus, j'entends plus ! braillait le clochard.

Il s'écroula par terre, la tête entre les mains.

Ses oreilles bourdonnaient, il n'entendait plus rien.

L'individu était complètement désorienté.

Évelyne apparut derrière lui, elle ressemblait à un zombi.

Les yeux écarquillés, le visage pétrifié par la peur, elle chancelait au milieu des détritus et tenait des propos incohérents.

Gustanzo bondit sur le clodo, le plaqua au sol, mit ses bras en arrière et lui passa les menottes. Anna attrapa Évelyne par le bras et la força à la suivre jusque devant la montée d'escalier. La SDF en état de choc était terrorisée, elle se laissa faire sans broncher.

— Est-ce que je suis blessée ? Qu'est-ce qu'il s'est passé ? Je suis où ?

Elle divaguait.

— Ça va aller, ma grande. On va bien s'occuper de toi. Si tu es gentille et que tu racontes ce que tu m'as dit au bar, tu n'auras pas de problèmes, fit Gustanzo qui arrivait derrière elle en tenant son compagnon de route.

Anna la poussa dans l'escalier pour la faire avancer.

La clodo s'agrippa à la rampe de toutes ses forces.

— Laissez-moi ! Au secours ! Où est-ce que vous m'emmenez ?

— Ne t'inquiète pas. Tu vas être auditionnée par le juge. Si tu lui racontes ce que tu as dit à mon collègue, tu seras vite relâchée.

Ils traversèrent le couloir lugubre, illuminé par les lueurs bleuâtres des éclairs qui cisaillaient le ciel couleur gris de Payne. En état de choc, le SDF se mit à hurler et à gesticuler dans tous les sens. Gustanzo l'attrapa par la veste, le secoua violemment et lui mit une claque sur la tête.

— Ta gueule et avance, ou t'en manges une autre.

Soudain, les enquêteurs s'immobilisèrent dans le hall.

Malgré une pluie diluvienne qui s'abattait sur la ville, des jeunes s'étaient attroupés devant l'entrée. Battes de baseball, barres de fer, couteau de boucher. Une horde de fous furieux prête à en découdre avec les policiers.

— Mort aux flics ! hurla l'un d'eux en brandissant une machette dégoulinante d'eau.

Un éclair lézarda le ciel et un coup de tonnerre éclata.

Des nuages noirs glissaient lentement au-dessus de la cité.

L'ambiance était électrique.

L'atmosphère moite et étouffante.

Les jeunes surexcités se mirent à scander un nom.

Zetla.

Le boss de la barre d'immeuble, celui qui faisait respecter la loi des malfrats et terrorisait les honnêtes gens qui vivaient ici. C'était un grand type baraqué aux muscles développés à coup d'injections de stéroïdes anabolisants. Large d'épaules, mains épaisses et calleuses, mâchoire hypertrophiée, cheveux rasés et yeux noirs. Trempé des pieds à la tête, il s'avança sous les acclamations du groupe. Défiant du regard les policiers, il glissa sa main dans son sac à dos et brandit une grosse pierre. En apercevant le projectile, Anna et Gustanzo se reculèrent rapidement et firent s'asseoir les SDF dans un coin de la cage d'escalier pour les mettre à l'abri.

L'individu se mit à courir dans leur direction en hurlant.

La bouche grande ouverte, les yeux exorbités.

D'un geste vif et puissant, il jeta la pierre à travers la vitre de la porte d'entrée qui se brisa en une myriade de petits morceaux de verre. Les débris s'éparpillèrent un peu partout sur le carrelage. Ses potes scandaient son nom. Ils criaient comme des bêtes sauvages. Entraîné par la ferveur du groupe, il prit une autre pierre. Nouveau lancer. Le projectile frappa violemment le mur contre lequel Anna était adossée. Elle ajusta le canon de son arme en le calant sur son avant-bras.

Dehors, le chef de bande menaçait de lapider la flic.

Anna inspira profondément, aligna la ligne de mire et le viseur et appuya sur la détente.

Un puissant coup de feu retentit.

Le hall d'entrée s'emplit d'une forte odeur de poudre.

La balle ricocha sur le sol, au pied du caïd qui se figea.

L'ogive avait arraché un morceau de béton en produisant des étincelles lors de l'impact.

— Elle a un flingue, elle a tiré ! hurla un des jeunes.

Les lascars lâchèrent leurs armes et détalèrent dans toutes les directions.

— C'est le moment, on fonce, ordonna Anna en tirant un autre coup en l'air pour tous les faire fuir.

La voie était libre.

Le hall d'entrée était dégagé.

Sous le regard ahuri des racailles qui s'enfuyaient pour se protéger des tirs, les flics et les clodos traversèrent la cité à toute vitesse. Une centaine de mètres les séparaient de la voiture. Èvelyne et son comparse étaient complètement paniqués, mais ils obéissaient aux ordres des policiers. En vivant dans la rue, ils avaient développé un instinct de survie qui leur permettait de tenir dans un environnement dangereux.

Alors qu'ils arrivaient devant l'entrée de la cité, Anna entendit un moteur rugir. Elle se retourna, une moto de cross leur fonçait dessus. L'individu avait le visage dissimulé sous un foulard noir sur lequel était dessinée une tête de mort. Il brandissait une barre de fer. Gustanzo dégaina son flingue et visa le pneu avant. Anna lui fit signe de ranger son arme, elle avait un autre plan.

— Ça sera plus efficace, lâcha-t-elle en attrapant sa dernière grenade incapacitante.

Le motard n'était plus qu'à une vingtaine de mètres.

Anna dégoupilla la M84, prit un peu d'élan et la jeta de toutes ses forces sur le bolide fou qui dévorait le bitume à toute vitesse. La grenade explosa dans un bruit assourdissant. Un puissant éclat de lumière aveugla le conducteur qui perdit le contrôle de sa moto et glissa sur une dizaine de mètres en produisant des gerbes d'eau et un nuage d'étincelles. Son engin termina sa course en se fracassant contre un container à poubelles. Le choc avait était d'une violence inouïe. L'individu avait été éjecté et gisait inanimé au milieu des détritus, le corps étalé dans une flaque.

Une vingtaine de jeunes arrivaient dans leur direction.

Ils voulaient leur revanche.

Ils vociféraient des insultes et jetaient des projectiles.

Anna saisit Évelyne par le bras et remonta la rue Félix-Pyat en courant. Le ciel était nébuleux et sombre, le temps de plus en plus mauvais. Une violente averse noyait la ville sous les eaux. Un jeune de la cité qui dealait du shit les regarda d'un air inquiet. Il rangea rapidement son matos et disparut dans une rue adjacente. Gustanzo appuya sur la télécommande de la voiture de police, les portières se déverrouillèrent. Il poussa le SDF de force sur la banquette arrière et sauta derrière le volant. Anna et Évelyne bondirent à leur tour dans le véhicule. L'enquêtrice eut juste le temps de claquer la portière. Le lieutenant démarra en trombe. Il jeta un coup d'œil dans le rétroviseur. Une horde de jeunes en furie jaillissaient de toute part et vociféraient des insultes à l'encontre des flics.

55

Anna et Gustanzo poussèrent la porte vitrée encadrée de dorures et pénétrèrent dans le *Palace du Vieux-Port*, un grand restaurant gastronomique situé à proximité de l'église Saint-Laurent. Les clients de l'établissement étaient des gens fortunés à l'allure suffisante. Riches hommes d'affaires, grands chefs d'entreprise, hauts magistrats. Ils étaient tous guindés dans leurs costumes de marque et savouraient des plats à plusieurs centaines d'euros. Les policiers débarquaient dans un monde qu'ils détestaient, celui du luxe et du paraître.

Le maître d'hôtel s'approcha avec un large sourire. Sa tenue vestimentaire irréprochable annonçait le standing : nœud papillon, chemise blanche et costume noir. Il allait ouvrir la bouche quand l'enquêtrice sortit sa carte de police et la lui mit devant les yeux.

— Capitaine Valentin. Brigade criminelle d'Avignon. Nous voulons parler au professeur Valois. D'après sa secrétaire, il devrait déjeuner ici.

L'homme n'eut pas le temps de répondre. Gustanzo désigna une table au fond de la salle. Sous le regard ahuri du maître d'hôtel, ils traversèrent la pièce richement décorée : colonnes en pierres naturelles, sol en marbre, moulures et haut plafond.

Le neuro-épigénéticien déjeunait avec un confrère.

Il dégustait un verre de Chianti quand les policiers s'approchèrent.

— Professeur Valois. J'ai une notification du juge Hulard. Vous devez me suivre immédiatement, lâcha Anna, d'un ton sec et autoritaire.

— Vous ne voyez pas que nous déjeunons ? s'enquit l'homme ventripotent qui était à ses côtés.

Le professeur posa la main sur son bras.

Il essayait de garder son calme.

— Ce n'est rien, Louis. Ne t'inquiète pas, je vais vite résoudre le problème.

Il fixa Anna.

— Je prendrai contact avec le juge Hulard, dès que j'en aurai le temps. Cet après-midi, j'ai une réunion importante avec le conseil d'administration. La disparition de Farell risque d'entraîner l'effondrement de son empire... Nous devons réagir rapidement, les concurrents n'attendent pas et sont déjà à l'offensive des marchés.

L'enquêtrice haussa les sourcils.

— Vous devez nous suivre sur le champ. Vous êtes mis en examen pour des essais cliniques illégaux ayant entraîné la mort de plusieurs individus. Le juge veut vous entendre pour le lien qui pourrait exister entre l'assassinat de Farell Lewis et ces essais cliniques.

Le professeur Valois se figea, bouche bée.

Subitement, il devint tout pâle.

L'homme obèse prit un air offusqué et attrapa son téléphone :

— C'est n'importe quoi ! J'appelle Magetti et dans la foulée, j'informe le préfet. Ils vont vite régler le problème en contactant le président du TGI. C'est inadmissible ! Vous savez qui je suis ?

Anna ignora les propos de l'individu.

Hébété, le front recouvert de sueur, le neuro-épigénéticien mit quelques secondes avant de réagir. Sa tête tournait, ses oreilles bourdonnaient. Il avait l'impression de manquer d'air. Il déboutonna le col de sa chemise et avala d'un trait son verre de vin.

— C'est inadmissible un tel comportement. Vous humiliez devant tout le monde un homme respectable qui a voué sa vie à la recherche. Vous allez entendre parler de moi ! Je suis l'adjoint au maire. Vous savez ce que ça signifie ?

— Menaces et obstruction à la justice ! Ça signifie que si tu continues, on t'embarque toi aussi, s'énerva Gustanzo, le regard menaçant.

Les clients observaient la scène, d'un air abasourdi. Ils ne comprenaient pas ce qu'il était en train de se passer. Le professeur Valois était un homme de notoriété publique, beaucoup d'entre eux le connaissaient de réputation.

— Ça va aller, Paul ? s'enquit son ami.

— C'est bon. Ne t'énerve pas, tu vas avoir des ennuis. Je vais suivre les policiers, comme ils me le demandent.

Anna fixa le professeur droit dans les yeux.

— Le magistrat vous attend pour 14 heures.

Il se leva, sans un mot.

De grosses gouttes perlaient sur son front.

— C'est bon, on peut y aller, dit-il fébrilement.

Le neuro-épigénéticien réalisa que son monde s'écroulait. Les flics avaient découvert la vérité. La machine judiciaire était en marche, il allait se faire broyer par le système s'il ne faisait pas porter le chapeau à Farell Lewis et Ryan Brown. Ce qu'il avait mis des années à construire était en train de s'effondrer comme un château de cartes. Il devait sauver ce qui était encore possible.

56

Le juge Hulard avait confronté Évelyne Daverni et le professeur Valois. Face aux révélations accablantes de la SDF, la lettre envoyée par un mystérieux corbeau, et la pression constante du magistrat, le neuro-épigénéticien avait fini par craquer au bout de quelques heures seulement. Il n'avait plus le choix. Tôt ou tard, les policiers mettraient la main sur les documents confidentiels retraçant les essais cliniques illégaux de la molécule 3C-epi. La vérité éclaterait au grand jour, les médias se jetteraient sur l'affaire comme des charognards.

Le silence s'était installé dans la pièce.

Après un court entretien avec son avocat, le professeur avait décidé de dire tout ce qu'il savait pour échapper à une lourde peine de prison. Il voulait charger Farell Lewis et lui faire porter le chapeau.

Anna était assise à côté de Paul Valois.

L'enquêtrice l'observait attentivement et scrutait les expressions de son visage, le rythme de sa respiration, le timbre de sa voix. Au fil des années, après des centaines de gardes à vue, elle avait fini par savoir si un mis en examen disait la vérité.

La greffière se redressa et ajusta son clavier, elle était prête à prendre des notes. Le juge lança un bref regard à l'avocat et donna la parole au professeur Valois. Les yeux dans le vague, les mains crispées sur sa chaise, le neuro-épigénéticien prit une profonde inspiration :

— Tout a commencé en 1995 quand Louise Ciotta est venue au cabinet du docteur Brown pour soigner un trouble bipolaire sévère. Louise souffrait d'une variation anormale de l'humeur. Cela n'allait pas bien dans son couple, elle alternait des périodes d'excitation intense et de dépression. Au cours des séances, Ryan a appris qu'elle était enceinte. Elle attendait des jumelles. Il savait que j'envisageais d'étudier des jumeaux monozygotes élevés séparément pour démontrer l'influence de l'environnement sur nos gènes. Je voulais être le premier scientifique à établir la carte épigénomique humaine. Nos essais sur les animaux avaient permis de montrer que des gènes étaient activés ou non en fonction des stimuli extérieurs. Nous étions encore au début de nos recherches sur la méthylation de l'ADN et la modification des histones lors du processus de l'encodage épigénétique.

Le professeur s'interrompit.

Des bruits de pas résonnaient dans le couloir, une voix grave retentit.

Il se retourna et jeta un regard inquiet derrière lui.

— Le bureau est mal isolé, on entend tout. Continuez, mais essayez d'être plus clair. Nous ne comprenons rien aux termes scientifiques, s'énerva le juge Hulard, impatient de connaître la suite de l'histoire.

Le neuro-épigénéticien déglutit, se passa nerveusement la main sur le visage et reprit le cours de son récit.

— En 1995, nous étions encore dans les balbutiements de la recherche épigénétique, très peu de scientifiques travaillaient dans ce domaine. Alors que nous commencions les essais sur des souris pour comprendre le mécanisme d'encodage, Farell avait en tête de développer une molécule agissant sur ces modifications chimiques. Il voulait être le premier à mettre sur le marché des épimédicaments. Il réfléchissait aussi à déposer des brevets de marqueurs épigénétiques permettant de déceler certains cancers. Farell côtoyait des milliardaires capables d'investir à travers des holdings et des montages financiers complexes. Je sais qu'il a été en contact avec des dirigeants de l'armée américaine qui avaient comme projet de détourner l'utilisation de la molécule pour soigner les chocs post-traumatiques de leurs soldats et les traumatismes épigénétiques de leur descendance.

— L'armée américaine est impliquée financièrement dans vos recherches ? s'enquit le juge, abasourdi.

Le professeur ne put s'empêcher de sourire.

— Je ne sais rien sur la provenance des fonds. Tout ce que je peux vous dire, c'est que les militaires américains étaient très intéressés. Ils voulaient tester les médicaments sur les enfants des soldats ayant participé à la guerre du Golfe. Mais, le développement de la molécule a pris plus de dix ans. Les essais se sont avérés plus compliqués que prévu. Farell est passé pour un chercheur excentrique. Il a perdu de sa crédibilité dans le monde scientifique.

Silence.

Le juge échangea un bref regard avec Anna qui était restée de marbre.

— Et déjà en 1995 vous aviez pour projet de développer ce type de molécules ? insista-t-il, sous le visage contrit de l'avocat.

— C'est Farell, pas moi. Ce qui m'intéressait à l'époque, c'était d'abord de comprendre le mécanisme d'encodage des traumatismes épigénétiques sur l'homme.

Le magistrat toisa le professeur.

— Quand la molécule 3C-epi a-t-elle été au point ?

— Le laboratoire Biotech Lewis a commencé à la produire dès 2005. Mais, les essais sur les premiers cobayes humains n'ont débuté qu'à partir de 2008. Et nous sommes encore en phase de tests... Nous avons eu quelques problèmes sur certains de nos sujets.

— Elle n'a pas été testée à plus grande échelle ?

— Non. Lors de la première phase, nous nous sommes aperçus qu'elle causait des troubles de la mémoire et des désordres psychiques sur les cobayes. Certains étaient sujets à des hallucinations et des crises de démence. D'autres tombaient dans de profondes dépressions.

— La chef de service de l'hôpital psychiatrique m'a dit que lorsque Liane a été prise en charge, elle souffrait de psychose toxique. Elle avait des délires mystiques !

L'infirmière a précisé qu'elle avait pris une drogue qui avait déclenché ses crises. Cette drogue, est-ce la molécule ? s'enquit Anna, sous le regard médusé du juge et de la greffière.

— Liane avait des antécédents psychiatriques. La molécule n'était qu'un catalyseur. Toutefois, à cause de son suicide, et des effets indésirables produits sur les autres sujets, nous avons décidé de développer une nouvelle molécule appelée 3C-epi génération II.

— Les troubles de la mémoire d'Éva et ses visions sont-ils liés à vos recherches ?

— Oui. Après le suicide de Liane, nous avons poursuivi les tests sur sa sœur. Il y avait encore de légers effets secondaires, mais nous étions sur le point de mettre une molécule de nouvelle génération fiable capable d'inhiber les traumatismes transgénérationnels d'origine épigénétique. Puis, Farell a été assassiné... Depuis, nos recherches sont en stand-by.

— Capitaine Valentin ! C'est moi qui mène l'interrogatoire. Laissez-moi poser les questions. Je veux revenir sur le rôle des employés de Lewis dans cette affaire, s'énerva le magistrat en prenant la parole.

Anna hocha la tête.

— Devin Wade a-t-il violé Louise Ciotta pour vos tests épigénétiques ?

Paul Valois soupira.

Un profond malaise se lisait dans son regard.

Son visage était crispé, ses yeux bougeaient dans tous les sens et ses doigts grattaient nerveusement la chaise.

— J'étais loin d'imaginer que nous en arriverions à de telles ignominies. Farell a agi dans mon dos. Il a été gagné par la folie de la connaissance et la soif du pouvoir. Je n'ai jamais voulu le viol et la mort de Louise Ciotta. C'était son plan, pas le mien. Je n'y suis pour rien.

— Pourtant, c'est vous qui vouliez effectuer des recherches sur des jumeaux. Avoir des cobayes humains. Ce n'est pas Farell Lewis qui avait tous ces projets.

— Oui. Je le reconnais. L'idée de départ, c'était de mener des études sur des jumeaux monozygotes placés en famille d'accueil, puis élevés séparément. Le but de mes recherches était d'étudier le facteur environnemental dans l'encodage épigénétique. Mais, je ne voulais tuer personne. Devin Wade devait simuler une tentative d'abus sexuel sur Louise pour causer un traumatisme psychique intense. Je ne savais pas que Farell Lewis voulait aller plus loin.

— Excusez-moi, mais je ne comprends pas. Soyez plus clair dans vos explications. Si vous n'éliminiez pas Louise, comment les jumelles pouvaient-elles être placées en famille d'accueil ? Car, comme vous nous l'avez dit, vous vouliez qu'elles soient élevées dans des environnements différents.

Le professeur plissa les yeux.

Embarrassé, il se passa la main sur le visage.

— Louise était bipolaire et instable psychologiquement. Le docteur Brown devait réussir à faire placer ses filles en famille d'accueil.

Le juge laissa la greffière terminer d'écrire.

— Comment peut-on faire souffrir des enfants ? Personne ne devrait subir ce qu'elles ont vécu. Vous êtes un monstre, ajouta-t-il en le fixant droit dans les yeux.

Le neuro-épigénéticien fut déstabilisé par ces propos.

— Je ne voulais pas aller si loin. C'est Farell qui a tout organisé. Il m'a piégé ! Je ne pouvais pas prévenir la police, j'étais complice ! s'exclama-t-il en s'énervant.

Le juge l'observa, le regard suspicieux.

Le professeur Valois voulait charger ses collègues, c'était une évidence. Mais, pour le moment, le plus important pour le magistrat, c'était de le faire parler.

— Vous confirmez que Farell Lewis a demandé à Devin Wade de violer et d'assassiner Louise ?

— Oui. Je confirme. Ça ne s'est pas passé comme prévu après le viol. Le docteur Brown n'a pas réussi à faire placer les jumelles en famille d'accueil. Les grands-parents ont soutenu leur fille et ils se sont occupés des enfants. De plus, avec le traitement au lithium, les phases maniaques se sont estompées. Louise venait de moins en moins voir Ryan. Farell a pris la décision de l'éliminer.

Décontenancé par une telle barbarie, le magistrat ferma les yeux, mit la main devant sa bouche et secoua la tête.

— Pour en revenir à vos recherches, vous avez parlé de traumatisme épigénétique, d'encodage, de molécule 3C-epi, du rôle de l'environnement. Soyez plus concis dans vos explications, je n'ai pas vraiment compris, fit le juge, d'un ton autoritaire.

— Quand des individus sont exposés à des chocs psychiques intenses, des marqueurs épigénétiques sont encodés sur certains de leurs gènes qui deviennent actifs ou inactifs. Ces marqueurs sont transmis aux générations futures, et la molécule 3C-epi devait permettre de les inhiber.

Le professeur s'interrompit.

Le juge le dévisagea.

Il y eut un instant de flottement, les deux hommes se jaugèrent.

— Il faut bien comprendre que nos essais sur les cobayes avaient un but très précis. Nous voulions soigner le traumatisme des enfants, dont les mères avaient été victimes de violences physiques et d'abus sexuels. Par la suite, nous souhaitions étendre nos recherches sur tous types de chocs post-traumatiques. Très récemment, nos équipes ont travaillé sur les cerveaux de personnes suicidées. Nous avons découvert que les individus ayant subi des abus sexuels et des mauvais traitements avaient une altération d'un gène qui pouvait entraîner ces suicides.

Le juge jeta un regard en coin à Anna et poursuivit :

— Quel était le rôle du docteur Brown ?

— Au début des années 90, il travaillait sur le stress post-traumatique en se servant de l'hypnose associée à des prises répétées d'un bêta-bloquant : le propranolol. Ryan remodelait le passé de ses patients en utilisant des techniques de reconditionnement émotionnel. Farell lui a proposé de participer à notre projet et d'établir le suivi psychologique de nos cobayes.

Le juge tapota la table avec le bout de son stylo :

— Et les autres sujets, que leur est-il arrivé ?

— Évelyne Daverni a disparu du jour au lendemain. Nous ne savions pas ce qu'elle était devenue jusqu'à ce que vous la retrouviez dans la cité. De toute façon, elle était ingérable.

Elle prenait trop de drogues, ce qui ne permettait pas de poursuivre les essais. Farell a chargé Ralph Korb et Devin Wade de s'occuper de Patrick Terrence qui était devenu extrêmement dangereux depuis le suicide de Liane. Mais, je ne sais pas s'ils l'ont éliminé. Quoi qu'il en soit, nous ne l'avons plus jamais revu au centre.

— Pourquoi était-il dangereux ?

— Il nous tenait pour responsables du suicide de Liane. Lorsque nous l'avons choisi, il correspondait à nos critères de sélection. Nous ne pensions pas qu'il puisse être autant agressif et violent. Son père battait régulièrement sa mère quand elle était enceinte. Elle a fini par l'assassiner et se suicider. Patrick Terrence a passé son enfance à La DDASS. C'était un cobaye idéal.

Son regard se perdit à travers la fenêtre du bureau.

Il contempla le bleu du ciel, des goélands volaient au-dessus de la Méditerranée.

— Après la disparition de Liane, nous avons poursuivi les essais sur Éva et Laeticia Valembert qui réagissaient plutôt bien à la molécule.

— Et les autres sujets ?

— Igor Ivanov a été interné dans un hôpital psychiatrique russe, il était victime de crises d'hallucinations et Frédérik Bérau s'est suicidé. Il nous fallait de nouveaux cobayes. Le docteur Brown avait sélectionné cinq de ses patients qui devaient tester la dernière molécule. Voilà où nous en étions quand Farell a été assassiné.

Le juge prit une profonde inspiration.

Il se massa les tempes et se passa la main sur le visage.

— Nous allons en rester là pour le moment. Nous reprendrons l'interrogatoire un peu plus tard.

Silence.

Le professeur Valois avait l'air préoccupé.

— Vous me prenez peut-être pour un monstre... Mais, au cours de mes études, je suis allé au plus profond de la psyché humaine. Je suis le seul au monde à avoir poussé aussi loin les recherches épigénétiques dans le domaine de la transmission transgénérationnelle. Et croyez-le ou non, il s'est produit des évènements incroyables qui dépassent le cadre de la science.

Le juge le dévisagea.

Il ne comprenait pas où le professeur voulait en venir.

— De quoi parlez-vous ?

— Nous avons découvert des capacités insoupçonnées du cerveau humain. À la suite de la prise répétée de la molécule 3C-epi, Éva et Liane ont acquis des pouvoirs particuliers.

Le juge observait le professeur avec de grands yeux écarquillés.

— Ça paraît complètement fou... Mais, les jumelles et Patrick Terrence étaient connectés. Ils avaient des visions médiumniques, des dons de psychokinèse et de télépathie.

— Qu'est-ce que vous voulez dire ? Je ne vous suis plus.

— Ils voyaient des évènements qui ne s'étaient pas encore réalisés. Les décès, les accidents de voiture mortels, des cataclysmes mondiaux. Avec le PET Scan, nous avons pu observer que leur cerveau limbique n'avait plus la même taille, et plus particulièrement l'hippocampe et la glande pinéale.

— La glande pinéale est aussi appelée « troisième œil ». D'ailleurs, elle a la forme d'un œil atrophié. Elle joue un rôle dans le rythme biologique. Chez certains animaux, elle capte l'intensité lumineuse et ajuste le rythme circadien, intervint Anna.

Le professeur acquiesça.

— Après absorption de la molécule, la glande pinéale de nos cobayes libérait de fortes doses de diméthyltryptamine : le DMT. Cette substance psychotrope très puissante est présente à l'état naturel dans certaines plantes.

— Les chamans l'utilisent dans les rituels pour entrer en transe... Je ne savais pas que le cerveau en produisait, fit Anna sous l'œil perplexe du juge.

— La glande pinéale est censée en produire de très petites quantités.

Le magistrat observait le professeur Valois d'un œil sceptique. Il posa les mains à plat sur son bureau et dit :

— Je suis de nature cartésienne… J'ai bien du mal à croire à toute cette histoire. Et, je ne pense pas que cela apporte grand-chose à l'enquête.

Le professeur ne put s'empêcher de sourire.

— À l'enquête, non… Mais, à la recherche, oui. Descartes décrivait la glande pinéale comme le siège de l'âme. La théorie cartésienne envisageait une spécificité de l'âme par rapport au corps, car elle échappait aux lois mécanistes auxquelles le corps est soumis. Troublant, non ?

— Où voulez-vous en venir ?

— Récemment, Farell a commencé à s'intéresser sérieusement aux cobayes qui développaient des capacités médiumniques. La molécule ouvrait une porte vers un monde inconnu en activant certaines zones du cerveau.

Le juge secoua la tête.

— Vous ne me croyez pas… Pourtant, les jumelles avaient des pouvoirs de psychokinèse. Elles agissaient sur la matière et déréglaient les appareils électroniques. En leur présence, j'ai vu des prises de courant prendre feu et des ordinateurs ne plus fonctionner.

— Nous allons en rester là, soupira le juge.

— Savez-vous que Pauli, le prix Nobel de physique, pensait qu'il existait un lien entre la psyché et la matière ? Il avait même été interdit de pénétrer dans son laboratoire, car il déréglait les appareils.

— Il entretenait une correspondance avec Jung au sujet des synchronicités, poursuivit Anna.

— Nous dépassons le cadre de la garde à vue. Nous allons nous arrêter là pour le moment, s'énerva le magistrat.

Anna se leva.

Elle dévisagea le professeur Valois.

— Éva a des visions. Elle voit Farell Lewis se faire assassiner et Devin Wade violer sa mère. Vous pensez que ce sont des flashs médiumniques dus à la prise de la molécule ?

— Éva et Liane étaient télépathes et médiums. Freud a écrit sur le sujet dans *Rêve et télépathie*. Il disait que si l'existence de rêves télépathiques était attestée, cela ne devrait rien changer à notre conception du rêve. Mais, il demandait de réfléchir aux lourdes conséquences du pas que nous ferions au-delà de notre point de vue actuel en acceptant la supposition d'une existence de l'occulte.

L'avocat observait son client à la dérobée.

Il aurait préféré lui dire de se taire, de se recentrer sur le rôle qu'avaient joué son patron et son collègue. Toutefois, le professeur Valois paraissait réellement obnubilé par ses expériences mystiques.

— Vous pensez vraiment que vos patientes avaient des pouvoirs surnaturels ? fit le juge, déconcerté.

— Je sais que c'est difficile à croire, mais il semble exister une force supérieure qui contrôle cette puissance psychique. Télépathie, vision, psychokinèse. Nous n'avons pas encore la capacité d'expliquer ces expériences paranormales. Mais, je peux vous assurer qu'il se passe des choses incroyables. Nous sommes sur le point de changer les croyances de l'humanité.

— C'est bon ! Nous dérivons, professeur. Les expériences mystiques dépassent le cadre de la garde à vue.

Deux policiers pénétrèrent dans le bureau.

— Vous allez être placé en cellule. J'espère que ça vous fera réfléchir. Nous poursuivrons l'interrogatoire un peu plus tard, quand vous aurez retrouvé vos esprits.

Le professeur Valois se leva sous le regard réprobateur du magistrat. On lui passa les menottes, il ne fit aucune objection. Son avocat claqua la porte du bureau et le suivit dans le couloir du tribunal.

Le juge observa Anna.

— Je n'ai jamais vu autant de dingues dans une enquête ! s'exclama-t-il.

L'enquêtrice ne répondit pas.

Elle croyait aux capacités insoupçonnées du cerveau.

Elle avait déjà eu l'occasion d'assister à des évènements surnaturels qui avaient changé sa vision du monde et du réel tels que nous les concevions.

Anna ne voulait convaincre personne, encore moins les individus de nature cartésienne qui ne s'intéressaient pas à ce type de phénomène.

Elle regarda sa montre.

17 heures.

— Je dois rejoindre mon adjoint. Nous avons rendez-vous au centre pour perquisitionner le bureau du professeur Valois. Je vous tiens informé si nous avons du nouveau, lâcha Anna en sortant de la pièce.

Tandis qu'elle marchait dans le couloir du TGI, d'un pas pressé, le téléphone vibra dans sa poche. Elle l'attrapa d'un geste vif et répondit aussitôt.

— Capitaine Valentin, j'écoute.

— Bonjour, capitaine. C'est Mme Lamper. Je vous appelle, car un de nos patients a reconnu Éva Ciotta à la télévision. Et subitement, il s'est mis à tenir d'étranges propos au sujet de Patrick Terrence et de la directrice du centre Wicca Laylâ. J'ai pensé que cela pouvait vous intéresser pour votre enquête.

— Il connaît Éva ?

— Il a dû lui parler quand elle venait voir sa sœur. Il était souvent avec Liane et Patrice Terrence. Ils se retrouvaient en salle commune.

Un des juges d'instruction du TGI passa dans le couloir avec sa greffière. Lorsqu'il arriva au niveau d'Anna, il la gratifia d'un large sourire.

— Capitaine ?

— Oui. Excusez-moi. Qu'a-t-il dit exactement ? demanda l'enquêtrice en descendant une longue série d'escaliers baignés par la lumière pâle du jour.

— Il faudrait que vous veniez l'interroger. Ses propos m'ont été rapportés par un de mes infirmiers, le patient n'était pas très cohérent. Il était en plein délire. Il a été placé sous haldol.

— Je ne peux pas venir, j'ai une perquisition. Un de mes hommes passera en fin d'après-midi.

— Je suis au bureau jusqu'à 20 heures. Ça ne pose pas de problèmes. Je l'attendrai.

— Merci de m'avoir appelée. J'envoie immédiatement un message à mon collègue.

Anna raccrocha et envoya un SMS à Malerme.

Elle salua le policier en faction, franchit le portique de sécurité et rejoignit Gustanzo qui était devant l'entrée du tribunal et fumait une cigarette, assis sur le capot de son véhicule de fonction.

— Je croyais que tu avais arrêté ?

— De temps en temps, j'en grille une pour me détendre. Un petit pic de nicotine, ça me rebooste.

Elle lui lança un regard réprobateur.

— C'est bon ? Il est passé à table ? demanda son adjoint.

— Il a tout lâché. Bien sûr, il a chargé Lewis et Brown pour minimiser sa responsabilité. Mais, il a confirmé ce que nous savions déjà. Mis à part d'étranges évènements surnaturels qui sont survenus au cours des expériences et pourraient expliquer les visions d'Éva.

Gustanzo fronça les sourcils en jetant son mégot.

Il monta dans la voiture et s'installa derrière le volant.

— Qu'est-ce que tu entends par surnaturels ?

— On va au centre épigénétique. Je t'expliquerai pendant le trajet.

Le lieutenant laissa passer un scooter, remonta l'étroite rue Joseph Autran qui faisait face au somptueux bâtiment de style Second Empire du tribunal de police et s'engagea dans la rue Émile Pollak. L'enquêteur savait qu'il n'était pas près de voir sa famille. La perquisition s'annonçait longue et difficile. La journée n'était pas encore finie.

57

CENTRE EPIGENETIQUE ET TRANSMISSION TRANSGENERATIONNELLE
Marseille

Anna et Gustanzo se frayèrent un chemin à travers la foule de journalistes qui s'amassaient devant l'entrée du centre. Un correspondant de presse du journal *La Provence* reconnut les enquêteurs et les interpella. Ils accélèrent le pas et entrèrent dans le vaste ensemble de verre et d'acier sans se retourner. Les flashs se mirent à crépiter, des voix s'élevèrent et les caméras se tournèrent dans leur direction. L'implication du professeur Valois dans une sordide histoire d'essais cliniques illégaux sur des cobayes humains avait relancé l'affaire Lewis.

Anna sortit sa carte de police et la brandit devant les hommes de la sécurité. Trois Blacks bodybuildés engoncés dans leur uniforme surveillaient l'entrée et empêchaient les curieux de pénétrer dans le bâtiment. Immobiles, torse musculeux, bombé, regard froid et autoritaire. Bombe lacrymogène grand format et matraque télescopique fixée à la ceinture. Les vigiles étaient prêts à intervenir au moindre problème.

Le plus grand des trois fit un hochement de tête.

Ses deux collègues s'écartèrent pour laisser passer les policiers.

— Je sens que ça sera difficile de continuer l'enquête sans avoir les médias sur le dos. Les journalistes ne vont pas nous lâcher, fit Gustanzo en traversant le hall d'un pas pressé.

— Nous sommes devenus médiatiques, notre image ne nous appartient plus, plaisanta Anna en essayant de faire retomber la pression.

— Ne le dis pas pour rire. Hier soir, nous sommes passés à tous les journaux télévisés. Les journalistes ont évoqué nos récentes enquêtes. Ils se sont bien foutus de la gueule de l'Évêché en ne manquant pas de rappeler que la brigade criminelle d'Avignon avait résolu les plus grosses affaires de ces dernières années.

Ils arpentèrent l'escalier métallique et se dirigèrent vers l'accueil. Anna posa la commission rogatoire sur le comptoir. L'hôtesse prit le document, plissa les yeux et fronça les sourcils.

— Nous allons perquisitionner le bureau du professeur Valois, lâcha Anna, d'un ton sec.

La jeune femme reposa la feuille de papier sans rien dire.

Des tics nerveux trahissaient son inquiétude.

Dans un silence funeste, d'une démarche hésitante, elle les conduisit jusqu'au dernier étage du bâtiment principal. Les semelles de ses escarpins à talons claquaient sur le carrelage. Sans un mot, elle s'arrêta devant une large porte en bois, inséra la clé dans la serrure et tourna la poignée.

— Merci, vous pouvez nous laisser. Nous vous appellerons si nous avons besoin de vous, fit Gustanzo en refermant la porte du bureau.

Anna s'approcha de la baie vitrée panoramique et observa la foule de curieux attroupés devant le centre. Les hommes de la sécurité essayaient de faire régner l'ordre, mais ils étaient dépassés par la tournure que prenait cette affaire rocambolesque. Un journaliste avait réussi à franchir le portail, il était reconduit sans ménagement vers la sortie par un vigile.

— Je ne sais pas où va nous conduire cette enquête, mais je sens qu'on n'est pas au bout de nos surprises.

Gustanzo s'installa devant l'ordinateur posé sur le bureau et inspecta les derniers fichiers enregistrés. Pendant ce temps, Anna fouillait la bibliothèque métallique remplie de livres traitant essentiellement de génétique et de biologie moléculaire.

— C'est quand même bien triste qu'un homme aussi intelligent en arrive à partir dans un tel délire… Il faut être tordu. Faire violer et assassiner une femme pour traumatiser ses enfants et étudier leurs marqueurs épigénétiques.

Il releva la tête, soupira et ajouta :

— La folie humaine n'a pas de limite. Sans spiritualité, ni morale, l'intelligence ne sert qu'à assouvir les bas instincts primitifs. Je pensais avoir tout vu et entendu, mais l'homme est toujours capable du pire.

— Comme disait Rabelais, science sans conscience n'est que ruine de l'âme, fit Anna en sortant un livre qui traitait de la méthylation de l'ADN.

Gustanzo esquissa un sourire.

— T'es philosophe, aujourd'hui ? Qu'est-ce qui t'arrive ? Ton bel enquêteur du quai des Orfèvres te manque ?

Anna ne put s'empêcher de sourire.

— Tous ces meurtres inutiles, la folie humaine... Par moment, ça me rend triste. J'ai l'impression que c'est sans fin. Un petit passage à vide.

— Tu devrais dire à Éthan de venir faire un tour dans le Sud. T'es plus gaie quand il est là. Un peu de sexe, ça te ferait du bien...

— Heureusement que t'es pas psy...

— En parlant de psy, tu crois que le docteur Brown a été assassiné ? Il a disparu de la circulation, son téléphone n'est plus localisable et il n'y a pas eu d'activités sur son compte bancaire depuis une semaine.

Le regard de la policière s'assombrit.

— Soit, il se planque, soit... L'ombre l'a éliminé.

Tout à coup, Anna se figea et s'interrompit.

— Qu'est-ce qui t'arrive ?

Sa main tapotait le fond de la bibliothèque.

— Je crois qu'il y a une planque secrète là derrière. Ça sonne creux.

Intrigué, Gustanzo s'approcha de sa collègue.

— Là. Sur le côté, derrière les livres.

L'enquêteur frappa à son tour.

— T'as raison ! Le bruit est différent.

Anna attrapa les livres sur l'étagère et les déposa sur le sol en faisant une pile. Elle inspecta méthodiquement le panneau en bois du bout des doigts. Elle découvrit un petit boîtier polymère inséré dans le coin de la bibliothèque.

— C'est quoi ça ? s'enquit Gustanzo.

— On dirait un détecteur d'empreintes.

Il fit glisser son index le long de l'étagère.

— Il y a un large interstice autour du cadre. Le professeur a certainement dissimulé quelque chose là derrière. Le fond de la bibliothèque doit s'ouvrir.

— J'appelle un serrurier.

*

* *

Un peu plus tard, l'artisan, vêtu d'une salopette bleue tachée d'huile et d'une casquette verte, avait arraché la planche en bois formant le fond du rayonnage à l'aide d'un gros tournevis. Il fixait le petit coffre-fort encastré dans le mur, dissimulé derrière la bibliothèque. La perceuse à la main, il se préparait à perforer la serrure.

— C'est bon ? Je peux y aller ?

Anna hocha la tête.

L'homme posa la mèche sur le cylindre et appuya sur la gâchette. La perceuse se mit à vrombir, il y eut des cliquetis métalliques et une odeur d'échauffement emplit le bureau.

— Voilà !

Il donna un coup de burin, la porte du coffre s'ouvrit.

Elle s'approcha de la bibliothèque et vérifia son contenu.

À l'intérieur, il y avait une boite en plastique avec une centaine de disques mémoires SSD, sur lesquels étaient indiqués le nom des cobayes du projet 3C-epi, ainsi que les dates d'enregistrements des vidéos.

— Je vous remercie, vous avez fait du bon boulot, dit-elle au serrurier en lui serrant la main.

L'artisan rangea son matériel, prit sa caisse à outils et disparut dans le couloir. Anna saisit la boite et la posa sur le bureau à côté de l'ordinateur.

— Le disque mémoire le plus ancien date de 2005. Il est inscrit Igor Ivanov. Le professeur Valois a dit au juge qu'il avait été interné dans un hôpital psychiatrique russe.

Anna connecta le disque SSD à l'ordinateur.

Le docteur Brown apparut à l'écran.

Un homme en blouse blanche était allongé sur une table d'examen à l'intérieur d'un gros cylindre de trois mètres de diamètre : le PET Scan. Le psychiatre s'avança face à la caméra et détailla le déroulement de l'expérience.

— Je vais d'abord injecter le propranolol. Une fois que le produit aura agi, j'induirai une remodélisation de la visualisation épigénétique transgénérationnelle du patient numéro 5 en pratiquant une séance d'hypnose. Grâce au PET Scan, nous observerons successivement les différentes zones cérébrales activées.

Il s'approcha de l'individu au regard de dément et lui injecta le bêtabloquant en réglant le débit de la pompe en perfusion.

— Sous la dictature stalinienne, la mère d'Igor a été torturée dans un hôpital psychiatrique à la suite d'un diagnostic de schizophrénie larvée. Elle a subi la psychiatrie punitive, un système fréquemment utilisé pour éliminer les adversaires du parti, les dissidents de l'URSS.

Le docteur Brown désigna une série de graphiques représentant la séquence ADN d'Igor, le phénotype cellulaire et des coupes du cerveau qui s'affichaient sur l'écran de l'ordinateur.

— Des marqueurs épigénétiques spécifiques apparaissent sur l'ADN. Vous pouvez voir que son système limbique est fortement activé, quand il revit les scènes de torture de sa mère. À l'heure actuelle, la science ne permet pas de savoir comment la visualisation médiumnique trangénérationnelle est possible. Mais, il semblerait que certains sujets soient capables de revivre visuellement les traumatismes de leurs parents comme s'ils y étaient. Je vais effectuer un reconditionnement du cobaye numéro 5 en utilisant des injections de propranolol à fortes doses.

Le Russe était dans une sorte d'état second.

Le visage décharné, le teint terreux et les yeux cernés.

Il avait les pupilles dilatées, son regard se perdait dans le vide.

— Chez le patient numéro 5, nous avons visualisé une activité accrue de l'amygdale et de l'hippocampe, respectivement impliqués dans la mémoire émotionnelle et déclarative. La glande pinéale a une taille anormalement élevée. Cette dernière semble responsable des doses importantes de DMT, la molécule de l'esprit, retrouvées dans le corps d'Igor. En neurologie, on appelle cette zone du cerveau, le cerveau limbique. Les limbes font référence à la frontière. Nous avons peut-être découvert l'accès aux limites de la psyché humaine, expliqua le psychiatre

Il s'approcha du sujet.

— Igor, nous allons commencer l'expérience. Laissez défiler les images qui vous viennent à l'esprit sans vous y opposer. Ne vous bloquez pas. Détendez-vous. Respirez calmement.

Le Russe fit un simple hochement de tête.

Ses mains étaient crispées, ses mâchoires contractées.

Cinq minutes s'écoulèrent.

Il s'agitait nerveusement.

— Igor, racontez-moi vos cauchemars. Que voyez-vous ?

— Un type en blouse blanche. Les cheveux rasés, le regard mauvais. Il frappe violemment une jeune femme attachée sur un lit. C'est...

Il s'interrompit.

Son corps était animé par des soubresauts.

— C'est ma mère ! L'homme l'insulte. Il parle russe. Il lui crie dessus, la frappe. Elle hurle, il lui donne des coups de poing au visage. Elle crache du sang. Elle est terrifiée. Je ne peux rien faire pour la sauver.

La tension du patient numéro 5 augmentait rapidement et son rythme cardiaque était de 170 battements par minute.

— Détendez-vous, Igor. Laissez aller ces terribles visions. Regardez passer les images sans y attacher d'émotion. Devenez spectateur.

Il attendit quelques secondes et ajouta :

— Maintenant, associez un évènement positif à ces horribles visions. Imaginez-vous avec votre mère dans un lieu agréable. Il fait beau, le soleil brille dans le ciel et les oiseaux chantent. Vous êtes détendu. Laissez-vous aller, respirez calmement, lentement, profondément. Une douce chaleur vous enveloppe. Prenez conscience de votre respiration. Vous vous sentez bien, votre corps se détend progressivement. Les tensions se libèrent.

Le docteur Brown augmenta le débit de la pompe à perfusion et contrôla le moniteur ECG, ainsi que la tension artérielle.

— Il semblerait que le propranolol permette de réduire la reconsolidation du souvenir traumatique épigénétique. À l'heure actuelle, Igor et les jumelles sont les seuls sujets capables de visualiser mentalement un traumatisme transgénérationnel, annonça-t-il en se tournant vers la caméra.

Igor se détendait progressivement.

Le sujet numéro 5 était enfin apaisé.

— Vos paupières sont lourdes, de plus en plus lourdes. Vos yeux se ferment tout seuls. Fixez un point imaginaire au-dessus de votre front. Vous êtes complètement détendu. Respirez calmement, lentement. Laissez-vous aller. Votre rythme cardiaque ralentit. Les muscles de votre visage se détendent. Vos membres se réchauffent et deviennent tout chauds. Sentez la fatigue vous envahir. Calmement, lentement, doucement.

Il s'interrompit et observa Igor.

Le visage du Russe était apaisé.

— À chaque inspiration, vos membres deviennent lourds, de plus en plus lourds. Les muscles de vos épaules, de votre nuque et de vos bras se détendent. Ils deviennent chauds, de plus en plus chauds. Respirez lentement, calmement. Visualisez votre bras gauche. Il est de plus en plus lourd. Chaud et lourd. Sentez la chaleur et la fatigue vous envahir. À chaque respiration, vous vous enfoncez vers un sommeil de plus en plus profond.

Le psychiatre continuait la séance d'hypnose en vérifiant le rythme cardiaque de son sujet. Il pianota sur le clavier du PET Scan. Le cerveau apparut en coupe 3D sur le moniteur.

— Laissez défiler les images qui passent dans votre esprit comme dans un film.

Il augmenta le débit de la perfusion.

— Vous êtes avec votre mère dans un lieu apaisant, dites-moi à présent ce que vous voyez.

— Nous sommes dans le parc Gorki. Nous promenons au bord de la Moskova. C'est une belle journée, le soleil brille. Des cris d'enfants résonnent autour de moi. Je marche main dans la main avec maman et me dirige vers un manège en bois. Je m'installe dans une petite voiture, elle s'assoit à côté de moi.

— Comment est votre mère ? Décrivez-la-moi Dites-moi comment elle se sent.

— Elle est belle. Grande, de longs cheveux blonds. Souriante. Elle est heureuse.

Anna arrêta la vidéo.

— Igor revivait le traumatisme de sa mère ? demanda Gustanzo, interloqué.

— Il semblerait bien que oui… J'avais déjà entendu parler d'enfants qui revivent le viol de leur mère. Mais, je ne pensais pas que cela soit vrai.

Anna prit le disque SSD portant la mention : Liane Psychokinèse.

Une étiquette indiquait l'année 2012

L'année de son suicide.

Le professeur Valois se tenait devant la caméra.

— Nous avons réussi à observer l'activité du cerveau liée au traumatisme épigénétique grâce à une molécule radioactive spécifique qui se fixe sur les marqueurs des histones. Ces dernières sont les constituants protéiques des chromosomes sur lesquels l'ADN s'enroule.

Liane était allongée sur un brancard, solidement attachée par des sangles. Son crâne était recouvert d'électrodes et une tubulure partait de son bras en direction d'une poche à perfusion.

Un homme en blouse blanche s'approcha et lui injecta un produit avec une seringue. Le brancard s'enfonça dans l'orifice du PET Scan. Des bips résonnèrent dans la salle et la machine se mit en fonction.

— Avec la molécule 3C-epi, nous avons réussi à effacer les modifications épigénétiques, notamment la méthylation de l'ADN, l'acétylation et la phosphorylation des histones. Vous pouvez observer la différence des expressions de certains gènes sur le phénotype cellulaire et la différence avec ces deux coupes du cerveau prises à un an d'intervalle.

Il désigna le premier écran.

— Nous avons effectué cette visualisation le 10 janvier 2011. Les marqueurs épigénétiques sont en rouge sur le côté de l'image.

Il marcha jusqu'au second écran.

— Après un an de prise régulière de la molécule 3C-epi, ces marqueurs ont disparu.

Le moniteur se mit à clignoter.

Il grésilla et s'éteignit.

Liane bougeait nerveusement.

Elle ouvrit les yeux en grand, se redressa brutalement. La bouche ouverte, le nez et les sourcils froncés. La jeune femme était méconnaissable. Elle fixait méchamment le professeur Valois.

Farell Lewis s'approcha, inquiet.

— Qu'est-ce qui se passe ? C'est normal ?

— Ces derniers temps, elle est très agitée. Liane est sujette à des hallucinations. Nous devons doubler les doses de Tercian. Fred, injecte-lui 5 mg de plus.

L'infirmier augmenta le dosage de l'antipsychotique neuroleptique. Liane hurla, son corps tout entier se tétanisa. Son visage n'avait plus rien d'humain. Elle était devenue livide et prononçait des mots dans un langage incompréhensible. Deux autres infirmiers essayaient de la maintenir allongée, mais elle se débattait violemment.

— Paul, il faut faire quelque chose. Vous voyez bien qu'elle est incontrôlable.

Soudain, elle se contorsionna, planta ses dents dans le bras d'un des infirmiers et le mordit jusqu'au sang. Il hurla et relâcha son étreinte.

Farell Lewis allait parler, quand brusquement, un néon explosa dans une gerbe d'étincelles. Les voyants du PET Scan se mirent à clignoter, puis l'appareil s'éteignit.

— Paul ! Qu'est-ce qui se passe ? s'enquit Lewis, effrayé.

Le professeur Valois secoua la tête.

Liane n'arrêtait pas de crier.

L'atmosphère était angoissante, le personnel qui assistait à cette étrange scène ne comprenait pas ce qui se déroulait sous leurs yeux.

— Les effets de la psychokinèse sont de plus en plus importants. Il semblerait que la prise régulière de la molécule développe ses dons.

Farell Lewis était sidéré.

Le directeur du centre, qui n'avait jamais cru à ces évènements surnaturels, découvrait l'incroyable capacité du cerveau à agir sur la matière.

La vidéo se coupa et l'image se figea sur le visage démoniaque de Liane plongé dans le clair-obscur jaunâtre de l'éclairage de sécurité. Sa figure était déformée par une horrible grimace.

Gustanzo ne lâchait pas l'écran des yeux.

L'enquêteur était abasourdi par ce qu'il venait de voir.

— Les images parlent d'elles-mêmes, dit Anna.

— Je crois qu'on a ce qu'il faut. On a de quoi charger le professeur Valois et le docteur Brown.

— On met tout sous scellés et on ramène les vidéos à la Brigade.

Gustanzo hocha la tête.

Il essayait de ne pas montrer son émotion.

C'était la première fois qu'il assistait à ce type d'évènement paranormal, et ça l'avait perturbé. Si l'influence de l'esprit sur la matière, la télépathie et la visualisation des traumatismes trangénérationnels se vérifiaient, alors cela remettrait tout en question, et le monde, tel qu'il le voyait et le pensait, n'existerait plus.

58

Malerme pénétra dans l'hôpital psychiatrique, se présenta à la charmante jeune femme qui était à l'accueil et se rendit directement dans le bureau de Mme Lamper. La chef de service l'attendait pour l'accompagner dans l'unité de soins fermée. Elle achevait de rentrer le compte-rendu d'un patient sur son ordinateur.

— Je ne pensais pas revoir la police aussi vite. J'ai contacté votre supérieure, car un patient schizophrène que nous accueillons régulièrement depuis plusieurs années a tenu d'étranges propos au sujet d'Éva Ciotta. Il s'appelle Albert Kran. Hier, il l'a vue aux informations et il s'est mis à s'agiter nerveusement. Nous avons dû lui donner des calmants, expliqua-t-elle, embarrassée.

Le lieutenant fronça les sourcils.

Perplexe, il sortit son carnet et demanda :

— Il connaît Éva ?

— Connaître est un bien grand mot. Ils discutaient ensemble quand elle venait voir sa sœur. Ils se rencontraient dans la salle commune.

— Il ne la confond pas avec sa sœur ?

Elle plissa les yeux.

— Il a bien dit : « Éva ! » C'est bien pour cette raison que j'ai jugé utile de vous appeler.

— Qu'a-t-il dit exactement ?

La chef de service posa les mains sur le bureau, croisa les doigts et regarda fixement Malerme.

— Quand les infirmiers de garde sont venus dans sa chambre, M. Kran s'agitait nerveusement et criait que la sorcière manipulait Liane et Patrick Terrence. Il n'arrêtait pas d'évoquer la Grande Prêtresse luciférienne. Il disait qu'elle était dangereuse et ferait du mal à la gentille fille : Éva. Il voulait qu'on prévienne la police. Je ne sais pas ce qui se passait dans sa tête, mais j'ai pensé que je devais vous appeler.

Pensif, l'enquêteur considéra Mme Lamper.

Il se redressa sur sa chaise et prit une longue inspiration.

— Vous pensez qu'il parlait de la directrice du centre de Wicca ?

Elle haussa les sourcils.

— C'est ce que j'en ai déduit.

— Je peux l'interroger ?

— Il est sous traitement, enfermé dans sa chambre. Je ne vous garantis rien. Il est très instable psychologiquement. Ce patient est schizophrène, il est souvent délirant.

Elle ouvrit un tiroir, attrapa un badge magnétique.

— Suivez-moi. Vous ne pourrez lui parler que lorsque je vous en donnerai l'autorisation. Il est très agité, il ne faut pas le perturber. Nous pourrions déclencher une crise.

Mme Lamper se leva, sortit de son bureau d'un pas décidé et s'engouffra dans le couloir de l'unité fermée éclairé par des halogènes diffusant une lumière blafarde. Malerme la suivait en silence. Il ne se sentait pas à l'aise dans cet environnement où planait une atmosphère étouffante et confinée. Les hôpitaux psychiatriques l'angoissaient.

Il jeta un rapide coup d'œil à travers une porte entrebâillée et aperçut un infirmier qui aidait un patient à s'habiller. Un peu plus loin, des cris s'élevèrent. Un malade frappait contre le mur de sa chambre à grands coups de poing. Le lieutenant croisa son regard par le hublot. Des yeux globuleux injectés de sang, le regard fou, le visage livide et des cheveux blancs hirsutes. Il semblait possédé par le démon.

— Voilà notre quotidien, il faut être solide psychologiquement. J'ai vu beaucoup d'infirmiers craquer et sombrer dans la dépression. Nous avons des patients atteints de lourdes pathologies, fit la responsable de l'unité, d'un ton monocorde.

Dans le couloir, ils croisèrent un individu famélique.

L'homme vêtu d'une simple blouse blanche avait les bras ballants, les yeux mi-clos et de la bave autour de la bouche. Il hochait la tête en cadence en fredonnant une vieille chanson de France Gall : Poupée de cire, poupée de son.

— La plupart sont délirants, mais ils sont surtout dangereux pour eux-mêmes. Toutefois, nous accueillons des psychotiques qui ont commis de graves crimes. Ceux-là, il ne faut pas relâcher son attention. L'année dernière, une de nos infirmières a oublié un coupe-ongle dans la chambre d'un patient. Le soir même, il a planté la lime en fer dans la gorge d'une de ses collègues. Par chance, la carotide n'a pas été touchée, lâcha-t-elle froidement, sans la moindre émotion.

Elle passa son badge devant un détecteur électronique.

Un clic retentit dans la serrure, la porte sécurisée s'ouvrit.

— Ici se trouvent les cas les plus lourds. Certains ont commis des crimes horribles. Il faut toujours rester vigilant et se méfier d'eux.

Les semelles de l'infirmière crissaient sur le linoléum.

Une mauvaise odeur d'urine flottait dans le couloir.

Un infirmier, à l'allure de biker, s'approcha d'un pas lourd. Grand, large d'épaules, mains épaisses et calleuses, cheveux longs décolorés et barbus. Des tatouages recouvraient ses avant-bras et son cou.

— On a dû l'attacher ! Il m'a mordu, cet enfoiré.

Il remonta la manche de sa blouse et désigna l'empreinte de dents sur son poignet.

Malerme aperçut des taches de sang sur son pantalon.

— J'ai dû lui remettre les idées en place, il était devenu très agressif, expliqua-t-il en voyant que le policier avait remarqué le sang.

La chef de service ne fit aucun commentaire, elle se dirigea vers la chambre du patient, sortit un jeu de clés et déverrouilla la porte.

Elle s'approcha lentement du lit.

— Ça va mieux, Albert ? Vous êtes calmé ?

Le schizophrène était solidement attaché par de larges ceintures à bracelets fixées à l'armature du petit lit métallique. L'air hagard, il scrutait le plafond.

— Je lui ai injecté 15 mg d'haldol, déclara l'infirmier.

Malerme vit qu'Albert avait la bouche gonflée et des abrasions sur le cou.

— Ce policier est venu pour vous poser quelques questions. Si vous êtes coopératif, nous enlèverons vos liens, ajouta-t-il, d'une voix calme et posée.

— Le démon arrive ! Il va tous nous tuer. C'est la Grande Prêtresse qui l'a appelé. Elle est dangereuse.

L'homme tremblait.

Des gouttes de sueur perlaient sur son front.

Il semblait croire à son délire.

— Le démon ?

— Patrick Terrence me l'a dit avant de disparaître... La Grande Prêtresse a essayé de le manipuler elle aussi. Cette femme est le diable en personne. J'ai vu Éva à la télé, elle va lui faire du mal. C'est sa faute si Liane s'est suicidée.

Le visage du patient était éclairé par la lumière froide des appliques suspendues au-dessus du lit. Il secouait la tête dans tous les sens, des filets de bave giclaient sur les murs et le sol.

— Je suis de la police, vous n'avez rien à craindre. Pourquoi pensez-vous qu'elle veuille faire du mal à Éva ? demanda Malerme.

— Les démons ont essayé de l'enlever, je l'ai entendu aux informations. La Grande Prêtresse a tué Patrick. Il n'est plus jamais revenu ici. C'est sa faute si Liane s'est suicidée. Elle l'a fait posséder par le démon. Cette femme, c'est le diable en personne, hurla-t-il en tirant sur ses liens de toutes ses forces.

De grosses veines gonflées se dessinaient sur son front.

— Les individus qui ont tenté de kidnapper la sœur de Liane n'ont rien à voir avec le démon et la Grande Prêtresse. Ils ont été envoyés par le riche homme d'affaires assassiné. Farell Lewis.

— Elle est revenue ! Elle va tous nous tuer !

Il ferma les yeux, haletant.

— Détachez-moi ! Le diable va venir me chercher ! La Grande Prêtresse sait que je suis ici. Pitié !

Mme Lamper fit reculer Malerme.

— Rajoute une dose d'haldol, dit-elle à l'infirmier.

Elle se tourna et fixa l'enquêteur.

— Vous ne pourrez rien en tirer. Il est trop perturbé. Ce n'est pas la peine d'insister. Nous devons le laisser se calmer.

— Détruisez le centre ! C'est la porte d'entrée dans ce monde de tous les démons de l'Enfer, hurla l'homme, le visage déformé par la peur.

La chef de service ouvrit la porte de la chambre et s'enfonça dans le couloir. Malerme la suivait et réfléchissait aux étranges propos tenus par le malade psy.

Avons-nous négligé le rôle de la Grande Prêtresse dans cette affaire ? pensa-t-il, perplexe.

Les enquêteurs devaient-ils reprendre la surveillance du centre Wicca Laylâ et placer la directrice sur écoutes ? Malerme décida d'informer immédiatement sa supérieure. Les paroles du patient ne devaient pas être prises à la légère, il y avait peut-être une once de vérité dans ses révélations.

59

En cette fin d'après-midi, le temps était couvert.

De gros nuages sombres s'amassaient dans un ciel gris de Payne. La luminosité terne créait une étrange ambiance.

Hécate, vêtue d'une longue robe noire qui claquait au vent, attendait en silence devant l'arrêt de bus situé à quelques centaines de mètres du centre Wicca Laylâ.

Elle aspira sur sa cigarette et recracha une fumée grisâtre.

Je dois m'en tenir au plan et ne pas me laisser déconcentrer. Après nous disparaîtrons à jamais. Nous pourrons enfin vivre librement notre amour, songea-t-elle.

Elle souffla toute la fumée de ses poumons.

Les volutes se dispersèrent lentement dans l'air.

Assise sur un banc à côté d'elle, l'air rebelle et revêche, une adolescente à la peau boutonneuse pianotait sur son smartphone. Intriguée, elle releva la tête et observa cette grande brune au teint de porcelaine et au regard sombre. Un frisson la traversa, cette femme inquiétante lui faisait penser à la créature du film d'horreur *The Ring*.

La Grande Prêtresse tourna la tête, leur regard se croisa.

Elle fronça les sourcils et la dévisagea méchamment.

Elle n'aimait pas les enfants, encore moins ces sales ados sans cervelle qui parlaient mal et passaient des heures devant leur tablette numérique.

Effrayée, l'adolescente baissa les yeux et ne lâcha plus son téléphone portable jusqu'à l'arrivée du bus.

Hécate n'avait pas de ticket de transport, elle se moquait d'être contrôlée. La wiccane monta dans le bus, le dos droit et la tête haute. Le chauffeur la salua. Elle passa devant lui en l'ignorant et s'installa au fond, sur la banquette arrière, pour être le plus loin possible des passagers.

Les rebuts de l'humanité la répugnaient.

Les non-initiés à la sorcellerie luciférienne étaient de vulgaires êtres de chair et de sang, des pantins, sans destin particulier, attendant que la Faucheuse vienne les chercher pour abréger cette vie inutile. Dans le meilleur des cas, ils pouvaient servir d'offrande quand un wiccan luciférien décidait de les sacrifier sur l'autel des divinités.

Hécate avait de grands projets pour ce monde.

Les puissantes énergies d'en haut devaient se répandre sur Terre et annihiler la race humaine pour l'élever vers une conscience subtile et supérieure. Cernunnos l'aiderait à vaincre ses ennemies, il serait son allié. Lucifer lui donnerait protection, puissance, connaissance et savoir ancestral.

Elle fut tirée de ses sombres pensées par les gouttes de pluie qui frappaient le toit du bus et dégoulinaient le long de la vitre arrière. L'orage qui couvait depuis le début de l'après-midi venait d'éclater.

La wiccane aimait cette ambiance électrique.

Le temps était lourd, l'humidité rendait l'air poisseux.

C'était une journée grise comme elle les aimait.

Le bus 54 s'immobilisa dans un crissement de pneus et des gerbes d'éclaboussures. Elle attendit que tous les passagers soient descendus pour se lever et marcher jusqu'à la sortie. Quand elle arriva au niveau du chauffeur, celui-ci tourna discrètement la tête et observa cette grande femme à la démarche éthérée.

Hécate posa un pied sur le bitume trempé.

Un vent chargé de gouttes de pluie lui souffla au visage et fit ondoyer sa longue chevelure.

Sa nuque la picota, un frisson la traversa.

Quelqu'un l'observait.

Une sorte de sixième sens que seuls possédaient les initiés à la sorcellerie luciférienne.

Elle se retourna brusquement et dévisagea le chauffeur avec ses grands yeux noirs qui crachaient des flammes.

L'homme sentit son sang se glacer.

Le regard du diable, songea-t-il, terrifié.

Un regard vide d'empathie et mauvais.

Il appuya sur le bouton de fermeture de la porte, passa la première et engagea le bus sur la chaussée.

La Grande Prêtresse se dirigea vers le nouveau bâtiment Timone 2. Une structure moderne et design, constituée de béton, de verre et d'acier. L'ensemble était attenant aux anciens bâtiments aux façades gris terne.

Elle glissa sa main dans sa longue chevelure mouillée, secoua ses cheveux noir corbeau pour les sécher et franchit le seuil des urgences. Les infirmières s'occupaient de deux blessés graves, victimes d'un règlement de compte en plein Marseille. Les individus étaient entre la vie et la mort. L'un d'eux suffoquait et crachait du sang, un médecin préparait l'intubation.

Les urgences étaient en effervescence.

Hécate prit la direction du service UHCD.

L'unité d'hospitalisation de courte durée.

Les semelles de ses bottes claquaient sur le linoléum.

Elle accéléra le pas, poussa une porte battante percée de hublots, longea un long couloir austère aux murs blancs et pénétra dans l'unité UHCD. Un policier était assis sur une chaise en inox et surveillait la chambre d'Éva. C'était un homme d'une trentaine d'années, petit, trapu, le teint mat et les cheveux frisés. Il lisait un magazine de sport automobile.

Hécate prit une légère inspiration, ouvrit le sac qu'elle portait en bandoulière et sortit une seringue contenant une dose de propofol, un puissant anesthésiant général.

Elle s'approcha lentement de sa proie.

Le policier aperçut une ombre se dessiner sur le sol, il leva la tête.

— Qui êtes-vous ?

Avant qu'il n'ait le temps de réagir, elle lui planta l'aiguille dans le cou. Son corps se crispa, sa bouche s'entrouvrit, son regard se voila, puis il s'effondra sur le côté.

La wiccane vérifia que personne ne l'observait.

Le couloir était désert.

Elle ouvrit la porte, saisit l'homme par les bras et le traîna dans la chambre d'Éva. La jeune femme qui était allongée dans son lit se redressa, affolée, et dévisagea l'inconnue. Aucun son ne sortit de sa bouche, elle demeura pétrifiée et n'eut aucune réaction. Hécate referma la porte et attrapa son pistolet, dissimulé sous sa robe, pour l'intimider.

— Ne bouge pas et ne crie pas, je ne te veux pas de mal.

— Le policier ? Il est mort ?

— Il est juste endormi. Il se réveillera dans une quinzaine de minutes, cela nous laisse peu de temps.

— Que voulez-vous ?

— Ne me pose pas de questions. Je ne peux pas t'expliquer pour le moment. Il faut qu'on effectue le rituel. La fin approche. Mais, ne t'inquiète pas. Bientôt, la vérité te sera dévoilée. Ta famille sera vengée.

— Qu'est-ce que vous racontez ? Je ne comprends rien.

La wiccane s'approcha de sa proie et, sans un mot, lui planta l'aiguille de sa seringue dans le bras, à travers la blouse.

— Qu'est-ce que vous me...

— Reste calme. N'aie pas peur. Tout va bien se passer.

Les yeux d'Éva se fermèrent tout seuls, ses membres s'engourdirent rapidement. En moins de vingt secondes, elle sombra dans un profond sommeil.

Hécate posa son sac sur le lit et rangea son arme.

En silence, elle sortit son athamé, de l'encens, du charbon, un calice en or, une coupe, du sel et des bougies noires. Elle prépara un autel au centre de la pièce et jeta un peu de sel autour d'Éva.

Le rituel sacré pouvait commencer.

Elle dessina un pentagramme inversé sur le sol avec un morceau de charbon, disposa les bougies noires à chaque extrémité, les alluma, et fit un cercle imaginaire avec son athamé.

— Je te conjure, Ô cercle de pouvoir, d'être une frontière, une protection et un lieu de rencontre entre le monde d'en bas et les royaumes des puissants. Un gardien et une protection qui préserveront et contiendront le pouvoir que nous lèverons en toi. C'est pourquoi je te bénis et te consacre.

D'un geste précis et rapide, elle s'entailla l'index et fit couler quelques gouttes de sang au centre du cercle.

Elle se déshabilla et croisa les mains devant sa poitrine.

— Ô Lucifer, Maître de l'Enfer, Ô Lucifer, je te dirige ma prière ! Envoie-moi tes serviteurs ! Envoie-moi tes démons destructeurs et donne-moi la force d'agir ! s'exclama-t-elle, d'une voix d'outre-tombe.

Elle écarta les bras, dévoilant ses seins.

La Grande Prêtresse s'offrait au prince des démons.

— Ô Lucifer, Maître de l'Enfer, Ô Lucifer, protège Éva ! Je la place sous ta protection.

Elle s'approcha d'Éva et fit un signe au-dessus de sa tête.

Elle se rhabilla, lui caressa le visage et lui susurra à l'oreille :

— Tu n'es plus seule maintenant, nous serons toujours là pour te guider vers le chemin de la vérité. Dans un futur proche, nous serons réunis.

60

Éva se réveilla difficilement.

Son regard était trouble, sa nuque raide et ses membres engourdis. Des électrodes la reliaient à un moniteur cardiaque qui émettait un bip à intervalles réguliers.

Elle cligna des paupières.

Deux silhouettes floues se tenaient immobiles devant elle.

— Mlle Ciotta. Comment vous sentez-vous ?

— Je...

Ses yeux se posèrent sur le pentagramme au sol.

Des volutes de fumée flottaient au-dessus des mèches des bougies qui venaient d'être éteintes.

— Je suis le docteur Marlon. L'infirmière de garde m'a prévenu de votre état. Ne vous inquiétez pas, nous contrôlons vos paramètres vitaux. Votre pouls et votre rythme cardiaque sont stables. Vous ne risquez plus rien.

Éva observa le tracé électrique qui se dessinait sur l'écran de l'appareil de surveillance. Elle essayait de remettre de l'ordre dans ses pensées.

— Cette grande femme brune... Qu'est-ce qu'elle m'a fait ?

— Il semblerait qu'elle ait utilisé un puissant hypnotique pour vous endormir. L'infirmière va vous faire une prise de sang pour que nous puissions faire des analyses toxicologiques. Il est important de savoir quel type de produit a été employé.

La femme, à côté du docteur, releva la manche de la blouse et fit un garrot autour de son bras.

Éva se laissait faire, elle était dans une sorte d'état second. Son corps était cotonneux, son esprit embrouillé. Elle ne réagit pas quand l'aiguille s'enfonça sous sa peau.

— Et le policier ?

— Il a été pris en charge dans une autre chambre. Il est en phase de réveil comme vous. Essayez de rester calme. Il ne faut pas s'agiter.

— Vous avez prévenu les enquêteurs ?

— Oui. La capitaine Valentin ne devrait pas tarder.

Éva souffla.

Elle était rassurée.

— Nous avons aussi prévenu votre ami, M. Sierron. Il n'était pas de garde aujourd'hui. Il est sur la route.

La jeune femme essaya de se redresser.

Elle avait besoin de bouger, de prendre l'air.

— Restez couchée pour le moment. Détendez-vous. Vous devez reprendre des forces, fit-il en posant la main sur son bras pour la calmer.

Éva était en état de choc.

Elle ne comprenait pas ce qui venait de lui arriver.

L'angoisse l'envahit, les mauvais souvenirs ressurgirent.

L'agression devant le MuCEM, le kidnapping, la violence avec laquelle Ralph Korb avait voulu la faire parler dans le cabanon.

Éva ferma les yeux, d'horribles images inondèrent son esprit. Elle respira calmement, longuement et essaya de faire le vide dans sa tête.

Ne plus penser à rien, songea-t-elle.

*

* *

Anna pénétra en silence dans la chambre 137.

Arthur tenait la main d'Éva et lui caressait tendrement le visage.

— Mon supérieur vient de me prévenir. Que s'est-il passé ? demanda l'enquêtrice.

L'air consterné, l'infirmier se leva et marcha jusqu'à la fenêtre. Dehors, le temps était à l'orage. Un vent violent faisait claquer la fenêtre qui était entrebâillée.

— Ça ne va jamais s'arrêter cette histoire. C'est pas possible ! s'exclama-t-il en serrant les poings.

— Il faut garder son calme. Cela ne sert à rien de s'énerver. Raconte-moi ce qui t'est arrivé, lâcha Anna en fixant Éva.

— Une femme vêtue d'une longue robe noire à capuche est entrée dans ma chambre et m'a piquée avec une seringue remplie d'un puissant sédatif. Elle a fait un rituel. Elle m'a dit que la vérité me serait dévoilée et que ma famille serait vengée. Je n'y comprends rien... Qui est-ce ? Est-elle la tueuse que vous recherchez ? demanda-t-elle, paniquée.

Silence.

Anna la considéra.

— Un rituel pour venger ta famille ?

Éva acquiesça d'un simple hochement de tête

— L'avais-tu déjà vue avant ?

Elle secoua la tête.

Arthur s'assit sur le lit et lui prit la main.

— Pourrais-tu me la décrire ?

— Grande, brune, le visage très pâle. Et, son regard... Ses yeux noirs... Elle était terrifiante. Avec sa longue robe noire à capuche, on aurait dit une sorcière. J'en ai encore froid dans le dos. J'ai cru que ma dernière heure était venue.

Anna se figea.

— C'est la description de la Grande Prêtresse du centre Wicca Laylâ.

— Qu'est-ce que ça signifie ? Pourquoi venir jusqu'ici pour pratiquer un rituel et parler de sa famille ? s'enquit Arthur, déboussolé.

— C'est ce que je vais essayer de comprendre. Nous visionnerons les vidéos de surveillance de l'hôpital pour découvrir l'identité de cette femme. Mais, il semblerait que cela soit la sorcière chez qui ta sœur se rendait. Les adeptes pratiquent la Wicca luciférienne, une forme de magie noire. Ils invoquent les démons et jettent des sortilèges. Nous tenons certainement l'assassin...

Stupéfait, Arthur secoua la tête.

Il ne comprenait plus rien à cette enquête qui devenait un véritable casse-tête chinois.

Pourquoi cette femme voulait-elle venger Éva ?

Quel lien avait-elle avec sa famille ?

S'était-elle rapprochée de Liane et voulait-elle venger sa tragique disparition ?

Les questions l'assaillaient et semaient le trouble dans son esprit. Il essaya de se ressaisir, Éva avait besoin de lui. Il ne devait pas craquer. Il était son moteur, le seul à pouvoir l'aider et la guider dans ce monde qui lui était devenu inconnu.

*
* *

Installé dans son bureau, Gustanzo visionnait la vidéo de la caméra de surveillance de l'entrée de l'hôpital. Anna était assise à côté de lui et le laissait s'occuper du défilement des images. Une femme en noir apparut à l'écran, elle franchit le seuil de l'accueil des urgences. Il fit une pause en appuyant sur la barre d'espace et zooma sur le visage. C'était la directrice du centre Wicca Laylâ. Il la reconnut immédiatement.

— C'est bien elle ! Mais, qu'est-ce qu'elle est venue faire à l'hôpital ? Pourquoi prendre autant de risques… C'est quoi ce bordel ? Et si elle essayait de nous orienter vers une fausse piste ?

— Elle a pratiqué un rituel pour venger la famille Ciotta. Ce que nous devons découvrir, c'est la nature du lien qu'elle entretenait avec Éva et Liane.

— C'est complètement débile. Si elle ne voulait pas être reconnue, elle aurait pu mettre une perruque et des lunettes.

Anna observa son collègue en prenant un air pensif.

— De toute évidence, elle se moque qu'on la reconnaisse. Elle a peut-être l'intention de disparaître… Ou alors…

L'enquêtrice s'interrompit.

Elle souffla :

— Les fondateurs de la wicca luciférienne française ont pratiqué un suicide collectif en 1995. Jacques Coutela, sa compagne Diane Lucifera et une amie du couple se sont donné la mort lors d'un rituel sacrificiel.

Silence.

— Nous ne devons négliger aucune piste. N'oublions pas que Terrence a disparu de la circulation. Il pourrait être dans le coup lui aussi, poursuivit Anna.

— Hécate a dit que l'entrée au centre lui avait été refusée !

— Elle a très bien pu me mentir.

— Et, le malade de l'hôpital psychiatrique a dit que Patrick Terrence avait peur de la Grande Prêtresse. Je pense que nous faisons fausse route.

Malerme pénétra dans le bureau sans frapper.

Il tenait des feuilles manuscrites qu'il posa sur le bureau.

— J'ai contacté la préfecture et les services sociaux, vérifié tous nos fichiers. Hécate s'appelle en réalité Lupe Ramos. Ses parents sont morts dans un accident de voiture quand elle avait 8 ans. Elle a été placée en famille d'accueil. Autant dire qu'elle n'a pas eu une enfance facile.

Il ouvrit son carnet de notes.

— Lupe est née le 27 janvier 1977 à Perpignan. Son père est espagnol et sa mère norvégienne. Il travaillait sur une exploitation agricole, elle était secrétaire.

— Son téléphone a été placé sur écoutes. Lunze est sur la téléphonie. Pour le moment, elle n'a appelé personne. Max épluche ses relevés bancaires. Gus et moi, nous resterons en planque devant le centre. Il nous en faut plus avant de la mettre en garde à vue.

— Pourquoi ne pas perquisitionner sa demeure ? demanda Malerme.

— Négatif. Il est évident que si Lupe Ramos a assassiné Lewis et son garde du corps, elle n'a pas pu agir seule. Nous devons attendre et la laisser dévoiler son plan. Si on l'interpelle, son éventuel complice risque de disparaître. Nous allons la surveiller pendant quelques jours. S'il ne se passe rien, alors on la placera en garde à vue.

— Et si elle se suicide, on aura tout perdu ! Ce n’est pas une bonne idée de ne rien faire. Nous ne savons pas de quoi elle est capable, déclara Gustanzo.

— C’est un risque à prendre, lâcha Anna en se levant, arme à la main.

61

Minuit.

Un violent éclair cisailla le ciel noir d'encre et un coup de tonnerre éclata au-dessus de Marseille.

Les vitres de la voiture des policiers vibrèrent.

La ville était à nouveau noyée sous les flots. Une épaisse brume maritime recouvrait les rues désertes, comme si les ténèbres engloutissaient la cité phocéenne.

Anna et Gustanzo étaient assis à l'intérieur du *soum*, un fourgon aménagé pour effectuer des surveillances. Le véhicule était stationné à une centaine de mètres du centre Wicca Laylâ. Les gouttes de pluie claquaient sur la carrosserie, produisant un martèlement incessant. Dans l'habitacle, l'air était lourd et moite.

— Putain ! C'est pas possible ! La nature se déchaîne contre nous, fit Gustanzo, dépité.

Le lieutenant prenait des clichés avec son appareil photo réflex dernière génération. Anna était à côté de lui, une paire de jumelles entre les mains. Elle scrutait l'intérieur de la vieille bâtisse à travers les fenêtres du centre dégoulinantes de gouttes d'eau. La Grande Prêtresse n'avait pas bougé de la journée, l'enquêtrice se demandait ce qu'elle pouvait manigancer.

— Tu crois qu'elle l'a buté ? s'enquit son adjoint.

— Qui ?

— Le docteur Brown ! Qui d'autre ? Il a disparu de la circulation... Personne ne l'a vu depuis plusieurs jours.

Elle souffla :

— Je ne sais pas… Cette enquête me dépasse… D'habitude, nous avons un coup d'avance. Mais, là… J'avoue que je suis étonnée par la tournure que prend l'affaire Lewis. Comme dans une partie d'échecs, les pièces sont sans cesse en mouvement et changent la configuration du jeu.

— Et, pourtant, des dingues et des psychopathes, on en aura croisé… Pas vrai ?

Il s'arrêta de parler, son visage changea d'expression.

— Et ce que nous a raconté le professeur Valois sur les expériences. La psychokinèse. La télépathie. L'influence de l'esprit sur la matière. Ça me fait flipper. Tu y crois vraiment ?

— Je pense que tout est possible. Pourquoi n'acquerrions-nous pas d'autres capacités au cours de notre évolution ? Puis il y a les vidéos, tu as bien vu comme moi ce que Liane déclenchait.

Gustanzo regarda Anna d'un air perplexe.

Il n'arrivait pas à se faire à l'idée que des personnes puissent agir sur la matière et voir des évènements à venir par delà l'espace et le temps.

— Depuis Einstein, on sait que le temps se dilate et l'espace se contracte. La masse d'un objet courbe l'espace-temps. N'est-ce pas aussi fou que l'influence de l'esprit sur la matière ? Pourtant, cela ne semble étonner personne, poursuivit Anna.

— Je n'ai jamais été très bon en physique.

— Les formules de la relativité ont permis de corriger les erreurs du GPS. La gravité agit sur le temps d'une horloge en le dilatant.

— Ah, bon ? Nos GPS ? s'enquit Gustanzo, incrédule.

Anna ne put s'empêcher de sourire.

Un nouvel éclair déchira le ciel et illumina l'intérieur du fourgon d'un flash de lumière blafard.

Le lieutenant se figea.

Une ombre apparut devant la porte d'entrée.

La silhouette sombre rabattit sa capuche sur sa tête et disparut dans une grosse cylindrée stationnée devant le centre.

— Ça bouge ! Elle part.

Soudain, une terrible explosion secoua violemment le fourgon. Toutes les vitres des fenêtres du dernier étage de la vieille bâtisse volèrent en éclats sous la puissance de la déflagration. Des briques et des morceaux de béton jonchaient la chaussée brillante. De hautes flammes incandescentes dévoraient les murs, un panache de fumée s'échappait du toit et enveloppait le centre Wicca Laylâ. En quelques secondes, un gigantesque brasier s'était formé.

— Merde ! Il y a tout qui crame ! Elle a foutu le feu, fit Gustanzo, les yeux hagards.

— Il faut la suivre. Appelle les pompiers, on bouge.

Anna ouvrit la portière latérale du fourgon et bondit hors de l'habitacle. Des odeurs de plastique et de caoutchouc brûlés rendaient l'air irrespirable. Un nuage de cendres et de poussières se mêlait à l'épaisse brume. Des briques, des tuiles et des éclats de verre souillaient le bitume.

Les enquêteurs traversèrent la rue sous une pluie battante entremêlée d'éclairs et s'engouffrèrent dans leur voiture qui était garée sur une place de parking à proximité du *soum*. Une nouvelle déflagration encore plus puissante que la précédente ravagea tout ce qui restait du centre.

Anna jeta un bref regard dans le rétroviseur.

Les flammes s'échappaient de la toiture et des fenêtres.

La bâtisse n'était plus qu'un gigantesque brasier.

*

* *

Anna et Gustanzo suivaient à distance le véhicule de la Grande Prêtresse qui roulait à tombeau ouvert sur le boulevard de la Corderie. Elle bifurqua dans l'étroite rue Robert et s'arrêta dans un crissement de pneus dans la rue de l'abbaye, adjacente à l'église Saint-Victor.

La silhouette sombre disparut dans l'édifice.

Les enquêteurs sortirent de la voiture, un vent violent leur cingla le visage et s'engouffra dans leurs vêtements trempés.

L'averse venait de redoubler de puissance.

Les branchages des arbres bordant le bâtiment dessinaient des ombres angoissantes sur la façade en pierre.

L'eau dégoulinait du toit, ruisselait le long des murs et produisait des clapotis sur le sol.

L'atmosphère était sinistre.

Anna s'approcha de l'église avec méfiance.

Le gravier craquait sous ses semelles.

La porte côté sud était restée entrouverte. Le vent produisait un son strident à travers l'entrebâillement.

Elle se pencha, observa le sol.

Des traces de pas maculaient le seuil.

Elle sortit son arme, fit monter une balle dans le canon et s'engouffra dans l'abbaye.

Gustanzo lui emboita le pas.

Une fraîcheur humide l'enveloppait.

Un coup de tonnerre éclata, un éclair illumina la nef.

Anna se dissimula derrière le pilier de l'entrée, dirigea le canon de son Sig-Sauer droit devant elle. De l'autre main, elle attrapa sa lampe torche et balaya l'église avec le faisceau lumineux.

Personne.

Sa respiration et son rythme cardiaque s'étaient accélérés.

Elle essayait de se calmer et de rester vigilante.

La mort pouvait frapper à tout instant.

L'ambiance était lugubre, un silence inquiétant régnait à l'intérieur de l'édifice qui était plongé dans l'obscurité.

— Elle est où ? murmura Gustanzo, inquiet.

Anna inspecta le porche d'entrée principal, le portail était fermé.

— Vérifie les chapelles et la sacristie de l'autre collatéral. On se rejoint devant l'autel du chœur. Fais attention à toi. Elle est peut-être armée.

Gustanzo fit un signe de la tête, peu rassuré.

Pistolet à la main, balle dans le canon, Anna passa sous l'orgue et remonta l'allée en jetant des regards acérés autour d'elle.

La grille en acier de la chapelle du Saint-Sacrement était verrouillée. Elle glissa sa main entre les barreaux, dirigea le faisceau lumineux de sa lampe sur les bancs en bois vernis, la table d'autel en marbre blanc et la statue de Notre-Dame de la Sagesse. Le Christ en croix accroché au mur s'illumina.

La Grande Prêtresse s'était volatilisée.

Anna marcha vers le chœur en essayant de faire le moins de bruit possible, mais ses semelles crissaient sur les vieilles dalles usées.

Elle s'arrêta sous le transept nord et leva la tête.

À travers l'oculus, elle aperçut les éclairs qui lézardaient le ciel nuageux de la Méditerranée.

Elle orienta son faisceau en direction du chœur.

Au sol, face au maître-autel, il y avait cinq bougies noires placées aux extrémités d'un pentagramme inversé tracé à la craie rouge. Les flammes ondulaient dans la nuit, nimbant le mur de l'abside d'une lueur jaunâtre.

— C'est quoi, ce bordel ? fit Gustanzo, paniqué.

Un frisson glacé lui parcourut tout le corps.

Un souffle frais glissa sur son cou.

— On appelle les renforts ?

— Il faut d'abord faire un repérage des lieux. Si on attend, elle risque de s'enfuir, fit Anna en regardant autour d'elle.

— Elle ne s'est pas envolée ! Elle est bien quelque part, murmura Gustanzo.

Anna prit un instant de réflexion.

Son visage était plongé dans une demi-pénombre.

Elle se retourna et balaya l'ensemble de l'église avec le rayon lumineux de sa torche. Des volutes de poussière flottaient dans l'air. L'odeur de la vieille pierre humide l'enveloppait.

— La crypte !

Elle éteignit sa lampe et laissa la nuit prendre possession des lieux. À tâtons, en effleurant les bancs du bout des doigts pour se repérer dans l'obscurité, elle traversa la nef centrale et s'immobilisa devant la petite porte en bois située sous l'orgue. Elle posa la main sur la poignée et la tourna lentement pour faire le moins de bruit possible.

Une odeur d'encens embaumait l'air lourd et moite.

Soudain, une voix sibylline s'éleva.

— Tu entends ? fit Gustanzo les yeux écarquillés.

Anna retint son souffle.

La Grande Prêtresse était dans la crypte.

Elle récitait une prière en l'honneur du Grand Lucifer et invoquait les forces occultes à se répandre sur Terre.

— C'est elle. On y va !

— T'es malade ! Et si elle est armée ?

Anna n'écouta pas son adjoint.

Elle descendit l'escalier en pierre brute en essayant de faire le moins de bruit possible, le dos courbé, l'épaule collée contre la paroi. Au bas des marches, elle s'immobilisa derrière un vieux sarcophage en marbre. Gustanzo se mit à ses côtés, l'arme à la main, prêt à faire feu.

— Elle n'est peut-être pas seule, chuchota-t-il.

L'enquêtrice leva légèrement la tête.

Hécate était immobile devant la Vierge noire. Elle avait dressé un autel sur lequel reposaient un calice rempli de sang, de l'encens et des bougies noires. Un individu se tenait à ses côtés, il portait une longue robe noire, son visage était dissimulé sous une capuche.

Gustanzo frémit.

— Tu crois que c'est Terrence ? demanda-t-il, d'une petite voix fébrile en resserrant ses doigts autour de la poignée de son arme.

Anna mit l'index devant sa bouche pour qu'il se taise.

— Il faut s'approcher plus près, murmura-t-elle.

Le dos courbé, elle s'avança jusqu'au pilier central de la crypte qui soutenait la voûte en pierre brute. Hécate se trouvait à une dizaine de mètres, dans la chapelle Notre-Dame de Confession. Elle brandissait son athamé devant la Vierge noire et invoquait le puissant Lucifer.

— Ô Grand Lucifer, ange déchu, viens à moi ! Ô calomnié des prêtres et des rois ! Viens que je t'embrasse et puisse ressentir ta présence, daigne te manifester devant moi. Ô Prince des ténèbres et des démons, seule ta puissance nous permettra d'atteindre Paul Valois, fit-elle en prenant la main de l'individu qui était à ses côtés.

Un craquement résonna dans toute la crypte, suivi d'un violent coup de tonnerre.

Les forces de la nature se déchaînaient.

Gustanzo fixait Anna, les yeux grands écarquillés.

Il était devenu tout pâle.

— Il faut appeler les renforts.

Anna sortit son smartphone.

— Pas de signal.

Hécate se tourna en direction de l'ombre.

Elle la désigna avec son athamé en effectuant un signe de croix inversé.

— Grande Lilith, Maîtresse des sortilèges et reine de la nuit, ordonne aux puissances démoniaques de prendre place à nos côtés.

La Grande Prêtresse traversa en silence la crypte, une bougie à la main. Elle marcha jusqu'à la chapelle Saint-André, construite sur un ancien cimetière antique et s'immobilisa devant l'entrée de la nécropole, fermée par une épaisse grille en fer. Elle glissa sa main dans sa longue robe noire, sortit une clé en laiton et l'inséra dans la vieille serrure rouillée. Elle abaissa la poignée, un clic métallique s'éleva entre les murs de pierre millénaires. Elle ouvrit le battant, les gonds grincèrent.

Un vent frais fit ondoyer l'étoffe de son vêtement.

La bougie éclairait faiblement l'endroit lugubre.

L'odeur de la vieille pierre, de l'humidité et de l'encens embaumait l'air.

Plongée dans un inquiétant clair obscur, la Grande Prêtresse pénétra dans le cimetière antique et s'immobilisa devant les tombes des martyrs.

Elle se retourna et fixa Lilith :

— Libère leur âme. Que leur puissance nous permette d'accomplir notre vengeance.

L'ombre ôta sa capuche et fit glisser sa longue robe noire le long de son corps à la peau laiteuse, dévoilant une fine musculature. Au fond de la crypte, dissimulés derrière le pilier, Anna et Gustanzo assistaient à la séance de sorcellerie luciférienne. Quand ils découvrirent le visage de l'inconnu, ils se figèrent. La personne qui accompagnait la Grande Prêtresse n'était pas Patrick Terrence, mais une femme qu'ils n'auraient jamais pensé retrouver ici.

— Éva. Mais... Qu'est-ce qu'elle fait là ? Ce n'est pas possible... Je ne comprends plus rien, bafouilla Gustanzo, abasourdi.

Anna essayait de mettre de l'ordre dans son esprit.

Les pensées se bousculaient dans sa tête.

Elle observa longuement le visage de la jeune femme.

— Ce n'est pas Éva...

— Quoi ? Qu'est-ce que tu racontes ?

— Regarde-la bien.

Le lieutenant ne comprenait plus rien.

Il avait les yeux grands écarquillés.

— Ses cheveux sont plus longs, elle est brune. Son corps est musclé. Puis, elle n'a pas de blessures au visage et aux mains. Ça ne peut pas être Éva. C'est sa sœur.

— Sa sœur ? C'est impossible. Elle est morte, fit Gustanzo.

Elle plongea son regard dans le sien.

— Le corps n'a jamais été retrouvé. Les policiers ont cru qu'elle s'était suicidée, car ils ont découvert une lettre et des habits tachés de sang éparpillés au bas de la falaise. Mais, elle n'a pas disparu en mer. Elle a réussi à tromper tout le monde en simulant un suicide. Personne ne s'est douté un seul instant qu'elle ait pu tout manigancer.

L'enquêtrice s'interrompit.

La Grande Prêtresse tendit l'athamé à Lilith.

La wiccane le saisit fermement par le manche et s'entailla l'avant-bras sur une dizaine de centimètres. Un filet de sang glissa sur sa peau, des gouttes tombèrent sur le sol.

Lilith écarta les bras, paumes vers le ciel.

— Ô Lucifer, Prince des ténèbres ! Nourris-toi de mon sang, prends-le en offrande, et libère les âmes des martyrs. Que leur souffrance nous donne la puissance nécessaire pour venger ma famille.

Elle fit un signe de croix inversé en direction du cimetière antique et dessina un cercle imaginaire autour d'elle.

— Bannis dans le néant l'âme de ceux qui ont fait souffrir les miens. Disperse ces êtres malfaisants à travers le temps et l'espace.

Lilith appuya la pointe de son poignard contre sa poitrine et entailla légèrement sa peau jusqu'au nombril. Sans aucune émotion, elle se scarifia le ventre et écarta les bras. Une croix inversée sanguinolente apparut sur son torse diaphane.

Le visage figé en un masque froid.
Le regard sombre.
Elle ne semblait pas ressentir la souffrance.
— Il faut agir. On ne peut pas les laisser continuer, fit Gustanzo.
Anna se releva et pointa son arme en direction des deux femmes.
— Lupe Ramos, Liane Ciotta. Vous êtes en état d'arrestation. Liane, lâchez ce poignard, levez les mains et dirigez-vous lentement dans notre direction, ordonna-t-elle.
Les deux femmes n'eurent aucune réaction.
Lilith continuait de réciter l'incantation en l'honneur du Grand Lucifer.
— Les mains en l'air. Je ne me répèterai pas, cri Anna en s'approchant lentement.
Hécate souffla sur la bougie.
La lumière laissa place à l'obscurité.
Anna dirigea le faisceau lumineux de sa lampe torche sur les wiccanes. Mais, Liane avait eu le temps d'attraper un pistolet, elle le brandissait dans sa direction.
— Ne joue pas à ça. Sinon, je tire, fit Gustanzo qui pointait son Sig-Sauer sur sa tête.
— Allez ! Pose ton flingue. C'est fini. Tu veux retrouver ta sœur ? Tu ne veux pas mourir stupidement ? lâcha Anna en s'approchant.
Les deux femmes se jaugèrent du regard.
L'atmosphère était électrique.
— Tire ! Ne les écoute pas ! ordonna Hécate, d'une voix froide.
Sans hésiter, Liane appuya plusieurs fois sur la détente. Les détonations résonnèrent dans toute la crypte. Anna et Gustanzo se jetèrent au sol pour éviter les balles. L'ombre tira deux autres fois dans leur direction et profita de ce laps de temps pour prendre la fuite.
La Grande Prêtresse n'avait pas bougé.
Immobile, elle dévisageait Gustanzo.
— Tu bouges, je te descends, dit-il en se relevant, le canon de son arme dans sa direction.

— Fuis ! Ne les laisse pas t'attraper. Je t'aime ! s'exclama-t-elle.

— Passe-lui les menottes. Je m'occupe de Liane, cria Anna.

Arme à la main, l'enquêtrice s'enfonça dans les ténèbres.

L'ombre avait disparu dans l'escalier principal.

Anna arpenta les marches deux à deux et entrebâilla la porte permettant d'accéder à l'église. Les vieux gonds rouillés grincèrent bruyamment, résonnant dans tout l'édifice. Elle se plaqua contre le mur de la crypte, glissa sa main dans l'entrebâillement et balaya la nef centrale avec le rayon de sa lampe torche.

L'enquêtrice préférait rester vigilante, voulant éviter de se mettre à découvert et risquer de se faire tirer dessus. Soudain, elle entendit des bruits de pas. Une porte claqua violemment. Elle sortit à toute vitesse de sa cachette et se précipita vers la petite porte donnant sur le côté sud de l'abbaye, rue du Commandant Lamy. Dehors, c'était le déluge, des trombes d'eau s'abattaient sur la ville. La visibilité était limitée à quelques dizaines de mètres. Une bourrasque de vent chargé d'embruns et de gouttes d'eau s'engouffra dans ses habits et lui cingla le visage.

Anna releva le col de sa veste, enjamba les flaques frémissantes et courut jusque devant l'entrée principale de l'église Saint-Victor. Les deux hautes tours carrées de l'abbaye, illuminées par les projecteurs, brillaient dans la nuit et s'élevaient vers le ciel sombre lacéré par les puissants éclairs.

Plusieurs coups de tonnerre éclatèrent.

Le temps était apocalyptique, l'atmosphère angoissante.

L'enquêtrice lança des regards acérés de tous les côtés.

Elle aperçut la silhouette de Liane, enveloppée par les volutes de brume. La jeune femme courait dans l'étroite rue Neuve Sainte-Catherine en direction du Vieux-Port.

— Arrête-toi. Ne fais pas de bêtises. Ta sœur t'attend.

Sa voix se perdit en écho et résonna dans la rue.

Elle dirigea le canon de son Sig-Sauer dans sa direction et pensa un instant à lui tirer dans les jambes pour l'arrêter, puis elle se ravisa.

Non ! Je ne peux pas faire ça.

Anna jura, glissa son arme dans son étui et partit à sa poursuite. Elle dévala une longue série de marches métalliques et emprunta la rue Plan Fourmiguier, engoncée entre de grands bâtiments abritant des ateliers d'artistes, des lofts et des restaurants. Le vent sifflait par rafales. La pluie claquait contre les portes et les fenêtres. Avec le mauvais temps, la rue avait été désertée par les riverains.

L'ombre bifurqua à gauche, dans le Quai de Rive-Neuve.

— Liane ! Arrête-toi ! hurla Anna.

Pas de réponses.

L'enquêtrice sentait son cœur pulser dans sa poitrine.

L'eau ruisselait sur son visage.

Anna courait à toute vitesse pour rattraper la fuyarde.

Elle passa devant le théâtre *La Criée*.

Les gouttes de pluie fouettaient violemment la façade vitrée de l'établissement. Un clochard ivre décuvait sur le trottoir, abrité sous un carton. Elle l'enjamba. L'individu baragouina des mots incompréhensibles.

Les phares des voitures brillaient dans la nuit.

Les éclairs striaient le ciel nébuleux du Vieux-Port.

Un coup de tonnerre retentit, la Méditerranée s'embrasa et la statue de la Bonne Mère s'illumina à travers la brume.

Anna dégaina son arme et coupa la route à un véhicule.

Le conducteur pila d'un coup sec dans une gerbe d'éclaboussures d'eau. Énervé, l'individu baissa sa vitre et l'insulta. Quand il vit le pistolet de la policière, il démarra en trombe sans demander son reste.

L'enquêtrice continuait son chemin.

Elle n'était plus qu'à quelques mètres de Liane, prête à lui bondir dessus et lui passer les menottes.

Soudain, agile comme un félin, la fuyarde s'agrippa à la grille d'accès d'un ponton et sauta par-dessus. Anna l'imita, mais quand elle atterrit de l'autre côté, sa cheville se tordit.

Elle poussa un cri de douleur et appuya sa main sur le sol pour se réceptionner, évitant de peu de chuter dans l'eau tumultueuse du port. Elle se redressa lentement, bougea le pied, sa cheville n'avait rien.

Elle scruta le bout de la plate-forme en bois.

Liane était immobile, elle ne pouvait plus s'enfuir.

L'enquêtrice s'approcha à pas de félin, prête à tirer.

Les gouttes de pluie glissaient sur le corps dénudé de la jeune femme.

Ses pupilles scintillaient dans la pénombre.

Elle tenait un vieux pistolet de guerre et le pointait en direction de la policière.

Anna dirigea le faisceau de sa lampe dans sa direction.

— C'est fini. Tu ne peux plus t'échapper. Lâche ton arme.

— Rien n'est fini ! Ce n'est que le commencement. La Grande Lilith est éternelle. Personne ne peut arrêter son pouvoir, déclara-t-elle, d'une voix tonitruante.

La jeune femme était en plein délire mystique.

Anna comprit qu'elle aurait du mal à la raisonner, elle essaya de jouer avec ses sentiments.

— Tu as vengé ta famille. Pense à ta sœur. Elle t'attend. Elle a besoin de toi pour retrouver sa mémoire.

— Valois doit payer pour tout ce qu'il nous a fait, rugit-elle.

Sa voix se perdit à travers les crépitements de la pluie sur les flots et le bruissement du vent dans les voiles des bateaux.

— Il est en détention provisoire. Il passera plusieurs années en prison.

Liane éclata d'un rire sardonique.

Elle s'agitait nerveusement, la folie se lisait dans ses yeux.

— Tu ne comprends donc rien. C'est son âme que je veux. Le Grand Lucifer doit l'emporter dans les ténèbres.

Anna déglutit.

L'eau ruisselait sur son visage entièrement mouillé.

Ses habits étaient imbibés d'eau de pluie.

— Il va falloir que tu prennes une décision. Je suis armée, je ne peux pas te laisser t'échapper. Si tu ne me laisses pas le choix, je serai obligée de tirer.

Liane leva les bras aux ciels, produisit un son guttural et prononça des mots incompréhensibles, une sorte de rituel incantatoire.

Anna avait l'impression de voir le Diable en personne.

Le visage de la jeune femme avait entièrement changé d'expression. Sa longue chevelure hirsute ondoyait sous le vent violent qui agitait la Méditerranée, ses yeux injectés de sang semblaient lui sortir de la tête, sa bouche se déformait dans une grimace affreuse et les veines de son front saillaient sous sa peau diaphane.

— La reine des démons, l'esprit de la nuit, n'a pas peur de la mort, encore moins d'une simple mortelle qui la menace, hurla-t-elle.

Terrifiée, Anna aligna le canon de son pistolet sur la poitrine de la wiccane. De l'autre main, elle tenait sa lampe torche et dirigeait le faisceau lumineux dans ses yeux pour essayer de l'aveugler.

La silhouette de Liane se découpait dans la nuit noire.

La jeune femme ne semblait pas craindre la mort.

— Lâche ton arme. Je ne me répèterai pas.

Liane ferma les yeux, écarta les bras et se mit à réciter une prière en l'honneur du Grand Lucifer. Les gouttes de pluie dégoulinaient sur sa longue chevelure brune, glissaient sur son corps athlétique, diluant le sang de ses lacérations sur ses bras et sa poitrine.

Anna s'approcha d'un pas, méfiante.

Liane ouvrit grand les yeux

Ses pupilles dilatées flamboyaient dans la lumière du faisceau lumineux. Son regard était terrifiant, un regard d'outre-tombe, pétrifiant comme celui d'une Gorgone. Elle était comme possédée par le démon.

Anna réalisa que la jeune femme ne renoncerait pas.

Elle prit une profonde inspiration, sa main se crispa sur la poignée de son arme. Liane dessinait un cercle imaginaire autour avec l'athamé qu'elle tenait dans son autre main. Le tonnerre gronda dans le lointain, le ponton vibra sous les pieds de l'enquêtrice.

Le vent soufflait par rafales, faisant claquer violemment les voiles des bateaux et produisant des bruits inquiétants.

— Ne me force pas à tirer, supplia la policière.

Liane leva son pistolet dans sa direction, prête à faire feu.

— Non ! cria Anna

Elle ferma les yeux, appuya sur la détente.

Une longue flamme sortit de la bouche du canon et illumina la nuit. L'air humide se mit à sentir l'odeur de la poudre.

La détonation résonna dans le Vieux-Port.

Le projectile toucha Liane à l'épaule.

Une gerbe de sang éclaboussa les planches de bois du ponton, son visage se déforma sous la douleur et elle poussa un gémissement. Sous la puissance de l'impact, elle fut projetée en arrière et tomba dans le port.

Anna tenta de lui porter secours.

Elle s'accroupit, tendit la main en dirigeant le faisceau lumineux sur les eaux tumultueuses de la Méditerranée. La jeune femme se débattait dans la houle et l'écume, agitant nerveusement les bras dans tous les sens. Elle buvait la tasse, apparaissait et disparaissait sous les vagues. Son corps était violemment secoué dans toutes les directions. Anna se pencha le plus possible pour l'attraper, mais Liane refusa son aide et essaya de s'agripper à un cordage d'amarrage d'un voilier. La blessure à l'épaule ne lui permettait pas de nager. Épuisée et à bout de souffle, elle disparut sous les eaux et ne réapparut pas.

— Liane ! hurla l'enquêtrice.

Pas de réponse.

La mer était très agitée, de hautes vagues frappaient le quai du port et la coque des bateaux qui s'entrechoquaient.

La policière n'hésita pas un seul instant, elle enleva sa veste, la jeta sur la plate-forme et plongea.

Les ténèbres l'entouraient.

Enveloppée par l'obscurité, elle n'y voyait pas à plus d'un mètre. Elle s'enfonça sous l'eau turbulente. En vain. La wiccane avait disparu. Elle s'approcha du ponton, glissa sa main sous la construction.

Pas de corps.

Elle nagea pendant un long moment dans la zone où Liane avait chuté. Elle y mit toute son énergie, allant jusqu'à la limite de ses capacités physiques. La jeune femme demeurait introuvable.

— Liane ! Liane ! hurla-t-elle, en luttant contre les vagues.

Tentant le tout pour le tout, Anna prit une profonde inspiration, descendit à plusieurs mètres de profondeur et sonda une dernière fois les eaux troubles du port.

L'enquêtrice dut se résigner, elle s'était noyée.

À la force des bras, elle se hissa sur le ponton.

Elle s'allongea sur la plateforme pour reprendre son souffle. Les gouttes froides fouettaient son visage. Le vent frais s'engouffrait dans ses vêtements. Elle se releva et marcha en direction du quai.

L'affaire Lewis était terminée.

Elle avait accompli sa mission.

62

Le Quai de Rive-Neuve était bouclé des deux côtés.

Les véhicules de la police barraient le passage aux badauds et aux journalistes. Les gyrophares tournoyaient dans la nuit, balayant les bateaux d'un halo de lumière bleutée. Malgré l'heure tardive, la ville de Marseille était en effervescence et l'état-major sur le pied de guerre.

Le directeur de la DIPJ, le commissaire divisionnaire de l'Évêché et de l'hôtel de Police d'Avignon, le procureur Montagnac et le préfet étaient déjà sur place, à l'abri sous une toile de tente montée en urgence. Le vent soufflait de puissantes bourrasques chargées de gouttes de pluie et les vagues claquaient contre les coques des bateaux.

Emmitouflée dans une couverture de survie, Anna venait de leur raconter le déroulement des faits.

Le téléphone de Montagnac vibra.

Il décrocha aussitôt.

Tous les regards se rivèrent sur le magistrat.

Le visage grave, il était en liaison avec le commandant du bataillon des marins-pompiers de Marseille. Les hommes du feu avaient risqué leur vie pour éteindre l'incendie. Les flammes avaient ravagé une bonne partie du centre Wicca Laylâ.

Le regard sombre, il raccrocha.

Circonspect, il lâcha :

— Un corps a été découvert dans le sous-sol de la vieille bâtisse. D'après le légiste, les incisions au niveau du cou laissent à penser que l'individu a été égorgé. Les pompiers ont retrouvé des papiers d'identité à moitié calcinés parmi les décombres. Il semblerait que la victime soit le docteur Brown. Des analyses complémentaires seront menées à l'IML. Avec l'ADN, nous devrions être rapidement fixés sur l'identité de cette personne.

Perplexe, Anna ne fit aucun commentaire.

L'enquête était terminée, l'état-major de la police et le préfet préparaient la conférence de presse.

Elle souleva la bâche et rejoignit le quai.

Ses cheveux mouillés virevoltaient sous le vent.

En silence, Gustanzo lui emboita le pas.

L'averse s'était calmée, mais le mistral soufflait toujours aussi fort. Elle s'arrêta un peu plus loin, à l'emplacement où Éva avait chuté.

Elle scruta le sol.

Les taches de sang qui recouvraient le bitume s'étaient diluées dans l'eau de pluie. Il y avait aussi trois douilles et l'athamé de Liane qui gisait dans une flaque. La police scientifique avait déposé des plots jaunes pour indiquer les indices de la scène de crime.

Anna leva la tête et observa le port.

Un puissant projecteur installé sur le bateau de la brigade fluviale éclairait la surface frémissante de l'eau. Les plongeurs étaient à la recherche du corps de la jeune femme qui avait disparu dans la mer et n'était pas réapparue.

Un individu vint à la rencontre de la policière.

Taille moyenne, trapu et cheveux rasés.

C'était le chef de la brigade fluviale.

— Mes hommes n'ont toujours rien trouvé. Le corps est peut-être bloqué sous la coque d'un bateau. À moins qu'il ait dérivé. Avec ce temps ! Il faudra attendre quelques jours, il réapparaîtra certainement sur la côte, expliqua-t-il.

Un bruit sourd retentit dans le ciel.

Anna leva la tête.

Elle aperçut l'hélicoptère de la gendarmerie qui survolait le Vieux-Port. Les pales vrombissaient dans la nuit. Les rais de lumière des projecteurs fixés sous l'appareil fendaient la brume qui flottait sur la mer.

La police avait mis en œuvre tous les moyens humains et matériels nécessaires pour retrouver le corps de la sœur d'Éva. Malgré l'ampleur du dispositif, la jeune femme demeurait introuvable. Une nouvelle fois, Liane Ciotta avait disparu dans la Méditerranée, emportée par les flots.

63

Avignon
Irish Doney

Un verre de bière à la main, Anna était installée à la terrasse du pub irlandais en compagnie de Gustanzo et Malerme. L'enquête était terminée, ils pouvaient enfin souffler un peu. Le temps était redevenu clément, un soleil radieux brillait dans un ciel bleu azur. Il n'y avait pas un seul nuage à l'horizon. La température était douce et agréable. La cité des Papes se préparait à l'arrivée des touristes. Dans quelques semaines, le festival d'Avignon débuterait.

— C'est quand même une histoire incroyable. Tout le monde pensait que Liane s'était suicidée à l'endroit où sa mère avait trouvé la mort. Et, elle réapparaît comme ça, du jour au lendemain. Avec l'aide de la Grande Prêtresse, elle assassine tous ceux qui ont brisé sa famille, lâcha Gustanzo en terminant son verre de gin.

Il leva la main pour interpeller le serveur.

— La lettre de suicide, la médaille avec son prénom, les habits tachés de sang retrouvés au bas de la falaise... Personne n'imaginait un seul instant qu'elle était encore en vie. Elle a berné tout le monde. Liane avait tout manigancé depuis le début, c'est une grande manipulatrice, déclara Anna.

Le regard de Gustanzo se perdit dans le vide.

— Tu crois qu'elle a survécu à sa chute dans le port ?

— Je l'ai touchée à l'épaule et je l'ai vue disparaître sous l'eau. Si elle s'en était sortie, elle aurait forcément été soignée dans un hôpital de la région. Nous avons fait tous les établissements, elle ne se trouve nulle part. Cette fois-ci, je pense qu'elle est morte pour de bon. Enfin...

Le serveur s'approcha de la table.

— Un autre verre de gin, fit Gustanzo.

— Pareil, ajouta Malerme.

Le jeune homme observa Anna.

— Ça ira, merci. Je suis en service. J'ai assez bu pour aujourd'hui.

Malerme prit un air sérieux :

— Ce n'est pas plutôt la Grande Prêtresse qui lui a monté la tête ? Elle l'hébergeait à son domicile depuis son faux suicide. Liane vivait cachée dans l'anonymat le plus total. Son avocat parle d'une passion amoureuse, entre deux femmes très instables psychologiquement, qui a mal tourné. Une addiction amoureuse inadaptée, au détriment de tout autre centre d'intérêt. Et preuves à l'appui, il n'hésite pas à sortir des travaux de recherches sur les troubles de l'attachement. C'est n'importe quoi ! Ces cinglées ont quand même assassiné Lewis, Wade, Brown et Terrence.

Gustanzo fixa Anna :

— Tu crois vraiment ce qu'a dit la Grande Prêtresse au juge ? Liane aurait tué Patrick Terrence, car il faisait une fixation amoureuse. Il était obsédé et la harcelait tous les jours depuis qu'elle avait quitté l'hôpital psychiatrique pour s'installer au centre Wicca Laylâ.

Anna fit une moue sceptique.

Il but une gorgée de son verre et continua :

— Son avocat cherche à démontrer que Patrick Terrence était érotomane. Il explique aussi que sa cliente aurait aidé Liane à faire disparaître son corps en le jetant des falaises du cap Canaille, mais elle ne serait pas impliquée dans les autres crimes.

Agacée, l'enquêtrice secoua la tête.

— Il nous balade. Le corps n'a toujours pas été retrouvé. Il ne le sera certainement jamais, car elle nous ment. Ces folles l'ont probablement enterré ailleurs. On ne peut rien prouver. Et, la Grande Prêtresse va s'en tirer...

— Si elle est seulement jugée pour avoir aidé à faire disparaître le corps, elle prendra trois ans maximum... Et avec les remises de peine, dans deux ans, elle est dehors, s'énerva Gustanzo en serrant les poings.

— Le procureur ne pourra pas l'impliquer pour les autres assassinats, ses empreintes et son ADN n'ont été retrouvés sur aucune des scènes de crime. Elle n'apparaît pas non plus sur les vidéos de surveillance et la géolocalisation la disculpe complètement. Mais, personne n'est dupe, Liane n'a pas pu transporter les corps toute seule. Elle avait forcément un complice, poursuivit Anna.

Malerme observait une troupe de théâtre en plein air qui s'installait sur la place du Palais des Papes. Les acteurs portaient des masques vénitiens.

— Nous avons au moins pu innocenter Éva grâce au test épigénétique. L'ADN des jumelles a été différencié. Elles ont grandi dans un environnement différent. Les séjours réguliers de Liane en hôpital psychiatrique et les prises répétées de la molécule, tout cela a entraîné une mutation épigénétique. L'apparition de ces nouveaux marqueurs est maintenant identifiable par la science, dit-il.

Anna termina sa bière et lâcha :

— Nous sommes les premiers en France à avoir demandé ce genre de tests qui permet de différencier des jumeaux sur une scène de crime. C'est le patron de l'Évêché qui va être furieux. La Crim' d'Avignon fait la une de l'actualité. Et, on ne voit plus que nous dans les journaux. Nous avons balayé de la scène médiatique le commissaire divisionnaire de Marseille et le préfet de police.

— Tu y crois vraiment à cette histoire de transmission de pensée et de visions transgénérationnelles ? Quand Lupe Ramos dit que tout a commencé avec les visions de Liane, je ne sais pas quoi en penser. Ça me semble du domaine de la science-fiction, fit Malerme, en prenant un air perplexe.

Anna leva les mains en direction du ciel :

— Éva a des visions médiumniques. Même le professeur Valois croit à ses dons. Et, il y a les vidéos du centre. Il s'est bien passé quelque chose que nous ne pouvons pas expliquer et qui dépasse le simple cadre scientifique.

Elle regarda sa montre.

— C'est déjà 14 heures. Je vais rendre une petite visite à Éva pour voir comme elle se sent. Elle m'a appelée en début de matinée pour en savoir un peu plus sur les circonstances de la disparition de sa sœur. Elle aurait tellement aimé la revoir et la serrer dans ses bras. Ça lui a brisé le cœur d'apprendre qu'elle avait disparu dans les eaux du port.

Ses collègues baissèrent les yeux.

Eux aussi, ils auraient préféré que l'enquête se termine sur une note optimiste. Mais, les jumelles n'auraient pas l'occasion de se voir une dernière fois. La vie en avait décidé autrement.

Anna posa un billet de 20 euros sur la table.

— Essayez de ne pas rentrer enivrés à la brigade. Ça ferait mauvais genre, après tous les éloges qu'on a faits de la Crim' d'Avignon. Je ne pense pas que le divisionnaire apprécierait que vous fassiez la une des journaux.

*

* *

Anna frappa à la porte 137 et pénétra dans la petite chambre d'hôpital illuminée par un magnifique soleil printanier. Arthur était installé sur le lit, à côté d'Éva. Un sourire radieux se dessinait sur le visage de la jeune femme, ses hématomes avaient presque disparu. Les médecins lui avaient dit qu'elle pourrait sortir dans le courant de la semaine.

Anna tira la chaise qui était devant la fenêtre entrouverte et s'assit près du lit. Elle observa Éva. Un petit nez fin, de beaux yeux noisette en amande, une bouche bien dessinée et une peau au teint de pêche. Elle resplendissait. La jeune femme s'était maquillée, coiffée et parfumée. Des effluves de jasmin et de violette embaumaient l'air.

— Comment te sens-tu, aujourd'hui ?

— Je suis en pleine forme... Mais, je ne me souviens toujours de rien. Ma sœur, ma mère, ma grand-mère... Elles sont une énigme.

Elle soupira.

— Mais, je sens ce lien qui nous unit. C'est très fort, et ça vibre en moi.

— Il faut aller de l'avant et te reconstruire.

— Elle va venir vivre avec moi et recommencer une nouvelle vie, fit Arthur, les yeux pétillants.

Anna observa les amoureux.

Ils formaient un joli couple.

Le bien et le mal. Ce n'est que vacuité de l'esprit, songea-t-elle.

Si Éva n'avait pas été victime de la folie de Farell Lewis, elle ne serait certainement pas avec Arthur aujourd'hui. Les mystères de ce monde semblaient impénétrables.

Elle prit la main de la jeune femme et sentit les pulsations de son cœur à travers les veines.

Le bonheur des uns passait par le sacrifice de certains.

Anna en était convaincue.

Elle savait qu'elle ne pourrait jamais être comme Éva.

Son dévouement au service des autres, la recherche des criminels, l'emmenaient dans les bas-fonds de l'âme humaine, là où personne ne devrait aller. Marquée par l'horreur de ce monde, comme une empreinte indélébile, elle avait choisi une voie solitaire et sans billet de retour.

Éthan traversa ses pensées.

Son cœur se serra dans sa poitrine.

Elle croisa le regard amoureux d'Éva et réalisa que son sacrifice n'était pas vain.

Anna faisait partie de ces personnes remplies d'empathie, capables de ressentir au plus profond de leur être le bonheur des autres. Son existence n'était pas vide de sens, bien au contraire.

Elle s'approcha d'Éva et déposa un baiser sur son front.

— Tu vas pouvoir profiter de chaque instant de la vie.

— J'espère qu'un jour je me souviendrais de Liane, de nos agréables moments passés ensemble quand nous étions enfants.

Elle s'arrêta de parler pour essuyer une larme au coin de son œil. Arthur la prit dans ses bras pour la réconforter.

— Au téléphone, vous m'avez dit que d'après Lupe Ramos, Liane avait des visions de l'homme au visage grêlé qui violait notre mère. Son idée de vengeance était partie de ses mystérieuses visions... Mais, j'aimerais comprendre pourquoi le jour où elle a décidé d'éliminer Farell Lewis, elle a glissé cette enveloppe sous ma porte. Pourquoi n'est-elle pas venue me voir ? Ça me fait tellement souffrir de ne pas savoir. Qui étais-je pour ma sœur ? Qu'est-ce que je représentais pour elle ? J'ai peut-être fait quelque chose qui l'a blessée.

— Je ne pourrai pas répondre à toutes tes interrogations. Par contre, Lupe Ramos a dit que ta sœur avait des flashs de plus en plus précis ces derniers mois. Comme toi... Vous sembliez connectées, liées par un lien surnaturel. Liane voyait, elle aussi, Devin Wade abuser sexuellement de votre mère. Et, elle s'est rappelée qu'elle l'avait déjà vue au centre avec Farell Lewis.

— Nous avions les mêmes visions...

Anna acquiesça.

— Après avoir découvert l'identité du violeur, Liane a décidé d'en savoir plus. Elle ne pouvait pas pénétrer dans le centre épigénétique. Par conséquent, elle s'est introduite dans le cabinet du docteur Brown qui n'était pas sécurisé. Elle a dérobé des dossiers confidentiels. Ils contenaient tout un tas de notes sur le projet 3C-epi, les expériences et la liste des cobayes. Il y avait aussi vos dossiers personnels qui retraçaient votre parcours et les essais de la molécule. Les numéros que vous avez retrouvés dans l'enveloppe correspondent à ces documents. S'il était arrivé quoi que ce soit à Liane, Lupe Ramos serait venue te les transmettre.

Éva serra la main d'Arthur.

Une larme glissa sur sa joue.

— Le jour où elle a assassiné Farell Lewis, elle m'a laissé ces indices au cas où elle ne reviendrait pas. Elle voulait me prévenir. Elle avait décidé de me dire la vérité. Si je n'avais pas perdu la mémoire... Nous aurions été à nouveau réunies.

— Oui, fit Anna laconiquement.

Elle ne voulait pas enlever ses illusions à la jeune femme.

Liane était malade psychiquement. Personne ne pouvait savoir ce qu'elle avait inventé dans son cerveau torturé. Sa disparition était certainement bénéfique à Éva qui imaginait une sœur bien différente de ce qu'elle était vraiment. Parfois, la vérité n'était pas bonne à connaître.

Éva prit la main d'Anna et plongea son regard dans le sien.

— Merci ! Merci pour tout ce que vous avez fait pour moi et ma famille. Vous êtes une personne exceptionnelle. Grâce à vous, je peux enfin aller de l'avant et me reconstruire.

Émue, l'enquêtrice ne sut pas quoi répondre.

— Je vous serai toujours reconnaissante, ajouta Éva, d'une petite voix douce.

— Profite de chaque instant de la vie. Le bonheur est éphémère. Ça sera ma plus grande récompense.

Anna se leva.

Elle prit une profonde inspiration, elle se sentait apaisée.

Les rayons du soleil inondaient la chambre.

Un vent tiède soufflait à travers la fenêtre entrouverte.

— Appelle-moi de temps en temps pour me donner de tes nouvelles. Ça me fera plaisir. J'espère que tu vas enfin trouver le bonheur. Tu le mérites.

EPILOGUE

Hécate se déshabilla et se dissimula dans l'angle mort de sa cellule. De l'endroit où elle se trouvait, les gardiens ne pouvaient pas la voir. Elle sortit discrètement l'athamé qu'elle avait fabriqué à l'aide d'une lame de couteau récupérée en cuisine et d'un morceau de bois pris dans l'atelier d'usinage de la prison. Elle allait invoquer le puissant Cernunnos.

Elle fit le vide dans sa tête et s'accroupit en silence.

Avec une craie rouge, elle dessina le sigil de la vengeance sur le sol crasseux.

La wiccane se préparait à conduire l'âme du professeur Valois jusque dans le royaume des ombres, où elle demeurerait prisonnière du néant éternel.

Elle se releva et scruta l'horizon à travers l'étroite fenêtre.

La nuit dévorait progressivement le ciel sombre.

La lune étincelait de mille éclats et se reflétait sur le miroir cassé posé sur un petit bureau métallique rouillé.

La Grande Prêtresse ferma les yeux.

Elle visualisa Paul Valois.

Elle l'imagina mourir dans une terrible souffrance.

La wiccane y mit toute sa colère, sa rage et son énergie.

La déesse lunaire, la reine des magiciennes, récita une prière en l'honneur de Cernunnos et pointa son athamé en direction du sigil.

Les rayons lunaires se reflétaient sur la lame brillante.

Elle chargea le sceau sacré de son intension maléfique.

Ensuite, Hécate fit le vide mental, aucune autre pensée ne devait perturber son intention magique. Elle effaça le sigil avec le drap du lit et laissa aller l'énergie par-delà l'espace et le temps. Rien ne pouvait plus l'arrêter. Le sort du neuro-épigénéticien était scellé.

*

* *

Le lendemain après-midi, le professeur Valois se promenait tranquillement dans la cour de la prison des Baumettes. Il n'était pas très en forme. Il avait passé une nuit agitée. Rêvant de lieux angoissants et de démons, il s'était retrouvé plongé dans un environnement funeste et lugubre. Dans cet endroit sordide, des êtres diaboliques au regard mauvais l'avaient enchaîné et torturé jusqu'à son réveil.

L'air hagard, il leva la tête et fixa l'horizon.

Au-dessus des hautes grilles de l'enceinte, le soleil brillait.

Il prit une profonde inspiration.

Sa vie était un désastre.

Il avait tout perdu, mais il ne s'en tirait pas trop mal.

Son avocat lui avait dit qu'il risquait dix ans de prison. Avec les remises de peine, il pourrait espérer sortir dans moins de sept ans. Il avait la soixantaine, il terminerait son existence paisiblement dans sa luxueuse villa du Roucas-Blanc.

Un léger sourire se dessina sur son visage fatigué.

Lors de son procès à venir, il essaierait de faire porter le chapeau à Farell Lewis, alors que depuis le début, c'était lui qui tirait les ficelles. Le riche homme d'affaires n'était qu'un vulgaire pantin assoiffé par l'argent et le pouvoir. Il avait su le manipuler à sa guise, comme il avait manipulé le juge et les enquêteurs en leur faisant croire qu'il était victime de la folie de son patron.

Le vent le décoiffa.

Il rabattit sa mèche de cheveux poivre et sel sur son crâne dégarni, ajusta ses lunettes et marcha en direction du nouveau bâtiment aux murs blancs et verts du centre pénitentiaire les Baumettes II.

Soudain, ses oreilles se mirent à bourdonner violemment.

Il eut le sentiment d'être dans un caisson étanche.

Les bruits devenaient lointains.

Il essaya d'avancer, mais ses jambes étaient très lourdes. C'était comme si ses pieds s'enfonçaient dans des sables mouvants.

Une douleur intense irradia sa poitrine, son bras gauche se paralysa. La douleur était si forte qu'il n'arrivait presque plus à respirer.

Il posa la main sur son torse, son cœur le serrait.

Une voix de femme résonna dans sa tête.

Elle l'insultait et le maudissait.

Il entendit des cris rauques, des petits gémissements stridents.

Soudain, quelqu'un récita une incantation maléfique.

— Au secours ! Aidez-moi ! hurla-t-il, haletant.

Tout devint noir autour de lui.

La nuit et les ténèbres l'enveloppèrent.

L'odeur de la mort s'engouffra dans ses narines.

Il se mit à crier, haleter.

Il était terrifié.

Je ne veux pas mourir.

Il chuta lourdement sur le sol bétonné, tête la première.

Ses cervicales se brisèrent comme du cristal.

Une gerbe d'étincelles occulta sa vue, puis ce fut le noir absolu. Il n'y eut plus un seul bruit. Le silence le plus total. Son corps devint tout froid. Il sentit un souffle glacial, puis le néant l'emporta.

FIN

Vous avez aimé *Lilith* ?

Rendez-vous sur Facebook, Amazon, Kobo ou la page de l'auteur pour laisser un commentaire :

www.patrickbouchet.com
www.facebook.com/patrick.bouchet.94

Pour plus d'informations sur la Wicca et la recherche épigénétique :

https://www.facebook.com/Lilith.Espritdelanuit/
http://www.patrickbouchet.com/?page_id=730

Venez visiter les lieux des différentes scènes situées à Marseille :

http://www.patrickbouchet.com/?page_id=624

Une petite surprise vous attend sur la page de l'auteur dans la rubrique *Clin d'œil.*
N'hésitez pas à venir lire les notes et les détails de certaines parties du roman.

E-mail : bouchet.patrick1@gmail.com

DU MEME AUTEUR

La Fleur du Mal

Une jeune femme a été sauvagement assassinée dans son appartement du centre-ville d'Avignon. Le tueur a laissé d'étranges indices sur le corps mutilé de sa victime : du sel et un iris des marais. La Brigade criminelle identifie rapidement deux individus qui sont arrêtés et placés en détention provisoire.

Alors que la capitaine Anna Valentin pensait avoir résolu l'affaire, un mystérieux personnage se faisant appeler Satan Trismégiste lui envoie un e-mail contenant la vidéo du meurtre et un message. L'individu lui donne sept jours pour résoudre l'énigme, après quoi il assassinera une autre personne. La directrice d'enquête va mener une traque sans relâche au cœur de la cité des Papes pour débusquer le tueur alchimiste.

https://www.facebook.com/PBLafleurdumal

L'Ordre des Maîtres Solaires

Avignon. Un cadavre gisant dans son sang et une jeune femme amnésique sont retrouvés dans la chapelle des Pénitents Gris. La Brigade criminelle n'a qu'un seul indice, un médaillon représentant l'archange Saint Michel sur lequel est gravé le nom d'un ancien membre de la secte du Temple Solaire disparu vingt ans plus tôt dans d'étranges circonstances.

Une société secrète pratiquerait-elle des rites sacrificiels au cœur de la cité des Papes ?

Des adeptes du tristement célèbre Ordre du Temple Solaire auraient-ils survécu aux massacres et prépareraient-ils un nouveau Transit ?

La capitaine Valentin va traquer sans relâche un groupe d'individus appartenant à un mystérieux ordre ésotérique aux traditions ancestrales et sera amenée à se rendre en terre cathare pour découvrir la vérité sur le meurtre de la Chapelle des Pénitents Gris.

https://www.facebook.com/LesMaitresSolaires

OBSESSIONS

Après la mort de sa mère, Alexia part vivre à Montpellier pour poursuivre ses études. Elle est embauchée comme serveuse dans le plus grand bar branché de la région, le Red Hot Pepper, où elle rencontre le riche et charismatique promoteur immobilier, Nathan Vannier. Le couple semble vivre le parfait amour. Mais un matin, Alexia est retrouvée sauvagement assassinée sur les rives du Rhône. Elle a été poignardée en plein cœur de plusieurs coups de couteau, le corps en position de croix inversée.

La capitaine Valentin découvre sur la scène de crime deux mystérieux indices : une Vierge noire et une clé pendentif.

Les suspects et les fausses pistes s'accumulent.

Au cours de l'enquête, la policière découvrira la face cachée d'Alexia.
Sexe, drogue, perversion et manipulation seront au rendez-vous.

https://www.facebook.com/Obsessions1

Le Pacte de Baphomet

Avignon. Le cadavre d'un homme est découvert fixé contre le portail du Palais des Papes. Son corp forme un pentagramme inversé. Des chiffres et une mystérieuse inscription sont scarifiés sur son torse.

Paris. Une femme dénudée gît dans la crypte de l'église Saint-Merri. Une tête de diable est posée devant elle.

La capitaine Valentin et le Quai des Orfèvres vont se retrouver impliqués dans une sombre affaire mêlant l'Ordre du Temple et la franc-maçonnerie. Du quartier du Marais à Paris, en passant par la forêt d'Orient, l'enquête conduira les policiers jusque dans le Sud de la France à Rennes-le-Château. Un petit village qui détiendrait le secret des Templiers.

https://www.facebook.com/LePactedeBaphomet

23452981R00261

Printed in Great Britain
by Amazon